KB118116

야생의 실천

The Practice of the Wild

이 도서의 국립중앙도서관 출판예정도서목록(CIP)은 서지정보유통지원시스템 홈페이지
(http://seoji.nl.go.kr)와 국가자료공동목록시스템(http://www.nl.go.kr/kolisnet)에서
이용하실 수 있습니다.(CIP 제어번호 : CIP2015003653)

야생의 실천

Gary Snyder
게리 스나이더 지음
이상화 옮김

문학동네

오솔길을 가고 있는 캐럴에게 이 책을 바친다.

—게리 스나이더

남편 고은과 딸 차령에게

—이상화

지은이 서문

한국어판에 부쳐

게리 스나이더

우리 모두는 젊었을 때, 나는 누구인가, 나는 여기서 무엇을 하고 있는가, 지금 밖에서는 무슨 일이 벌어지고 있는가 하는 문제 때문에 안절부절못한다. 나는 북미의 북서태평양 연안에 있는 한 작은 농장에서 성장했다. 우리 집 근처에는 연어가 가득한 퓨젓사운드의 강물이 흐르고 있었다. '당시 밖에서 벌어지고 있었던 것'은 유사 이래 세계에서 가장 큰 숲 가운데 하나였던 곳에서 나무들이 목재용으로 끊임없이 잘려나가는 일이었다.

북서태평양 근처의 광대한 온대 우림은 가히 엄청난 규모의 생태학적, 식물학적 현상이었다. 조금 더 남쪽으로 내려가 해안에 있는 미국삼나무들과 함께, 이 숲은 세계에서 가장 큰 나무들의 산지였다. 야생의 작용과정을 경이롭게 발현하고 있던 이곳으로 유럽계 미국인들이 몰려들어왔고, 그들은 순식간에 수백 년 동안 자라고 있던 숲을 파괴하고 그 지역을 급속히 발전해가는 서부 연안 도시들의 집들로 바꾸어놓았다. 당시의 나에게 '나는 누구인가?' 하는 문제는, 과거나 미래의 환경에 대한 의식이라고는 전혀 없이 다만 팽창 일변도에 있던 사회의 한 젊은이로서의 내 삶과 묶여 있었다. 우리의 시골집은 본래의 야생 세계와 아주 가까이 있었으므로, 나는 늪지와 숲과 고산지대로부터 어느 정도의 직접적인 가르침을 얻을 수 있었다. 훗날, 나는 당시의 경험을 지적인 연구로 증대시켰고, 젊은이답게 억압과 착취의 과정을 추적해보겠다는 생각을 가지고 인류 역사와 자연사를 연구하기 시작했다.

열일곱 살 무렵, 나는 오늘날까지도 훌륭한 일을 하고 있는 야생지협회의 회원이 되었다. 그리고 얼마 후에는 오리건에 본부를 두고 있는 마자마스Mazamas라는 이름의 산악회에 가입했다. 나는 산악인이 되었고, 또 철 따라 일하며 가끔은 벌목작업도 하는 삼림관리인이 되었을 뿐만 아니라, 야생지의 보호자가 되었다. 몇 년 동안 산과 숲에서 일하며, 미 서부의 전 지역을 돌아다녔다. 그러고는 일본과 대만, 네팔에도 조금 있었다. 그후, 북미의 전 지역을 오르내리며 소규모 그룹의 워크숍을 시작했다. 거기서 나는 야생의 강렬한 질서정연함을 실천하기 위해서 꼭 필요하다고 생각했던 정신적 훈련과 지식과 기술 들을 가르쳤다.

알래스카의 오지부터 뉴욕의 번화가, 도쿄에 이르기까지 세계 도처에서 온 사람들과 더불어 생태환경, 멸종의 위기에 처한 생물종들, 원시사회들, 동아시아의 종교들, 그리고 환경보호 전략 등등의 문제를 가지고 작업을 하는 가운데, 이 책에 실린 글들이 만들어졌다.

그런데 그런 일련의 작업의 또다른 관점은 정신적인 측면이었다. 내가 택한 길은 일종의 고대 불교로서, 그것은 자연히 정령 숭배적이고 샤머니즘적인 근원과 연결되어 있었다. 살아 있는 모든 존재를 존중하는 일은 불교 전통에 명백히 드러나 있는 한 부분이다. 그래서 나는 다른 이들에게 어떻게 명상하고, 마음속의 야생지로 들어가려면 어떻게 해야 하는지를 가르쳤다. 이 책에 실린 글에서도 지적했듯이, 언어 자체는 궁극적으로 하나의 야생체계이다.

관건이 되는 중요한 말은 실천Practice인데, 그 말은 우리 자신과 실재하는 세계의 존재방식을 보고, 거기에 좀더 섬세하게 조화하려는 신중하고도 일관된 의식적인 노력을 의미한다. '이 세계'는 인간의 간섭이라는 극히 작은 예외를 제외하면, 궁극적으로 야생의 장소이다. 그것은 우리 인간이 지닌 야생적 부분과 같은 것으로서 우리의 호흡과 소화를 인도해줄 뿐만 아니라, 잘 관찰하고 그 가치를 제대로 알 경우 가장 깊이 있는 앎의 원천이 된다. 불교의 가르침은 사실 대부분이 실천에 관한 것이며 이론에 대한 것은 아주 적다. 하지만 그 이론은 아주 매력적인 것이어서, 언제나 많은 사람들에게 약간은 그리고 매력적으로 길을 잃게 하기도 했다.

그래서 '야생의 실천'은 우리로 하여금 환경보호주의자의 미덕과 정치적 민감, 또는 유익하고 꼭 필요한 행동주의 그 이상의 것에 관여할 것을 제안한다. 우리는 우리의 가장 깊은 내면에 있는 자아의 터전 위에 우리의 근거를 두어야만 한다. 이후에 나온 나의 에세이집 『공간 속의 한 장소』(한국에서는 『지구, 우주의 한 마을』로 번역, 출간되었다)는 그러한 근거두기의 상당 부분이 공동체 안에서 일어나며 그것은 우리가 알건 모르건 산맥이나 강줄기, 평지나 습지가 만들어내는 '자연적 국가' 안에서 존재한다고 제안한다.

이 책에서 무슨 말을 했다고 해도, 그것은 우리가 문명이라고 부르는 형태의 사회조직이 가진 우아함, 세련됨, 명백한 아름다움, 그리고 매력적인 복잡성을 제거하자는 것이 아니다. 특히 양보다는 질을 존중하며, 전 지구적 다국적 기업의 해적 행위를 구실 삼지 않는 문명이라면 더더욱 그렇다. 문화 자체에 야생의 언저리가 있다는 생각에 나는 매혹된다. 수 년 전에 클로드 레비스트로스가 말했듯이 예술은, 국립공원처럼, 문명화된 마음 한가운데에 살아남아 있는 상상의 야생지대이다. 성애의 방종과 쾌락도 자주 노래되고 있듯이 우리가 내부에 가지고 있는 즐거운 야생의 부분이다. 성과 예술이 둘 다 그렇다! 그러나 우리는 그것을 이미 알고 있었다. 우리가 어쩌면 분명히 알지 못했던 것은 자기실현이나 깨달음까지도 우리에게 있는 야생지의 또하나의 측면이라는 사실, 즉 우리 내부의 야생이 우주의 절대적인—야생의—실재와 결합되고 있다는 사실이다.

나를 행동에 나서게 했던 충동은, 절반이 야생지인 신대륙에서 살아가는 유럽계 미국인으로서의 내 존재와 관련되어 있었다. 지구를 하나의 전체로서 바라볼 때, 우리가 논의하는 주제가 세계의 어느 곳에서나 크게 다르지 않다는 것을 우리는 알게 된다. 수백 년 전까지만 해도 세계는 그 전체가 비교적 야생이었고, 도처에 훌륭한 숲과 많은 야생동물들이 있었다. 인간사회는 넉넉한 공간, 질 좋은 물, 그리고 양질의 농토를 가지고 있었다. 수천 년 전으로 돌아가면, 인간은 인류 역사의 대부분을 자급자족하는 소규모 지역 공동체 문화 속에서 살아가고 있었다. 이러한 생활에는 나름의 단점이 있다. 그러나 그 기나긴 과거에 속해 있는 교훈과 기술의 가치를 우리는 아직도 알지 못하고 있거나, 삶의 실천으로 끌어들이지 못하고 있다.

서구문명이 미개하고 무질서하다고 부르는 야생은, 실제로는 어느 쪽에도 치우침이 없이, 냉혹하게, 그리고 아름답게 형식을 갖추고 있으며 자유롭다. 지상에 존재하는 수많은 식물과 인간을 포함한 동물의 삶, 폭우, 폭풍, 고요한 봄날의 아침, 그리고 어둠 속에서 반원을 그리며 쏜살같이 흘러가는 유성, 이 모든 것은 야생의 실제 세계이며, 우리 인간은 그 세계에 속해 있다.

내가 이 길을 갈 수 있었고 동서양의 스승들과 더불어 공부할 수 있었으며 또한 누구든 내 말에 귀기울이려는 사람들에게 내 생각을 말하고 글로 쓸 수 있었음에 깊이 감사한다.

옮긴이 서문

인간에 대한 명상, 모든 생명을 위한 기도

이상화

처음 몇 페이지를 읽기 시작하자마자, 내 직감으로는 이 책이 단순히 생태학적이거나 환경보호론적 논의가 아니라, 그보다 더 오묘한 '인간'에 대한 명상이 될 것이라는 생각이 들었다. 그리고 그 깊은 명상은 준엄하면서도 따뜻하고 아름다우리라는 확신으로 이어졌다. 그래서 게리 스나이더 선생님께서 책의 끝 부분에 이르러 이 책은 인간이라는 존재의 의미에 대한 명상이었다고 말하는 대목을 만났을 때, 몹시 기뻤다.

또한 이 책을 읽고 번역하는 동안, 나는 나 자신이 유토피아 문학 연구자로서 늘 더듬고 있는, 인간의 역사 이전의 그 아득한 우주와 지구의 시공, 인류의 출현과 인류 역사의 전개와 지금까지의 발전과정—그것을 발전이라고 볼 수 있다면—혹은 변화과정에서 추정해볼 수 있는 인간과 지구의 미래, 그리고 개별적 인간의 한계를 타파할 가능성을 다른 각도에서 보게 되었으며, 이 책 안에서 심신이 새로워지면서 그동안의 나에게 있던 많은 문들 중 어떤 문이 닫혀 있었다는 것을 알게 되었다.

이 글은 젊은 날 어떤 계기로 동양의 문화 속으로 깊이 들어가 수도승으로 한겨울의 습한 추위와 한여름의 습한 더위의 긴 세월을 견뎌내며 인간과 생명의 궁극을 탐구하고, 그런 후 깨달음에 헌신하기 위해 버리고 떠났던 세계로 다시 진실하게 돌아온 사람, 가장 깊은 숲속 오솔길을 걸어보고, 구름 덮인 드넓은 초원에 핀 들꽃을 사랑하고, 수많은 강의 상류와 지류를 건너고, 북극지대의 마을과 마을을 찾아가본 사람만이 터득할 수 있는 생명의 오의奧義를 싱싱한 입김으로 전해준다.

게리 스나이더는 세계의 수많은 오지를 찾아가, 방문지가 아닌 집으로서 그 장소들과 한몸이 되어 머물렀던 사람이며, 모든 나무와 야생동물과 정신적인 교류를 나눈 사람이다. 그래서 그가 영감을 얻고 있는 원천은 인간이 이룩했다고 자부하는 초라한 외형적 문명의 위용이 아니라, 이 지상에 흩어져 잔존하고 있는 여러 원시 부족민과 그들의 언어와 그들이 존속시키고 있는 자연과 합일된 풍속과 지혜, 그리고 고대의 숲에 서식하는 온갖 생물종과 생명의 야성이 만드는 오솔길과 커다란 앞발로 딸기를 따고 있는 회색곰과 낭떠러지 위에서도 태평하게 풀을 뜯고 있는 양인 것이다.

그가 유난히 과거와 사라져가는 것들에 영감을 의지하고 있는 것은 그 원시적이고 강건한 삶의 양식이야말로 세계와 더불어 살아가는 야생의 자연법을 실천한다고 믿기 때문이다. 어떤 점에서 그는 현대문명을 혐오하고 현대인이 잃어버리고 있는 생명의 원시적 감각과 '미지의 존재양식'을 추구했던 D. H. 로런스와 같은 맥락의 사상을 보여준다.

대부분의 사람이 하루하루 작은 가족생활과 협소한 사회생활의 틀에 갇혀 당장의 앞일만 생각하며 살아갈 때, 지구의 전 진화과정을 머릿속에 담고 인간을 포함해 지상에 존재하는 모든 생명체를 똑같은 차원에서 바라볼 수 있는 사람이 있다면, 그는 때로는 인간 이상인 거의 신적인 높이에 있다고 해야 할 것이다. 게리 스나이더는 숲속에 있기만 했던 것이 아니라, 창공에서 오래오래 지상을 내려다본 사람이기도 하다. 멀리 높은 곳에서 내려다보면 그의 말대로 지구는 그냥 푸르거나 갈색을 띤 땅이며 하나의 야생지일 뿐이다. 거기에는 영토의 경계가 없고 생물종의 구분도 있을 수 없다. 경계를 나누지 않고 차별을 두지 않으며 바라보는 시선과 마음이 바로 모든 신들과 신적 경지에 오른 깨달은 자와 현자들의 시선과 마음 그것인 것이다.

게리 스나이더는 이 책에서 줄곧 자연과 야성과 야생지를 말하고 있지만, 그 모든 것은 결국 인간을 말하기 위해서이다. 누구보다도 깊이 들어가보고 높이 올라가보았기에 그는 자연의 거대한 질서의 그물을 볼 수 있었고, 인간이란 그 질서의 극히 작은 일부분이란 확신을 가질 수 있었다. 자체 질서를 가진 자연에서 태어난 인간은 본질적으로 야성적일 수밖에 없다. 인간이라는 생물종이 지금까지 이룩해온 문명이나 문화라는 것도 결국은 자연의 일부분이다. 그런데 장구한 지구의 역사에서 뒤늦게 출현해 살아온 흔적이 짧고 미미한 인간이 점차 인간성에서 야성을 분리해 내면서 자연의 질서로부터 벗어나기 시작했고, 다른 모든 존재들과의 관계에서 이탈했을 뿐만 아니라, 다른 생물종에게 해악을 끼치고 그들의 일부를 멸절시키기까지에 이르렀다. 인간이 본래 가지고 있던 건강한 야성을 잃게 된 것은, 인간은 특별한 생물종이라는 오만과 탐욕과 어리석음 때문이다. 그러므로 인간이란 무엇인가 하는 내재적인 특질을 깨닫게 되면 자연과 야성은 저절로 회복되고 지켜지는 것이다.

게리 스나이더의 사상은 그가 젊은 날 깊이 체험했던 동양의 불교적 인식과 초월이 서양의 범신론과 로고스와 결합하면서 지성화되고 있다. 그의 사상은 이 세상의 모든 것은 일시적이고 덧없으며 끝없이 변화한다는, 두렵지만 유일한 이 세상의 진리에 그 토대를 두고 있다. 인간의 생명과 인류의 역사도 그 덧없음의 법칙에 속해 있기 때문에, 그는 인간을 결코 특별하거나 예외적인 존재로 보지 않으며, 지상에 존재하는 모든 유정有情, 무정無情의 세계와 구별하지 않는다. 생명은 그 어떤 것도 일회적이고 죽음이 있어 슬프지만, 그래서 모두 똑같이 소중하고 아름다운 것이다. 모든 생명은 탄생과 죽음이라는 자연과정을 겪으면서 자연 전체의 완전성을 실현해나간다. 자연의 일부로서 어쩌다 잠시 이 지상에 거주하게 된 인간이 등급이 낮다고 차별하고 경멸했던 다른 생물종들과 나란히 '모든 존재들의 집회'에 다시 겸허한 일원으로 참석해 야생의 삶과 질서를 수행할 때, 인간은 협착하고 고립된 인간의 차원에서 벗어나 드높은 생명 체제로 들어갈 수 있으며, 비로소 자유로워질 수 있고, 지속적인 자연의 생명 가운데 있게 되며, 경계가 해체된 높은 단계에서 모든 생명의 자유로운 교류를 누릴 수 있다. '인간'에의 집착에서 벗어나 전 생명 공동체의 일원이 될 때, 인간은 비로소 자연의 본성인 야성을 회복하고 실천할 수 있는 것이다. 그리하여 생명 공동체의 서식처인 자연 전체를 우리의 탄생지이고 집이며 무덤으로서 경건하게 받아들여, 우리의 생명을 지상의 모든 생명으로 확대할 수 있는 것이다.

그러나 게리 스나이더가 말하는 다른 단계 또는 더 높은 단계란 인간 세계와 관련해서 비현실적이거나 초월적인 세계가 아니다. 떠나는 것은 돌아오기 위해서이며, 내려오지 않는다면 올라가야 할 의미가 없다. 이 두 가지 상반된 행위의 간절한 결합이야말로 그의 지향점이기도 하다. 그는 홍적세의 아침에 투명하게 반짝였을 나무들을 그리워하지만, 또한 인간 세상의 지루하고 반복적인 수많은 일상사를 한없이 소중히 여긴다. 개별적 자아의 현재를 넘어서 야생의 자연상태로 고양될 때 인간은 다시금 인간 세상의 질편한 삶, 소음과 불화와 사소함으로 가득찬 일상이라는 삶의 저지대로 내려와 참다운 삶을 살 수 있다. 떠났다가 다시 돌아오고 올라갔다가 다시 내려온 사람이라면 바람에 날리는 떨어진 새의 깃털이나 비 오는 날의 개미들의 행렬에서 혹은 번개를 맞아 부러진 나뭇등걸에서 돋아나오는 새순에서 나와 우리 전체의 모습을 볼 수 있을 것이다.

이 놀라운 책은 치열한 어원의 탐색과 여러 가지 작지만 중요한 역사적 사실들, 춤과 노래와 민담에 이르기까지, 자연과학과 문학과 종교와 철학에 대한 작가의 깊은 공부와 심오한 체험을 통해서 인간이란 진실로 무엇인가에 대한 탐구에 집중하고 있다. 그 탐구는 뼈대와 살로만 이루어진 것이 아니라, 미세한 실핏줄들이 곳곳으로 뻗어나가며 내장의 모든 기관과 연결되어 하나의 살아 있는 몸을 이룬다.

게리 스나이더의 견고한 사상은 통쾌한 선적禪的 직관과 시적詩的 통찰이 어우러지며 자주 영롱한 빛을 발산하고, 그 빛은 오래 머물며 읽는 이의 내면을 인식과 감동으로 물들인다. 때로는 전문적이고 난해한 경우에도 곧 그것을 일상으로 외연화시켜 보편적 깊이를 줌으로써 읽는 이로 하여금 고통스러우면서도 충만한 깨달음의 희열을 안겨준다. 고대의 숲이 함축하는 비의적 의미를 새겨주고, 숲속 오솔길을 인간의 해방과 야성의 회복과 연결지으며, 자급자족 경제의 깨끗하고 신성한 방식을 누누이 설득하고, 치열한 종교적 수행과 일과 자유의 관계를 천착하며, 곰과 결혼한 여자에 대해 매우 독특하고 아름다운 해석을 나누어준다. 이 책이 '기도'로 끝나는 것이야말로, 그것이 야생의 진정한 실천의 한 부분이라는 점에서 이 책의 전 의미를 아우른다. 기도는 나와 타자의 관계에서 가장 신비스런 교류이다. 그는 인간이 인간을 넘어 더 큰 세계로 들어가는 것은 곧 모든 타자와 만나러 가는 것이며, 인간이 이 세상에 존재하는 목적은 자연의 모든 생명체를 즐겁게 해주는 것이라고 서슴없이 단언한다. 그리하여 마침내 그는 "우리의 영혼은 타자에 대한 꿈이다"와 같은 아름다운 말을 내놓는다. 인간은 야생을 실천하면서 모든 생명들과 더불어 충만하고도 창조적으로 살 수 있는 문명을 건설해야 한다는 화두를 던지며, 이토록 깊고 아름다운 글을 써주신 게리 스나이더 선생님께 깊이 감사드린다.

1999년 한 해, 남편과 함께 미국 동부의 하버드 대학에서 연구

년을 보낼 때, 서부 버클리에서 시를 쓰고 번역도 하면서 늘 열렬한 마음으로 삶을 수행하며 사시는 강옥구 선생님으로부터 이 책을 번역해보라는 권유를 받았다. 마침 자연과 인간에 대한 맑고 깊은 사색이 담긴 책을 출판하고 싶어하던 분의 뜻과 이어지게 되었다. 그 두 해 전 남편의 선禪시집 『뭐냐』가 미국에서 출판되어 그 출판 기념을 위한 시낭송회가 버클리의 유서 깊은 블랙오크 서점에서 열렸을 때, 기쁘게 산에서 내려오셔서 남편과 함께 남편의 시를 읽어주신 게리 스나이더 선생님께 늘 고마워하고 있던 터라, 선생님께서 몸소 편지를 보내 격려하셨을 때 좋은 책이니 꼭 좋은 번역을 하겠다고 마음먹었다. 그러나 도망가고 싶을 정도로 어려움이 첩첩산중이었다. 번역하는 도중 나는 내내 다함이 없는 북극의 여름을 본 듯이 느끼고, 모든 주위의 소리를 다 지우는 격렬한 폭포 소리에 귀를 기울이고 있었다. 그 환각으로 겨우 번역을 끝낼 수 있었다.

불충분하거나 틀린 번역은 당연히 역자가 책임질 몫이다. 이 일을 계기로 더 많이 공부해야겠다고 각오하고 있다.

초봄부터 초여름까지, 절반은 밤샘도 해가며 이 책을 번역하는 동안, 남편의 격려는 한결같이 내 무거운 심신을 녹여주었다. 규제, 절도, 원칙, 질서, 이런 것들로 정렬시키지 않고는 세속적으로 유지하기가 쉽지 않은 일상과 가정의 일 때문에 내 정신의 자유로운 야생지가 침식당하는 동안에도, 끝없는 야성의 벌판을 돌아 다니며 별빛 아래에서 꿈꾸기를 좋아하는 남편 고은과 딸 차령에게 이 번역을 바치고자 한다. 이 두 사람의 과도한 야성을 어디까지 함께 나누고 얼마만큼 제한할 것인가 하는 것이 늘 내 인생의 즐거운 숙제이다.

이 책의 번역을 통해 나도 전처럼 조금은 더 자유로워졌을까 자문하면서……

내가 매우 좋아하는 이 책이 처음 출간된 지 15년 만에 문학동네에서 다시 새로운 옷을 입고 나오게 되어 기쁘다. 이경록님의 섬세한 교정에 감동받았다.

차례

변함없이 걷고 있는 푸른 산

극서지방의 고대의 숲

길 위에서, 오솔길을 벗어나서

곰과 결혼한 여자

생존과 성찬

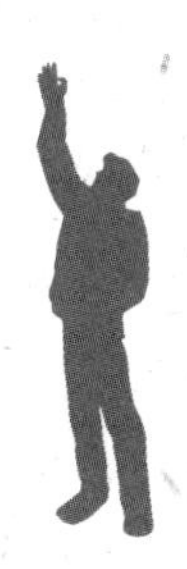

일러두기

1. 주석은 모두 옮긴이 주다.
2. 본문 중 고딕체는 원서에서 이탤릭체로 강조한 부분이다.
3. 인명, 지명 등 외래어는 국립국어원의 외래어표기법을 따랐다. 단, 외래어표기법이 제시되지 않은 일부 언어들은 국내 매체에서 통용되는 사례를 참조해 표기했다.

자유의
예절

계약

1970년대 초 6월의 어느 날 오후였습니다. 나는 서걱거리는 금잔디밭을 지나 어떤 목장 뒤편에 있는 깨끗하지만 칠이 입혀져 있지 않은 오두막집으로 걸어갔습니다. 그곳은 북부 캘리포니아에 있는 남유바 강의 유역 근처였습니다. 그 집은 창에 유리가 없었고 문도 없었습니다. 거대한 흑참나무가 그늘을 드리우고 있는 그 집은 버려진 집처럼 보였습니다. 캘리포니아 원주민의 문학과 언어를 공부하던 내 친구가 곧장 집안으로 들어갔습니다. 안쪽 한 구석에 단단하게 생긴 은발의 인디언 노인 한 분이 통나무 탁자 앞에 커피잔을 들고 앉아 있었습니다. 노인은 우리를 알아보았고 내 친구와 인사를 나누었습니다. 그는 우리에게 정중하게 인스턴트커피와 깡통 우유를 권했습니다. 건강은 괜찮다고 하면서, 하지만 군인병원으로는 절대 다시 돌아가지 않겠노라고, 이제부터는 병들어도 집에 그냥 있겠노라고 말했습니다. 노인은 집에 있는 걸 좋아했습니다. 우리는 잠시 북부 시에라네바다의 서쪽 산비탈에 사는 사람들과 장소들, 콘카우 부족과 니세난 부족의 땅에 대해 이야기했습니다. 마침내 내 친구가 좋은 소식을 꺼냈습니다. "루이, 니세난 말을 하는 사람을 또 한 분 찾았어요." 당시 생존해 있는 사람 중에서 니세난 말을 할 줄 아는 사람은 아마도 셋을 넘지 않았는데 루이도 그중 한 사람이었습니다. "누군데요?" 하고 루이가 물었습니다. 친구가 그 여자의 이름을 댔습니다. "그분은 오로빌 뒤쪽에 살고 있어요. 내가 이리로 모시고 올 수 있어요. 그러면 두 분끼리 말을 나눌 수 있을 거예요." 루이가 대답했습니다. "저 뒤에 살고 있는 그 여자라면 나도 알고 있소. 그 여자는 여기에 오고 싶어하지 않을 거요. 나도 그 여자는 별로 보고 싶지 않소. 게다가 우리 두 집안은 전혀 서로 맞지 않았소."

그 말에 나는 깜짝 놀랐습니다. 여기 한갓 문화적으로 절멸될 위협을 받고 있는 종족이라는 사실이 그의—혹은 그 여자의—개인적 가치 기준을 방해하도록 내버려두지 않으려는 사람이 있었던 것입니다. 보통 선의가 가득하고 호의적인 백인들에게 이런 대답은 거의 이해할 수 없는 것입니다. 인구가 과밀한 적이 한 번도 없었으며 도토리와 사슴과 연어와 허공을 맴도는 조류가 풍부한 그의 부족민의 세계에서라면 그런 순수함을 고수하는 것, 가문이나 부족의 문제에서 완벽주의자가 되는 것은 부릴 수 있는 사치였습니다. 루이와 그의 니세난 동족에게는 대화를 나누는 것보다 서로에게 더 중요한 것이 있었으니 노인은 그것이 바로 자기 가문의 위엄과 긍지 그리고 그들 고유의 방식을, 어떤 곤경에 빠지던 상관없이, 끝까지 지키는 것이라고 보았다고 나는 생각합니다.

코요테와 얼룩다람쥐는 한쪽은 잡아먹고 한쪽은 잡아먹혀야 한다는, 서로 맺은 계약을 깨뜨리지 않습니다. 자연의 세계에서 아직 어린 검은꼬리산토끼가 잡아먹힐까 두려워 위를 올려다보지 않고도 마음대로 초원을 건너갈 수 있는 기회는 어쩌면 단 한 번뿐입니다. 두번째란 없을 것입니다. 칼이 예리할수록 베어낸 선은 더 깨끗한 법. 우리는 삶과 세계에 형태를 만들어주는, 이빨과 손톱과 발톱과 젖꼭지와 눈썹 등 우리 몸의 모든 선을 모양짓는 자연이 가진 힘들의 우아함을 감지할 수 있습니다. 우리는 또한 동족인 인간에게만이 아니라 모든 생명에게도 쓸데없는 해를 가하지 않으면서 살려고 노력해야 한다는 것도 알고 있습니다. 우리는 인색하거나 남을 이용하지 않도록 노력해야 합니다. 지금 이대로도 이 세상의 고통은 충분합니다.

이런 것이 야생의 가르침입니다. 이런 가르침들을 배울 수 있는 학교인 순록과 고라니, 코끼리와 코뿔소, 범고래와 바다코끼리의 영토가 날마다 줄어들고 있습니다. 오랜 세월을 이 지상에서 우리의 여정에 함께 동반해왔던 생명들이 이제 명백하게 파멸하고 있습니다. 그들의 서식지가, 그리고 오래되고 오래된 인간의 거주지가, 서서히 진행되어가는 세계 경제의 팽창적인 폭발 앞에서 무너지면서 말입니다. 우리 가운데 이 '성장 괴물'의 비밀스러운 심장이 어디에 감춰져 있는지 아는 젊은이가 있다면, 제발이지 어디에 화살을 쏘아야 그 속도를 늦출 수 있는지를 우리에게 알려주어야 합니다. 혹 그 비밀의 심장을 찾을 수 없어서 우리가 노력을 기울이고 있는 일이 조금도 더 쉬워지지 않는다면, 우선 나 자신이라도 하루하루 야성의 자연을 보존하는 일을 계속하겠습니다.

'야성적이고 자유로운.' 이 미국적인 꿈의 표현은 이제 그 이미지를 잃어가고 있습니다. 긴 갈기를 날리며 초원을 가로질러 질주하는 말, 높은 곳에서 울음소리를 떨구며 V자형으로 떼지어 날아가는 캐나다 기러기, 머리 위 참나무에서 재잘거리며 나뭇가지 사이를 건너다니는 다람쥐. 그것은 또한 할리 데이비슨의 광고 장면 같기도 합니다. 대단히 정치적이고 민감한 위의 두 단어는 이제 소비자들을 현혹하는 눈요기 상품이 되고 말았습니다. 나는 여기서 야성적인의 의미가 무엇인지, 그것이 자유로운이라는 개념과 어떻게 연결되는지, 그리고 우리가 이런 의미들에서 얻고자 하는 게 무엇인지를 생각해보고 싶습니다. 우리는 진정으로 자유롭기 위해서 우리가 처한 기본적인 조건을 있는 그대로 받아들여야 합니다. 그 조건이란 고통스럽고, 덧없으며, 열려 있고, 불완전한 것입니다. 그런 다음, 우리는 그것이 우리에게 주는 덧없음과 자유에 감사해야 합니다. 왜냐하면 고정불변의 세계에서는 자유가 없을 것이기 때문이지요. 그 자유를 가지고 우리는 야영지를 좀 더 잘 만들고 아이들을 가르치며 독재자를 추방하는 것입니다. 세계는 자연이며 결국에는 어쩔 수 없이 야성적인 것입니다. 자연의 과정이며 본질인 야성 또한 덧없음의 질서원리이기 때문입니다.

자연이라는 말 자체는 위협적인 말이 아니지만, '야성'의 개념은 문명사회에서는 유럽이나 아시아에서나 똑같이 종종 제멋대로임, 무질서, 폭력과 연결됩니다. 자연을 말하는 중국어 '自然'은 '스스로 그러하다'를 의미합니다. 그것은 중립적이고 포괄적인 말입니다. 야성을 나타내는 한자 '野'는 원래 '널리 개방된 땅'을 의미하지만, 광범위한 의미를 가지고 있습니다. 다른 말과 여러 가지로 조합할 경우 그 말은 부정한 관계, 사막의 땅, 사생아open-country child, 창녀open-country flower 등등이 됩니다. 중국어 '예-만지-유野蠻自由'• 가 '야성의 허가'를 의미하는 것은 흥미로운 경우입니다. 또다른 문맥에 있는 '개방된 땅의 이야기野談'는 '소설과

• 개방된 토지에서 사는 남만족의 자유.

허구적 연애담'이 됩니다. 다른 경우, 대개 그 말은 시골스러움과 거칠고 투박함을 연상시킵니다. 어떤 면에서 '野'는 '최악 상태의 자연'을 의미하는 것으로 생각됩니다. 중국인과 일본인이 자연을 말로 섬겨온 지는 오래되었지만, 지혜는 야성에서 생긴다고 생각한 사람은 어쩌면 초기 도교道敎인들 뿐이었을지 모릅니다.

헨리 데이비드 소로는 "어떤 문명도 견딜 수 없는 야성을 내게 달라"고 말합니다. 그것은 분명 어려운 일이 아닙니다. 야성이 견뎌낼 수 있는 문명을 상상하는 일이 더 어렵지요. 그렇지만 그것이야말로 우리가 꼭 하려고 노력해야 할 일입니다. 야성의 상태란 단지 '세계의 보존'이 아닙니다. 바로 세계 자체입니다. 동서양의 문명은 오랫동안 야성의 세계와 충돌하는 과정을 겪어왔습니다. 그리고 지금은 특히 선진국들이 무모한 힘을 행사하면서 지상에 존재하는 개개의 생물종만이 아니라 모든 종種과 생태과정 전체를 파괴하려 하고 있습니다. 우리에게는 야성의 세계와 더불어 충만하고 창조적으로 살 수 있는 문명이 필요합니다. 우리는 그것을 바로 여기 신대륙에서 길러내기 시작해야 합니다.

오늘날 미국에서 야생지를 생각할 때면, 보통은 벽지에 있는 특정한 지역이기 십상인 고산지대나 사막이나 늪지를 떠올립니다. 불과 수 세기 전만 해도 북미에서는 사실상 모든 것이 야생적인 것이었으며, 야생지는 이례적으로 엄격한 어떤 것이 아니었습니다. 초원에는 북미산 영양과 아메리카 들소가 지나다녔으며 냇물은 연어를 가득 품고 흘렀습니다. 수 에이커에 달하는 개펄에는 백합조개가 널려 있었고 저지대에는 회색곰과 아메리카 사자와 큰뿔양이 흔했습니다. 또한 인간도 있었지요. 북미는 전부 거주하는 곳이었습니다. 그러나 그래, 하고 작게 말할 사람도 있겠습니다. 그것은 누구의 말을 따른 것이냐 하는 문제를 일으킵니다. 사실을 말하자면 사람들이 도처에 있었습니다. 스페인의 보병 알바르 누녜스 카베사 데 바카와 그의 두 동료는—그중 한 사람은 아프리카인이었습니다—지금의 갤버스턴 해안에서 좌초당했습니다. 그들은 리오그란데 계곡으로 갔다가 다시 남쪽으로 돌아 멕시코까지 걸어서 갔는데, 1528년에서 1536년 사이의 8년 동안 그들은 거의 언제나 원주민 거주지나 캠프에서 묵었습니다. 그들은 언제나 인적이 있는 곳, 숲속 오솔길에 있었던 겁니다.

야생지 문화에서 사는 것은 언제나 인간의 기본적인 경험의 한 부분이었습니다. 과거 수십만 년 동안 어떤 종류이든 인간의 존재가 없었던 야생지는 없었지요. 자연은 방문지가 아닙니다. 자연은 우리의 가정입니다. 그리고 그 집의 구역에는 좀더 가깝거나 좀 덜 가까운 장소들이 있을 뿐입니다. 접근하기 어렵고 외진 곳이 많이 있기는 하지만 모두 우리가 알고 있는 곳이고 이름이 붙어 있기도 합니다. 어느 해 8월 나는 코유쿡 강 상류에 있는 북부 알래스카의 브룩스 산맥을 넘어가고 있었습니다. 높이 3000피트의 녹색 툰드라 고갯길인 그곳은 탁 트이고 온화하며 폭넓은 연봉 사이에 있었습니다. 유콘에서 북극해까지 흐르는 강물이 갈라지는 지점이었습니다. 북미에서는 가장 깊은 오지로서 길도 없었습니다. 오솔길은 철따라 이동하는 순록이 만들어놓은 것이었지요. 하지만 이 산길은 북부 산비탈에 사는 이누피아크 부족과 유콘의 아타파스칸 부족이 줄잡아도 7000년 동안을 고정적인 남북 무역로로 한결같이 이용해온 길이었습니다.

제임스 캐리의 조사(1982, 1985년)와 그 밖의 다른 연구가 밝혀주는 것처럼 알래스카의 모든 언덕과 호수에는 원주민들이 쓰는 10여 개의 언어 가운데 이런저런 언어로 붙여진 이름들이 있습니다. 유럽계 미국인 지도 제작자들은 그곳에 잠시 머물렀던 개척자들의 이름이나 자신들의 여자친구의 이름, 또는 위도 48도에 있는 고향 마을의 이름을 따서 이곳의 이름들을 붙입니다. 중요한 것은 그 모든 것이 원주민의 이야기 속에 다 들어 있다는 것, 하지만 그것은 그 세월 내내 인간이 존재했다는 걸 보여주는 가장 작은 흔적일 뿐이라는 사실입니다. 사람들이 장소에 얽힌 이야기를 하고 이름을 붙였다면, 그 이야기들과 이름들은 그들의 고고학이며 건축이며 토지 권리증인 것입니다. 생활에 대한 가벼운 이야기지요.

야생지의 문화들은 자급자족 경제가 가르쳐주는 삶과 죽음의 교훈에 맞춰 삽니다. 그러나 지금 야생적인이라든지 자연이라는 말은 무엇을 의미할 수 있을까요? 언어는 잊혀진 강바닥에 U자

모양의 흔적을 남기는 큰 강물처럼 굽이굽이 흘러갑니다. 그것은 하늘에서나 볼 수 있고 또는 학자들만이 알 수 있습니다. 언어는 어떤 무한한 상호 번식력을 가진 종의 집단처럼 시간을 두고 확산되어가거나 알 수 없게 쇠퇴해갑니다. 부끄러움도 모르고 끝없이 잡종을 만들며, 또 흘러가는 동안 자체의 법칙을 바꿉니다. 말은 인위적이고 일시적인 기호와 대용품으로써 사용될 뿐이지요. 언어가 사람들의 정신 속에 거주하고 또 그 속을 미끄러지듯 지나갈 때 그 언어를 쓰는 사람들의 변화하는 가치관을 반영하듯이, 그리고 명시하듯이 말입니다. 우리는 '의미'를 신뢰합니다. 이따금씩 다른 경로를 통해 듣는 보도나 그 털을 가진 짐승을 한번 보았다는 당국의 보고를 그대로 믿으면서 오소리의 존재를 믿듯이 말입니다. 그러나 가끔은 이런 사기꾼들의 뒤를 캐어볼 일입니다.

자연, 야성 그리고 야생지라는 단어들

먼저 자연nature을 말해봅시다. 자연이라는 말은 '탄생, 구성, 성격, 사물의 운행'을 의미하는 라틴어의 'natura'에서, 최종적으로는 태어날 예정이라는 'nasci'에서 유래했습니다. 그렇게 해서 '국민, 국가, 민족nation' '출생의natal' '출생지의native' '임신한pregnant'이란 말이 있게 됩니다. 믿을 만한 인도유럽어의 어근은—희랍어의 'gna'를 거쳐서, 동족의 모계 어원은 'cognate', 부계 어원은 'agnate'입니다—'gen'이고(산스크리트어로는 'jan'), 거기서 '친족kin' '종류kind'와 함께 '산출하다generate'와 '종류genus'가 만들어졌습니다.

이 말에는 서로 약간 다른 두 가지 의미가 있습니다. 하나는 '바깥'으로서 그것은 모든 생명체를 포함하는 물질계입니다. 이 정의에 따르면, 자연은 세계의 규범으로서 문명과 인간 의지가 갖는 특성이나 그 산물과는 구별되는 것이지요. 기계, 생산품, 인간이 고안한 것, 또는—가령 머리가 둘 달린 송아지처럼—이상한 것은 '부자연스럽다'고 말합니다. 또하나의 의미는 '물질계 또는 그 집합적 물체와 현상들'인데, 그것은 인간의 활동과 의도가 생산한 것을 표현합니다. 세계에 작용하는 힘으로서의 자연은 '물질계에서 작동하는 것으로서 그 모든 현상의 직접적 원인이라고 생각되는 창조적이고 조절능력이 있는 물리적 힘'으로 정의됩니다. 과학과 일부 신비주의가 '모든 것은 자연적이다'라고 제안한 것은 옳습니다. 이런 제안에 비추어보면 뉴욕 시나 유해한 쓰레기, 원자에너지에도 비자연적인 것은 아무것도 없으며, 정의상으로는 우리가 살면서 행하거나 체험하는 것 중 '비자연적인' 것은 아무것도 없습니다.

(그러면 '초자연적인' 것은? '초자연적인 것'은 너무 극소수의 사람들이 보고한 현상들에 대해 붙인 이름이라 그 실체는 의문

상태로 남겨두는 것이 그걸 다루는 한 가지 방법이라고 말할 수 있겠습니다. 그럼에도 불구하고 이런 일들, 가령 유령이나 여러 신들, 마술적 변신 등등은 자주 묘사되고 있어서 지속적인 흥밋거리가 되고 있고, 또 어떤 사람에게는 믿을 만한 것으로 되어버렸지요.)

물리적 우주와 그 모든 속성, 이런 의미에서는 나는 자연이라는 말을 쓰기를 더 좋아합니다. 그러나 그럴 때라도 그 말은 가끔 '바깥'이나 '인간 아닌 다른' 것을 의미하게 될 것입니다.

야성적이란 말은 숲속에서 멀리 달아나 덤불 뒤로 숨어버려서 보였다가 안 보였다가 하는 잿빛 여우와 같습니다. 가까이서 보면 첫 눈에 그것은 '야성적'입니다. 그다음 숲속으로 더 깊이 들어갔을 때 다시 보면 그것은 'wyld'입니다. 그것은 멀리 고대 노르웨이어 'villr'와 고대 튜튼어 'wilthijaz'를 거쳐 그보다 더 멀리 튜튼어 이전의 어렴풋이 남아 있는 말 'ghweltijos'로 갑니다. 이 말 역시 '야성적이며 숲이 우거졌다wald'는 뜻인데, 거기서 'will'과 라틴어 '숲, 미개한silva'과 그리고 인도유럽어의 어근 'ghwer', 초기 라틴어 'ferus(야생의, 들에 있는feral, 거센, 광포한fierce)'와 연결되면서 뒤로 숨어버립니다. 이 'ferus'에서 우리는 한 바퀴 빙 돌아 소로가 말한 덕망 있는 사람들과 연인들에게도 있는 "무시무시한 야생상태"로 가게 됩니다. 옥스퍼드 영어사전을 보면 다음과 같습니다.

동물의—길들이지 않은, 가축화되지 않은, 다룰 수 없는.

식물의—재배되지 않은.

토지의—거주하지 않은, 경작되지 않은.

작물의—사람이 경작하지 않고 생산되거나 산출되는.

사회의—문명화되지 않은, 거친, 법적 정부에 저항하는.

개인의—제지당하지 않는, 복종하지 않는, 방탕한, 방종한, 풀려 있는. "자유분방하고 바람기 많은 과부들."(1614)

행동의—격렬한, 파괴적인, 잔인한, 다루기 힘든.

행동의—꾸밈없는, 자유로운, 자연발생적인. "그 자신의 타고난 숲의 울음소리를 거칠게 내다."(존 밀턴)

야성적인을 우리 사전에서는 대개 인간의 관점에서 볼 때 그렇지 않은 것에 의해 정의하고 있습니다. 이런 접근방법으로는 그 실체를 알 수 없습니다. 관점을 반대로 돌려봅시다.

동물의—각기 자신의 자질을 가지고 자연계 안에서 사는 자유 행위자들.

식물의—자체 번식하는, 자체 양분으로 유지하는, 타고난 성질과 조화롭게 번성하는.

토지의—본래의 잠재력 있는 식물과 동물이 손상되지 않고 완전한 상호작용 상태에 있고 완전히 비인위적인 힘의 결과로 이루어진 지형을 가진 장소. 오염되지 않은.

작물의—야생식물이 자연적으로 넘치고 풍부해서 다량의 열매나 씨앗이 성장하고 생산됨으로써 이용할 수 있고 유지되는 식량공급.

사회의—그 질서가 내부에서 생기며 명시적인 법률이 아니라 합의와 관습의 힘으로 유지되는 사회들. 스스로 그 지역의 원주민이자 영원한 주민이라고 생각하는 원초적 문화들. 문명에 의한 경제적, 정치적 지배에 저항하는 사회들. 그 경제구조가 지역 경제구조와 긴밀하고 지역 경제를 지지해줄 수 있는 관계를 맺고 있는 사회들.

개인의—지역의 관습, 스타일, 예절을 대도시나 가장 가까운 곳의 교역 장소가 가진 기준을 염려하지 않고 따르는. 위협받지 않고 자신을 신뢰하며 독립적인. "긍지가 있고 자유로운."

행동의—어떤 종류이든 억압, 감금 또는 착취에 격렬하게 저항하는. 현실과 동떨어진, 무도한, "나쁜", 경탄할 만한.

행동의—기교를 부리지 않는, 자유로운, 자연발생적인, 제한받지 않는, 표현이 풍부한, 신체적인, 성적으로 개방된, 황홀한.

이 두번째 그룹의 정의에 나오는 의미들은 대부분 중국인들이 도道, 즉 '위대한 자연'의 길에 대해 정의하고 있는 것과 아주 가까운데 그럴 때 거기에는 분석을 벗어나는, 분류를 초월해 있는, 자기 조직적인, 자기 교육적인, 장난스러운, 놀라운, 덧없는, 실체가 없는, 독립적인, 완전한, 질서 잡힌, 조정되지 않는, 자유롭게 표명하는, 자명한, 제멋대로 하는, 복잡한, 아주 단순한 등의 의미가 있습니다. 비어 있으면서 동시에 실재하는 것이지요. 어떤 경우에는 그것을 신성하다고 부를 수도 있을 것입니다. 그것은 '형성하고 단단하게 한다'는 원래의 의미를 가진 달마Dharma라는 불교용어와 그리 먼 것이 아니지요.

'wilderness'라는 말은 '야생사슴다움'* 이란 말에서 유래했을 가능성이 있으나, 그보다는 'wildern-ness'라는 말에서 나왔을 가능성이 더 많습니다. 일찍이 'wyldernesse', 고대 영어로는 'wildeornes'였던 'wilderness'라는 말에는 다음과 같은 의미들이 있습니다.

> 원시초목과 야생동물이 있는 광대한 야생지로서 밀림이나 온열대의 우림雨林에서 극지나 고산의 '하얀 야생지'까지 망라한다.
>
> 농작이나 목장의 용도로 사용되지 않는, 또는 그 용도에는

---

* deor, 사슴과 기타 숲속의 동물들.

쓸모없는 지역으로서의 황무지.

세익스피어가 "나는 '광막한 바다'에 둘러싸인 바위에 서 있는 사람처럼 서 있다"(『타이터스 앤드로니커스』)고 말했을 때의 바다나 대기의 공간. 대양.

위험과 어려움이 있는 곳. 즉 모든 것을 운에 맡기고, 자신의 기량에 의존하며, 구조받으리라고 기대하지 않는 곳.

천국과 대조되는 것으로서의 이 세상. "나는 황무지 같은 이 세상을 걸어갔다."(존 버니언, 『천로역정』)

존 밀턴의 작품에 나오는 "풍부하게 있는 달콤한 과자"처럼 풍부한 장소.

'wilderness'라는 말을 사용함으로써 밀턴은 야생계에서 아주 흔히 존재하는 에너지와 비옥함의 상태를 잘 포착해내고 있습니다. "풍부하게 있는 달콤한 과자A wilderness of sweets"는 대양에 있는 수억만에 이르는 청어나 고등어 새끼, 수 평방 제곱마일에 걸쳐 있는 크릴새우, 야생 초원의 풀씨—풀들의 배아에서 만들어져 오늘의 빵에까지 이르는—와 같습니다. 먹이그물을 먹여살리고 있는 작은 동물들과 식물들의 그 모든 믿을 수 없을 정도로 엄청난 다산성을 보여줍니다. 그러나 또다른 쪽에서 보면 야생지는 혼돈, 에로스, 미지, 금기의 영역, 황홀하면서 동시에 악마적인 것 등이 거주하는 곳이라는 것을 함축하고 있습니다. 이 두 가지 의미에서 볼 때 그것은 원형적인 힘을 가지고 있고, 가르침을 주며, 그리고 도전하는 장소입니다.

야성

그래서 우리는 뉴욕과 도쿄는 '자연적'이지만 '야성적'이지는 않다고 말할 수 있겠습니다. 이 대도시들이 자연의 법칙에서 벗어나 있는 것은 아니지만, 그 도시들은 누구에게 거처를 주느냐 하는 문제에서 너무도 배타적이고 다른 생물들을 너무도 용납하지 않아서 진짜 이상하게 된 거주지입니다. 야생지는 야성의 가능성이 온전하게 표현되는 하나의 장소로서 다양한 생명체와 비생명체가 그들 나름의 질서에 따라 번성하는 곳입니다. 생태학에서 우리는 '야생의 체계'를 말합니다. 생태계가 온전히 기능을 발휘하고 있을 때 모든 구성원들은 집회에 출석합니다. 야생지를 말할 때 그것은 전체를 말하는 것입니다. 인간은 그 전체에서 나왔습니다. '모든 존재들의 집회'의 회원임을 다시 활성화시킬 가능성을 고려한다고 해서 그것이 시대에 역행하는 것은 절대 아닙니다.

16세기에는 이미 서반구의 여러 땅과 아시아의 여러 국가들, 그리고 인도의 아대륙亞大陸에서 북아프리카 해안에 이르는 모든 문명사회와 도시 들이 생태학적으로 약해져가고 있었습니다. 사람들은 급격히 자연에 대해 무지해지고 있었습니다. 목축이나 농업이 확장되면서 많은 원시식물은 이미 파괴되고 있었고, 남아 있는 땅은 인간의 경제적 유용성이 크지 않은 '황무지'인 산악지대와 사막 들뿐이었습니다. 아직 남아 있던 덩치 큰 고양이과 동물, 사막의 양, 영양 등과 같은 대형 동물들은 좀더 가혹한 서식환경으로 피난감으로써 그럭저럭 생존을 도모할 수 있었지요. 이들 문명을 이끌었던 지도자들은 동물의 행동에 대한 개인적 지식이 점점 빈약해지면서 성장했으며, 한때는 보편적이었던 식물에 대한 친근하고 광범위한 지식을 더이상 배우지 못했습니다. 거래를 통해 그들은 '인간의 관리', 경영, 수사적 솜씨를 배웠습니다. 가장 변방에서 소작농으로 살았던 땅의 사람들만이 식물과 동물에 대한 실제적인 지식과 옛날에 살았던 삶의 방식에 대한 기억을 유지했습니다. 큰 마을이나 도시에서 또는 대단위 사유지에서 자라난 사람들은 야생계의 기능을 배울 기회가 점점 줄어들었습니다. 그러자 도시화된 신화를 지키는 주요 구역들(중세 기독교, 그다음은 '과학의 진보')은 제일 먼저 영혼을 부정했고, 그다음은 의식意識을, 그리고 마침내는 자연계에 대한 인간의 감각능력까지 부정했습니다. 자연을 부정하는 기계론적 이데올로기의 풍토에서, 엄청난 수의 유럽인들은 자연을 직접 경험할 기회를 상실하고 있었던 것입니다.

새로운 자연의 나그네가 나타나게 되었습니다. 회사나 귀족 가문의 재정적인 지원을 받은 사람들이 자원을 찾아, 야생지에서 야생지와 더불어 드문드문 살고 있는 사람들의 땅을 헤치고 나갔습니다. 16세기의 스페인 정복자들과 신부들이 그들입니다. 유럽은 늑대와 곰을 절멸시켰고, 광대한 지역의 삼림을 벌채했으며, 언덕을 과도하게 방목장으로 사용했습니다. 노예, 물고기, 설탕, 귀금속을 찾아 지평선 끄트머리 너머 아시아, 아프리카, 신대륙으로 달려나갔습니다. 이 지나치게 세련되고 호전적인 국가들은 다시 한번 야생의 자연에게, 자연사회로서 교회나 국가 없이 살았던 사람들에게 밀어닥쳤습니다. 금과 설탕 원료를 얻은 대가로 백인들은 자신이 가진 어떤 것을 포기해야 했습니다. 그들은 인간이라는 것의 의미가 무엇인지에 대해 자신들이 가지고 있던 인식을 점검해보지 않을 수 없었고, 위계질서를 가진 자연에 대해 경이감을 가졌으며, 생명이 과연 왕의 명예나 금과 바꿀 만한 가치가 있는 것인지 묻지 않을 수 없었습니다(길을 잃고 굶주림에 지친 어떤 사람은 플로리다의 한 습지에서 자신의 울퉁불퉁하게 닳은 칼날과 입고 있던 다 닳아빠진 스페인 망토를 살펴보았습니다).

누뇨 데 구스만 같은 사람들은 미쳐버렸고 잔인한 짓을 좋아하게 되었습니다. "그가 이 고장을 통치하기 시작했을 때 그곳에는 정복되었으나 온화한 2만 5000명의 인디언이 있었다. 그 가운데 그는 1만 명을 노예로 팔아버렸다. 남은 인디언들은 같은 운명을 맞을까봐 두려워 마을을 버리고 떠났다."(토도로프, 1985) 멕시코의 정복자 코르테스는 말년에 인생에 패배하고 우울증에 시달리는, 옥좌에 오른 거지가 되었습니다. 8년 동안 벌거벗은 채 텍사스와 뉴멕시코를 건너갔던 알바르 누녜스는 신대륙 사람으로 변신해서 나타났습니다. 그는 옛날에 살던 방식으로 다시 돌아가 있었으나 다시는 전과 같은 사람이 되지 못했습니다. 그는 정 많은 가슴과 자급자족의 정신과 병을 치료하는 비결을 얻었으며, 소박함을 좋아하게 되었습니다. 구스만과 누녜스 같은 유형은 둘 다 지금도 우리들 속에 있습니다. 또 한 사람이 있었는데 그 역시 '거북섬'—몇몇 아메리카 인디언 부족이 북미에 붙였던 이름—역사에서 볼 때 일본 예술의 노부다이能舞臺 같은 단계로 들어가 그 과정의 먼 끝에서 알바르 누녜스와 손을 잡았습니다. 야히족인 이시였습니다(캘리포니아 원주민 야히족의 마지막 생존자인 그는 40년 동안 문명을 등지고 산속에서 살다가 1910년에 다시 이 세상에 나타났다). 그는 누녜스가 문명사회에서 걸어나오면서 가졌던 것만큼 많은 절망감을 안고 문명 속으로 걸어들어간 사람이었습니다. 누녜스는 북미와 그 토속적인 신화 정신과 만난 최초의 유럽인이었습니다. 이시는 그 정신을 알았던 마지막 아메리카 원주민이었으나 그걸 두고 떠나지 않으면 안 되었던 사람이었습니다. 이 두 사람의 개별적인 삶의 모양 사이에 있는 것은 죽어 사라진 것이 아닙니다. 그것은 세세생생 우리와 함께 있고 단단한 껍질에 둘러싸인 씨앗처럼 잠들어 있습니다. 언젠가 불이나 홍수가 나서 다시 깨워주기를 기다리고 있지요.

그 사이에 놓인 수백 년 동안, 수천만 명의 남북 아메리카 인디언들은 일찍이 무자비하게 살육당했습니다. 수없이 많은 유럽인들 또한 죽어갔듯이 말입니다. 세계에서 가장 숫자가 많았던 포유류 집단인 아메리카 들소는 전멸되었으며, 천오백만 마리의 가지뿔 영양이 사라졌습니다. 초지와 그 토양은 대부분 사라졌으며, 남아 있는 것은 동부의 활엽수와 서부의 침엽수 원시림에서 살아남은 것들뿐입니다. 더 많은 항목이 이 목록표에 들어 있다는 것을 우리는 모두 잘 알고 있습니다.

흔히 변경이 미국사에 특별한 전환점이 되었다고 말하고 있습니다. 변경은 불타는 변두리이며 거덜난 곳이며 완전히 다른 두 세계 사이에 놓여 있는 이상스러운 장터입니다. 그것은 기다랗고 좁은 한 조각의 토지에 지나지 않는데, 그곳에는 가져갈 날가죽과 혓바닥 고기와 처녀 들이 있습니다. 거기에는 침략문화 쪽의 사람이 건너갈 수 있는, 역사로부터 나와 영원한 현재로 갈 수 있는, 좀더 느리고 좀더 일정한 자연의 순환과 조화된 삶의 방식으로 들어갈 수 있는, 거의 눈에 보이는 선이 그어져 있습니다. 유럽에서는 그 신화시대의 세계를 통행할 가능성은 이미 거의 망각되고 있었습니다. 그 재발견, 자연적 자아가 가진 흔들리는 비전에 대한 생각은 유럽계 미국인들이 북미대륙의 수많은 야생지 구석구석을 개간하고 길을 낼 때 머릿속에서 떠나지 않고 있던 것이었습니다.

많은 북미지역에서 야생지는 이제 공식적으로 공유지로 지정된 장소입니다. '산림청'이나 '토지 관리국'의 보유지나 주공원과 연방공원이 그것이지요. 극히 작지만 중요한 일부 지역들은 '자연보호회'나 '공유지 트러스트' 같은 민간 비영리 단체들이 지키고 있습니다. 이런 땅은 한때는 원주민들이 잘 알고 있었고 직접 살았던 그 모든 땅에서 구해낸 성지聖地입니다. 비록 얼마 되지 않지만 이런 땅은 본래의 자연 전체가 울부짖고, 꽃피우고, 동물들에게 보금자리를 마련해주고, 많은 것이 빛나다가 사라지는 마지막 남은 작은 장소들입니다. 이제 그런 곳은 미국 토지의 겨우 2퍼센트를 차지하고 있습니다.

그러나 야생은 2퍼센트의 공식적인 야생지 지대에 국한되어 있지 않습니다. 규모를 바꾸면서 그것은 도처에 있습니다. 우리를 에워싸고 있고 우리 안에 서식하고 있는 근절시킬 수 없는 진균, 이끼, 곰팡이, 뜸팡이 등등의 무리, 뒤편 현관에 출몰하는 흰발생쥐들, 고속도로를 가로질러 껑충껑충 뛰어가는 사슴들, 공원의 비둘기들, 구석진 곳에 진을 친 거미들. 나는 중태평양을 항해하는 배의 기계실에서 청소부로 페인트 솔을 닦은 적이 있는데, 그때 사파 크리크 유조선의 페인트 창고 속에도 귀뚜라미가 있었습니다. 도시의 비옥한 구석구석에는 야생계의 법칙과 일치를 이루며 자신들의 에너지망 안에서 사는 절묘하고 복잡한 생명들이 있습니다. 빈터와 철로에는 식물의 단단한 대궁과 작은 줄기들이 보입니다. 또 분대를 이룬 고집스런 너구리들도 있습니다. 부식토와 우리가 먹는 요구르트 안에는 박테리아가 있습니다. 문화라는 용어는 '의도적으로 유지되는 아주 미학적이고 지적인 삶'이라는 의미와 '사회적으로 계승된 행동양식의 총체'라는 또다른 의미가 있는데, '요구르트 배양yogurt culture'이라는 말에서도 알 수 있는 것처럼 생물학적인 근본 의미에서 그것은 결코 멀리 있는 것이 아닙니다. 즉 양분을 공급해주는 거처라는 뜻이지요. 문명은 삼투적인 것으로서 야성이 깃들일 수 있는 주거환경이 될 수 있습니다.

야생지는 일시적으로는 줄어들 수 있겠지만, 야성은 사라지지 않을 것입니다. 하나의 유령 야생지가 지구 전체를 떠돌고 있으니, 즉 수백만에 이르는 아주 작은 원시식물 씨앗들이 북극지방 제비갈매기의 발에 묻은 진흙에 숨어 있거나 메마른 사막의 모래 틈에 숨어 있습니다. 이 씨앗들은 각기 독자적인 방식으로 나름의 작은 형태와 솜털을 가지고 어떤 특정한 토양이나 환경에 적응합니다. 항상 배아를 보존하면서 떠다니거나 얼거나 누구에게 삼켜질 준비가 되어 있는 것이지요. 야생지는 결국 돌아올 것입니다. 그러나 그 야생지는 다시는 충적세沖積世• 의 이른 아침에 반짝

• 신생대 제4기에 딸린 가장 새로운 시대로서 현대까지 이르고 있다.

거렸던 세계처럼 빛나는 세계가 되지는 않을 것입니다. 삶의 많은 부분이 이 지구, 그러니까 20세기와 21세기의 이 지구 위에서 전개되었고 전개될 인간의 활동을 뒤쫓아 바로 상실될 것입니다. 이미 많은 삶을 상실했습니다. 토질과 물이 그것을 해명해줄 것입니다.

물속 저 검은 것은 무엇?
기름을 뒤집어쓴 수달?

문명화와 야성이라는 이분법을 우리는 어디서부터 해소시켜나가야 할까요?

우리가 동물이라는 걸 여러분은 진정 믿고 있습니까? 우리는 지금 학교에서 그것을 배우고 있습니다. 경이로운 지식이지요. 나는 그 지식을 평생 즐거운 마음으로 공부해왔습니다. 몇 번이고 거듭해서 그 문제로 돌아가 조사하고 시험해보는 대상으로 삼고 있습니다. 나는 젖소와 닭을 기르던 작은 농장에서 성장했습니다. 뒷담 바로 밖에는 2차림二次林이 있었습니다. 그래서 나는 다행스럽게도 인간과 동물은 같은 영역에 있다는 것을 직접 목격할 수 있었습니다. 그러나 어린 시절 이래 이런 말을 들어온 많은 사람들은 그 말의 속뜻을 이해하지 못합니다. 스스로 아마도 인간의 세계가 아닌 세계와는 거리가 멀다고 느끼고, 자신들이 과연 동물인지 '확신이 서지' 않을지 모릅니다. 그들은 자신들이 동물보다는 좀더 나은 어떤 것이 아닐까 하고 느끼고 싶어하겠지요. 그것은 이해할 만한 일입니다. 어떤 동물들 역시 자신들은 '그냥 동물'과는 다른 동물이라고 느낄지 모르지요. 그러나 그 차이를 강조하기에 앞서 우리는 우리가 같은 생물학적 존재임을 말해주는 공통된 근거를 깊이 생각해보아야 하겠습니다.

우리의 육신은 야성적입니다. 고함소리를 들으면 자기도 모르게 재빨리 머리를 돌립니다. 절벽을 내려다보면 현기증을 느끼고, 위험한 순간에는 심장이 덜컹합니다. 숨을 죽이는 것이며, 편안히 쉬고 응시하고 곰곰이 생각에 잠길 때의 조용한 순간들, 이 모든 것은 포유류인 우리의 몸이 갖는 보편적인 반응들입니다. 어느 종류를 막론하고 그 반응들을 볼 수 있습니다. 육체는 숨쉬고 심장을 계속 박동시키기 위해 어떤 의식적인 지성의 중재를 요구하지 않습니다. 육체는 상당한 정도로 자기 조절의 능력이 있습니다. 그것은 그 자신이 가진 생명입니다. 지각과 인식은 정확히 외부에서 오는 것이 아닙니다. 또 간단없이 지속되는 생각과 이미지의 흐름이 정확히 내부에 있는 것도 아닙니다. 이 세계는 우리의 의식이며 그것은 우리를 에워싸고 있습니다. 우리의 정신 속에는, 상상 속에는, '우리'가 놓치지 않고 쫓아갈 수 있는 것보다 더 많은 것이, 말하자면 생각, 기억, 이미지, 분노, 기쁨 같은 것이 명령받지 않고도 솟아납니다. 마음의 심연, 무의식은 우리의 내적인 야생지대이며 그곳이 바로 지금 살쾡이가 있는 곳입니다. 나는 개인의 정신 안에 있는 개인적인 살쾡이를 말하고 있는 것이 아닙니다. 꿈과 꿈 사이를 떠도는 살쾡이를 말하고 있는 것입니다. 일을 계획하고 있는 의식적인 자아는 극히 작은 영토를 차지하고 있을 뿐입니다. 문 근처 어딘가에 작은 방을 차지하고 들락날락하는 것 중 일부만 놓치지 않고 쫓아가고 있을 뿐입니다(더러는 팽창적인 작은 공간을 만들면서 말이지요). 그 나머지는 스스로 알아서 합니다. 육신은 말하자면 정신 속에 있습니다. 육신과 정신은 다 같이 야성적입니다.

어떤 분들은 지금까지는 아주 좋았노라고 말할 것입니다. '우리는 포유동물의 영장류이다. 그러나 우리에게는 언어가 있는데 동물들은 그렇지 않다.' 어떤 정의에 따르면 동물들에게는 언어가 없을지 모릅니다. 그러나 다른 동물들도 실제로는 광범위하게, 그리고 우리가 이제 막 이해하기 시작한 그들 나름의 부르기 방식에 따라 의사소통을 하고 있습니다.

인간은 어떤 시점에 이르러 '더 총명해'졌으며 처음에는 언어를 만들고 그다음 사회를 만들어냈다고 생각하는 것은 잘못입니다. 언어와 문화는 우리의 생물학적이고 사회적인 자연의 존재, 즉 과거 및 현재의 동물로부터 출현합니다. 언어는 정신과 육체에서 나오는 하나의 체계로서 우리의 생리적 요구와 신경조직과 함께 진화합니다. 상상력이나 육체처럼 언어는 명령받지 않고 발생합니다. 거기에는 우리의 합리적인 지적 능력을 벗어나는 어떤 복잡성이 있습니다. 자연언어를 과학적으로 기술하려는 모든 시도는 기술언어학자들도 선뜻 고백하듯이 이제껏 완전성이 부족했습니다. 하지만 어린아이는 모국어를 일찍 배우고 실제로 여섯 살이면 모국어에 숙달하지요.

우리는 언어를 학교가 아니라 집과 들에서 배웁니다. 정식 문법을 배운 일이 한 번도 없지만 우리는 살아가면서 깨어 있는 모든 시간에 차례차례 문장론적으로 맞는 문장을 말합니다. 의식적으로 머리를 짜내지 않고도 우리는 야성적인 무의식의 심연에 광대하게 저장되어 있는 말에 도달합니다. 우리는 개인으로서나 인류라는 하나의 종種으로서나 스스로 이런 힘을 가졌다는 것을 믿을 수 없습니다. 그것은 어딘가 다른 곳에서 온 것입니다. 그것은 구름이 나뉘고 섞이는 모양에서(그리고 처음에는 뒤로 사리다가 그다음 앞으로 뻗는 에너지를 가진 팔에서), 수많은 작은 통꽃송이를 이룬 꽃들이 나뉘고 다시 나뉘는 것에서, 소택지로 흘러나가는 지금의 유콘 강 바닥 아래에 있는 고대의 강바닥에 희미하게 비치는 글씨체처럼 새겨져 있는 물자국에서, 소나무 잎새에 이는 바람에서, 털갈매나무 관목 숲속의 들꿩 무리가 내는 소리에서 온 것입니다.

학교에서 언어를 가르치는 목적은 우리를 얼마 안 되는 언어행동 영역의 울 안에 가두고 몇 가지 선호하는 특징들만을 양성하자는 것입니다. 직업을 구하거나 파티석상에서 사회적 신용을 주는 데나 도움이 될 문화적으로 한정된 엘리트 형식들인 것이지요. 심지어는 전문적 논문으로 알려진 비잔틴시대 물건의 제작방법을 배울 수도 있습니다. 이런 것을 습득해야 할 상당한 이유들은 많이 있습니다. 그러나 언어의 힘, 그 가치는 야성의 편에 남아 있습니다.

사회질서는 자연 전체에 존재합니다. 그것은 책과 법전의 시대 훨씬 이전에도 있었습니다. 그것은 우리 존재의 내재적 일부분입니다. 그 양식은 육체나 돌이 가진 것과 똑같은 변화와 힘의 억제와 균형의 원리를 따릅니다. 정부가 하고 있는 사회조직과 질서라는 것은 아주 계산적인 사람이 자연의 작용원리에서 제 것으로 전용한 일단의 형식에 불과한 것입니다.

세계가 지켜보고 있다

'세계는 칼날처럼 날카롭다.' 이것은 미국 북서부 해안지방의 속담입니다. 그러면 문화와 자연 사이에 큰 이분법을 두지 않는 사람들에게는, 인공으로 가다듬지 않은 체제에 경제를 의지하고 있는 사회에서 살고 있는 사람들의 관점에서는 세계가 어떻게 보일까요? 야성의 자연으로 이루어진 길 없는 세계는 뛰어난 학교이며, 그 세계에서 죽 살아온 사람들은 거칠고 재미있는 교사들이 될 수 있습니다. 그곳에 나가 있으면 우리는 헤아릴 수 없이 많은 식물과 동물과 끊임없이 관련됩니다. 교육을 잘 받았다는 것은 노래, 격언, 이야기, 속담, 신화 그리고 기술을 배웠다는 것이 됩니다. 이런 배움은 지역의 생태 공동체에서 존재하고 있는 인간 아닌 다른 회원들을 경험하면서 함께 옵니다. 들판, '개방된 땅'에서의 실행은 무엇보다도 우선적입니다. 걷는 일은 굉장한 모험이며 최초의 명상이며 인간에게는 으뜸가는 진심과 영혼의 실천입니다. 걷기는 정신성과 겸손한 마음에 정확한 균형을 줍니다. 밖에서 걸으면서 우리는 먹을 것이 있는 곳을 알게 됩니다. 그리고 거기에는 '당신의 엉덩이는 다른 사람의 밥이다'라는 직설적이지만 맞는 말들이 있습니다. 그것은 상호 의존성과 상호 관련성, 그것을 중요하게 여기는 수준에서의 '생태', 또한 다른 생물에 대한 깊은 마음 씀씀이와 준비되어 있음을 투박하게 말하고 있는 것이지요. 여기에는 특정 동식물과 그들을 절대로 물체나 상품 같은 대상으로 전락시키지 않는, 경험에 입각한 나무랄 데 없는 사용법에 대한 비범한 가르침이 들어 있습니다.

서양 사상사에서 조금만 과거로 돌아가보면 거기에는 숲속 오솔길에 갈래가 있었던 것 같습니다. 데카르트, 뉴턴, 홉스 같은 이름들이 의미하는 사상의 노선은 유기적 세계에 대한 깊은 거부였습니다. 원시사회에서의 삶은 '더럽고 짐승 같고 짧다'라고 말했던 그들은 모두 도시인들이었습니다. 재생산적인 우주를 그들은 불모적인 기계주의와 '생산' 경제의 모형으로 대체했습니다. 이 사상가들은 '혼돈'에 대해 불과 1세기 전 그들의 조상이 마녀사냥을 집행하면서 '마녀'에게 그랬던 것만큼이나 병적인 반응을 보였습니다. 그들은 이 세계가 칼날처럼 날카로울 수 있다는 가능성을 향유하지 않았을 뿐만 아니라 그 칼날을 자연에서 분리시키고 싶어했습니다. 이 세계를 인간이 살기에 좀더 안전한 곳으로 만드는 대신, 서양의 과학자며 기술자며 지배자였던 사람들은 삶과 죽음의 힘을 어리석게 주물러댐으로써 바야흐로 전 지구가 불명예스럽게 격하되는 지경에 이르게 했습니다. 수렵인이나 소작농 또는 기능공 같은 인류의 대부분은 언제나 다른 길을 택해 왔습니다. 말하자면 그들은 '붉은 이빨과 발톱을 가진 자연'이라는 단순한 말로써가 아니라 주고받는 우리의 선물 교환의 특성을 찬양함으로써 그 모든 고통을 가진 현실 세계가 어떻게 움직이고 있는지를 이해했던 것이지요. "우리는 모두 실로 얼마나 큰 나눔의 잔치의 일원들인가!" 식탁에 앉은 우리 하나하나도 결국은 식사의 일부가 되리라는 것을 인정하는 것은 그냥 '현실주의적'인 것이 아닙니다. 그것은 성스러운 것이 들어오도록 하는 것이고 우리의 위태롭고 일시적인 개별적 존재의 신성한 면을 받아들이는 것입니다.

이 세계는 지켜보고 있습니다. 사람이 초원이나 숲속을 지나가면 반드시 그가 지나간다는 것을 알리는 물결이 그가 가는 길에서 퍼져나갑니다. 개똥지빠귀는 쏜살같이 달아나고, 어치는 소리 높여 울고, 딱정벌레는 풀밭에서 황급히 달아납니다. 그 신호는 계속 전해집니다. 모든 생물은 독수리가 날고 있을 때나 사람이 걷고 있을 때를 압니다. 자연계를 통해 전달되는 정보는 뛰어난 지력知力입니다.

힌두교와 불교의 초상화에는 동물의 모습이 여러 신들이나 부처들, 보살들의 모습 위에 그려집니다. 분별지혜의 보살인 문수보살은 사자를 타고 있고, 만행萬行을 닦고 그 몸과 덕행을 널리 나타내 보이신 보현보살은 코끼리를 타고 있으며, 음악과 학문의 여신 사라스바티弁財天는 공작새를 타고 있습니다. 파괴와 창조의 여신 시바는 뱀, 황소 들과 함께 쉬고 있습니다. 어떤 분들은 관이나 머리에 아주 작은 동물들을 달고 있습니다. 이 전 세계적인 정신생태학에서는 인간이 아닌 다른 동물들이 열역학적일 뿐만 아니라 영적인 안치安置 장소를 가지고 있음이 암시되고 있습니다. 다른 동물의 의식이 인간의 의식과 동일한가 아닌가 하는 것은 아직 해결되지 않은 문제입니다. 인간 특유의 의식이 왜 다른 생물들을 판단하는 옹색한 기준이 되어야 할까요? 도대체 누가 정신은 사상과 견해와 관념과 개념을 의미한다고 사람들에게 말했습니까? "정신은 나무와 담장 기둥과 타일과 풀을 의미한다"고 도겐道元 선사•는

• 일본 조동종의 창시자로서 『정법안장』을 쓴 선승.

재미있는 수수께끼 같은 말을 합니다.

우리에게는 모두 비상한 변신의 능력이 있습니다. 신화와 이야기에서 이런 변신은 동물이 인간으로, 인간이 동물로, 또는 그보다도 더 멀리 건너뛰는 변화를 보여줍니다. 이런 변화를 겪으면서도 본성은 분명하고 또 확고하게 그대로 남아 있습니다. 그래서 베링 해의 이누피아크 부족(에스키모)의 동물상에는—여기서는 거꾸로인데—조그만 인간의 얼굴을 털이나 깃털 밑에 꿰매어 붙여놓거나 등이나 가슴, 심지어는 빠끔히 내다보는 눈 안에 새겨놓기도 합니다. 이것을 그들은 '이누아inua'라고 하는데, 종종 '영靈'이라고 부르지만 그 생물의 '본성'이라는 말을 붙여도 좋겠지요. 장난스러운 일시적 변모와 상관없이 그것은 같은 얼굴입니다. 마치 불교가 현상계 한가운데 앉아 있는 안정되고 확고하고 온화하고 명상에 잠긴 인간의 모습을 나타냄으로써 우리 인간의 조건을 드러냈던 것처럼, 이누피아크족은 각기 감추어져 있는 작은 인간의 얼굴을 가진 여러 생물의 훌륭한 진용을 보여주고 있습니다. 이것은 인간 중심주의나 인간의 오만 같은 것이 아닙니다. 그것은 모든 생물 하나하나가 우리 인간이 가진 것만큼 눈부신 지성을 가진 영靈이라는 것을 말하는 하나의 방법일 뿐입니다. 불교의 도상圖像 화가들이 인간의 털 안에 작은 동물의 얼굴을 숨겨놓고 있는 것은 우리 역시 원형적인 야성의 눈으로 세상을 보고 있음을 우리에게 상기시켜주기 위해서입니다.

세계는 지켜보고 있을 뿐만 아니라 또한 귀를 기울이고 있습니다. 땅다람쥐나 딱따구리나 고슴도치에 대해 우리가 마구 생각 없이 내뱉는 말을 그들이 듣지 못하고 지나칠 리가 없습니다. 다른 생물들은—옛식으로 우리를 가르치는 사람들의 말을 따르면—죽임을 당하고 먹히는 것은 상관하지 않습니다. 하지만 그들은 우리가 부탁한다고, 고맙다고 말하기를 기대하며 자신들이 쓸모없이 낭비되는 걸 보는 건 싫어합니다. 쓸데없이 생명을 죽이는 것을 금하는 계율은 불가피하게 여러 계명 중 첫번째이고 또 매우 어려운 계명입니다. 조용하게 고마워하는 마음으로 죽이고 먹는 것을 실천함에서 으뜸가는 사람들은 우리의 스승입니다. 20세기 미국의 정육산업에서 동물에 대한 태도와 그 취급은 문자 그대로 역겹고 비윤리적인 것이며 이 사회에 끝없는 악운을 공급하는 원천입니다.

윤리적 삶이란 진지하게 마음을 쓰고 예절을 지키며 기품이 있는 삶입니다. 온갖 도덕적 단점과 결함을 가진 성격 중에서도 가장 나쁜 것은 생각의 인색함으로서 그것은 모든 형태의 비열함을 내포하고 있습니다. 타자와 자연에 대해 무례하게 사고하거나 행동하는 것은 우리가 육체적, 정신적으로 생존하는 데 필수적인 축제성과 종種 사이에 이루어져야 할 의사소통의 기회를 감소시킵니다. 인디언의 삶을 연구하는 학도인 리처드 넬슨은, 아타파스칸족의 어머니는 어린 딸에게 “산을 손가락으로 가리키지 말아라.

그건 무례한 일이란다"라고 말할 거라고 했습니다. 우리는 사냥했거나 거두어들인 어떤 생명체의 육신이든 한 부분도 낭비하거나 부주의하게 다루어서는 안 됩니다. 자신이 성취했다고 뽐내거나 지나치게 자랑스러워해서는 안 됩니다. 자신의 솜씨를 당연한 것으로 여겨서도 안 되지요. 낭비와 부주의는 마음이 인색하고 선물과 교환이라는 거래를 공손하고 기쁘게 완성하려는 생각이 없어서 생기는 것입니다(이 규칙들은 또한 치료사, 예술가, 그리고 도박사들에게 특히 해당되는 말입니다).

어쩌면 우리는 야생의 세계에 대해 지나치게 많이 말하거나—혹은 쓰거나—하지 말아야 할지 모르겠습니다. 다른 동물들을 관심의 대상으로 끌어들이면 그들을 당황하게 할 수도 있으니까요. 이런 감수성은 고대 문화에서 '풍경시'들이 왜 그토록 적게 나왔는가 하는 것을 설명하는 데 도움이 될지도 모릅니다. 자연의 묘사는 문명 그리고 수집하고 분류하는 문명의 습성에서 생기는 글쓰기입니다. 중국의 풍경시는 기원후 약 5세기경 사영운謝靈運의 작품과 함께 시작합니다. 그에 앞서 중국에는 1500년 동안 시와 노래의 전통이 있었고(중국 최초의 시와 노래 모음집인 『시경詩經』이 쓰여지기 전 500여 년 동안 민요를 기록했다고 하면), 자연에 대한 것이 많이 있지만 광범위한 풍경은 아니었습니다. 그것은 뽕나무와 식용 들나물, 산나물과 도리깨질, 수렵 채집민과 그리고 가까이는 농부에 대한 것이었습니다. 사영운의 시대에 오면 이미 중국인들은 산과 강을 거리를 두고 봄으로써 미적 대상으로 삼게 됩니다. 그렇다고 옛날 사람들이 풍경을 제대로 보지 못했다는 것은 아닙니다. 그들은 다른 관점을 가지고 있었다는 말이지요.

이 같은 신중함은 사람이 자신에 대해 말할 수도 있는 이야기나 노래에도 그대로 적용됩니다. 『원주민의 캘리포니아에서 온 소식』의 발행인 맬컴 마골린은 캘리포니아 원주민이 쉽게 '자서전'을 열거하지 않는다는 점을 지적합니다. 그들은 자신들의 개인적 삶의 자세한 내용은 예외적인 것이 아니라고 말했습니다. 상세히 말할 수 있는 사건이란 다만 몇 가지 그들의 두드러진 꿈에 대한 묘사, 그리고 그들이 정신세계와 조우했던 짧은 순간들과 그 만남이 가져온 변모들이었지요. 그래서 그들의 삶에 대한 이야기는 아주 짧았습니다. 그들은 꿈과 마음의 통찰과 치료에 대해서만 말했습니다.

집에 돌아와서

야생 세계의 예절이 요구하는 것은 너그러움만이 아니라 불편함을 명랑하게 감내하는 기분좋은 강인함과, 모든 사람이 약하다는 것에 대한 이해와, 그리고 어떤 겸손입니다. 블루베리를 빨리 잘 따는 것, 예상한 코스대로 가는 기술, 좋은 낚시터 잡기('성내는 사람은 물고기를 낚을 수 없다'), 바다나 하늘의 모양을 읽어내기, 이런 것들은 그냥 노력한다고 얻을 수 있는 성취가 아닙니다. 등반을 하는 데도 같은 자질이 필요합니다. 이런 행동은 훈련이 필요하고 그러려면 어느 정도 자신을 비우는 자제와 통찰력을 요구합니다. 어떤 사람들에게 위대한 통찰력은 그들에게 더이상 남은 것이 아무것도 없게 된 후에야 찾아왔습니다. 알바르 누녜스 카베사 데 바카는 길을 잃고 북풍이 휘몰아치는 텍사스 사막의 한 구덩이에서 며칠 동안 겨울밤을 벌거벗고 자고 난 후에야 불가사의하게 깊어졌습니다. 그는 실로 아무것도 가진 게 없는 경지에 이르렀던 것이지요(이런 순간을 가리켜 버클리 경은 "아무것도 가지지 않으려면 무無를 가져야 한다"고 말합니다). 그후 그는 서쪽으로 가는 길에서 만난 병든 원주민을 자신이 치료할 수 있다는 사실을 발견하게 되었습니다. 그의 명성은 그가 도착하기도 전에 퍼져나갔습니다. 일단 멕시코로 다시 돌아가 문명화된 스페인 사람이 되자 그는 자신이 치료 능력을, 치료 능력만이 아니라 치료하려는 의지를 상실했음을 알게 되었습니다. 그 의지란 전체가 되려는 의지를 말합니다. 그의 말처럼 도시에는 '진짜 의사들'이 있었기 때문이고 또 스스로의 능력을 의심하기 시작했기 때문이었습니다. 문명과 야생이라는 이분법을 해결하려면 우리는 먼저 전체가 되려는 결심을 해야만 합니다.

사람은 문자 그대로 모든 것을 상실함으로써 알바르 누녜스와 같은 경지에 이를 수 있을 것입니다. 고통스럽고 위험한 경험들은 종종 결국은 그것을 견디고 살아남은 사람들을 바꾸어놓습니다. 인간은 담대합니다. 처음에는 모험을 시작하고 그들이 해야 할 것 이상을 하려고 노력하지요. 그리하여 어떤 이들은 요가의 엄격한 생활과 수도원의 고행훈련을 실천함으로써 아무것도 갖지 않으려는 노력을 제도적으로 시도합니다. 우리들 중에는 설원, 바위산, 험한 산길, 격류, 계곡 바닥의 삼림을 몇 날 며칠 맨발로 여행함으로써, 말하자면 '우리 자신을 바깥에 내놓음'으로써 많은 것을 배운 사람들이 있습니다. 또하나, 가장 현학적인 방법으로 전설적인 재가불자인 유마維摩 거사의 방법이 있겠습니다. 그는 실제로 존재하는 세계 안에 있는 우리의 인간 조건을 직접 직관함으로써 우리가 처음부터 아무것도 가지지 않았다는 걸 깨달을 수 있다고 가르쳤습니다. 티베트의 한 격언은 그것을 "공空의 체험에서 측은지심惻隱之心이 나온다"고 말하고 있습니다.

원시사원에 들어감으로써 직접 탐구를 꾀했던 사람들에게 야생지는 사나운 스승이 될 수 있습니다. 미숙한 사람과 경솔한 사람을 급속히 발가벗기기 때문이지요. 실수로 하여금 사람을 극단으로 데려가도록 하기는 쉽습니다. 실제적으로 말하자면 단순소박함, 적절한 대담성, 기분좋음, 감사하는 마음, 철저한 일과 놀이, 그리고 많은 산보를 실천하겠다고 맹세한 삶은 현실 세계와 그 전체성 가까이로 우리를 데려갑니다.

야생지 문화를 가진 사람들이 모험을 찾아나서는 일은 드뭅니다. 만약 그들이 일부러 스스로를 위험 속으로 몰아넣는다면 그것은 경제적인 이유가 아니라 정신적인 이유에서입니다. 궁극적으로 그런 여정은 모두 어떤 개인적인 추구로서가 아니라 공동체 전체를 위해 이루어지고 있습니다. 그토록 많은, 이른바 원시주의자들을 특징짓고 있는 조용한 위엄이야말로 바로 그 반영입니다. 긴 일생을 일과 가족을 위해 살아온 당대의 하이다 부족의 장로인 플로렌스 이든쇼는 그녀를 인터뷰했던 젊은 여성 인류학자의 질문을 받았습니다. 이 학자는 그녀의 일관된 삶과 위엄에 감명을 받았던 사람입니다. "자존감을 가지려면 어떻게 해야 할까요?" 이든쇼 부인은 대답했습니다. "옷을 차려입고 집에 계십시오." '집'은 물론 당신이 만드는 대로 커지는 것입니다.

야성에서 우리가 배우는 교훈은 자유의 예절입니다. 우리는 섬광 같은 지능과 웅성거리는 성욕, 사회적 갈망과 고집불통으로 솟아오르는 울화를 가진 우리 자신의 인간성을 즐길 수 있습니다. 또 우리 자신을 미국의 '대 유역'에 있는 다른 존재보다 더도 덜도 아니게 생각할 수 있습니다. 우리는 서로를 모두 같은 땅 위에서 맨발로 잠자는 동등한 사람들로 받아들일 수 있습니다. 우리는 영원히 살려는 희망을 포기할 수 있고 쓰레기와 싸우는 일을 중

단할 수도 있습니다. 우리는 미워하는 마음이 없이도 모기를 쫓아내고 해충이 들어오지 못하게 담을 칠 수도 있습니다. 어떤 것도 기대하지 않고, 방심하지 않고, 충족하며, 감사하고, 조심하며, 관대하고, 솔직할 수 있습니다. 고요함과 투명함은 우리가 일하다가 손에 묻은 기름을 닦고 흘러가는 구름을 올려다보는 순간 우리에게 깃듭니다. 또다른 기쁨은 친구와 커피를 마시기 위해 드디어 자리를 잡을 때 찾아옵니다. 야생은 우리에게 땅에 대해서 배우고, 모든 동식물과 새 들에게 머리를 끄덕여 알은체를 하고, 여울을 건너고, 산마루를 가로질러가고, 그리고 집에 돌아와서는 즐거운 이야기를 나누라고 요구합니다.

그리고 독립기념일이나 새해 또는 핼러윈 같은 경축일에 아이들이 안전하게 잠자리에 들 때, 그제야 우리는 얼마간 기분을 내어 음악을 틀 수 있습니다. 아직 살아 있는 생명들 속에 있는 선남선녀들은 느긋한 마음이 되면서 진정으로 야성적이 될 수 있는 것이지요. 그럴 때 그것이야말로 '야성'이 갖는 최후의 의미입니다. 가장 심오하고 무서운 비의적 의미이지요. 그것을 맞아들일 준비가 되어 있는 사람은 거기에 도달할 것입니다. 거기에 입문도 하지 않은 사람에게는 이 말을 되풀이하지 말아주십시오.

장소,
지역,
공유지

그대가 지금 있는 장소가
그대의 장소임을 발견할 때 수행은 시작된다.
—도겐

세계는 장소이다

우리는 빈민가와 초원과 습지를 모두 똑같이 '장소들'로서 체험합니다. 하나의 장소는 거울처럼, 규모에 상관없이 어떤 것이나 다 담을 수 있습니다. 나는 장소를 하나의 경험으로 말하고자 하며, 인간이 이 지구에 존재해오는 동안 '장소에 살기'가 의미했던 것의 하나의 본보기를 말하고자 합니다. 우선 한 어린아이가 성장하면서 하나의 자연적 공동체로 들어갈 때 밟게 되는 단계를 말하겠습니다(우리에게는 어떤 전통적 문화에 순응하며 그 가치관을 흡수, 동화하는 과정을 말하는 문화 적응이라는 말과, 이질적인 문화양식에 대한 순응을 통해 집단이나 개인이 변화하는 것을 말하는 문화 변용 같은 말은 있지만, 사람이 장소에 적응하거나 장소에 재적응하는 과정을 설명해주는 말은 하나도 없습니다). 그렇게 함으로써 '야생의 문명'이 필요로 하는 것에 대해 우리는 새로운 관점을 하나 더 얻을 수도 있겠습니다.

대부분의 미국인들에게는 '출생지'에 대해 생각하는 것이 친숙하지 않은 일일 것입니다. 오늘날 자신들이 어디 출신이라고 내놓고 말할 수 있는 사람들은 드뭅니다. 평생을 한 계곡에서 보내고 어렸을 때 알았던 사람들과 함께 내내 일하는 사람들은 거의 없습니다. 어느 곳이나 원주민(이 말 자체가 '그곳에서 태어난 사람'을 의미하지요)과 구 세계의 농부들과 도시인들은 장소에 산다는 이 경험을 공유합니다. 하지만 거주하고 있고 장소에 토대를 두고 있다고 해서 그것이 가끔은 사업차 거래하러 가거나 여름풀을 뜯기러 가축을 멀리 데려가는 여행도 하지 않음을 의미하는 것은 결코 아니었습니다. 이것은 기억해두어야 할 아주 중요한 점입니다. 일하며 떠도는 그런 사람들은 자신들이 지상에 가정을 가지고 있다는 것을 언제나 알고 있었고, 더러는 캠프파이어나 파티에서 그들만이 알고 있는 노래를 불러 그걸 입증할 수 있었습니다.

한 장소의 심장은 가정이고 가정의 심장은 아궁이, 화롯가입니다. 일시적으로 이루어지는 모든 탐험은 그곳에서 밖으로 나가는 것입니다. 노인들이 돌아오는 곳은 그 불가로 돌아오는 것입니다. 우리는 한 가정의 언어와 한 지방어를 쓰며 자랍니다. 우리는 어떤 가정의 언어, 어떤 지방어를 쓰며 자랍니다. 각자의 집안은 어떤 특정 표현이나 발음을 가질 수 있으며, 그것은 아랫골목에서 쓰는 표현이나 발음과는 다릅니다. 우리는 이웃사람의 삶의 내력과 눈으로 바라볼 수 있는 바위와 강물, 산과 나무에 대한 것이 들어 있는 이야기를 듣습니다. 창세신화들은 저 산이 어떻게 만들어졌는지, 저 반도가 어떻게 그곳에 있게 되었는지 그 경로를 말해주고 있습니다. 자라면서 더 대담해지면, 우리는 각 우주의 중심인 화롯가로부터 밖으로 나가 짧은 여행을 하면서 우리의 세계를 탐험하게 됩니다. 유년기의 풍경을 우리는 걸으면서 배우고 마음속에는 그 지도가 새겨집니다. 오솔길과 소로와 작은 숲, 비루먹은 개, 성질 고약했던 노인의 집, 황소가 있던 목초지가 더 넓게 더 멀리 뻗어나가지요. 누구나 대충 여섯 살에서 아홉 살 사이에 익힌 지형의 그림을 가지고 다닙니다(그것은 어떤 전원 풍경일 수도 있지만 이웃 도시일 가능성도 있습니다). 우리는 우리가 걸어다니고 놀고 자전거를 타고 헤엄쳤던 장소를 거의 전부 기억할 수 있습니다. 냄새와 감촉을 가진 그 장소를 다시 마음속에 떠올리고 상상 속에서 다시 한번 그곳을 걸어보는 일은 우리를 땅 위에 올려놓고 정착시키는 효과가 있습니다. 현대인이 생각하듯이 우리는 또한 유년의 풍경이 불도저로 찢기거나 가족이 자주 이사해서 그 모든 것이 희미해지다시피 한 사람들은 어떨까 하고 궁금해할 수도 있습니다. 내 친구 하나는 남캘리포니아에서 어린 시절을 보냈는데, 그 시절의 풍경 속에 있던 아보카도 과수원이 언덕이 겹겹으로 있는 도시 근교의 주택지로 바뀌어 버린 것을 회상할 때면 감정이 복받쳐오르곤 합니다.

우리의 장소는 우리 실체의 한 부분입니다. 하지만 하나의 '장소'라 할지라도 거기에는 일종의 유동성이 있습니다. 말하자면 장소는 시공을 지나간다는 것입니다. 존 핸슨 미첼의 말을 따르면 '의식儀式의 시간'이지요. 하나의 장소는 대초원이었다가 침엽수림이 되었다가 다음은 너도밤나무와 느릅나무 숲이 될 것입니다. 절반은 강바닥이 될 것입니다. 얼음에 할퀴고 밀어제쳐질 것입니다. 그런 다음은 개척되고, 포장되고, 어떤 액체가 뿌려지고, 막아지고, 등급이 매겨지고, 건설될 것입니다. 그러나 각 단계는 단지 일시적으로 이루어질 뿐입니다. 말하자면 다른 것을 쓰려고 앞에 썼던 것을 지우면서 계속 사용하는 양피지 위에 쓴 또 한차례의 글들일 뿐이라는 말입니다. 지구 전체는 하나의 커다란 명판銘板으로서 현재와 과거의 소용돌이치는 힘들이 수없이 겹쳐진 자취를 담고 있습니다. 각 장소는 그 자신만의 장소이며 영원히—궁극적으로—야성적입니다. 지상의 한 장소는 더 큰 모자이크들 안에 들어 있는 하나의 모자이크입니다. 토지는 모두 작은 장소들입니다. 모두 조금 더 크거나 작은 패턴을 반복하는 정확하고 아주 작은 영역들이지요. 아이들이 처음으로 장소를 배우는 것은 집과 주거지 주위와 그 너머 바깥에 있는 그 작은 영역들을 배우면서부터입니다.

지역을 배워나가면서, 한 장소의 규모에 대한 감각은 확장됩니다. 젊은이들은 더 많은 이야기를 듣고 탐험을 하러 나갑니다. 탐험은 또한 땔감 수집과 낚시, 장터나 시장에 가기처럼 생필품을 얻는 일이기도 하지요. 좀더 큰 지역의 주요 특색은 젊은이들의 깨달음의 한 부분이 됩니다(소로는 「산보」라는 글에서 직경이 20마일인 지역이라면 걸어서 면밀하게 탐사하는 데 한 사람의 일생이 걸릴 만하다고 말합니다. 우리가 그 지역을 속속들이 다 알아내기는 불가능할 것입니다).

한 집단이 고향이라고 부르는 지역의 전체 크기는 토지의 유형에 달려 있습니다. 어떤 집단이든 각기 토지에 관련되어 있고, 각기 정해진 지역 안에서 움직입니다. 사막이나 초원에서 사는 사람들에게는 눈에 보이는 공간들이 큽니다. 그 공간이 그들에게 앞으로 나가 가능한 한 멀리 걸어나가라고 유혹하게 되어 그들은 수만 평방마일을 가로질러 가게 됩니다. 오래 자란 나무들이 만든 깊은 숲속을 여행하는 일은 거의 없습니다. 대초원의 강을 따라 생긴 대상림帶狀林과 초원에서 수렵으로 생활용품을 얻는 사람들은 정기적으로 광범위하게 이동하는 반면, 정원으로 쓰기에 이상적인 비옥한 토양을 가진 계곡 사람들은 가장 가까운 산꼭대기를 넘어 멀리 가는 일이 없을 수도 있습니다. 지역의 경계는 대체로 기후가 만들고, 기후는 식물 종류에 따른 지역과 또한 토양의 종류와 지세를 만듭니다. 사막의 불모지, 산등성이, 또는 큰 강 들은 한 지역에 넓게 테두리를 정해줍니다. 우리는 더 크고 더 작은 경계를 가로질러 걸어가거나 힘들게 뚫고 갑니다. 조국을 처음 배우는 어린아이들처럼 우리는 어떤 큰 강가나 큰 산마루의 꼭대기에서서 반대편 쪽은 토양이 다르고, 식물과 동물의 종류가 다르며, 외양간 지붕의 모양이 새롭고, 강우량이 다른 것 등등을 관찰할 수 있습니다. 자연적 지역을 구분하는 경계선은 결코 단순하지도 분명하지도 않습니다. 그것은 생물이 생긴 모습, 분수령分水嶺, 지형, 고도 등의 기준에 따라 다릅니다.(짐 도지, 1981) 그래도 어떤 지점에 이르면 누구나, 가령 이제 중서부가 아니라 서부에 있다는 것을 알지요. 자연이 만든 기준을 따른 지역을 때로는 생물지역이라고 합니다(아메리카 정복 이전에는 원주민들의 행동반경이 광범위했습니다. 남콜로라도의 모하비 부족민들은 누구나 한번은 살아생전 동쪽으로는 호피족이 사는 메사mesa• 와 남쪽으로는 캘리포니아 만, 그리고 태평양까지 도보여행을 해야 한다고 생각했다고 합니다).

모든 지역에는 그 지역만이 가진 야생지가 있습니다. 부엌에는 불이 있고, 사람들이 덜 찾아가는 장소가 있습니다. 대부분의 정착지역에는 우선적인 농경지와 과수원, 포도밭과 거친 목초지, 식

• 미국 서남부의 건조 지방에 많은, 주위가 절벽으로 된 탁상의 암층 대지.

림지와 숲, 사막이나 산의 '황무지'가 얼마간은 서로 결합해 있곤 했습니다. 사실상의 야생지는 그 모든 것 가운데 극히 오지에 있는 한 부분이었습니다. 사람들이 별로 찾아가지 않는 곳은 '곰들이 사는 곳'이지요. 야생지는 걸어갈 수 있는 거리에 있습니다. 사흘이 걸릴 수도 있고 열흘이 걸릴 수도 있지요. 그것은 우리들 대부분이 살고 일하는 지역에서 멀리 떨어진 높은 곳이나 거친 땅끝에 있지 않으면, 깊은 숲과 습지가 있는 변두리에 있습니다. 사람들은 그런 곳에 약초를 구하러 가거나 덫을 놓으러 가며 혹은 고독을 찾아갑니다. 사람들은 가정과 그들만의 야성의 장소라는 두 극단 사이에서 삽니다.

우리가 한때 장소에서 살았다는 것을 생각해내는 것이야말로 우리 시대의 자아발견의 일부입니다. 그것은 '지구인'(어원상으로는 '지구에 거주하고 있는 사람' 같은 것인데)이라는 것이 무엇인지 그 의미에 토대를 놓아줍니다. 세계가 인간의 삶에 적대적이라고 가끔 느끼는 친구가 있는데, 그는 세계가 우리를 춥게 하고 우리를 죽인다고 말합니다. 그러나 우리가 가지고 있는 이 모습을 준 지구가 없었다면 어떻게 우리가 존재할 수 있었을까요? 중력, 그리고 빙점과 비등점 사이의 생존 가능한 범위의 기온이라는 두 조건은 우리에게 체액과 육신을 주었습니다. 우리가 기어오르는 나무와 디디며 걷는 땅은 우리에게 각각 다섯 개의 손가락과 발가락을 주었습니다. 넓다, 퍼져나가다, 평평하다의 어원 'plat'에서 나온 '장소'는 우리에게 멀리 볼 수 있는 눈을 주었으며, 강물과 미풍은 용도가 많은 혀와 나선형의 귀를 주었습니다. 대지는 우리에게 걸음을 주었고 호수는 뛰어들 수 있는 능력을 주었습니다. 자연에 대한 경이는 우리에게 인간의 정신을 주었습니다. 우리는 그것을 고마워해야 하고 자연의 좀더 엄격한 교훈을 감사한 마음으로 받아들여야 합니다.

공동체 이해

나는 등반 동료 앨런 긴즈버그와 함께 글레이셔 피크 정상에 서서 사방을 둘러보며 시선이 미치는 한 멀리 연달아 펼쳐진 능선과 산봉우리를 바라보며 서 있었습니다. 서쪽으로 퓨젓사운드를 지나면 올림픽 산맥의 좀더 아득한 봉우리들이 있었습니다. 친구가 말했습니다. "이 모든 것을 위해 상원의원이 있다는 말이지?" 사막의 연속과 첩첩산맥을 가로지르는 그레이트베이슨•이 그런 것처럼, 이 지상에는 아직도 관리되지 않고 있으며 어쩌면 망각되고 있거나 아직 미지로 남아 있는—알래스카와 캐나다의

• 미국 서부의 대분지로서 네바다 주의 대부분과 유타, 캘리포니아, 오리건, 아이다호 주의 일부에 걸쳐 있다.

끝없이 펼쳐진 가문비나무 삼림지대—광대한 땅이 있다고 생각하기 쉽습니다. 그러나 그것도 어떤 범위에서는 모두 지도가 만들어져 있고 토지 소유 설정이 되어 있습니다. 북미에는 공유지 안에 있는 터가 있는데, 그런 터는 나름의 문제가 있기는 하지만 적어도 우리가 모두 함께 논의할 권리가 있는 문제들입니다. '지구먼저!' 운동의 창시자 데이비드 포먼은 최근 그의 급진적인 사상이 어디에서 나왔는지를 말했습니다. 그는 그의 사상이 사회 정의나 정치적 좌파 이데올로기 또는 페미니즘에서 나온 것이 아니라 공유지 보존운동에서, 그러니까 1930년대 및 그 이전으로 거슬러 올라가 시작된 단단하고 따분한 운동에서 시작되었다고 말합니다. 하지만 이 토지 및 야생동물 문제는 존 뮤어, 존 웨슬리 파웰, 알도 레오폴드를 정치적 인물로 만든 공유지 남용의 문제였습니다.

미국의 공유지는 유라시아 너머에서는 훨씬 오래전에 알려져 있던 제도가 20세기에 현신한 것입니다. 영어로는 'commons'라고 하는데, 그것은 자치구의 야생동식물을 보호하는 동시에 관리하는 고대의 방식이었습니다. 시장경제, 식민정책, 제국주의 시대가 오기 전까지 그것은 아주 잘 실행되고 있었습니다. 공유지가 어떻게 실행되었는지 한 예를 들겠습니다.

깊은 오지의 야생지와 소규모 사유지 농장 사이에는 작물에 적합하지 않은 지역이 있습니다. 옛날에는 그 땅을 그곳의 부족이나 마을 사람들이 공동으로 사용했습니다. 야생지와 준야생지를 아우르는 이 지대는 아주 중요합니다. 그 땅은 야생지의 건강에 필요한데, 왜냐하면 큰 서식처와 범람지대를 공급하고 또 야생동물이 피하거나 도망갈 공간을 보태주기 때문이지요. 그 땅은 농촌의 경제에도 없어서는 안 되는 땅입니다. 그 천연의 다양성은 사유지가 줄 수 없는 수많은 생활필수품과 쾌적함을 제공해주기 때문이지요. 그 땅은 사냥감과 물고기로 농경사회의 먹거리를 풍부하게 합니다. 공동 소유의 토지는 수렵, 채집 경제에서 그랬던 것처럼, 장작이며 건축에 사용되는 나무 기둥과 돌, 가마용 진흙과 약초, 염색에 쓰이는 식물과 그 밖에도 많은 걸 공급합니다. 그 땅은 특히 소, 말, 염소, 돼지, 양이 계절에 따라 혹은 전천후로 이용할 수 있는 지역으로 중요합니다.

이론적으로는 자연지역의 공유는 무제한적이거나 또는 개인의 이용을 통제하면서 '공동의 자원'을 이용하는 문제로 생각할 수도 있습니다. 사실 그 같은 공동 소유는 수천 년 이상, 그리고 늘 지역적, 사회적 상황 안에서 발전해왔습니다. 아시아와 유럽의 농촌사회에서는 토지의 공동 사용을 지도하는 관습적 형식이 있었습니다. 외지인은 마음대로 들어갈 수 없게 했고 공동체 주민들의 출입과 이용도 제한했습니다. 공유지는 '지역 공동체 주민 전체가 소유하는 분할되지 않은 땅'으로 정의해왔습니다. 이 정의는 공유지가 특별한 토지이며, 그리고 전통적인 공동체 제도라는 것을 주장하지 못하고 있는데, 전통적인 공동체 제도는 그 다양한 하부단

위의 수용력을 정하고 그 땅을 사용하는 사람들의 권리와 의무를 과실에 따른 벌금과 함께 규정합니다. 그 땅은 전통적이고 지역적인 것이기 때문에 중앙정부가 소유하고 관리하는 땅인 오늘날의 '공지'와는 같지 않습니다. 국가 조직 아래서 그런 관리는—캐나다와 미국에서 지금 그렇게 되어가고 있는 것처럼—파괴적이 되거나—과거에 종종 그랬던 것처럼—양호한 것이 될 수도 있지만, 어떤 경우에도 그것은 지역 관리가 아닙니다. 현재 공유지의 개혁방법을 논의하면서 나온 생각 중의 하나는 그 토지를 지역 관리로 반환하자는 것입니다.

전통적 관리법의 한 예를 들겠습니다. 한 집에서 점점 더 많은 가축을 사들이는 것을, 그리고 누구나 지나치게 방목하고 싶어하는 마음을 막을 대책이 있을까요? 초기 영국과 현대의 몇몇 스위스 촌락에서는 공유지의 공동권 소유자는 자신의 가축우리에서 겨울 동안 먹일 수 있는 수만큼의 가축만을 여름에 방목할 수 있었습니다.(네팅, 1976) 이것은 단지 여름에만 방목하려고 가축의 수를 외지에서 늘려 들여오는 것이 누구에게도 허용되지 않았다는 것을 의미합니다(이것은 노르만 법률용어로는 'levancy and couchancy' 규칙이라고 알려져 있습니다. 겨울 동안 축사에서 실제로 '서 있고 잠자고' 할 수 있는 가축만을 기를 수 있다는 것이지요).

공유지는 사람들이 그들이 사는 지역의 자연계와 맺는 계약입니다. 이 말에는 우리에게 교훈을 주는 역사가 들어 있습니다. 그 말은 '함께ko'와 희랍어 '공유하는moin'으로 이루어져 있습니다. 그러나 인도유럽어의 어근 'mei'는 근본적으로 '움직인다, 간다, 변한다'를 의미합니다. 여기에는 '관습이나 법이 규제하는 한 사회 안에서의 물품과 봉사작업의 교환'이라는 고대적인 특별한 의미가 있습니다. 나는 이것이 '선물은 언제나 움직여야 한다'는 과거의 선물 경제 원칙을 가리키는 것일지도 모른다고 생각합니다. 어근은 라틴어 'munus'가 되는데 그것은 '공동체를 위해 하는 봉사'이며 거기서 '지방자치제municipality'라는 말이 생겨났습니다.

유럽과 영국의 촌락경제와 관련해서 공유지 역사를 자세히 기록해놓은 문헌이 남아 있습니다. 영국에서는 노르만 정복 때부터 봉토를 받은 기사와 전제군주가 많은 지방 공유지에 대한 권리를 갖기 시작했습니다. 법 제정(머튼 법령, 1235)이 그들을 지지하게 되었습니다. 15세기 이후 지주계급이 도시상인 길드와 정부관리와 함께 일하면서 점점 촌락 소유의 토지에 울타리를 치고 그것을 개인의 이익으로 바꾸어갔습니다. 공유지 사유화 운동은 양치기에서 얻는 이익이 농업에서 얻는 이익보다 훨씬 크다는 것을 알게 된 대규모 양모산업의 지지를 받았습니다. 유럽대륙으로 수출하던 양모산업은 초기 농업 관련 산업으로서 토양과 쫓겨난 소작농에게 치명적인 타격을 주었습니다. 영국에서 있었던 공유지의 사유지화에 대한 논의는 효율성과 더 높은 생산성에 대한 논의였는데 그것은 사회적, 생태학적 영향을 무시했고, 자원과 환경을 고갈시키거나 파괴하지 않고 이용할 수 있는 일부 지역의 농업을 불구로 만드는 데 기여했습니다. 공유지 사유화 운동은 18세기에 들어와 다시 발걸음이 빨라졌습니다. 1709년에서 1869년 사이에 거의 500만 에이커가 개인 소유지로 바뀌었는데 그것은 전체 토지의 7분의 1이었습니다. 1869년 이후 '열린 공간운동'이라는 이전과 반대되는 돌연한 정서가 생기면서, 에핑 숲의 열네 개 장원의 영주에 대한 극적인 소송을 통해 궁극적으로 공유지의 사유화를 종식시키고 공유지를 보존하게 되기에 이르게 되었습니다.

인류학자 칼 폴라니는 18세기의 공유지 사유화가 자포자기한 나머지 세계 최초의 산업노동자계급이 되지 않을 수 없었던 시골의 무주택자 인구를 만들어냈다고 말합니다.(1975) 공유지 사유화는 인간사회나 자연의 생태계에 비극적인 일입니다. 영국이 지금 유럽의 모든 국가들 가운데서 가장 적은 숲과 야생동물을 가지고 있다는 사실은 이 공유지 사유화와 깊은 관련이 있지요. 유럽 평원에 있던 공유지의 탈취는 약 500년 전에 시작되었지만, 유럽 공유지의 3분의 1은 아직 사유화되지 않았습니다. 스웨덴 법에 지금도 남아 있는 공유지 관행은 누구에게나 개인 농장에 들어가 딸기나 버섯을 딸 수 있고 맨발로 지나갈 수 있으며 집이 보이지 않는 곳에 캠프를 칠 수 있도록 허용합니다. 대부분의 이전 공유지는 정부 내 토지청의 관리를 받고 있습니다.

공유지의 예를 우리는 일본에서도 볼 수 있습니다. 그곳에는 아주 좁은 계곡에 농가 마을이 끼어 있고 아래쪽에는 논에서 벼가 자라며 약간 높은 땅에는 야채밭과 원예밭이 있습니다. 계곡 위로 높이 솟아 있는 숲이 우거진 언덕이 공유지인데, 공동 등기가 된 이것을 일본어로는 '이리아이入會'라고 합니다. 마을 사이를 경계짓고 있는 것은 종종 바로 이 산마루입니다. 멀리 벽지에 있는 요카와의 천태종天台宗 절의 북쪽, 교토 시에 있는 히에이 산비탈에서 나는 장작으로 쓰려고 가늘고 잘게 자른 나뭇가지를 다발로 묶고 있는 오하라 읍 사람들을 만났습니다. 그들은 그들이 사는 마을 토지 안에 있었습니다. 일본의 가장 깊숙한 산속에는 어떤 마을도 사용할 수 없는 숲이 있습니다. 일찍이 봉건시대에도 그 산들은 여전히 잔존해 있던 수렵민족인, 아마도 일본계 아이누족의 피가 섞인 생존자들이 차지하고 있었습니다. 나중에 이 야생 토지의 일부는 정부에 귀속되면서 황실의 숲이라는 뜻의 '어용림御用林'으로 선포되었습니다. 영국에서는 13세기에 이미 곰이 절멸되었지만, 일본에서는 좀더 깊은 오지의 산에 들어가면 어디에서나, 심지어는 교토의 바로 북쪽에서도 이따금 곰이 발견되고 있습니다.

중국에서는 산지의 관리가 대체로 마을 협의회에 일임되었습니다. 중앙정부가 원하는 것은 오직 세금이었습니다. 세금은 물품의 종류별로 징수되었으며 지방별로 특산품을 생산하는 사람들은 높은 평가를 받았습니다. 중앙도시의 요구에 따라 쌀과 목재와 비단과 함께 물총새의 깃털, 사향노루의 한선汗線, 코뿔소 가죽, 그 밖의 다른 산과 강에서 나오는 진귀한 물품들을 끌어들였습니다. 마을 협의회는 그들이 가진 자원이 과도하게 착취당하는 것에 저항했을지 모릅니다. 하지만 삼림 벌채가 퍼져나가면서 그 범위가 그들이 사는 지역에 이르렀을 때(14세기는 중국 심장부의 숲에 전환점이 된 듯합니다), 마을의 토지 관리는 무너지게 되었습니다. 역사적으로 중앙집권적 경제의 중앙정부나 기업가가 공유지를 점유하면서, 동이든 서든, 야생지와 농경지 토양은 제 모습을 비참하게 잃게 되었습니다. 때로는 황금알을 낳는 거위를 죽여야 할 마땅한 이유가 있는 법입니다. 빨리 얻는 이익은 좀더 높은 단계에서 되돌려줌으로써 다른 곳에 재투자될 수 있습니다.

미국에서는 유럽계 미국인 침입자들이 원주민을 강제로 그들의 독자적인 전통적 공유지에서 쫓아내자마자, 토지는 새로 온 이주민들에게 열리게 되었습니다. 하지만 불모의 서부지대에서는 많은 땅이 원주민에게 공유지로 양도된 적이 없는 것은 차치하고, 그곳을 자작농장으로 주어 그들을 입주시킨 적도 없습니다. 흰 사막과 푸른 산을 알고 있었고 사랑했던 원주민들은 이제 뿔뿔이 흩어지거나 보호지구에 갇히게 되었습니다. 새로 들이닥친 이주자들은—금을 찾아온 광부와 소수의 목장주들인데—땅을 돌볼 만한 가치 기준이나 그럴 만한 지식도 없는 사람들이었습니다. 거대한 지역이 사실상 공공의 구역이었습니다. 땅을 관리하기 위해 삼림관리국, 공원관리국, 토지관리국이 만들어졌습니다(캐나다와 오스트레일리아에서는 이 같은 종류의 땅을 '왕의 토지'라고 부르는데 민중에게서 공유지를 우격다짐으로 빼앗으려고 했던 영국 통치자의 역사를 그대로 반영하고 있는 것이지요).

현대 미국의 서부에서 '세이지브러시 반란'•에 대해 말하는 사람들의 이야기를 들어보면 마치 그들이 공유지의 관리권을 지역에 돌려주기 위해 일하고 있는 것 같은 인상을 줍니다. 사실은 세이지브러시 반란자들은 장소에 대해서 아직 배워야 할 게 많이 있습니다. 그들로 말하면 아직 이곳에 온 지 비교적 얼마 안 되었고, 그들이 온 동기는 토지 관리자 업무 때문이 아니라 토지 개발 때문입니다. 일부 서부인들은 장기적인 전망을 가지고 생각하기 시작했습니다. 이들은 국유지의 사유화가 아니라 공유지의 관리 개선과 더 많은 야생지 보존을 논의합니다.

유럽과 아시아에서 환경 문제의 역사는, 최선의 공유지 관리는 지역에 입각한 관리라는 걸 말하고 있는 듯합니다. 고대에 지중해 연안 지방에서 행해졌던 가혹하고 돌이킬 수 없는 삼림 벌채는 삼림관리권을 그 지방 마을에서 강제로 빼앗아간 권력이 공유지

• '세이지브러시'는 산쑥이라는 뜻. 현재 연방정부의 관리를 받고 있는 주 안의 토지를 다시 주의 관리로 돌려받으려는 운동으로 1970년대 말 네바다 주에서 시작되었다.

를 어떻게 악용했는지를 보여주는 한 극단적인 경우입니다.(서굿, 1981) 19세기와 20세기 초 미국의 상황은 그 반대였습니다. 진짜 지역주민인 아메리카 원주민들은 떼죽음을 당했거나 사기를 잃게 되었으며, 새로 입주한 인구는 모험가와 기업가 들뿐이었습니다. 몇몇 연방의 존재가 없었다면 밀렵자와 목축업자와 목재업자들은 마음껏 떠들며 즐겼을 것입니다. 대략 1960년부터 상황은 다시 바뀌었습니다. 한때 천연자원 보호를 책임지고 있던 단체들이 채굴업자들과 결탁한 공범이었음이 점차 드러나게 되었습니다. 지역민들은, 실제로 지역민이 되기 시작하던 사람들은, 환경단체의 협력을 구하고 공유지 옹호에 동참했습니다.

환경 파괴는 전 세계적으로 확산되고 있으며 지역 공유지와 지역민을 '둘러막고' 있습니다. 열대림의 촌락과 그곳에 사는 사람들은 문자 그대로 중앙정부와 결탁한 국제적 제재기업에 의해 불도저에 밀려 집에서 쫓겨났습니다. 원주민의 토지를 몰수하는 데 이용되는 진부한 허구적 이야기는 공동 소유의 부족 삼림이 사유재산인가 아니면 공유지인가, 이중 양자택일을 해 선언하는 것입니다. 공유지가 폐쇄되고 마을 사람들이 그 땅을 차지한 회사가 경영하는 상점에서 연료와 목재와 의약품을 사지 않을 수 없게 될 때, 그들은 빈민화합니다. 이것이 바로 이반 일리치가 "생계와 싸우는 500년 전쟁"이라고 명명한 것의 한 결과이지요.

그래서 이른바 공유지의 비극은 어떻습니까? 이제는 널리 알려진 이 이론은 가령 목초지 같은 어떤 자연자원에 접근할 수 있는 권리가 개방되어 있을 때 목축업자들은 누구나 자신의 몫을 최대한 추구할 것이며, 따라서 과잉방목이 불가피하지 않을까 하는 것을 말해주고 있는 듯합니다. 개릿 하딘과 그의 동료들이 말하고 있는 것은 '공동 관리 자원의 진퇴양난'이라고 불러야만 할 것입니다. 개인이나 기업은 "내가 하지 않으면 다른 친구가 할 텐데"라는 맹목에 사로잡히게 되는데, 문제는 '누구의 소유도 아닌' 자원을 과도하게 착취하는 것입니다.(하딘과 베이든, 1977) 해양 수산업, 지구가 가진 물의 순환, 공기, 토양의 생산력이 모두 이 부류에 속합니다. 하딘 등이 그들의 모델을 역사적 가치가 있는 공유지에 적용하려고 했지만, 그러한 노력은 성공하지 못했습니다. 공유지란 역사적으로 볼 때 결코 규칙이 없는 것이 아니었으며 무제한의 접근을 허용하지 않았던 사회적 제도라는 사실을 그들이 간과했기 때문이지요.(콕스, 1985)

아시아와 일부 유럽에서는, 어떤 경우 신석기 시대까지 거슬러 올라가는 촌락들이 아직도 어떤 협의회를 가지고 공유지를 감독하고 있습니다. 공유지는 어느 것이나 한계가 있는 하나의 실체이기 때문에 그것을 남용할 때 그 결과는 거기에 의지해 사는 사람들에게 분명하게 나타날 것입니다. 공동 관리 자원에는 현재 세 가지의 운명이 가능합니다. 하나는 사유화이고 다른 하나는 정부

당국에 의한 관리입니다. 세번째는 가능하다면, 지역 주민이 관리하는 합당한 크기의 진정한 공유지의 일부가 되는 것입니다. 세번째 선택은 이제 여기서 말하는 것처럼 될 가능성이 없을지 모릅니다. 지역에 기반을 둔 공동체 부락의 또는 부족의 토지 소유 기업이나 협동조합은 알래스카에서처럼 여기저기에 남아 있는 듯합니다. 그러나 세계시장에서 활동해야 하기 때문에 그들은 경제적 성공에 맞서 전통과 자원의 유지를 어떻게 균형 잡느냐 하는 문제와 씨름하고 있습니다. 남동부 알래스카의 틀링기트 부족의 실라스카 회사는 오랜 세월 동안 자란 나무 일부를 벌채하도록 내버려두었다고 해서 내부로부터도 혹독한 비판을 받고 있습니다.

우리는 해양, 대기, 하늘을 나는 새와 함께 세계 규모의 '자연의 계약'을 맺을 필요가 있습니다. 그러한 시도는 희생된 '공동 관리 자원'의 세계 전체에 공동체 정신을 도입하기 위한 것입니다. 지금 형편으로 보아, 못박아놓지 않은 지상의 자원은 어떤 것이든 오사카, 로테르담 또는 보스턴에서 온 목재 매입자나 원유 개발 지질학자에게는 멋진 사냥감으로 보일 것입니다. 우리를 압박하는 인구 증가의 문제와 확고부동한—그러나 허약하고 혼미하며 본질적으로 지도자가 없는—경제제도의 위력은 우리가 분명히 그 사실을 볼 수 있는 가망성을 보지 못하게 둘러싸버릴 것입니다. 경제제도가 어떻게 확립되어 있는지에 대한 우리의 인식 또한 착각 같은 것이 될 수 있습니다.

간혹은 한 사회 전체가 슬기로운 선택을 할 가능성이 있어 보이지 않습니다. 그럼에도 불구하고 '공유지 회복'을 요구하는 것 말고는 다른 선택이 없습니다. 우리가 잃은 것이 무엇인지 잘 깨닫지 못하는 현대 세계에서는 말이지요. 우리가 잃어버린 어두운 밤을 우리의 것으로 도로 찾아야 하는 것처럼, 우리 모두가 공유하는 것, 우리의 더 큰 존재인 그것을 도로 찾아야 합니다. 이보다 더 큰 '공유지의 비극'은 없을 것입니다. 만일 우리가 공유지를 회복하지 않으면, 야생 세계의 서로 얽혀 있는 존재의 그물을 함께 나눔에서—그 그물 됨에서—개인적이고 지역적인 그리고 공동체와 개인들의 직접 참여를 다시 얻지 못한다면, 그 세계는 계속 사라져갈 것입니다. 급기야 우리의 복잡다단한 산업 자본주의자/사회주의자의 복합체는 우리를 지탱해주고 있는 생명계의 많은 부분을 추락시킬 것입니다. 그리고 지역 공유지를 상실한다는 것은 자급자족의 종말을 예고하며 지역 토속문화의 소멸을 알리는 신호가 될 것입니다. 이것은 분명합니다. 이런 일이 아직도 세계의 먼 구석구석에서 지금 일어나고 있습니다.

공유지는 인간이 한때 그 안에서 자유로운 정치적 삶을 살면서 자연계를 누비고 나갔던 진기하고 기품 있는 사회제도입니다. 공유지는 인간 세계 아닌 다른 세계(무정세계)까지를 포함하는 인간 사회조직의 한 단계입니다. 지역 공유지의 다음 단계는 생물지역입니다. 공유지와 공유지의 역할을 좀더 큰 지역문화 안에서 이해하는 일은 생태와 경제의 통합을 향해 내딛는 또하나의 발걸음입니다.

생물지역의 전망

'지역'은 문명의 또다른 어떤 곳이다.
—맥스 캐퍼드

과거의 작은 국가들은 어떤 정해진 자연 기준에 순응하는 지역 안에서 살았습니다. 북미의 중요한 원주민 그룹의 문화영역은 우리의 예상대로 폭넓게 정해진 중요한 생물지역과 거의 정확하게 겹쳐져 있었습니다.(크로버, 1947) 옛 사람이 유동적이고 불분명하지만 진정한 고향을 체험했던 자리에는, 당시 유라시아를 가로지르며 부상하던 민족국가들이 자의적이고 폭력적으로 빈번히 강요했던 경계선이 대신 자리잡게 되었습니다. 이 강요된 국경선은 때로 생물지대와 민족구역을 똑같이 가로질러갔습니다. 주민들은 생태학적 지식과 공동체의 연대의식을 상실하게 되었습니다. 옛날에는 식물과 동물과 지형은 문화의 일부였습니다. 문화와 자연의 세계는 현실적인 것이지만 지금은 거의 하나의 그림자 세계입니다. 그리고 정치적 권력과 난해한 경제라는 비본질적인 세계가 현실로 통하고 있습니다. 우리는 역행하고 있는 시대에 살고 있습니다. 인위적인 국가와 주와 군을 나누는 경계선에 의해서가 아니라 원래 있었던 우리의 토지의 독특한 생김새를 발견하고 조종해나감으로써, 우리는 적어도 고향의 지역과 정신 면에서 우리가 이 세계를 구성하는 작은 일원이라는 그 옛날에 가졌던 의식을 회복할 수 있을 것입니다.

지역들이란 "부분들이 동시에 존재하는 공간들 속에서 상호 침투하는 실체들"입니다.(캐퍼드, 1989) 생물의 종류, 하천의 유역, 지형 그리고 해발은 한 지역을 정의할 때 말하는 단 몇 개의 면에 불과합니다. 문화영역에도 마찬가지로 방언, 종교, 활쏘기, 여러 가지 모양의 도구들, 신화의 동기, 음계, 미술 스타일 같은 부분집합이 있지요. 지역의 약도를 그려주는 것 중 하나가 식물일 것입니다. 북서태평양 해안을 특징짓는 가장 확실한 나무인 더글러스 전나무가 한 예입니다(나는 소년 시절 워싱턴 호수와 퓨젓사운드 사이에 있던 농장에서 자라는 동안 그 나무를 잘 알게 되었습니다. 그 지방에 살던 스노호미시족은 그 나무를 루크타 트시야츠 lukta tciats, '넓은 바늘'이라고 불렀습니다). 그 나무의 북부 한계선은 브리티시컬럼비아의 스키나 강 부근입니다. 그 나무는 워싱턴, 오리건, 그리고 북캘리포니아를 거치는 산맥 등성이의 서쪽에서 발견됩니다. 더글라스 전나무의 남쪽 해안 한계선은 연어의 그것과 비슷한데, 연어는 빅서 강의 남쪽으로는 가지 않거든요. 내륙에서는 시에라네바다 산맥의 서쪽 산기슭 아래, 멀리 남쪽으로 섀와킨 강의 북쪽 지류가 흐르는 곳까지 자랍니다. 이 약도는 더 큰 자연지역의 경계선이 세 개의 주와 하나의 국경을 가로지른다는 것을 말해주고 있습니다.

이 나무는 그곳의 강우량과 기온의 범위가 어떤지를 알려주며, 어떤 농사를 지을 것인지, 또 지붕의 경사도는 어느 정도로 해야 하며 비옷은 어떤 것이 필요한지를 말해줍니다. 폴란드나 벨링엄 같은 현대 도시에서 살아가기 위해서라면 우리가 그런 세세한 지식을 알 필요는 없지요. 그러나 식물 분포와 기상에서 배울 수 있는 것을 잘 알면 가벼운 대화를 나누기에도 좋고 정말로 더 편안한 느낌을 가질 수 있습니다. 들판 하나의 총체는, 아주 대충 말하자면 '그 장소의 정신'이 됩니다. 한 장소의 정신을 아는 것은 우리가 어느 한 부분 중의 한 부분이며, 전체는 부분으로 되어 있고, 그 부분들 하나하나가 곧 전체라는 걸 깨닫는 것입니다. 우리가 전체로서 들어 있는 부분으로부터 우리는 시작합니다.

이런 생각이 돈키호테적으로 보일지 모르지만 그 뒤에는 힘과 가능성이 담겨 있는 저장소가 있습니다. 1984년 봄, 춘분이 있는 달에 게리 홀트하우스와 나는 앵커리지에서 차를 몰아 알래스카의 헤인스로 내려갔습니다. 우리는 코퍼 강 분지의 위쪽 가장자리를 돌았고 유콘 강의 여러 지류를 지나 헤인스 정상으로 올라갔습니다. 가는 길은 내내 아직 얼어붙어 있는 백자작나무와 흑자작나무의 침엽수림대였습니다. 고갯길에서 칠캣 만의 바닷물이 있는 곳으로 내려가면서 우리는 즉시 습지에서 머리를 쑥 내밀고 있는 큰 가문비나무와 앉은부채 들의 숲속에 있게 되었습니다. 봄이었습니다. 그것은 급격한 변화를 보이는 생물지역의 경계였습니다. 다음날 나는 영광스럽게도 '큰까마귀 집'에 초대되어 오스틴 해먼드와 다른 여러 틀링기트족 어른들과 커피를 마시며 사람이 자신이 사는 곳에 대해 어떤 책임이 있는가에 대한 길고 아주 두서없이 뒤엉킨 이야기를 들었습니다. 우리가 길가로 난 그 집 창을 통해 바다 건너 산봉우리에 걸려 있는 빙하를 바라보자 해먼드는 빙하의 비유를 들며 제국과 문명에 대해 말했습니다. 그는 거대한 외부의 힘이—이 경우는 산업문명인데—들어오고 나간다는 것과 그 힘이 나가기까지 주민들이 기다릴 수 있는 방법을 설명했습니다.

1970년대 중반 아메리카 원주민 지도자들과 보즈먼, 몬태나의 활동가들이 참석했던 한 회의에서 나는 크로우족의 노인이 다음과 비슷하게 말하는 것을 들었습니다. "사람들이 어떤 곳에 오래 살게 되면, 백인도 마찬가지인데, 정령들이 그들에게 말하기 시작할 거라고 나는 생각해요. 그것은 대지에서 올라오는 정령의 힘이에요. 우리는 정령과 옛날의 힘을 상실한 게 아니에요. 그것은 다만 사람들이 좀 오래 있어야 나타난답니다. 그럴 때에야 정령들은 사람들에게 영향을 미치기 시작할 거예요."

생물지역에 대한 각성은 구체적인 방법으로 우리를 가르칩니다. 그냥 '자연을 사랑'하거나 '대지의 여신과 조화를 이루고' 싶다고 말하는 것으로는 충분하지 않습니다. 우리와 자연계의 관계는 장소에서 이루어집니다. 그리고 그것은 지식과 체험에 토대를 두어야 합니다. 예를 들면, '참다운 사람들'은 그 지역 식물과 쉽게 친화합니다. 이것은 유럽과 아시아와 아프리카에서 사는 사람이라면 누구나 당연한 것으로 여기곤 했던 전혀 특별하지 않은 종류의 지식이지요. 현대의 많은 미국인들은 그들이 '식물을 알지' 못한다는 것조차 알지 못하는데, 이것은 실로 그들이 식물을 멀리한다는 것을 말해주는 한 척도이지요. 식물군에 대해 조금이라도 알면 우리는 가령 "알래스카와 멕시코는 어디에서 만나는가? 캘리포니아 북부 해안 근처일 것이다. 그 해안 근처에서 캐나다산 어치 류와 가문비나무는 미국산 철쭉과 청떡갈나무와 함께 섞이며 가장자리를 두르고 있다"와 같은 문제들을 즐길 수 있을 것입니다.

그러나 그곳을 '북캘리포니아'가 아니라 '섀스타 생물지역'이라고 불러봅시다. 현 캘리포니아 주(구 알타 캘리포니아 지구)는 적어도 세 개의 자연구획으로 나뉘고, 북부에 있는 세번째 구획은 더글라스 전나무의 예가 보여주듯 북쪽으로 상당히 나가 있습니다. 이 북쪽의 세번째 구역은 대충 클래머스/로그 강의 지류에서 흐르며 남쪽의 샌프란시스코 만으로 가고 거기서 새크라멘토 강과 섀와킨 강이 합류하는 델타 지대로 올라갑니다. 그런 다음 그 경계선은 동쪽의 시에라 산마루로 가면서 그곳을 뚜렷한 경계로 삼아 계속 북쪽으로 가며 수전빌에 이릅니다. 하천의 유역은 거기서 다시 각도가 넓게 벌어지며 북쪽 모독 고원의 가장자리를 따라서 워너 산맥과 구스 호로 가지요.

분수령의 동쪽은 '대분지'이고 섀스타의 북쪽은 캐스캐디아/컬럼비아 지역이며 그다음 더 북쪽이 이른바 이시 강 지역, 퓨젓사운드와 조지아 해협의 배수구역입니다. 우리는 왜 이런 그림을 그려야 할까요? 다시금 말하지만, 그렇게 해야 우리의 마음이 준비가 되어 이 풍경 속에서 편안해지기 시작하기 때문이지요. 북미에는 몸은 이곳에서 태어났어도 지적으로나 상상적으로, 또는 도덕적으로는 이곳에서 살고 있지 않는 사람들이 수천만 명이나 됩니다. 아메리카 원주민들에게는 정말이지 토착적이라는 말을 주장할 우선적인 권리가 있습니다. 그러나 그들은 그 땅을 사랑하기에 이주해온 수백만의 정신들이 '아메리카 토착민' 친구들로 전환하는 것을 환영할 것입니다. 아메리카 토착민이 아닌 사람이 이 대륙에서 편안하게 살려면 그 사람은 이 서반구에서, 온당하게도 거북섬이라고 명명된 이 대륙에서 다시 태어나지 않으면 안 됩니다.

말하자면 우리는 이곳이 우리가 사는 곳이라는 사실을 의식적으로 완전히 받아들이고 인정하며, 우리의 후손도 앞으로 수천 년 동안 이곳에서 살 것이라는 사실도 이해해야만 합니다. 그런 다음 우리는 이 땅의 위대한 오랜 역사, 그 야성에 경의를 표하고, 그것을 배우고, 그것을 지키고, 그리고 이곳에 있는 다양한 생물종과 건강이 손상되지 않은 미래를 우리 아이들에게 물려주기 위해 노력해야 합니다. 그러면 유럽이나 아프리카, 아시아가 우리의 조상들이 건너온 장소라는 걸 알게 될 것입니다. 그곳에 대해 우리는 '집'으로서는 아니더라도, 알고 싶어하고 찾아가고 싶어할지도 모릅니다. 집은, 깊이 그리고 정신적으로, 이곳에 있어야 하겠습니다. 이곳을 '아메리카'라고 불렀다는 것은 그 이름이 어떤 이방인의 이름에서 따온 것이라는 것을 말합니다. '거북섬'은 아메리카 원주민이 창조신화에 기초해서 이 대륙에 붙인 이름입니다.(스나이더, 1974) 미합중국, 캐나다, 멕시코라는 이름은 정치적 집합체의 이름입니다. 그 이름들은 틀림없이 그 나라들의 적법성을 가지고 있습니다. 하지만 만약 그들 나라가 계속 땅을 유린한다면 그들은 위임통치권을 상실할 것입니다. '국가는 망해도 산과 강은 남아 있습니다.'

그러나 이 일은 단지 서반구, 오스트레일리아, 아프리카 또는 시베리아에서 새로 이주해온 사람들을 위한 것만은 아닙니다. 지금은 범세계적인 정신의 정화작용이 필요합니다. 그러니까 이 지구의 표면을 있는 그대로, 본래대로 보는 연습이 필요한 것입니다. 이런 의식을 가지고 사람들은 토지와 수목을 지키기 위해 청문회에도, 그리고 트럭과 불도저 앞에도 나타나는 것입니다. 지역과의 연대의식을 보여주는 일! 처음에는 얼마나 이상한 발상이었습니까. 생물지역주의는 역사의 변증법으로 들어가는 장소의 입구입니다. 또한 우리는 지금까지 그냥 지나쳐버렸던 '부류들'인 동물, 강, 바위, 풀이 지금 역사 안으로 들어오고 있다고 말할 수도 있겠습니다.

이런 생각은 예측할 수 있지만 보통은 알려지지 않은 반응을 불러냅니다. 사람들은 작은 사회를 두려워하고 국가에 대한 비판을 두려워합니다. 우리가 국가 밑에서 살고 있으면, 본래 탐욕적이고, 사람을 불안정하게 하며, 내부작용의 복잡성을 드러내고, 무질서하며, 불법적인 것이 바로 국가의 정체라는 것을 알기는 어렵습니다. 사람들은 지역 중심의 편협성, 지역 간의 충돌, 문화적 차이의 '받아들일 수 없는' 표현 등등을 인용합니다. 우리의 철학들, 세계의 종교들, 역사들은 획일성과 보편성과 중앙화로 편향되어 있습니다. 한마디로 일신론의 이데올로기이지요. 분명히 어떤 특정한 조건 아래 있었던 이웃한 집단들은 수백 년 동안 다투어 왔습니다. 줄기찬 기억들과 적대적 감정들이 방사능 폐기물처럼 열을 받아 뿜어져나오고 있습니다. 그것은 아직도 중동지역에서 지속되고 있지요. 유럽과 중동의 일부 지역에서 지금도 계속되고 있는 민족적, 정치적 불행의 역사는 더러 로마시대까지 거슬러올라갑니다. 이것을 '인간성'에 재내된 호전적 기질 때문이라고 말할 수는 없습니다. 초기 제국의 확장이 있기 전 부족들과 원시국가들 사이에서 이따금 일어났던 분쟁은 거의 가족적인 것이었습니다. '국가'라는 개념이 생겨나면서 전쟁의 파괴성과 악의의 규모가 엄청나게 커진 것입니다.

사람들이 식량 잉여물을 많이 비축하고 있지 않았던 시절에는 다른 사람들이 사는 지역으로 이동하려는 유혹이 크지 않았습니다. 내가 사는 곳에서 한 예를 들겠습니다(나는 내가 살고 있는 장소의 위치를 북시에라네바다의 서쪽 기슭, 해발 3000피트에 있는 남쪽 분기점의 북쪽, 유바 강 유역, 흑떡갈나무, 향삼나무, 더글러스 전나무, 폰데로사 소나무가 있는 지역공동체라고 묘사합니다). 시에라네바다의 서쪽 기슭에는 겨울에 비와 눈이 오고, 건조한 동부 기슭과는 다른 식물군이 있습니다. 백인이 들어오기 이전에 산맥을 가로질러 살고 있던 원주민들에게는 위험을 무릅쓰고라도 다른 지역으로 나가게 만드는 유혹이 별로 없었습니다. 그들이 가진 기술은 그들이 사는 지역에만 적합한 것이었고 낯선 생물군이 있는 땅에서는 굶주릴 수 있었기 때문이지요. 사람이 식용식물을 구별해내고 그걸 찾을 수 있는 곳과 만들어 먹는 방법을 알기까지는 오랜 교육이 필요합니다. 그래서 시에라 동쪽의 와쇼족은 그들이 가진 잣과 흑요석을 서쪽의 미워크족과 마이두족이 가진 도토리, 주목으로 만든 화살, 전복 껍데기와 교환했습니다. 그들은 여름마다 공동으로 갖고 있는 땅인 시에라 초원에서 만나 몇 주일 동안 함께 캠프를 했습니다(습격에 목숨을 거는 문화, '야만인들'은 이웃의 문명과 그들이 가진 부에 대해 민감하게 반응하면서 발전합니다. 칭기즈칸은 바이칼 호 근방에 친 천막에서 그를 따르는 사람들에게 "하늘은 중국의 퇴폐와 사치에 노하고 있다" 하고 말했다고 합니다).

세계 전역에는 상대적으로 작은 문화들이 평화롭게 공존하는 예가 무수히 많습니다. 지금까지 언제나, 여러 나라 말을 할 줄 아는 사람들이 평화롭게 장사하며 넓은 지역을 여행해왔습니다. 종종 그들은 정신적 시각과 의식의 관습을 공유하거나 수많은 신화와 이야기로 언어의 장벽을 넘어 서로의 차이를 극복해왔습니다. 종교가 초래한 뿌리깊은 분열은 어떤가요? 대부분의 종교적 배타성은 유대교/기독교/이슬람교 신앙에만 있는 기이한 특성임을, 그리고 그것은 세계에서 근래에 생긴, 전체적으로 볼 때 소수 민족의 발전이라는 것을 말해야 할 것입니다. 아시아의 종교와 전 세계의 민속종교, 애니미즘, 샤머니즘은 종교의 다양성을 인정하거나 적어도 관용합니다(진짜 심각한 문화적 논쟁은 음식에 대한 취향이 서로 달라서 일어나는 것 같습니다. 내가 동부 오리건에서 초커를 설치하는 일을 하고 있었을 때 우리 작업반에 있던 한 사람이 와스코족이었는데 그는 서부 출신의 치헬리스족 여자를 아내로 삼고 있었습니다. 그는 그들 부부가 싸울 때면 아내가 그를 "메뚜기 먹는 망할 놈"이라고 욕하고, 그는 "물고기 먹는 년" 하면서 맞고함을 친다고 내게 말해주었습니다!).

문화적 다원주의와 다언어주의는 이 지구의 규범입니다. 우리는 국제적 다원주의와 뿌리깊은 지역적 의식 사이에 균형이 잡히도록 노력합니다. 우리는 지난 수백 년 동안 계급제도 그리고/또는 중앙집권에 의해 권리를 빼앗긴 인류 전체가 다시 장소의 자결권을 획득할 수 있는 방법을 묻고 있습니다. 이 운동을 '민족주의'와 혼동하지 마십시오. 민족주의는 정확히 그 정반대의 것으로서 사기꾼, 국가의 꼭두각시, 히죽히죽 웃고 있는 잃어버린 공동체의 망령입니다.

그래서 이것은 일종의 시작입니다. 생물지역 운동은 단지 전원 프로그램이 아닙니다. 그것은 상당 부분 도시의 공동체적 삶과 도시 녹지의 회복을 위한 것입니다. 우리는 모두 관개지역 문제와 고체 쓰레기 처리의 관할권 문제와 장거리 지역국번 영역 문제 등을 포함하는 다양한 영역에서 능통하게 활동하고 있습니다. 샌프란시스코 만 일대에 기반을 둔 '지구의 북' 재단은 이 도시를 살아 있는 장소로 부활시키기 위해서 도시를 흐르는 냇물의 이름을 찾거나 복원하는 등의 프로젝트를 가지고 다른 여러 지역 단체들과 함께 일합니다.(버그와 그 밖의 사람들, 1989) 제3, 제4세계 사람들과 협동하는 세계 규모의 단체들이 있는데 그들은 여러 지역을 다시 살려내고 그들이 새로 되찾아온 그 옛 지역들에 적합한 이름들을 장난스럽게 붙여주고 있지요.(『판돈을 올려라』, 1987) 거북섬에서는 그동안 생물지역에 관한 대회가 네 차례 열렸습니다.

모든 것이 덧없다는 사실만큼이나 확실하게 세계의 국가들은 결국에는 좀더 섬세하게 제 모습을 가지게 될 것이고, 푸른 지구의 모습은 정치형태를 재형성하기 시작할 것입니다. 천연자원을 유지하는 경제, 생태학적으로 예민한 농업, 강하고 생동하는 공동체 삶, 야생 동식물의 서식지, 그리고 열역학 제2법칙에 대한 요구가 모두 이 길을 이끌어갈 것입니다. 나는 또한 지금 이것이 생태적 정치인 것만큼이나 일종의 극장이기도 하다는 걸 깨달습니다. 그냥 길거리에 있는 극장이 아니라 환상적인 산, 들, 그리고 강물이 있는 극장 말입니다. 짐 도지가 말한 것처럼 "생물지역이 성공할 기회가 있느냐 하는 논의는…… 핵심을 벗어난 것이다. 만약 한 사람이, 몇 사람이, 또는 많은 사람이 이룬 한 공동체가 생물지역을 실천해서 더 충족한 삶을 산다면 그것은 성공적"인 것입니다. 그렇게 해서 초강대국들의 해체가 더 빨리 촉진된다면 얼마나 좋을까요. '초현실(초지역)주의자 선언'이 말한 것처럼.

> 지역 정치는 워싱턴이나 모스크바와 같은 "권력의 자리"에서 생기는 것이 아니다. 지역의 힘은 "앉아 있지" 않다. 그것은 사방으로 흐른다. 유역과 혈관을 통해. 신경조직과 먹이사슬을 통해. 지역은 어디에나 있으며 아무 데도 없다. 우리는 모두 불법자들이다. 우리는 토착인이고 우리는 불안하다. 우

리에게는 나라country가 없다. 우리는 땅country에서 산다. 우리는 주간州間에서 벗어나 있다. 지역은 체제에, 어떤 체제이든 그것에 맞서 있다. 지역들은 무정부주의적이다.(맥스 캐퍼드, 1989)

"니세난 군郡" 찾기

버트 하이버트는 오랜 세월 덤프트럭과 굴착기와 그레이더와 캐터필러를 몰다가, 올해 은퇴했습니다. 그가 일했던 길과 연못과 헬리포트들은 그의 조각품으로, 집들이 사라지고 난 후에도 오랜 동안 땅 위에 남아 있을 형상들입니다(운반되어 온 침적물이 쌓여 연못을 메우는 데는 얼마나 걸릴까요?). 하지만 버트는 여전히 점을 치며 우물을 찾아다니고 있습니다. 내가 그를 마지막으로 보았을 때 그는 자신의 폐에 대해 투덜거렸습니다. "그때만 해도 캐터필러 뒤에서 먼지가 일어나면 여기저기를 분간할 수 없었거든요. 해안에서 일했을 때 말예요. 그리고 디젤 엔진은 연기를 마구 뿜어댔어요."

우리 몇 사람이 워너 산맥으로 산보를 나갔습니다. 그곳은 멀리 캘리포니아의 북동쪽에 있습니다. 피트 강의 상류와 '대분지'의 노르스[*] 사이에 있는 진짜 분수령이지요. 9000피트 높이의 가파른 산비탈 꼭대기에서 바라보면 오리건과 구스 호가 보이고 위쪽으로는 워너 산맥의 서쪽과 서프라이즈 계곡의 북쪽 끝이 보이지요. 동쪽으로는 메마른 사막 구릉지대가 있습니다.

사막의 산맥. 이곳에서는 로키 산맥의 식물도 약간 보이는데 그것은 오리건 남동쪽의 스틴스 산맥과 블루 마운틴과 아마도 월로워스 산을 지난 후 사막의 분지 위를 훌쩍 뛰어넘어 있습니다. 가축은 1880년대부터 있었던 동쪽의 이글빌 마을에서 가져옵니다. 이글빌의 술집 주인은 3월 초가 되면 양떼 주인들이 양떼를 네바다의 러브록에서 워너 산 쪽으로 이동시킨다고 말해주었습니다. 암양들은 가다가 새끼를 낳는다고 합니다. 6월 말이면 그들은 산자락에 도착해 서쪽에 있는 8000피트 높이에 있는 목초지로 끌고 올라갑니다. 9월이면 양떼는 매들린으로 내려갑니다. 그리고 어린 양들은 곧장 정육업자의 트럭에 실립니다. 그러면 암양들을 실은 긴 트럭이 겨울을 지내러 러브록으로 되돌아갑니다. 우리는 노새귀꽃이 뒤덮인 수 마일에 이르는 천국 같은 목초지에 양떼들이 있는 것을 보게 됩니다. 양치기 사업은 대체로 똑같이 바스크인이 경영합니다. 오솔길을 따라 늙은 사시나무 숲이 있는데, 사시나무 껍질에는 양 주인의 이름과 그 집의 무늬가 새겨져 있고 어떤 것

---

* 티베트 말로, 건조한 지역에 어떤 계절이 되면 만들어지는 호수.

은 멀리 거슬러가 1890년대의 날짜가 새겨져 있기도 합니다.

패터슨 호수는 워너 산맥의 보석으로서, 최고봉의 벼랑 아래 오래된 권곡圈谷•을 채우고 있습니다. 벼랑에 있는 수많은 작은 암붕岩棚들은 독수리에게는 집입니다. 어린 맹금류들은 자신들의 보금자리 옆에 맹금류답게 엄숙한 모습으로 앉아 있습니다. 섀스타 산은 서쪽 경관을 압도하는데, 그 산은 이 광막하게 이어지는 로지폴 소나무와 제프리 소나무, 용암바위, 띠 모양의 건초밭, 지하로 침하한 강들의 중추이지요. 하! 이곳은 가장 높은 곳에 있는 이른바 '수원水源'의 끄트머리로서 양쪽으로 그 물을 흘려보내는 지점과 가까이 있습니다. 흘려보내는 물의 하나는 클래머스 강 쪽으로 기울어져 있는 고원지대로 흐르고, 또 하나는 피트와 새크라멘토 쪽으로 향합니다. 아주 멀리서, 코스트 산맥이나 아래쪽 다우니빌 옆에 있는 시에라 버츠에서도 보이는 섀스타 산. 그 산은 북캘리포니아 전체에 퍼져 있는 상류를 가로지르며 빛나고 있습니다.

존 홀드는 냇바닥에다 말을 걸면서 걸어올라갑니다. "그래, 그것이 그대가 지금껏 하고 있는 일이군!" 모래 밑에 가라앉아 있는, 결코 변색되거나 녹슬지 않는 중금속인 금이 어느 강바닥에 들어 있는지를 판독하고 세척하고 배열하는 일을 말하는 것이지요. 새로운 스

• 빙하의 침식으로 생긴 반원형의 움푹한 땅.

타일의 광부들도 이곳 세인트조셉 미네랄스에서 '금광' 제3기—우리 시대는 지금 빙하시대 이후 제4기이다—사력층砂礫層의 발굴지를 탐사하고 있습니다. 군 감독관이 마침내 탐사를 인가하자 굴착이 시작됩니다. 이것은 아직 본격 채굴은 아닙니다. 그리고 그들은—만약 채광을 한다면—18개월 후에 큰 계획안을 가지고 다시 돌아올 것입니다. 굴착작업은 남의 눈에 띄지 않습니다. 수력을 이용해 채광하던 시절에 사용하다 남겨진 작은 탑 하나와 사력층 협곡에 버려진 트레일러 하나와 산등성이면 되니까요.

채굴지는 4인승 자전거와 오프로드 오토바이들의 놀이터로 되돌아갔으며, 그후 또다른 기업인 시스콘 골드가 들어와 편도로 된 돌길에 울타리를 쳤습니다. 시스콘은 파산했고, 또다시 채굴지가 그곳에 들어앉게 되었으며, 맨자니타와 야생 분재 소나무와 자갈밭이 달빛을 받으며 다음에 올 운명이 무엇이든 그것을 기다리고 있었습니다.

올가을에는 일찍 세찬 비가 내렸습니다. 그래서 샘이 솟았습니다. 비가 멎자 샘이 멈췄습니다. 따뜻한 12월이었습니다. 진짜 비는 1월에 시작됐는데, 6000피트 위로는 많은 눈이 내렸으나 그 아래쪽에는 많이 오지 않았습니다. 올해에는 더 많은 아이들이 스키를 타러 갑니다. 아이들에게 스키를—퇴폐적인 도시의 놀이라고—타지 못하게 해서 여러 가정이 허물어졌습니다. 이곳의 어른들은 대부분 전혀 산사람이 아니었고 산을 타지 않았으며 스키를 타거나 배낭을 지고 걷지 않았습니다. 그들은 도시에서 이곳으로 이주해 올라온 사람들로서 자신들이 야생지에 있다고 생각하기를 좋아합니다. 일부는 이곳으로 내려온 산사람들이며 이웃이 있는 곳에서 살고 있다고 기뻐합니다. 아이들은 도너 파스로 가서 유바 강으로 흘러갈 백수정 같은 물 위에서 미끄럼을 탑니다. 나는 스키를 타고 내리막길로 돌아가는데 기분이 다시 좋아집니다. 내리막길은 일찍이 현대가 시작되기 전에는 분명 사람에게 가장 빠른 속도를 경험하게 해주었을 것입니다. 시에라 버츠에서의 크로스컨트리 스키 여행도 그렇습니다. 4월 보름달이 뜬 밤에—그 달의 마지막 밤이었는데—빌 셸과 나는 새벽 두시까지 유바 파스를 한 바퀴 돌았지요. 달빛을 받아 눈은 반짝반짝 빛나고 스키는 두꺼운 얼음 위에서 덜그럭거렸습니다. 이곳에 정착해 사는 옛날의 산사람들은 집을 짓고 뜰에 울을 치고 빗물받이 시설을 하고 나면 결국 산으로 돌아가기 시작했습니다. 2월에는 6일 동안 10인치의 비가 내렸습니다. 연못과 샘은 흘러넘쳤고 땅은 물의 얇은 막 표면이 반짝이면서 온통 은빛입니다. 도너 파스 근처의 슈거볼에는 15인치의 눈이 내렸습니다.

새크라멘토 그레이하운드 역의 두 노신사. 나는 그중 나이가 더 많은 신사의 옆자리에 앉아 있었습니다. 그 노신사는 지팡이 끝을 땅에 고정시키고 가볍게 이리저리 돌립니다. 그러면서 눈의 초점을 어디에도 맞추지 않고 실내를 이리저리 둘러봅니다. 아래턱이 달걀처럼 볼록 튀어나와 있습니다. 그에게서는 지린 오줌 냄새가 나는데, 그것이 가끔은 내가 있는 쪽으로 풍겨옵니다. 다른 노인이 우리가 앉은 자리의 앞을 지나 밖으로 나갑니다. 그는 아주 깔끔합니다. 어깨에 걸머진 플라스틱으로 포장한 방수 두루말이 담요, 펠트모자, 아만파• 신도 같은 흰 턱수염, 목에 맨 커다랗고 붉은 손수건, 가슴받이가 달린 작업바지, 작업바지 아래쪽으로 다른 바지가 사뭇 빠져나와 있는데 아마도 양복바지인 듯합니다. 그렇게 해서 그는 몸을 따뜻하게 하고 입고 있는 옷을 깨끗이 하는 것이지요! 예전에 내가 여행하며 떠돌던 시절, 사람들은 말했습니다. "그래, 자루 안에서 겨울을 보내라고."

오클랜드로 내려가는 버스를 탔습니다. 버클리에 있는 루카스 서점의 벽에는 벽화가 있습니다. 북서태평양 연안에서 모제이브 사막에 이르는 알타 캘리포니아의 교차지역을 그린 것이지요. 나는 그 벽화 전체를 보려고 주차장을 지나 뒤편으로 걸어갔습니다. 그림 속의 강치와 코요테와 붉은 꼬리 독수리와 크레오소트 덤불을 보려고 말이지요. 그러다 구석에서 한 남자가 벽화를 손질하고

• 17세기에 스위스의 목사 아만이 창시한 메노파의 한 분파. 펜실베이니아에 이주해 엄격한 교리에 따라 검소하게 사는 것으로 알려져 있다.

있는 것을 보았습니다. 말을 걸었습니다. 그의 이름은 루 실바였고 그 그림을 그린 장본인이었습니다. 그는 생쥐 한 마리를 다시 그리고 있었습니다. 작은 동물들을 그림에 그려넣으려고 이따금 이곳에 온다고 했습니다.

봄은 사과 등 많은 과일에 좋은 계절입니다. 벨벳 같은 뿔 마디가 달린 다섯 마리의 숫사슴이 아침에 초원에서 노닐고 있습니다. 높은 지대에서는 스키타기가 끝나가고 있고, 이제는 낚시하러 갈 때입니다. 나무심기와 건축. 이 일대는 수년 전처럼 급속하게는 아니지만 아직도 성장하고 있습니다. 70년대 초에 가졌던 단단한 공동체 정신은 다소 약해졌습니다만, 나는 사정이 험해지면 이 사람들이 다시금 단결할 거라고 생각하고 싶습니다.

산후안 능선은 행정구역으로는 네바다 군이라고 불리는 유바 강의 중부와 남부 갈래 사이에 있습니다. 60년대 후반부터 이곳으로 새 이주민이 찾아오고 있습니다. 시에라의 군郡들은 뒤죽박죽입니다. 한 줄로 꿰어놓은 군들은 산등성이가 겹쳐 있고 양쪽 사이의 길들은 겨울이면 종종 폐쇄됩니다. 이곳의 경계선을 보기 좋게 다시 그린다면 동부 시에라, 동부 네바다, 동부 플레이서의 군들을 모두 새 '트러키 강 군郡' 안에 모으고 군 소재지는 트러키에 둘 수 있겠습니다. 유바 강 남쪽 갈래의 남부에 있는 서부 플레이서 군과 서부 네바다 군은 좋은 새 군이 될 수 있습니다. 서부 시에라 군에 약간의 유바 군과 북부 네바다 군을 합해 붙여놓으면 유바 강의 세 지류의 분수령으로 딱 맞아떨어질 것입니다. 나 같으면 이곳에서 살았던 원주민의 이름을 따서 그곳을 '니세난 군'이라고 부르겠습니다. 그 원주민들은 대부분 살해되었거나 골드 러시gold rush 때 몰려온 광부들에게 쫓겨났습니다.

사람들이 산등성이에서 사는 이유는 계곡이 바위나 관목숲으로 이루어져 있고 평지 바닥이 없기 때문이지요. 시에라네바다에서 사람이 거주하기 좋은 곳은 계곡 바닥이 아니고 협곡과 협곡 사이에 있는 넓고 부드러운 산등성이입니다.

황갈색
문법

변함없는 옛 노래와 춤

1943년 여름의 어느 토요일, 나는 오리건 주의 포틀랜드에 있는 새로 지은 세인트존스우드 주택단지 안에 있는 목조 마을회관 바깥에 서 있었습니다. 그곳은 고동치고 뜨겁게 타오르며 거대한 해파리처럼 구슬픈 소리를 내고 있었습니다. 안에서 춤을 추고 있었던 거지요. 세인트존스우드로 살러 온 사람들은 대부분 조선소에서 일하고 있었지만, 휴가차 고향에 온 군인들도 더러 있었고 고등학교에 다니는 10대들도 많았습니다. 그들은 대부분 중서부나 남부 출신이었습니다. 나는 훨씬 북쪽에 있는 퓨젓사운드 근방 출신이었고, 전에는 사람들이 남부 말을 하는 걸 들어본 적이 없었습니다. 나는 서성이다가 마침내 용기를 내어 안으로 들어가 밴드가 생음악으로 연주하는 스윙과 지르박을 들었습니다. 얼마 후 그들은 앤드루 자매의 노래 〈럼과 코카콜라를 마시며〉를 연주하고 있었습니다. 세인트존스 고등학교에서 온 한 여학생이 나를 보았습니다. 나는 키가 작은 열세 살의 중학교 신입생이었고 그녀는 몸집이 크고 온화한 부인 같은 소녀였는데, 그녀는 가차없이 나를 마루로 끌어내어 함께 춤을 추게 하는 것이었습니다(그 이유는 앞으로도 결코 알아내지 못할 것입니다).

내게는 사회적 자신감이나 경험이 전혀 없었습니다. 내가 하던 놀이란 것이 보통 컬럼비아 강변을 따라 만들어진 수렁 같은 곳에서 철 따라 이동하는 물새를 지켜보거나 모카신을 꿰매는 정도였지요. 전쟁이 있고 나서는 새로운 직업을 가져야 했으므로 우리 가족은 이미 농장을 떠나 도시로 이주해 있었습니다. 처음에는 기분이 좋았으나 얼마의 시간이 지나자 나는 무서워졌습니다. 잘 알지도 못하고 나보다 키가 더 큰 소녀와 몸이 부딪칠 때마다 나는 그녀의 큰 젖가슴이 내 갈비뼈에 닿는 것을 느낄 수 있었습니다. 내 손은 그녀의 넓은 등 아래 부분에 있는 생소한 삼각지대에 얹혀 있었고, 나는 그녀의 감미로운 체취를 맡았습니다. 나는 성性과 여자라는 것과 남녀의 몸이 서로 다르다는 사실에 대한 직관적 지식을 거의 감당하지 못하고 있었습니다. 그전까지는 춤을 추어본 적도, 여자를 안아본 적도 없었습니다. 거의 숨도 쉴 수 없었지요.

그녀는 그냥 무한한 인내심을 가지고 내가 계속 움직이고 돌고 흔들게 했습니다. 숨을 다시 들이쉬게 되었을 때 나는 그제야 내가 춤을 추고 있다는 사실을 깨닫게 되었습니다. 그러자 내가 춤을 출 수 있다는 것을 알고 너무 기뻤습니다. 그것은 '우리 시대, 우리 춤, 우리 노래'였습니다. 그녀가 곧 다른 나이 먹은 남자아이와 가버렸기에, 나는 다시는 그녀와 춤추지 못했습니다. 그러나 그녀는 내게 춤이라는 것을 알게 했고, 나는 이미 놀라운 행운으로 성인 여자의 따뜻한 몸 앞에 설 때 갖기 마련인 겁과 떨림의 벽을 넘어서 있었습니다. 나는 벌써 성인사회와 성인들의 삶의 순간에 참여해본 것이었지요.

모든 춤과 춤에 따르는 음악은 시간과 공간에 귀속됩니다. 춤을 다른 곳에서나, 더 나중에 빌려올 수는 있겠지요. 하지만 춤이 있어야 할 그 순간에 그 춤이 있게 되는 일은 다시는 없을 것입니다. 이 작은 문화의 꽃들은 지나고 나면 민족적인 것이 되거나 향수의 대상이 됩니다. 그러나 다시는 아주 충만하게, 그들이 원래 가진 관계와 의미를 분명히 드러내는 현재가 되지는 않습니다.

옥수수, 쌀, 순록, 고구마. 이런 것들은 장소와 문화를 가리킵니다. 식물로서는 토양과 강우량을 나타내고, 먹거리 자원으로는 사회와 그 생산 제도를 보여줍니다. 또하나 그 지역을 말해주는 것이 그 지역이 갖고 있는 '노래와 춤'입니다. 가수, 음악가, 이야기꾼, 탈 제작자, 춤꾼이 함께 모이는 중요한 행사야말로 일상생활의 꽃입니다. 그런 자리에서는 인간만 춤을 추는 게 아니고 갈까마귀, 사슴, 젖소 그리고 폭우도 모습을 드러내지요. 춤이 있어서 우리는 서로에게뿐만 아니라 그 장소에도 우리가 가지고 있는 많은 인간적, 비인간적 자아들을 보여줄 수 있습니다. 행사가 있는 곳에서는 장소가 스스로에게 바쳐집니다. 예술과 경제는 둘 다 선물 교환의 문제입니다. 특히 춤을 바치는 행위는 과일과 곡식과 사냥감을 받아들이기 위한 일종의 적절한 거래입니다. 그렇게 바침으로써 또한 인색하고 오만해지려는 우리의 성향을 극복할 수 있습니다.

모든 전통 문화에는 춤이 있습니다. 춤을 공부하러 올 때 젊은이들은 그들의 비길 데 없는 영원한 아름다움과 힘을 함께 가져옵니다. 그들이 배워야 하는 것은 리듬을 계산하는 것과 노래 가사 외우기입니다. 또한 어떤 식물의 이름을 알아맞히는 것과 계절을 관찰하는 법, 동물의 동작을 유심히 보는 태도와 달려드는 매처럼 때맞춰 움직이는 방법을 배워야 하지요. 그리하여 그들은 그들의 문화에 의해 태어나 문화 운반자가 됩니다. '춤의 요가'(위대한 바라타 나티암의 공연자이며 교사인 발라사라스와티가 명명한 말입니다)는 자아완성에 이르는 길 중 하나가 될 수 있습니다.

그러나 그것은 그것이 가진 정신적인 면일 뿐입니다. 중요한 것은 세계에 대한 신성한 인식을 간단없이 인간의 몸으로 재구현하는 일이며, 춤을 춤으로써 그것을 앞으로 내보이는 일입니다. 오늘날에는 사실 많은 사람들이 그들만의 노래와 춤을 별로 갖지 못하고 있습니다. 오늘날 유행하는 음악은 너무 지나치게 상품화되어버렸고 너무 많이 부단한 변화를 보여주고 있어서 그것은 우리 자신을 물들일 수 없을 정도가 되었습니다. 이제 우리는 고향에서 즐겨 부르는 노래가 무엇인지 잘 모릅니다. 일본에서는 남자들이 모여 술을 마시는 자리에서 밤의 어떤 시간이 되면 고향 노래를 번갈아 부르기 시작합니다. 그 모임에 낀 미국인에게 노래를 청하면 그 사람은 무슨 노래를 불러야 할지 몰라 애를 먹습니다(나는 대표적인 퓨젓사운드의 발라드 〈많고 많은 조개〉를 부르곤 했지요).

춤에는 분명 상당히 강한 문화적, 종교적 의미가 들어 있어서 종종 제국주의 관리들이나 근본주의 설교가들이나 아야톨라• 들로부터 공격을 받습니다. 19세기 말 선교사들이 이누피아크족이 사는 베링 해와 추크치 해의 알래스카 연안에 있는 에스키모 영토로 들어갔을 때, 그들이 맨 처음 금지시킨 것 중의 하나가 춤이었습니다. 그곳 사람들은 지금도 사냥하고 물고기를 잡으며 장화를 꿰매고 자작나무 껍질로 그릇을 만들지만, 이제 그들에게는 춤이 없습니다. 베링 해에서 조금 더 남쪽으로 가면 유픽 에스키모

• 이슬람교 시아파의 고위 성직자를 존칭하는 말로 '알라신의 반영'이라는 뜻을 갖는다.

의 영토입니다. 유픽 마을 중 몇 개는 러시아 정교의 선교를 받았는데 러시아 정교는 그들에게 춤을 금하지 않았습니다. 그래서 춤의 부활은 그들 마을에서는 지금도 지속되고 있지요. 활기찬 문화 르네상스로서 그것은 그곳 사람들로 하여금 텔레비전 앞에 앉아 있게 하지 않고 연습하거나 공연하러 마을회관으로 가게 합니다.

하와이에서는 토속문화를 정치적으로 부활시키고 있는데, 거기에는 두 개의 강력한 문화적 지주가 있습니다. 전래적인 타로 토란의 재배 기법과 고대의 '카히코kahiko' 훌라춤에 대한 관심의 부활이 그것입니다. 학교를 운영하며 '할라우halau'라고 불리는 훌라춤 선생님들은 인종에 상관없이 학생들을 받아들이지만, 단 학생들이 반드시 하와이 언어로 된 춤 용어를 완전히 배울 것을 고집합니다. 학생들은 하와이 말로 된 구전 서사를 외워야 하고 자신들이 춤출 때 입을 옷을 직접 만들어야 하며 춤의 여신 라카에게 공물을 바치는 법을 배워야 합니다. 그 다문화적인 개방성은 초심자들이 하와이 섬들에 대해 전통적으로 가지고 있는 하와이적 의식에 입문할 수 있게 해줍니다.

남인도의 춤 바라타 나티암에는 고대의 민속 전통과 궁정의 예술 후원, 북부에서 유래된 신앙, 전문적으로 이루어지는 사원의 춤 봉헌, 그리고 20세기의 문화 부활 등이 합류해 있습니다. 전통은 뛰어나게 높은 수준을 가지고 있습니다. 음악 하나만으로도 평생의 공부가 필요하며, 몸짓과 표현의 종류와 특성을 익히는 것 또한 공부의 대상입니다. 그리고 반주로 하는 북 연주는 독자적이고 전문적인 영역입니다. 어떤 춤에 동반해 노래하는 신화에서 유래한 이야기들은 광대무변하고 시간을 초월해 존재하는 우주를 우리에게 일깨워줍니다. 1962년 3월 인도의 자이푸르에서 열린 바라타 나티암 공연에서 파드마 부샨 시리마티 발라사라스와티를 처음 보았을 때 나는 이 모든 것을 알지 못했습니다. 그것은 폭풍 같았습니다. 우리는 바람에 흔들리는 서커스 천막 아래 땅바닥에 앉아 있었는데, 따뜻한 비가 억수같이 쏟아지기 시작하자 사람들이 반 정도 자리를 떴습니다. 공연은 계속되었습니다. 나는 크리슈나 신의 어머니가 아기가 이빨이 근질거려 물고 있는 흙덩이를 입에서 떼어내려고 애쓰면서 들여다보는 순간, 발라가 동작을 개시하며 춤을 펼치는 것을 보았습니다. 그 순간 그녀가 보는 것은 흙이 아니라 우주 전체의 심연과 그 안의 모든 별들이었습니다. 그녀는 몸을 일으켜세우더니 신에 대한 경외감에 사로잡혀 뒤로 멀어져갔습니다. 음악에 맞춰서죠(이것은 크리슈나 신이 어머니에게 하는 장난이었습니다). 내 머리카락이 곤두섰습니다.

나는 발라를 다시 보기 위해 뭄바이로 따라갔고, 한 아파트에서 늦은 밤에 열린 그녀의 개인 콘서트에 초대받았습니다. 나는 발라에게 물었습니다. "크리슈나 신의 입이 들여다보이는 지점까지 춤추며 이동해 들어갈 때 당신은 이미 별들을 마음속에 떠올리고 있나요?" 그녀는 조소하듯 웃으며 말했습니다. "물론 아니에요. 나는 흙을 보면서 시작해야 해요. 그것이 별이 돼야 해요. 가끔은 흙밖에 보지 못하는데, 그러면 춤은 실패하는 거예요. 그날 밤은 별들이 보였어요."

그로부터 10년 후 북미의 서해안으로 돌아왔을 때 우리는 발라사라스와티('아기 사라스와티'라는 뜻이지요. 여신 사라스와티는 브라흐마—힌두교 최고의 신, 만물창조의 신—의 아내이며 시, 음악, 학문의 수호신입니다)가 버클리에서 춤을 가르치게 될 것이라는 것을 알게 되었습니다. 우리는 그녀에게 연락했고 나는 그녀의 삶과 그녀가 추는 춤의 역사와 전통에 대해 좀더 많은 것을 배우게 되었습니다. 영국 통치를 받을 때 바라타 나티암은 사실상 불법이었습니다. 그것은 그전에 몇 명의 무희가 '신의 종들'인 데바다시스의 일을 했었기 때문이었지요. 이들은 어린 시절 춤을 배우려고 힌두 사원에서 수련생활을 했던 젊은 여자들이었습니다. 그들이 맡은 중요한 역할은 사원 안쪽 깊숙한 곳에서 날마다 춤 공물을 헌정하는 것이었습니다. 시바 신에게 봉사하는 일에 이따금 곁들이는 역할이 아주 부유한 사원의 후원자와 잠자리를 함께 하는 일이었습니다. 사원에서 봉사하는 일을 그만두게 된 후에는 모두 결혼을 잘했다고 합니다. 새 법이 만들어지면서 여자가 힌두 사원에서 춤추는 것을 완전히 금지시켰습니다.

발라사라스와티와 그녀의 일행은 바라타 나티암으로 돌아가

인도사회에서 존경받는 지위를 얻으려고 열심히 노력했습니다. 종교적으로 금욕적인 남인도의 보수주의자들은 그 춤이 가진 관능적인 요소를 두려워했는데, 발라는 그것을 지켰고 정화시켰으며 다시 신성하게 만들었습니다. 그녀는 춤의 요가 수행자라 할 만했습니다. 일찍이 열일곱 살에 춤꾼의 생활을 시작한 후 그녀에게는 몇 년간의 어두운 시절이 있었습니다. 티루타니 사원의 시바 신 앞에서 춤추는 게 그녀의 간절한 소원이 되었습니다. 남쪽에서는 시바 신이 '무루간'이라고 알려져 있습니다. 그녀는 사원을 지키는 보초에게 뇌물을 주고 밤늦게 내실로 들어가 신전에서 혼자 춤을 추었습니다. 그녀는 그날 밤 시바와 세계에 자신과 자신의 예술을 바쳤다고 말합니다. 발라는 먼저 인도에서 이름을 떨치게 되었고, 그후 유럽과 아메리카에서도 명성을 얻게 되었습니다. 그녀는 자신의 운이 트인 것은 사원 안에서 춤을 춘 덕이라고 믿고 있었습니다.

발라의 레퍼토리에는 민속춤도 있는데, 그 춤은 우주의 창조신화에서 마을생활에 이르는 고리를 완성하고 있습니다. 남인도에서는 청소년들에게 익어가는 농작물에 앵무새가 다가오지 못하도록 지키는 일을 맡깁니다. 새 쫓는 일은 데이트하는 시간으로 알려져 있지요. 무희는 전래의 텔루구 민요 합창에 맞춰 춤을 추며 정원을 이리저리 거닐고, 막대기를 흔들어 새떼를 놀라게 합니다. 농작물, 땅, 앵무새, 일, 춤, 젊은이의 사랑, 이 모든 것이 함께 이루어집니다. 남인도 대부분의 지방문화는 이 하나의 작은 공연에 응축되어 있다고 하겠습니다.

쿠우방미우트 부족과 인간성

알래스카의 페어뱅크스에 있는 세이프웨이 슈퍼마켓은 여름이나 겨울이나 스물네 시간 문을 엽니다. 사실상 알래스카의 모든 상점에 있는 식품은 비행기로 공수된 것입니다. 우리는 4월 둘째 주 새벽 두시에 슝낙과 코북에 있는 이누피아크족 마을에서 살고 있는 친구들에게 선물로 갖다주려고 파인애플, 망고, 브로콜리, 키위를 샀습니다. 다음날 아침 일찍 스티브 그루비스와 나는 톰 조지를 도와 차이나 마리나의, 그가 세스나 182 비행기를 놓아둔 곳에서 급유를 하고 돌아나가, 포장하지 않은 길을 지나 임시 활주로에 올랐습니다. 우리는 유콘 강을 지나 북쪽으로 가다가 브룩스 산맥의 남쪽 가장자리와 추크치 해로 물이 빠지는 코북 강의 드넓은 유역을 따라 서쪽으로 날아갔습니다. 그곳은 온통 눈으로 덮여 있었습니다. 나는 '오니온 포티지'에 있는 고고학적 유적지에 대한 책을 읽고 있었습니다. 그래서 우리의 학자 비행사는 강의 커다란 U자형 만곡부 위를 날기 위해 강 하류 쪽으로 특별히 20마일을 더 비행했습니다. 비행기가 회전할 때 나는 바로 아래를 내려다보았습니다. 그때 나는 이 1만 5000년 된 야영지 터와 집터를 얼핏 볼 수 있었습니다. 그곳은 아마도 시베리아로부터 걸어서 육지가 만든 다리를 건너왔던 사람들에게 묵을 자리를 주었던 곳이었을 것입니다. 코북 강의 계곡은 이제껏 빙하에 덮인 적이 없습니다. 그곳에는 그곳에서만 자라고 세상 어느 곳에도 없는 홍적세• 이전의 쑥인 아르테미시아 보레알리스Artemisia borealis와 콩류인 옥시트로푸스 코부켄시스Oxytropus kobukensis가 있습니다.

비행기는 몸을 돌려 상류로 돌아갔고 한 마리 외로운 큰 사슴 위를 미끄러지듯 날아갔습니다. 우리는 스키가 아니라 바퀴를 내려 코북의 눈 덮인 가설 활주로에 착륙했습니다. 내가 그곳에 간 것은 학교 선생님들과 원주민 지도자들을 만나 서양의 신화, 민속, 시가, 철학이 그곳 여러 마을에 살고 있는 새 세대 젊은이들에게 어떤 역할을 할 수 있는지 함께 생각을 나누기 위해서였습니다. 스티브 그루비스와 나는 그전부터 이 문제를 개인적으로 공부해왔습니다. 그 친구는 알래스카 대학에서 비교문화 예비 교육 프로그램을 담당하고 있었습니다. 그는 또한 코북 강과 오랜 인연이 있는 사람이었습니다. 20여 년 전 긴 뗏목을 타고 강을 타다가 급류에 휩쓸리며 부서진 일이 있었습니다. 그는 여러 주일 동안 고

• 신생대의 최후 시기인 제4기의 전기로서 지구 위에 널리 빙하가 발달하고 비로소 인류가 나타났다.

생고생하며 강물을 따라 코북 마을로 갔는데 그곳 사람들이 그를 배불리 먹이고 입히고 쉬게 해주었던 것입니다. 스티브는 또 한스와 보니 보에니시와도 친구 사이였습니다. 그들은 코북에서 학교 선생님으로 일하고 있었는데 우리에게 숙식을 제공해주기로 했습니다. 마을까지는 걸어서 수백 야드를 가야 했습니다. 우편 썰매를 끄는 스노모빌과 함께였습니다. 빨랫줄에 매달려 빳빳하게 얼어붙은 아이들의 빨갛고 노란 옷 위에서 햇빛이 눈부시게 반짝였습니다. 밧줄에 매어놓은 썰매개들이 즐겁게 짖어대고 있었습니다. 휴식시간에 바깥에서 놀던 아이들이 막 다시 조립식 철제 교실의 계단을 올라가고 있었습니다. 학교에 설치한 온도계는 영하 10도를 가리키고 있었습니다. 지주 위에 세워진 조립식 교실은 납작한 통나무 오두막집들과는 별개의 세상처럼 보였습니다. 모든 오두막집에는 집 기둥 위에 통나무로 된 고기 저장소가 있었고, 집집마다 굴뚝에서는 나무를 때서 나오는 연기가 깃털 모양을 이루며 곧장 위로 피어오르고 있었습니다.

코북 강 상류처럼 외진 곳은 겨울에는 비행기나 눈썰매로만 갈 수 있습니다. 짧은 여름에는 상류로 가는 배를 타야 간신히 갈 수 있습니다. 근방에는 탄광이 있습니다. 그 일대를 '보나이트'라고 부르며, 그곳에는 전 세계에서 가장 큰 구리광산 중의 일부가 있다고 합니다. 사람들이 와서 도로와 철로를 측량했고 회사에서는 사업의 세부계획에 대한 연구를 수년째 진행하고 있습니다. 이누피아크 말로 쿠우방미우트Kuuvangmiut라고 하는 코북 사람들은 아직은 자급자족 경제에 상당히 열심입니다. 많은 사람들이 정부의 보조금을 받고 있지만 모두 낚시(연어, 백송어, 흑송어, 사루기, 시shee)와 꼭 필요한 순록 사냥으로 살아가고 있습니다. 그런 일은 시즌에는 누워서 떡 먹기입니다. 어떤 이들은 올가미를 놓습니다. 가을에는 누구나 넉넉히 블루베리를 땁니다. 아스리아비치asriaviich라고 불리는 블루베리를 따 음식으로 만들고 저장하는 그들의 기술은 상당히 다채롭습니다.

채광이 시작되면, 또는 시작된다면, 그들의 경제적 사회적 삶에 커다란 변화를 몰고 올 텐데 그들도 그런 사실을 잘 알고 있습니다. 그래서 한스와 보니와 스티브와 나는 곧 그것에 대처하려면 어떤 학교 교육이 유용할 것인가에 대해 지속적인 토론을 가졌습니다. 한스와 보니는 그곳에서 산 지 몇 년 되었고, 한스는 자신의 썰매와 대원도 가지고 있습니다. 그들은 쿠우방미우트족의 이웃 사람들과 고용 일꾼을 대단히 존중하고 그들에 대해 깊이 걱정하고 있었습니다.

우리는 물론 외부인의 입장에서 말하고 있는 것입니다. 우리는 1년 중 바쁜 시기에는 학생들에게 시간을 주어 부모나 어른들로부터 생계 유지 기술을 배울 수 있도록 학교의 일정표를 짜는 것이 좋겠다는 점에 합의할 수 있었습니다. 이렇게 하면 아이들이 성인이 되는 21세기가 되어도 생계를 꾸릴 수 있으며 비교적 자치적인 경제를 유지할 수도 있을 것입니다. 마을 사람들끼리도 서로 의견이 나뉘어 있었습니다. 전통기술을 유지하고 싶어하는 사람들이 있는 반면, 이제는 너무 늦었으며 자기 아이들은 로스앤젤레스나 알래스카에서 살아가기에 아주 유용한 교육을 받아야 한다고 생각하는 사람들도 있었습니다. '전통기술'은 물론 단순히 과학기술과 만나기 이전의 상태로 있는 것을 의미하는 것은 아니지요. 현대적인 도구와 기계류는 매우 실용적이어서 전 북부의 원주민들이 자신들의 장소에서 사는 걸 도와주며 기여하는 데 큰 몫을 담당하고 있습니다. 북극권에서는 최신 자급자족 경제가 실행될 수 있는 가능성이 꽤 높습니다. 그러나 또한 상품에 대한 취향과 구매 욕구, 그리고 더 많은 현금의 필요는 다음 세대의 젊은이들을 채광경제에 의존하는 임금 노동자의 역할을 선택하도록 유혹할 가능성도 아주 많습니다.

그래서 이곳의 아이들은 광산 기술자가 될 준비를 해야 할까요? 회사는 자기 회사의 전문가들을 데려올 것입니다. 중장비 기술자요? 그럴 수도 있겠죠. 컴퓨터? 컴퓨터는 비디오카메라와 함께 극북지방의 모든 학교에 다 있습니다. 알래스카 북서지방의 학생들이 로스앤젤레스에 있는 학생들보다 컴퓨터 이해도가 더 높습니다. 그렇다고 하더라도 이 세상 어느 곳의 어느 학교도 그 아이들에게 20년 후에 현실적으로 써먹을 수 있는 교육을 해줄 수 있다고는 보장할 수 없습니다. 너무나 많은 것이 너무나 빨리 변화하고 있습니다. 아마도 북미의 순록이 철 따라 이동하는 것과 딸기가 익어가는 것을 빼고는 말이지요.

알래스카 북서부의 원주민들은 최근 몇 년 동안 자신들의 가치 기준을 확립하는 일에 열심이었습니다. 이런 노력을 '이누피아크 정신 운동'이라고 하는데, 이누피아크 정신의 부활을 말하는 것이지요. 코북 학교 교실 벽에는 포스터 크기의 '이누피아크의 가치' 목록들이 적혀 있습니다.

유머
나눔
겸손
근면
협동
정신성
가사 솜씨
자연 존중
언어 지식
타인 존중
어른 존중
가족의 역할

어린이 사랑

충돌 피하기

가문에 대한 지식

사냥꾼으로서의 성공

부족에 대한 책임의식

이 따뜻하고 실행 가능한 가치들은 '할머니의 지혜'로 가득합니다. 우리 인간만이 갖는 근본적이고 시간을 초월하는 가치들이지요. 여기저기 조금씩만 확장하면, 그 가치들은 어디서나 기능을 발휘할 것입니다. 부족한 것은 아마도 어려운 이웃이나 다른 이웃에게 어떤 가치를 적용하느냐 하는 것을 분명하게 규정하는 일일 것입니다. 걱정스러운 것은 이누피아크족이 가진 내부 조건에 대한 것이지 외부인들과 어떻게 잘 지내느냐 하는 것이 아닙니다.

오늘날 사람들은 세계의 여러 민족이 가지고 있는, 아직도 유효한 '할머니의 지혜'에 남아 있는 것과—이 안에 나는 십계명 가운데 몇 계명과 불교의 십계명 중 처음 다섯 개를 집어넣습니다—중앙집중화와 계급질서에 이바지하는 규준 사이에 갇혀 있습니다. 아이들은 서로 모순된 가르침을 들으며 자라는데, 하나는 네 것을 챙기라는 것이고 또하나는 반듯하게 살라는 것입니다. 국가와 교회를 분리해서 가르쳐야 하는 학교 선생님은 자유인본주의 철학이라는 중립지대를 제시할 수밖에 없는데, 그것은 '대학'에서 나오는 것이지요. 그 철학은 이야기와 이론을 경험과 대립시켜 시험함으로써 문자 그대로 신화의 진실을 찾으려고 노력한, 서구인들에게는 그리스 사람들로부터 시작된 사고입니다. 고대 철학자들은 사람들로 하여금 이성의 기능과 객관의 가능성을 깨닫게 했습니다. 철학자는 반드시 두 손을 탁자 위에 올려놓고 토론을 주관해야 하며, 우리에게 약을 섭취하거나 특별한 식이요법을 하거나—지적인 숙고가 아니라—어떤 이상한 섭생법을 지키며 논쟁을 따르라고 요구할 수 없습니다. 어떤 경우에는 이것이 필요한 교정장치였다고 하겠습니다. 어떤 지적인 명징성은 반드시 신화를 폐기시키지 않고도 성취될 수 있었습니다. 신화를 살아 있는 것이 되게 하려면 심오한 은유와 의식과 이야기의 필요를 적극적으로 인정하는 것이 필요합니다. 신화를 우화로 만들거나 합리적으로 설명하는 것은 신화를 죽이는 일이지요. 그런 일이 바로 그리스 역사의 후기에 일어난 것입니다.

하지만 5세기의 그리스 사람들은 비판적인 태도를 만들어내지 못하고 있었습니다. 신화, 연극, 그리고 공동체 안에서의 토론과 지적인 논쟁이란 사실 보편적인 것입니다. 그리스 사람들이 한 것은 그들의 지적인 삶을 외면화시키고, 그것을 축제적이고 명쾌한 것으로 만들고, 사고의 일관성을 규정하고, 사람들 앞에서 그걸 즐겼다는 것입니다. 그들은 적극적이고 명료한 지적 자세가 유행에도 맞고 또 실제적이라고 여기면서, 분명하고 확신에 찬 논쟁을 매우 중요시하는 사회에서 시민의 의무를 다하는 능력을 갈고 닦았습니다. 그들이 친구들이나 학회에서 생각을 서로 주고받았던 자세는 학문에 대한 지속적인 태도의 기초가 되었고, 그것이 시간이 흐르자 원전이 되고 고문서가 되었던 것입니다. 그러나 실제적이고 분석적인 지성이라고 해서 반드시 형식적인 변증법이 필요한 것은 아니지요. 초기의 도자기와 가마, 초기의 야금술冶金術, 격조 있게 도안한 카약kayak*과 우미악umiak,** 멜라네시아인의 항해술, 이런 것들은 모두 정확하고 실제적인 사고의 산물들입니다.

이미 모든 답을 가지고 있는 사람들은 인문주의적 자세에는 도덕적 단호함이 부족하다고 주장합니다. 판단을 내릴 때는 단호해야 한다고 생각하는 사람들이 언제나 있는 법이지요. 인도 사상을 보면 세계는 많은 관점darshan의 문제이며, 그 각각의 견해는 그 견해를 갖고 있는 사람에게는 납득할 만한 완벽하고 자족적인 것으로 보인다고 말합니다. 불교의 한 종파는 '개별적 견해의 배제'로 최고도의 초연한 객관을 수행하겠다고 정했습니다. 그렇다고는 해도 이 종파의 사상인 '중도Madhyamika'는 그 오계명 중 첫번째 계명인 '불살생ahimsa'을 수용하는 것에서 벗어나지 않고 있습니다(이 가르침은 이누피아크인의 가치 목록에서는 겸손, 협동, 나눔, 자

* 에스키모인이 사용하는 작은 수렵용 가죽배.
** 에스키모인이 나무틀에 바다표범의 가죽을 팽팽하게 쳐서 만든 배.

연 존중의 제목 아래 다 들어 있습니다). 철학자의 사상 안에는 탐욕과 미움을 지지하거나 승인할 자리가 없습니다. 인본주의자가 반드시 불가지론자일 필요가 없음도 분명한 일입니다. 소크라테스의 마지막 행위는 그가 정신세계에 봉납하겠다고 한 약속이 실천되도록 부탁하는 일이었습니다. "나는 아스클레피오스께 바치기로 한 수탉 한 마리를 바치지 못했다." 철학자는 자신이 신비화되는 것을 경멸할 수도 있겠으나 삶의 오의奧義는 존중할 것입니다.

4월이 되면 북극지방의 낮 시간은 이미 꽤 길어집니다. 나누던 대화를 멈추게 되는 밤 열한시에도 해가 북쪽 지평선 아래로 막 지면서 아직 여명이 남아 있었습니다. 그 다음날 스티브와 나는 눈썰매를 빌려 바람에 날려 쌓인 눈더미와 단단한 땅을 달려 탁 트인 백가문비나무 툰드라 지대와 이끼 낀 늪지대를 지나 보나이트에 있는 산과 광산으로 갔습니다. 나지막한 고갯길이 있었는데, 바로 그 위에서 우리는 폐쇄된 목조탑과 오래된 구리광산의 헛간들을 보게 되었습니다. 전선, 밧줄, 쇠사슬 등이 나무판자 벽에 친 못에 걸려 늘어져 있었고, 북쪽으로는 얼음처럼 투명한 아지랑이 속에 떠 있는 슈와트카 산맥이 보였습니다. 우리는 눈에 덮인 광산 건물의 주위를 걸어다녔습니다. 그런 다음 다시 돌아서 눈썰매 길이 나 있는 아래로 내려갔는데 드넓은 분지와 그곳에 몰려 있는 얼어붙은 나무들 너머로 장관이 펼쳐지고 있었습니다. 북방 침엽수림지대였습니다. 백가문비나무, 흑가문비나무, 나무 없는 소택지, 버드나무와 자작나무. 보름 정도 지나면 오리떼가 돌아올지 모른다고 한 남자가 말했습니다.

20년 전 스티브 그루비스가 반쯤 죽어 비틀거리며 코북 마을로 갔을 때 그를 받아들이고 친절하게 돌봐준 사람은 우체국장 기 모이어스였습니다. 우리는 기를 만나러 갔는데, 그는 80대의 노인이었습니다. 그는 아직도 우체국장이었고 우체국은 그가 사는 작은 집의 앞방이었습니다. 리놀륨을 깐 마루, 나무를 태워 쓰는 방식의 새로 들여놓은 철제 레인지, 선반 달린 책상, 그리고 우편 저울. 난롯가에는 머리가 새카맣고 동양의 눈을 가진 갓난아기가 스프링 달린 아기용 그네에 매달려 아래위로 흔들리고 있었습니다. "내 손녀요." 그가 말했습니다. 우리 뒤쪽으로 방금 학교에서 돌아온 10대 학생이 들어오자 노인은 우리에게 소개했습니다. 완다는 또다른 손녀였습니다. 완다는 담요로 막아놓은 작은 방으로 들어가 열대지방에서 그린란드에 이르기까지 모든 젊은이들이 듣는 음악 테이프를 틀었습니다. 기의 아내는 마루의 난롯가에서 무릎을 꿇고 일하고 있었습니다. 그녀는 갈아낸 강철 파이프로 만든 도구로 짐승의 가죽에서 살을 긁어내는 중이었습니다. 그녀는 가만히 웃으며 자기 이름이 페이스라고 소개했습니다. 한쪽 벽에는 이 지역의 공예품인 박음질하고 구부리고 접은 자작나무 껍질로 만든 바구니들이 선반 위에 줄지어 놓여 있었습니다.

기는 아슴푸레하게 스티브를 기억했지만, 그렇다고 그것 때문에 우리가 커피를 마시면서 나눈 대화가 서먹하지는 않았습니다. 기는 우연찮게 이곳으로 왔노라고 말했습니다. 50년 전 어떤 비행기를 타고 오다 잘못해서 다른 호수에 내려졌다는 것입니다. 그는 길을 더듬어 코북 마을로 찾아왔고, 그후 죽 이곳에서 살고 있었습니다. 기와 그의 아내가 막 결혼했을 때의 사진이 벽에 걸려 있었습니다. 멋지고 굵직한 이목구비를 가진, 미소짓고 있는 아름다운 이누피아크 여인과 머리가 덥수룩하고 잘생긴 청년 기. "나는 72년 전에 여기서 태어났어요. 내내 여기서 살았지요." 그녀가 말했습니다.

내가 만일 코북이나 슝낙에서 선생 노릇을 한다면, 그래서 그들에게 밀려오는 이 문명의 문화와 역사를 가르쳐야 한다면, 하고 나는 생각해보았습니다. 아마 우리는 셰익스피어와 호메로스를 조금 읽고 플라톤의 대화편 하나를 읽겠지요(그들은 진작 프로테스탄트 기독교에는 정통해 있습니다). "이것은 몇백 년을 두고 저들이 소중하게 여겨온 것이다"라고 나는 말해야겠지요. 그다음 그들은 살아가면서 광산업이 근방에서 시작되는 걸 보겠지요. 사업가와 기술자가 날마다 하고 있는 일과 그들의 태도는, 그들이 예상하는 '서양 문화'를 거의 보여주지 못할 것입니다. 흡사 조금씩 독을 먹는 것처럼 모순을 경험하면서 그들은 속임수투성이인 다원화 사회에서 살아남을 각오를 할 것입니다. 자기 생각을 정연하게 표현할 줄 아는 친구들끼리 저녁을 먹고 나서 긴 토론을 벌이면서 그리스인에 대해 얘기할 때, 그들이 거기에 대해 일말의 존경심이라도 지속시켜 나갈 수 있을까요? 또한 신으로 섬겨지는 동물들이 인간들과 관계를 맺는다는 그들 고유의 이야기들을 기억할까요? 선생님들은 예술과 철학 뒤에 가려져 있는 일련의 제국들의 탐욕과 부패를 폭로해서는 안 될까요? 알래스카의 통나무집에 앉아서 나눈 그런 얘기들은 캘리포니아의 산후안 산등성이에 사는 내 아들들과 내 이웃의 아들딸들이 직면하고 있는 문제가 무엇인지를 이해하는 데 도움이 되었습니다. 수학과 언어학, 그리고 신화 말고는 아마도 모든 것이 사라져버릴 것만 같습니다.

미국사회에는—다른 사회와 마찬가지로—그 나름으로 의심의 여지가 없이 확립된 가설이 있습니다. 미국사회는 지속적으로 전개되는 진보에 대해 아직도 대체로 무비판적인 신앙을 가지고 있습니다. 결점 없는 과학적 객관이 있을 수 있다는 생각을 고수하고 있는 것이지요. 그리고 가장 근본적으로는 우리는 각각 일종의 '고독한 인식아認識我'라는, 그러니까 우리는 층층이 쌓인 지역적 배경을 갖지 않은 뿌리 없는 이성적 존재라는 망상 속에서 사회가 움직이고 있습니다. 그냥 하나의 자아와 세계뿐이라는 말입니다. 여기에는 조부모, 장소, 문법, 애완동물, 친구, 연인, 아이들, 도구, 우리가 기억하는 시와 노래가, 바로 우리가 더불어 생각하는 것이라는 진정한 인식이 없습니다. 그런 고독한 정신상태는—만일 그런 것이 존재할 수 있다면—권태로운 추상개념의 포로일 것입니다. 환경 없이는 길이 없고, 길 없이 사람은 자유로워질 수 없다. 코체뷰 분지의 어디에서나 에스키모 어린이들의 부모가 아이들 학교에 '이누피아크의 가치들'을 붙여놓은 것은 놀라운 일이 아닙니다.

가엾은 지식인 계급, 그렇게 나는 생각하고 있었습니다. 교회와 주 정부와 시장을 정력적인 힘으로 주물러대는 사람들이 쇼를 공연하는 동안, 철학자와 작가 같은 사람들은 언제나 무능한 방관자들이었던가요? 짧은 시간 동안을 생각해볼 때, 이것은 사실입니다. 수백 년 수천 년의 시간을 두고 볼 때 철학은 언제나 해석자와 비평가로서 신화와 얽히며, 사람들이 읽는 근본 신화는 빙하가 움직이는 속도로 천천히 변화하지만 꽤 완강하게 저항하는 것임을 알 수 있습니다. 깊은 신화는 질서를 가진 언어의 변화처럼 무엇인가로 계속 변해갑니다. 어느 특정 시기의 사회적 세력은, 가령 프랑스 아카데미가 영어로부터의 차용어를 저지하려고 애쓰면서 프랑스어에 대해 그랬던 것처럼, 언어 용법을 조작하거나 새로 만들려고 시도할 수는 있습니다. 하지만 결국 언어는 언어가 가진 설명할 수 없는 방향으로 돌아옵니다.

좀더 범위를 넓혀, 세계 철학에 대해서도 마찬가지로 말할 수 있습니다. 뉴턴과 데카르트가 속도를 늦춰놓은 빙하가 운반해온 퇴적물 위에 우리는 옆으로 비껴서 있습니다. 소생한 대지의 여신, 가이아라는 빙하는 또다른 계곡에서 내려옵니다. 머나먼 이교도의 과거로부터 말이지요. 그리고 팔뚝 같은 얼음덩이가 또다른 쪽에서 미끄러져들어오니, 그것은 비어 있는 우주에서 자비와 직관을 강조하는 무의미한 말장난이 아닌 불교의 명상관입니다. 언제인가 이들은 모두 한 점에 수렴될지도 모르지만 역시 각 부분에는 그들의 근원지를 증명하는 줄무늬들을 가지고 있을 것입니다(카라코람의 그 장려한 발토로 빙하처럼). 어떤 역사가들은 '사상가들'이란 사람들이 살아가면서 의지하는 관념과 신화체계의 뒤에 있는 사람들이라고 말할 것입니다. 나는 그것 또한 옥수수, 순록, 호박, 고구마, 쌀로 돌아간다고 생각합니다. 그리고 그들의 노래로.

주어진 빙하에 충실한 마음을 갖는 것은 온당한 일입니다. 물의 순환 전체를 조사하는 일은 권장할 일이지요. 빙하가 언제나 흐르는 것이 아니라는 것을, 그리고 산들은 끊임없이 걷고 있다는 것을 아는 것은 드문 일이고 경탄할 일입니다.

나의 조부모는 모닥불 주변에서 우리가 잠들기 전에 이런 이야기를 들려주지 않은 게 확실합니다. 그분들의 집에는 대신 기름난로와 작은 도서관이 있었습니다(우리 할아버지가 한번은 내게 이렇게 말했습니다. "마르크스를 읽어라"). 그래서 문명인은 책을 읽습니다. 수백 년 동안 '도서관'과 '대학'은 지식의 보고였습니다. 이 거대하고 유구한 서양문화 속에서 우리를 가르치는 어른들은 책이었습니다. 책은 우리의 할아버지이다! 존 쿠퍼의 개썰매를 타고 코북에서 슝낙으로 가는 길. 코북 강의 얼음 아래로 내려갔다가 둑과 벼랑으로 올라갔다가 하면서 두 갈래 수로 사이에 있는 육로들을 짐을 끌고 이리저리 가로지르는 동안 이 멋진 생각이 내게 떠올랐습니다. 코와 발가락과 손가락은 추위로 마비되었습니다. 썰매에 충격을 주지 않으려고 느슨하게 묶은 생가죽 끈들이 내는 마찰음, 보조를 맞추지 않고 달리는 개들이 만드는 타악기 소리 같은 복잡한 발소리, 휘몰아치며 내리는 눈바람 소리. 개들은 헐떡거렸고 행복해했으며 눈을 빛내고 입김을 무럭무럭 내뿜었으며, 우리는 무리지어 달리는, 달리고 또 달리는 늑대개같이 힘차게 솟구치는 기쁨으로 달리고 있었습니다.

이렇게 볼 때 도서관은 좀더 흥미로운 것으로 보입니다. 우리는 유용하고, 요구하는 것이 많고, 또 친절한 어른들의 도움을 받을 수 있습니다. 나는 바르톨로메 데 라스카사스, 바뤼흐 스피노자, 헨리 데이비드 소로를 생각합니다. 나는 변함없이 도서관을 좋아했습니다. 도서관은 늘 따뜻했고 늦게까지 열려 있었습니다.

슝낙에 도착해 언 강을 지날 때 우리는 소년들의 인사를 받았습니다. 그애들은 존의 개들 이름을 하나씩 소리쳐 불러댔습니다. 한 놈은 그 전해에 이디타로드에서 달리기 경주에 나가 마을의 영웅이 되어 있었습니다. 한스 보에니시와 보니 보에니시가 또

다른 썰매와 팀을 이끌고 우리 뒤를 이어 도착했습니다. 우리는 개들을 가죽끈에서 풀어 각각 그들의 작은 집에 묶었습니다. 그런 다음 스튜를 만들기 위해 바깥의 가문비나무 장작불 위에 놓인 5.5갤런짜리 빈 기름통으로 만든 조리통에 얼어붙은 흰 돌고래를 넣고 끓였습니다(거기서 하와이 사람들이 돼지먹이로 쓰려고 타로 토란을 통에 넣고 끓이던 걸 바라보던 일이 생각났습니다). 개마다 가지고 있는 금속 밥그릇에 생선 스튜를 부어주면서, 나는 내가 선방에서 식사할 때 읊는 게송을 혼자 읊고 있는 걸 알았습니다. 나는 밥 돌리는 행자였습니다. 식사시간에 골륜선당Ring of Bone Zendo•에 돌아온 것 같은 기분이었습니다.

썰매 끄는 개들을 보신시키는 데
생선 스튜는 열 가지로 좋으니
좋은 결과는 한이 없네
영원한 왁자지껄의 즐거움을 완성하네!

썰매 개들은 부드럽고 슬프게 짖어대면서 맞지 않는 코러스로 가타gatha••를 따라 불렀습니다.

• 스나이더가 친구들과 함께 산후안 언덕에 세운 선당.
•• 불교 용어. 시의 형식으로 부처의 공덕 또는 교리를 찬미하는 노래.

우리는 우리를 초대한 분들에게로 걸어갔습니다. 그들은 벼랑 아래 얼어붙은 코북 강가에 있는 작은 집에서 사는 선생님들인 밥 맥과이어와 코라 맥과이어 부부였습니다. 분명 영하의 기온이었을 텐데 맥과이어네 딸들인 제니퍼와 알린은 옅은 햇살을 받으며 밖에서 놀고 있었습니다.

집안에는 기름을 태워 작동하는 레인지가 낮은 불로 켜져 있고 장작난로가 한결같이 타고 있었습니다. 긴 내의와 스웨터 위에 울로 만든 넙치 셔츠를 입은 우리는 모두 아주 따뜻했습니다. 물이 가득 담긴 빨간 플라스틱 통들은 학교에서 언덕 아래로 내려온 것이었습니다. 부엌에 있으니 얼지는 않을 테지요. 커피를 마시며 이야기가 이어졌습니다. 밥이 이곳에서 가르친 지는 여러 해 되었습니다. 그는 세계의 여러 벽지에 있는 학교에서 공부하기 위해 1년 동안 이 북극마을을 떠났다가 돌아온 지 얼마 되지 않은 참이었습니다. 코라도 학교 선생인데 그녀의 부족은 아타파스칸족입니다. 밥과 코라는 대학에서 만났습니다.

"우리가 실제로 서구문명의 가치를 아이들에게 가르치려면, 우린 그저 서구문명이 가진 개인주의와 인간의 특수성, 특별한 인간적 존엄과 인간의 끝없는 가능성과 영광스러운 성공의 이데올로기를 팔고 다니는 것뿐일 거요" 하고 나는 그 문제를 다른 관점에서 보면서 말했습니다. 그것은 결국 '송유관 철학'이 아닐까요?(회색곰 전문학자인 덕 피코크는 그것을 '유대인의 내향성, 그리스의 나르시시즘, 기독교의 지배'라고 표현했습니다.) 기독교와 자본주의와 세계 정복 이후에도, 아마도 그것은 여전히 서구문화가 도달하게 되는 부분인지 모릅니다.

그러나 역사를 되돌아볼 때 그리스 학문은 그렇지 않았습니다. 15~16세기의 활기찼던 이탈리아 정신의 관점에서 볼 때 그리스 문헌이 주는 메시지는 '인간은 자유롭게 이성적이고 상상력이 있으며 육신적이고 대담하고 아름답다'는 것이었습니다. '이교도적인' 것이었고 '시적인' 것이었지요. 그것은 인간에 대한 대단한 허풍이 아니라—교회가 바라보는 눈을 제외하고는—세속문화의 재발견이며 자연계에 존재하는 자연적 존재로서의 인간의 재발견이었던 것입니다. 아무튼 고대에 대한 흥미진진하고 깊은 연구는, 서구 사상가들이 몇 번이고 겪은 바이지만, 전통적인 어른들과 함께 겪는 도제 제도의 체험과 유사합니다. 르네상스의 신선함은 숨막히는 라틴어, 언어, 그리고 유럽 중산층의 문화 교과목으로 미끄러지듯 들어갔습니다. 개성과 가능성에의 매혹은 권위주의와 자기만족 속에서 길을 잃게 되었습니다.

어린이들의 선생님들에게 원주민이든 백인이든, 약간의 역사와 철학 또는 문학을 가르칠 기회가 있다는 것은, 그것이 어떤 문화에서 왔든지 반가운 일입니다. 내가 북쪽에서 만난 시골 학교 선생님들은 기쁘게 부족 어른들을 수업시간에 모시려고 했으며 전통 문화의 가르침을 강력하게 지지했습니다. 어떤 마을의 지도자들은 우리가 모두 한 배에 탔다는 것을 알게 되었다고 말했습니다. 그 한 배란 위대한 구석기 시대의 수렵생활의 권위에서 남겨진 쓰레기 유물과 함께, 그 불량스러운 선진 자본주의와 코쟁이 사회주의를 가진 서구 문화를 말하는 것이지요.

유럽의 인본주의자들은 어쩌면 꼭 권력을 가진 엘리트의 편이 아니었을지 모릅니다. 그들은 표면적으로는 도시의 주인으로 일했지만, 그들이 분명히 알고 있었건 아니건 간에 그들의 '계획'은 근본적으로는 토착적인 가치를 방어하는 것이었습니다. 왜냐하면, 분명하게 생각하려면 우리는 편협한 이해관계나 고정관념을 피해야 하고, 또 시골 마을이 가지고 있는 정신적 가치들은 기업이나 자본, 장사꾼이나 중앙집권화한 종교적 관료주의, 그 밖의 유사한 제도가 가진 특정 이해관계와는 묵시적으로 반대되는 것이기 때문입니다. 지방적인 것, 장소에 속하는 것은 그 나름의 선입관은 있지만 그 가치는 아무리 부풀려도 지나치지 않습니다. 그것은 자연계의 신성불가침한 과정에 뿌리내리고 있기 때문이지요.

철학이란 이렇듯 장소에 토대를 두는 활동입니다. 그것은 몸과 마음에서 나오며 공유한 경험에 비추어 견제됩니다('할머니의 지혜'는 롱 하우스•에서 어망이나 뭘 고치고 있어야 할 사람들이 너무 오래 얘기하고 있으면 그들을 의심합니다. 국가를 만드는 일을

• 목조에다 나무껍질을 덮은 이로쿼이족 등 인디언들이 사는 길게 붙은 공동주택.

할 것 같은, 문제를 일으킬 수 있는 사람들이니까요). 우리는 마을 어른들의 가르침뿐만 아니라 다소 허약한 도서관 제도를 통해 기적적으로 보존되어 우리가 접할 수 있었던 서구의 현자들에게 관심을 기울일 필요가 있다는 것을 인정하기까지 완전히 한 바퀴를 돌고 있습니다.

나는 어느 날 밤 코북 학교에서 시 낭송을 했습니다. 그때 존 쿠퍼가 처음 나타났습니다. 그는 시를 들으려고 앰블러 강가에 있는 오두막집에서 40마일을 눈썰매 개들을 몰아 남쪽으로 온 것이었지요. 시 낭송은 송수신 겸용 라디오를 통해 밖으로 흘러나갔습니다. 그 소리를 듣고 세상의 개들이 모두 짖게 되었는데 마침 그때 그와 개들이 미끄러지듯 들어왔습니다. 내가 존을 만난 것은 70년대 초 콜로라도 주립대학에서 공부할 때였습니다. 당시 그는 산림경영을 공부하고 있었고 야생지 옹호자가 되어 가고 있었습니다. 내 청중은 지역 원주민과 몇 명의 백인이었는데, 많은 분들의 경우 일찍이 시를 소리내어 읽는 것을 들어본 적이 없었습니다. 그날 밤 늦게 우리는 춤꾼을 반주하는 가수 겸 북 치는 사람들에 대해서, 그리고 그들의 역할이 시인의 일과 유사한 점에 대해서 이야기했습니다. 시 낭송을 들으려고 역시 외지에서 찾아온 한 이누피아크족 부부는 신화의 고대성에 대해서 언급했습니다. 우리의 선조들은 그리스 사람이나 인도 사람이나 모든 아메리카 원주민들과 똑같은 이야기를 들려주었다고 그들은 말했습니다. 우리에게는 모두 고전문화가 있었습니다.

극동지방의 문명에 대한 질문이 있어서, 나는 원주민 문화나 교회활동에 모두 다 적극적으로 참여하고 있는 한 진지한 여성 지도자에게 노자의 『도덕경』을 읽어보라고 한 권 빌려주었습니다. 이틀 후 커피를 마시며 담소할 때 그녀가 "오래된 책이에요. 정말 지혜롭고 오래된 책이에요. 중국 문명이 그 정도인 줄은 몰랐어요" 하고 말했습니다. 나는 그녀가 관여하고 있는 교회 일을 물었습니다. 그녀가 이누피아크 정신의 가치를 부활시키는 일에도 아주 적극적으로 참여하고 있다는 것을 알고 있었기 때문이지요. "뭔가 국제적인 것의 한 부분이 되는 것도 좋은 일이에요" 하고 그녀는 말했습니다. "전에는 중국이나 인도 그리고 그들 나라의 사상에 대해서는 몰랐었거든요. 그런데 교회 일을 하니까 어디에나 친구가 있고 시애틀에 가면 거기서도 만날 사람들이 있어요."

스티브와 나는 어느 날 이른 새벽에 슝낙을 출발했습니다. 우리는 두 대의 눈차를 타고 가설 활주로로 갔습니다. 갈까마귀 두 마리가 눈 위에 잠들어 있는 개 주위를 껑충껑충 뛰어다니고 있었습니다. 냉랭한 대기가 올드맨 마운틴 쪽과 더 멀리는 보나이트로 가는 언덕 사이의 협곡까지도 깔려 있었습니다. 그 전날 밤 학교에서 농구 경기가 있어, 마을 소녀들이 마을 밖에서 온 선수들을 배웅하러 올라왔었습니다. 두 소녀가 앰블러 비행기 회사의 비행기 날개에 매달려 새로 만난 남자친구들 때문에 울고불고 하고 있었습니다. 조금 더 나이가 든 처녀들이 그러는 모양이 좋지 않다고 그애들을 나무랐습니다. 비행기에는 페어뱅크스로 경기를 하러 가는 또다른 팀인 '앰블러 그리즐리에츠'가 타고 있었는데 모두 여자 선수들이었습니다. 알래스카의 기름값이 멈추어 있는 한, 미개간지를 운행하는 비행기 회사는 고등학교 농구선수들을 실어나르며 생계를 꾸려나갈 돈을 넉넉히 벌 수 있을 겁니다.

존 쿠퍼가 말했습니다. "프루도 만, 거기서 몇 해 여름을 일했지. 프루도 만에서 기는 7일 12시간제로 일했다고. 그러니까 일주일 내내 하루 열두 시간씩 말이야. 번 돈은 코카인으로 다 날려버렸지."

자연의 쓰기

인문학 학문의 형식적 기준 가운데 하나는 그것이 텍스트의 정독에 관심을 가져야 한다는 것입니다. 텍스트는 시간 속에서 축적된 정보입니다. 암석의 층위, 어떤 습지에 쌓인 꽃가루의 층, 나무줄기의 밖으로 넓혀나가며 그려진 나이테를 텍스트로 볼 수 있습니다. 예전에 강바닥이었던 흔적을 층층이 남기며 땅 위에서 이리저리 휘돌아가는 필적筆跡 같은 강물은 텍스트입니다. 언어에 역사가 남기는 층은 언어 텍스트 그 자체가 되지요. 『원시 인도 유럽어의 나무들』에서 저자 파울 프리드리히는 1만 2000년 동안 크게 변하지 않은 일군의 말들을 통해 인도 유럽어 어족의 '의미의 뿌리'를 찾아내고 있는데, 그 뿌리들은 나무의 이름들입니다. 자작나무bher, 버드나무wyt, 오리나무alysos, 느릅나무ulmo, 물푸레나무os, 사과나무abul, 너도밤나무bhago가 특히 그렇습니다.(1970) 서양의 생명을 나타내는 씨음절은 'bija'• 입니다.

고대 중국의 역학자들은 거북이의 껍질을 불 위에 놓고 갈라질 때까지 열을 가한 다음, 그 벌어진 틈의 모양에서 의미를 읽어냈습니다. 한자가 이 거북이 등의 갈라진 틈을 본떠서 시작되었다는 게 중국인의 생각이지요. 모든 글쓰기는 자연의 질료와 관련되어 있습니다. 작은 갈고리와 직각의 모양으로 이루어진 오늘날의 한자의 형태가 나온 것은, 한나라가 대패질한 대나무 막대 위에 철필로 새긴 기호를 글자로 사용하던 방법에서 토끼털 붓을 소나무 검댕으로 만든 잉크에 찍어 흡수성 있는 뽕나무 섬유질로 만든 종이 위에 쓰는 방법으로 바꾸었을 때쯤입니다. 한자 모양은 전적으로 붓을 종이에서 들어올릴 때 붓끝을 어떻게 돌리느냐 하는 기능에서 나옵니다. 붓, 조각칼, 펜, 또는 철필을 들어올리는 것은

• 산스크리트어. 가령 옴메니 반 메홈이라고 할 때 옴(Om)이나 훔(Hum)처럼 주문이나 기도문의 어휘에 있는 기본 음절을 말한다.

한입 문 것을 놓아주거나 발톱을 들어올리는 것과 같지요.

경비행기는 바람에 흔들리는 연과 같습니다. 북극의 긴 봄날이면 사람들은 낮이고 밤이고를 가리지 않고 비행기를 탑니다. 배틀스의 남쪽을 횡단하고 그런 다음 활주로에 내려 눈 위를 미끄러집니다. 페어뱅크스에서 나는 3만 6000년 전에 죽은 초기 아메리카 들소의 몸이 다 복원된 것을 보기 위해 핀란드의 고생물 박제 전문가인 에릭 그란퀴스트를 찾아갔습니다. 당시 그것은 아직 대학 실험실에 있었습니다. 좀 작고 아름답고 팽팽하게 속을 다 채운 동물이었는데 그 가죽이 지금은 약간 푸른색을 띠고 있습니다. 에릭이 그전에 복제를 맡았던 일은 소금 저장소에 빠진 채 발견된 폴란드의 '털북숭이 매머드'였습니다.

그는 내게 홍적세에 살았던 아메리카 들소의 이야기를 독해하는 방법을 들려주었습니다. "네 발로 걸으며 곧장 아래로 주저앉아요. 아메리카 들소는 죽이면 사슴처럼 옆으로 넘어지지 않고 그냥 아래로 무너지기 때문입니다. 가죽의 이 긁힌 자국들은 사자가 뒤에서 공격할 때 생긴 것이고요. 그 사자는 오늘날의 아프리카 사자와 다른 게 전혀 없어요. 앞발톱 자국과 그다음 어금니로 깨문 자국을 볼 수 있죠. 그것도 오늘날의 사자의 이빨 넓이와 정확히 일치해요. 또 코에도 자국이 있고 턱 아래와 목에도 발톱 자국이 있는데 그것은 두번째 사자가 코를 물고 머리를 아래로 끌어내렸음을 말해주는 거예요. 다음, 가죽이 벌어져 있는 것을 보면 사자들이 이 들소의 꼬리와 등뼈를 따라 등 양쪽의 살을 물고는 뒤부터 먹어치운 다음 떠났다는 것을 알 수 있어요. 목이나 머리는 먹지 않았는데, 그래서 바로 척추를 따라 가죽이 한 줄만 찢겨져 벌어지면서 그 자리에 무너져 있게 되었지요. 사자들이 들소를 처치하자마자 날씨가 추워졌고 들소는 얼어붙어버렸어요. 가을이었습니다. 그 다음해 봄—그곳은 산비탈의 북쪽이었어요—산비탈 꼭대기에서 진흙이 녹아내리면서 산사태가 나서 아직 네 발로 버티고 있던 얼어붙은 들소를 덮쳤고, 그런 다음 그 들소를 영구동결층으로 운반해갔었던 거예요. 들소는 얼어붙어 있던 자리에서 산소 부족으로 밀폐되어 있다가 몇 년 전에 수력으로 탄광을 채굴할 때 물에 씻기면서 녹아내려온 거지요."

에릭은 또한 자신의 생일이 복원이 끝나던 날이어서 수천 년 동안 얼어붙어 있다가 헬리콥터에 실려 냉동실로 수송되었던 들소의 작은 살점 한 조각을 성찬식으로 먹었다고 말해주었습니다. 아주 오래된 고대의 사본에서 구출한 한 편의 서정시라고 할 수 있는 이 들소의 몸을, 이제는 알래스카 대학 박물관 전시실에 가면 볼 수 있습니다. 거기서는 그것을 '아기'라고 부릅니다.

시간을 초월한 한 마리 들소의 시체나 유콘의 평야 아래로 이리저리 떠도는 큰 필적 같은 강, 또는 쿠우방미우트족과 관련 있는 고대 극지방의 세계주의 전통에 비추어볼 때, 서양 문화의 역사는 아주 짧습니다. 유럽과 미국의 휴머니즘은 고대 역사와 문학에 몰두하여 깊이 감동받은 나머지 변화했던 작가와 학자들의 이야기들이었습니다. 그들의 글은 인간이 처한 상황에 유용한 문화적—신학적이거나 생물학적인 것이라기보다—전망을 제공해 왔습니다. 페리클레스 시대의 그리스인들은 호메로스가 가졌던 지식을 소화했는데, 그가 가졌던 지식의 기원은 청동기시대와 그 이전으로 거슬러 올라가는 것이었지요. 로마인들은 그리스에 대해 공부하면서 자신들을 확대했습니다. 르네상스 시대의 탐구자들은 그리스와 로마시대의 글을 읽고 자양분을 섭취했습니다. 오늘날 새로운 종류의 후기 인본주의자들은 지구상의 다양한 소수민족들을 연구하고 경험하면서 '원시시대'의 가치를 제대로 평가하게 되었습니다. 그들은 선사시대야말로 끝없이 확장하는 비옥한 들판이라는 걸 발견하고 있습니다. 우리는 궁극적으로 단 하나인 인간의 뿌리의 심연을 막연히 감지하고 있는 것이지요. 야성의 자연은 자아와 문화가 풀리지 않게 직조된 것입니다. 후기 인본주의라는 말 속의 '후기'는 인간이라는 단어를 설명하고 있습니다. 다음에 개시될 대화는 모든 존재들 사이에서 일어날 것이며, 생태적 관계를 설득력 있게 표현하는 방향으로 나갈 것입니다. 이렇게 말한다고 해서 내가 인간을 폄하하려는 것은 아닙니다. '인류에 대한 올바른 공부'는 인간으로 존재하는 것이 무엇을 의미하느냐 하는 것입니다. 우리 인간이 다른 모든 존재와 동류라는 것을 학교에서 가르치는 것으로는 충분하지 않습니다. 우리는 늘 그것을 느끼며 살아야 합니다. 그러할 때 우리는 또한 어떤 특권의식도 없이 유일한 '인간'일 수 있는 것입니다. 도겐 선사가 말한 것처럼 물은 물의 공안公案* 이며, 인간은 인간 자신의 공안입니다. 회색곰이나 고래, 붉은털원숭이나 쥐는 인간들이—특히 유럽계 미주인이—곰이나 고래를 연구하려고 생각하기에 앞서 그들 자신을 철저하게 알게 된다면 무한히 더 좋아할 것입니다.

인간이 자신을 알게 되면, 나머지 자연계는 바로 그곳에 존재합니다. 이것이 바로 불교에서 말하는 법과 진리, '달마'의 일부입니다.

어머니 표범들

언어학자들은 언어의 구조와 언어를 지배하는 규칙 체계를 설명하기 위해 문법이라는 말을 사용합니다. 하나의 문법은 그 언어 안에서 작용하는 문장들을 모두 담을 수 있는 바구니 같은 것이지요. 초기에는 언어학자들이 쓰기와 말하기를 혼동했습니다. 이것은 문법이라는 말 자체에서도 명백히 나타납니다. 그리스어의 'gramma'는 '문자'를 의미하는데, 그 어근은 '할퀴다gerebb, grebb'입

* 불교의 선종에서 도를 터득하기 위하여 집중적으로 생각하는 문제.

니다(여기서 '자른 자국을 내다kerf' '도표로 나타내다graph' '새기다carve'가 파생했습니다). 문법은 '짜인 생채기들gramma techne'에서 유래합니다. 그러나 언어의 최초의 존재('혀')가 사건, 발화 안에 있음은 아주 분명합니다. 언어는 새기는 것이 아닙니다. 그것은 숨결이 올라오는 움직임이며 소나무 사이에 부는 산들바람입니다.

'책으로서의 자연'이라는 은유는 정확하지 않을 뿐만 아니라 해로운 것이기도 합니다. 세계는 기호들로 충만할 수 있겠지만 집주본 고문서를 가진 고정 불변의 텍스트는 아닙니다. 책에 의지하는 모델에 대한 과도한 집착은 역사 기록이 시작되기 전에는 아주 흥미진진한 일이 전혀 일어나지 않았다는 가정과 더불어 여행합니다. 문자, 기술, 제도는 확실히 사람에게 우위를 제공합니다. 글을 쓸 줄 아는 사람들은 그렇지 않은 사람들보다 스스로 더 우월하다고 여겨왔습니다. 또 성서를 가진 사람들은 토속 종교의 신화와 의식이 아무리 풍부한 것이라 해도 그에 상관없이 그것을 가진 사람들보다 자신들을 우위에 놓았습니다.

페어뱅크스에서 나는 남쪽의 앵커리지로 돌아갔습니다. 어느 날 밤 론 스콜론과 나는 앵커리지의 파이어니어 술집에 있었습니다. 나는 우리가 코북 강으로 여행 갔던 일을 말해주었고, 그는 언어학에서 일어나고 있는 최신 정보를 내게 말해주었습니다. 론과 수전 스콜론은 언어학자들인데 여러 해 동안 아타파스칸 어족을 연구했고, 아북극 지대의 아타파스칸족 아이들과 코카서스족 아이들의 언어 습득을 관찰해서 그것을 토대로 여러 편의 논문을 발표한 사람들이었습니다. 그래서 나는 그에게 내 생각을 피력했습니다. 언어는 우리의 생물학적 자연에 속하는 것이고, 쓰기는 눈 속에 큰 사슴이 지나가며 만든 자국에 지나지 않는다고요. "론, 언어는 어떤 점에서는 생물학에 속하는 것이 아닐까요?" 하고 나는 물었습니다.

론의 대답은 기본적으로 다음과 같았습니다. "언어학자 빌헬름 폰 훔볼트는 아마도 생물학자인 동생 알렉산더의 영향을 조금 받아서 그랬을 텐데, 생태 현상과 언어 양쪽의 '종種 형성, 종 분화' 은유에 대한 연구에 착수했어요. 유사 이래로 사람들은 언어를 마치 그 하나하나가 다른 종인 것처럼 보았지요. 초기 역사언어학자들은 언어들 사이에 있는, 다윈이 말하는 일종의 경쟁에 대해 말하곤 했어요. 그러나 생물 종들은 하나로 모이지는 않아요. 분기할 뿐이죠. 모든 언어는 같은 종에 속하고 이종교배를 할 수 있어요. 그렇게 해서 하나로 수렴될 수 있는 겁니다. 언어 간 관계에서 생성, 변화의 역학은 단지 경쟁적인 것이 아니라 가족적이고 생태적일 거예요. 또한 언어사에서 추론하는 진화적 발달이란 것은 전혀 없어요. 모든 언어는 똑같이 훌륭하게 기능을 발휘하고 각기 고유한 기품을 갖고 있어요. 언어에는 '최적자最適者' 같은 것은 없는 거예요. 영어는 단지 영국과 미국의 모험주의에 의해 국제언어가 된 것뿐이지요(영어는 절반쯤은 혼성된 어휘들로 이루어진 풍부한 패총이라고 할 수 있는데, 노르만족의 손에 패배함으로써 더 혼란스럽게 된 언어예요. 세계 제2의 언어가 되면서 운좋게 잘나간 진짜배기 혼합어이지요). 사실은 모음 변화와 자음 변화, 그리고 더 단순하거나 더 복잡해지는 경향이 있는 문법 같은 언어의 변화들은 어떤 실제적인 필요에 부응하고 있는 것 같지는 않아요."

"그렇다면, 진화의 원칙들이 들어맞지 않는다는 말이군요. 생태학적 영향은 어떤가요? 인간은 아직 야생종이에요(우리 인간이란 종은 어떤 특정한 산출을 내려는 목적으로 통제된 일이 없으니까). 당신은 언어 또한 야생적이라는 데 동의할 거요? 그 기초 구조들은 길들여지거나 재배되지 않아요. 그것은 인간의 야생적인 정신구조에 속해 있는 거니까." 그가 말했습니다. "물론이에요. 그러나 만약 언어가 하나의 종일 뿐이라면 언어가 상호작용하는 대상인 어떤 다른 생물들이 우리 정신의 야생지에 있어야만 할 거예요. 야생지는 하나의 체계이니까요. 언어가 홍적세의 들소라면 사자는 뭐예요?"

나는 말했습니다. "아! 언어가 초식동물이면 먹이사슬의 꼭대기에 있는 것은 아니군요. '시'는 분명 자연의 말을 먹고 그걸 증대시키니까 사자이다라고 말할 수 있을지 모르겠네요. 그러나 우리의 사고가 거의 모두 언어로 칠해지고 시는 언어 사용의 부분적 집합이라고 할 때는 그렇게 될 수 없을 거요. 나는 시란 언어를 먹고 언어를 변용하고 언어를 초월하는 절대적인 순간의 정신이라고 말하겠어요. 예술 또는 창조활동은 때때로 그 순간의 새로움과 유일성으로, 또한 직접적이고 중재되지 않은 경험으로 곧장 다가감으로써 그렇게 하고 있지요."

론은 '워프의 이설'•로 나를 시험했습니다. "도대체 언어에 의해 중재되지 않는 경험이란 게 있나요?" 나는 들고 있던 묵직한 맥주잔을 테이블 위에 쾅 하고 내려놓았습니다. 대여섯 명의 사람들이 깜짝 놀라 나를 바라보았습니다. 우리는 이쯤에서 토론을 포기하고 웃어야 했지요. 우리의 토론은 통상 귀결되는 불가지한 상태로 돌아가는 듯했기 때문이었습니다. 우리가 앉아 있는 테이블은 뿔이 가지를 뻗은 순록의 머리 아래 있었습니다.

원주민이든 백인이든, 내가 알고 지내는 모든 알래스카의 지식인들은 원주민의 말을 지키려는 노력에 깊숙이 동참해왔습니다. 마이클 크라우스, 제임스 캐리, 게리 홀트하우스, 스콜론 부부, 캐서린 피터스, 리처드 다우엔하우어와 노라 다우엔하우어 부부, 엘시 매더, 스티브 그루비스, 보에니시 부부 같은 여러 선생님들, 생

• 모국어가 개인의 세계관을 결정한다는 가설.

태학자이며 인류학자인 리처드 넬슨, 이들은 모두 언어 생존의 문제를 심각하게 생각했습니다. 알래스카 원주민어 센터 소장인 마이클 크라우스는 그 문제에 대해 낙관적이지 않습니다. 원주민어를 할 줄 아는 젊은이들이 해마다 자꾸만 늙어가고 있다는 것이었습니다. 코북 마을은 그 점에서 가장 적극적인 마을 중 하나임에도 원주민어를 할 줄 아는 최연소 연령대는 10대 후반이며, 운동장에서는 아이들이 영어로 말하며 놀고 있다고 들었습니다. 두 언어를 병용시키는 교육을 뒷받침하는 국가 차원의 교육과정표가 있고 모든 원주민어를 지키기 위한 뛰어난 두 언어 병용 교과서와 교사용 교재가 있지만, 원주민어는 사라져가고 있는 듯합니다. 대부분의 원주민 가정은 영어가 미래의 물결이며 아이들의 경제적 성공 가능성을 보장할 수 있는 자원이라고 보고 있기 때문에, 집에서는 '언어'로 말하려고 노력하지 않습니다(오스트레일리아에 있을 때 나는 어떤 지역어든 토론할 때는 그것을 '언어'라고 부르는 것을 들었습니다. "그 여자는 '언어'를 할 줄 아니?").

이것은 한 과도기일지 모릅니다. 원주민어는 그 세력을 다시 찾을지도 모릅니다. 만약—몇몇 지역을 제외하면—압도적으로 1개 국어만 사용하는 미국에서 교육받은 선생님들과 행정가들이 2개 국어 병용이 드문 일도 아니고 어려운 일도 아니라는 것을 이해한다면 도움이 될 것입니다. 어려서 고등학교 때 배우는 스페인어를 두려워했던 한 행정가는 어린 에스키모 소녀가 쉽게

2개 국어를 사용할 수 있다는 걸 믿을 수 없겠지요. 과거에는 생태 생물지역에 토대를 둔 작은 나라들이 만든 전 세계적 모자이크의 세계주의가 실제로 보편적인 다언어주의에 의해 보장되었습니다. 수년 전 순록을 사냥하다 죽은 유픽 노인은—강을 건너다가 물에 빠져 죽었다고 하지요—여러 말을 구사하는 마지막 구세대 사람 중 한 사람이었다고 합니다. 그분은 유픽어와 데나이나어(아타파스칸어), 러시아어, 영어, 그리고 어느 정도의 이누피아크어를 할 줄 알았던 것으로 보고되었습니다.

'언어의 생태학'을 말하려면 한 사람의 화자 안에 여러 수준, 암호, 속어, 방언, 언어 전체, 심지어는 다른 어족들의 언어까지가 일반적으로 공존한다는 것을 인식하면서 시작해야 할지 모릅니다. 존 검퍼즈는 북부 인도의 한 마을의 상황을 기술하고 있습니다. "지역 사투리는 대부분의 마을 사람들에게는 고유한 고장 언어이다. 또한 자신들만의 뚜렷한 지방어를 쓰는 불가촉 집단도 있을 수 있다. 지방어 말고도 몇 가지 어떤 집단 특유의 은어가 있을 것이다. 인근 장터 마을에서 온 장사꾼들은 지역 속의 소구역 방언의 한 형태를 쓰고 있다. 떠돌이 연예인들이나 고행승들은 또다른 형태의 방언을 사용할 수 있다…… 크리슈나를 숭배하는 떠돌이 수행자들이 브라즈 바사Braj Bhasa를 쓰고 있다면 램Ram 숭배자들은 아바드히Avadhi를 사용할 것이다. 표준 힌두어는 교육받은 외부인들이 교제할 때 사용하는 표준어이다…… 사업할 때나 교육받은 모슬렘에게 말할 때는 우르두어Urdu가 필요하다. 더욱이 교육받은 사람들은 영어를 알며 그중에는 적어도 얼마간의 산스크리트어 지식을 가진 사람들도 있다."(1964)

그래서 우리는 이제 마을로 돌아와 있습니다. 방언들과 표준어들의 지역적인 혼합은 그 장소의 독자적인 것입니다. 모든 것은 자연에 뿌리박고 있지만 그 덩굴은 전 세계로 뻗어나가지요(그러나 오늘밤 알래스카의 수풀지대나 맥그래스, 코북이나 키아나에 있는 사람들은 위성으로 전파되는 텔레비전을 보고 있습니다. 아마도 술집 아래쪽에서 틀고 있는 그 프로그램과 똑같은 것이겠지요).

바로 그곳이 고전이 들어올지도 모르는 곳입니다. 고전은 일종의 규범을 제공합니다. 행동주의에 대한 통계적 기준이 아니라, 교육받은 사람들이 이룬 합의와 지속력에 의해 증명되는 기준을 주지요. 역사를 견뎌온 지속력이란 우리의 지향, 치열한 정신, 배려, 장난스러움과 이전의 매체 안에서 이루어진 전략들과 기준들의 병합으로 수여받은 형식에 우리가 창조적으로 재사용했거나 재해석한 것을 보태고, 거기에 지적 일관성과 시간을 초월하여 장기적으로 인간이 어떻게 관련되었는지를 보태고, 다시 그것에 우리의 무의식 속에 있는 깊은 심상의 울림을 더한 것들 모두와 관련됩니다. 이런 지위를 획득하기 위해서 텍스트나 이야기는 많은 국가들의 경계를 넘고 수천 년의 세월을 지나 법제화된 것이며,

그러는 동안 다수의 번역을 겪었음에 틀림없습니다.

당장 인간의 경험이 이루어지는 시간의 틀은 충적세의 기후와 생태환경입니다. '현재의 순간'은 마지막 빙하시대 이후 1만 년 내지 1만 1000년이 지난 시점입니다. 전통 문학 안에는 가장 오래된 전통에서 빌려온 요소들로 구성된 엄청난 양의 후기 문학과 함께, 그렇게도 오래 보존된 몇 개의 완전한 이야기들이 있을 것입니다. 이 시기의 인구는 비교적 적었고 대부분 걷거나 말을 타거나 또는 돛단배를 타고 여행했습니다. 그리스이든 독일이든 중국의 한 나라든 언제나 근처에는 숲과 야생동물과 철 따라 이동하는 물새와 물고기와 고래로 넘치던 바다가 있었습니다. 이런 동식물들은 활동적인 사람이라면 누구나 경험하는 것의 일부였습니다. 동물은 문학에 등장하고 또 인간의 상상과 종교의 원형 안에서는 보편적인 존재로 그곳에 있었습니다. 늘 그곳에 있었기 때문이지요. 황무지와 폭풍우와 야생지와 산에 대한 우리의 관념과 이미지는 추상 관념에서가 아니라 경험에서 태어납니다. 알프스 산맥 남쪽, 북극지방, 극지 주변, 태평양 건너편, 또는 울타리 너머를 경험하는 것에서 태어나는 것이지요. 이 세계는 사람들이 19세기 말까지 살았던 곳입니다(세계 인구가 오늘날의 절반이었던 때는 언제였을까요? 1950년대입니다).

극북지방의 생활상태는 아직도 수렵과 채집으로 살던 세계가 가졌던 경험에 가까이 있습니다. 그 세계는 인간의 요람기가 아니라 청년기였습니다. 북쪽에는 아직도 대부분 손대지 않은 야생의 공동체가 남아 있습니다. 그곳에는 비교적 작은 집단을 이루고 사는 억센 사람들이 있는데, 그들은 수렵인으로 살며 연장자의 경험에 따라 기초적인 다른 생물을 몹시 배려하며 사는 것을 배워온 사람들입니다. 그곳은 '변경'이 아니라 그 모든 찬란한 연어, 곰, 순록, 사슴, 오리, 거위, 고래, 바다코끼리, 그리고 덩치 큰 사슴이 전성기를 누렸던 홍적세 최후의 장소입니다. 물론 그 세계는 상당히 오래 지속되지는 않을 것입니다. '북극 야생동물 보호지구'는 유전을 찾는 사람들에 의해 파헤쳐질 것입니다. 남동 알래스카의 통가스 삼림에는 믿을 수 없을 만큼 많은 도로가 만들어지고 삼림 벌채가 진행되고 있습니다.

신대륙 북쪽 지방은 유럽의 과거로 나 있는 창입니다. 켈트족의 신성한 연어, 북유럽 문학에 나오는 갈색곰, 지중해의 돌고래, 수렵의 여신 아르테미스의 곰 춤, 헤라클레스가 몸에 걸쳤던 사자 가죽이 인간들이 가까이 살았던 야생계에서가 아니라면 어디에서 나올 수 있었을까요? 문학과 상상 속에 이 경이로운 생물들이 존속하고 있음은 그들이 우리의 건강한 영혼에 얼마나 중요한지를 말해줍니다.

그런 다음 론과 나는 우리의 대화를 중국으로 돌렸습니다. 그와 나는 두 가지 점에, 즉 알래스카는 북쪽에서 가장 광활하고 야생적인 곳이며 지상에 남아 있는 가장 야생적인 장소 중 하나라는 것과, 중국은 가장 철두철미한 문학문명이라는 것에 의견을 같이 했습니다. 그 두 지역은 지구 위에서 서로 그리 멀리 떨어져 있지 않습니다. 이 두 곳은 각각 그런 상태가 종말에 가까워지고 있는 듯이 보입니다. 그러나 중국은 근래의 환경 역사가 파괴적이기는 하지만 어쩌면 가는 실낱같이 생존하고 있는 야생성의—중국 원주민 묘족의 노래와 선시라고 하는—힘 덕분에 활기를 유지할 위대한 문명입니다. 알래스카의 어떤 부분은 갓 도착한 유럽계 미국인 인구를 탈산업적 야생지의 연인으로 바꾸어놓음으로써 살아남을 수 있을 겁니다. 그곳의 일상적인 위험, 하루종일의 어둠, 밤새도록의 밝음, 공허, 비실용성, 익명성, 얼어붙은 숨결, 훈제 생선과 같은 마법을 그들에게 걸어서 말이죠. 앵커리지의 신문은 두 마리의 큰 사슴이 또다시 쇼핑몰 주차장 부근을 돌아다니고 있었다고 보도했습니다. 그 쇼핑몰들은 추가치 산맥으로 이어지는 가문비나무 숲을 바로 앞에 두고 있지요.

한 젊은 백인 여성이 내게 물었습니다(이건 다른 때의 일입니다). "우리는 동물을 먹고, 동물을 노래하고, 동물을 그리고, 동물을 타고, 동물 꿈을 꾸면서 동물을 잘 이용해왔는데, 그렇다면 그 동물들은 우리에게서 무얼 얻나요?" 예절 있고 타당하며 동물의 편에서 생각한 뛰어난 질문이었습니다. 아이누족은 사슴, 연어, 곰이 우리 인간의 음악을 좋아하고 우리가 쓰는 말에 매혹된다고 말합니다. 그래서 우리는 물고기나 사냥한 동물에게 노래해주고 그들에게 말을 하며 기도를 해줍니다. 주기적으로 그들을 위해 춤을 추기도 합니다. 그대가 준 저녁을 위한 노래, 공연은 심연의 세계에 있는 선물 경제에서는 통용화폐입니다. 다른 생물들은 분명 인간이란 동물이 좀 경망스럽다는 것을 알고 있을 것입니다. 우리는 외출복을 계속 바꿔 입고 너무나 많은 여러 가지 음식을 먹습니다. 나는 우리의 비인간적 본성은 인간성 쪽으로 상당히 기울어져 있으며, 현대인들이 더이상 피 흘리지 않고 좀더 상생하기를 바라고 있을 뿐이라고 느끼지 않을 수 없습니다.

오랫동안 알래스카인으로 살고 있으며 알래스카 인문학 포럼 소장을 맡고 있는 게리 홀트하우스와 아침을 먹으러 캡틴 쿡 호텔의 지하로 내려갔습니다. 나는 그 전날 내가 쿠우방미우트족과 함께 지낸 것을 보고하기 위해 그들의 연례 회의에 참석했었습니다(70년대에 알레크나기크의 남동부 알래스카 유픽족의 마을로 여행 갔을 때 나는 그가 마르쿠스 아우렐리우스의 책을 짐에 넣는 것을 본 일이 있지요). 우리는 아직도 그 전날 모임에서 나왔던 문제들을 토론하고 있었습니다. 그래서 인문주의적 연구 과제에 아주 우호적인 기분이 아니었습니다. 우리는 그것이 모두 그 정도로 신화와 시와 가치가 있는 진정한 생활에 관심을 갖고 있는 것은 아니라는 걸 말하고 있었습니다. 그리스 사상가들은 놀라울 정도로 생동적인 노래와 이야기, 즉 호메로스의 시와 헤시오도스라는 구전의 보고를 가지고 출발했습니다. 그러나 그들의 인문학은 기이하게 형식적으로 흘렀고 언어에 대한 관심을 위축시켰습니다.

벽감壁龕•은 이미 무당과 승려와 시인과 신화작가 사이에 공간을 열어놓았습니다. 그 벽감은 도시, 그러니까 작은 도시국가였습니다. 그 도시의 사상은 일종의 경쟁을 초래했습니다. 여러 촌락이 공통으로 가지고 있는 시적이고 신화적인 세계관 대 도시생활을 지배했던 일상적 논쟁과 보고문학의 대립이 그것입니다. 그 밑바닥에는 자급자족 경제와 잉여물, 즉 중앙집중적인 상인들 사이의 경쟁이 있었습니다. 그래서 철학자들, 즉 소피스트들은 부유한 가문의 젊은이들에게 대중 앞에서 효과적으로 주장하는 법을 가르치던 교사들이었습니다. 그들은 맡은 바 소임을 잘해냈습니다. 그들은 서양의 모든 지적 계보의 '창립 교사'들이었습니다. 역사 전체를 통해 소위 모든 인문주의자들이 해온 일의 90퍼센트는 언어를 가지고 노는 것, 그러니까 문법과 수사법과 문헌학이었습니다. 2500년 동안 그들이 믿은 것은 '단어'만이 아니고 단어를 위한 올바른 형식이었습니다. 그래서 만일 일부 프랑스 사람들이 바로 지금 '말'을 해체하려 하고 있다면, 그것은 그들도 똑같은 전통 속에서 똑같은 강박관념을 가지고 있기 때문이지요. 그러나 전통 속에는 훌륭한 사람들도 있습니다. 두 사람만 언급한다면, 수학적

• 조각품이나 꽃병 등을 두는 벽 등의 움푹 들어간 곳.

지성에 이교異教 정신을 가졌던 히파티아Hypatia•와 현대적 의미에서 최초의 등산가였으며 최초로 일상어로 서정시를 노래한 페트라르카가 그들입니다.

명쾌한 말솜씨와 솔직한 논쟁에 잘못된 것은 아무것도 없습니다. 홀트하우스는 말했습니다. "말을 잘한다고 해서 특별히 서양적이거나 상류 계급이거나 교육받은 사람이라고 할 것은 없어요. 나는 수없이 많은 회의에 참석했었고, 그중 많은 회의가 오지에서 열렸었지요. 유픽족이나 이누피아크족이나 그위친족 사람들, 그 사람들 모두는 자유분방하게 말하면서도 논점이 분명했어요. 여자들 역시 감동적인 말솜씨를 가지고 있었어요. 그들이 그것을 학교에서 키케로를 읽어 배운 것은 아니었겠죠."

소로는 말했습니다. "이 광대하고 야만적이고 울부짖는 우리의 어머니 '자연'은 마치 표범처럼 그토록 아름답게, 자신의 아이들에 대해 그토록 깊은 애정을 가지고 사방에 누워 있다. 하지만 우리는 너무 일찍 그분의 젖을 떼고 사회로 나간다." 단지 우리가 수렵하고 채집하는 사람이 되는 것에 의하지 않고도 한 사회 전체가 자연과 더 조화로운 관계를 가지는 것이 가능할까요? 소로는 대답합니다. "스페인 사람들은 이 야생적이고 우울한 지식을 표현

• 이집트 알렉산드리아 태생의 여성 철학자. 수도승 폭도들에게 피살되었다.

할 수 있는 좋은 말을 갖고 있다. '황갈색 문법Gramatica parda'. 이것은 내가 앞서 말한 그 표범에서 유래된 일종의 어머니의 지혜이다." 언어의 문법만이 아니라 문화와 문명 자체의 문법도 이 이끼 낀 작은 숲 속의 시냇물이나 이 사막의 돌멩이와 똑같은 자연의 질서를 가지고 있습니다.

도겐은 이런 말을 했습니다. "자신을 전진시키며 삼라만상을 경험한다는 것은 망상이다. 삼라만상이 앞으로 나오면서 스스로를 경험하는 것이야말로 '깨어나는 것覺醒'이다." 이것을 언어 이론에 적용하면서 나는 생각합니다. 서양의 언어중심주의 철학자들은 언어가 혼돈스러운 우주에 질서를 부여하는 인간이 가진 유일한 선물이라면서 무비판적으로 언어를 추켜세우고 있다고 말이지요. 그것은 기만입니다. 우주는 포착하기 어려우며 많은 층위를 가진 소우주들을 가지고 있습니다. 그 소우주들은 자신의 길을 찾아 상징적 구조로 들어갔고 이제껏 우리에게 수천 개나 되는 황갈색 인간 언어의 문법을 주었습니다.

좋은 땅,
야생의 땅,
신성한 땅

야생지의 제거

우리 가족은 20년 동안 북캘리포니아의 시에라네바다 산맥에 있는 땅에 살고 있습니다. 이곳의 산등성이와 산비탈은 다소 '야생적이고' 특별히 '좋지'는 않습니다. 이곳에 살던 원주민 니세난족(또는 남부 마이두족)은 골드 러시가 일던 처음 몇십 년 동안 거의 전부 쫓겨났거나 죽임을 당했습니다. 이제는 원주민들이 이곳 풍경 안의 어떤 장소들을 한때 '신성한' 땅으로 느꼈었는지 우리에게 가르쳐줄 사람이 하나도 남아 있지 않은 듯합니다. 시간이 흐르고 관심이 일면 다시 그 땅들을 느끼고 찾아낼 수 있을 거라고 생각하기는 하지만 말입니다.

야생적인 땅, 좋은 땅, 신성한 땅. 나는 집에서는 우리가 가지고 있는 산지 농장에서 일하고 마을에서는 정치회의에 참석하고 더 멀리 나가서는 토착민들의 문제를 연구하면서 이런 말들이 나오는 것을 듣게 됩니다. 땅에 대해 이렇게 세 가지로 말하고 있는 것을 검토함으로써 아마도 우리는 전원에서의 거주, 자급자족하는 생활, 야생지 보존, 산업문명의 식욕에 대한 제3, 제4세계의 저항과 같은 문제들이 무엇인지 얼마간 이해할 수 있을 것입니다.

'좋은 땅'이라는 우리의 생각은 농사에서 생긴 것입니다. 여기서 '좋은'(좋은 토양이라고 하듯)은 그 의미가 좁혀져서 조금이라도 유리한 재배작물을 산출하는 데 알맞은 땅을 말합니다. 그래서 그것은 '야생적인' 땅의 반대인 개간된 땅을 더 좋아하게 되지요. 작물을 기르기 위해 우리는 벌레와 싸우고 새들을 쫓아야 하며 잡초를 솎아내야 합니다. 끊임없이 날아오고 기어다니며 굴을 파대는 야생동물들은 정말 우리의 노력을 망쳐버립니다. 그렇다고 야생의 자연을 비생산적이라고 부를 수는 없습니다. 크고 작은 공동체가 모여 이루어지는 거의 끝없는 모자이크 안에서, 어떤 식물도 장소로부터 벗어나 존재한 적이 없습니다. 수렵과 채집을 하는 민족들에게는 온통 널려 있는 풍요인 그 야생의 자연계가 또한 그들의 경제이기도 하니까요. 경작된 한 뙈기의 땅이란 적어도 그들이 처음 볼 때는 별스럽고 분명 좋지 않은 것으로 보일 수도 있겠지요. 채집 민족은 들 전체로 가서 날마다 널리 돌아다닙니다. 농경 민족은 서로 선(무서운 숲속에 난 오솔로)으로 연결된 생산성 높은 점(개간된 땅)들로 만들어진 지도를 따라 삽니다. 그 선들이 '선형線形' 사고의 시작입니다.

농업이 시작되기 이전 사람들이 신성하게 생각하고 특별히 돌보았던 그 터들은 물론 거칠었습니다. 초기 농경문명시대에는 의식적으로 경작된 땅이나 특별한 사원의 전답은 때로 신성한 땅으로 생각되었습니다. 그 당시 풍요를 비는 종교들이라고 해서 반드시 자연 전체의 풍요를 기뻐한 것은 아니었습니다. 그들은 단지 그들의 수확만을 관심의 대상으로 삼았습니다. 경작에 대한 생각은 개념적으로는 사회형태 안에서 받는 일종의 훈련을 말하는 것으로 확대되었는데, 그런 훈련은 그가 엘리트 계급에 속한다는 것을 보장해주었습니다. '정신의 경작'이란 비유를 쓰면서 성직자는 자신의 본성에서 야생적인 면을 제거했습니다. 이것이 농지 신학입니다. 그러나 보스족과 수스족이라고 불린 소와 돼지의 본성에서 야성을 제거하자, 야생지에서는 총명하고 기민했던 동물들이 점차 게을러지고 고기나 만드는 기계로 전락해버렸습니다.

원시시대의 삼림에서 내려온 어떤 작은 숲들은 계속 근근이 이어지다가 '성지'로서 고전시대로 들어가게 되었습니다. 도시 출신의 통치자들은 그것을 상당히 상반된 태도로 보았습니다. 작은 숲들이 살아남은 것은 땅에서 일했던 사람들이 여전히 옛날 방식의 부름을 반쯤은 듣고 있었고, 농업 이전의 지식이 아직도 널리 퍼져 있었기 때문입니다. 이스라엘의 왕들이 성스러운 작은 숲을 베어내기 시작했고 기독교인들은 그 일을 완성했습니다. '야생적인 것'은 또한 '신성한 것'이 될 수도 있다는 생각은 낭만주의 운동 이후에야 서양으로 돌아왔습니다. 야성의 자연에 대한 이 19세기의 재발견은, 복합적인 유럽의 현상이었던 형식주의적 합리주의와 계몽주의적 전제주의에 대한 반동으로 일어났습니다. 그것은 감정, 본능, 신민족주의, 그리고 감상적으로 변질된 민속문화를 불러냈습니다. 우리는 오로지 오랜 역사를 가진 장소 중심의 문화들을 통해서만 순수한 신앙과 실천이라는 의미의 성스러운 숲, 성지에 대해 듣게 됩니다. 그 의미의 일부가 공유지의 전통이지요. 즉 '좋은' 땅은 개인 소유가 되고 야생지와 성지는 모두가 공유한다는 것입니다.

세계 어디에서나 사막지대와 밀림지대와 삼림지대의 원주민들은 자신들이 살고 있는 오지의 영토로 무자비한 파도처럼 밀려드는 침략에 직면하고 있습니다. 협정에 의한 것이든 그 협정의 불이행에 의한 것이든, 이 땅들이 그들이 사용할 수 있게끔 남겨져 있었던 것은 세계를 정치적으로나 경제적으로 지배하고 있는 사회가 북극의 툰드라나 메마른 사막이나 밀림의 숲을 '좋지 않다'고 생각했기 때문이지요. 어디에서나 원주민은 지금 그들의 땅에서 벌어지고 있는 벌채나 유전 탐사나 우라늄 채광을 하려는 상상도 할 수 없이 부유한 회사들에 대항해, 아무런 혜택도 받지 못한 채 자금도 없이 싸움을 하고 있습니다. 그들이 이 투쟁을 지속하고 있는 것은 그 땅이 언제나 그들의 땅이었기 때문만은 아닙니다. 그 땅 안의 어떤 곳들이 그들에게는 신성한 곳이기 때문이기도 합니다. 이 때문에 그들은 땅을 팔라는, 말하자면 현금을 갖고 다른 땅으로 가라는 막강한 유혹에 필사적으로 저항하고 있는 것입니다. 때로는 그 유혹과 혼란이 너무 큰 나머지, 그들은 굴복하고 떠나가기도 합니다.

이렇듯 몇 가지 아주 설득력 있는 현재의 정치적 문제들이 특정 장소의 전통적이고 종교적인 용도와 관련을 맺고 있습니다. 나는 1982년 봄 몬태나 대학에서 열렸던 한 프로그램에 '아메리카 인디언 운동'의 창시자이며 활동가인 러셀 민스와 함께 참석했었습니다. 그는 당시 라코타의 '옐로 선더 캠프'와 블랙 힐스의 다른 인디언 부족을 위한 지원을 얻으려고 애쓰고 있었지요. 선더 캠프는 당시 삼림관리국 관할권 아래 있던 전통적인 부족 토지 안에 있었습니다. 이 사람들은 채굴작업이 블랙 힐스로 더 확대되어 들어오는 것을 막으려고 했습니다. 그들의 논지는 그들이 다시 점유하게 된 그 특정한 장소가 조상의 땅일 뿐만 아니라 신성한 땅이라는 것이었습니다.

캘리포니아 주지사 제리 브라운은 재임시 특별히 캘리포니아 원주민을 위해 '미국 원주민 유산 위원회'를 설치했습니다. 많은 부족의 장로들이 캘리포니아에 있는 성지와 원주민 무덤의 위치를 확인하고 보호하는 임무를 맡았습니다. 이 일이 이루어진 것은 부분적으로는 원주민 대 토지 소유자, 또는 이제는 자신들의 소유라고 간주하는 땅에서 개발을 시작하는 공지 관리자들 간의 대결을 막기 위한 것이었습니다. 전통적인 묘지터가 종종 골칫거리였습니다. 이 문제는 민감한 것이었습니다. 백인 유권자들은 거의 이해할 수 없었지만, 그것은 전 원주민 공동체의 마음에 감사의 파문을 일게 했습니다. 미국의 백인 기독교 국부國父들이 종교의 자유를 보장했을 때, 그들은 아마도 아메리카 인디언들의 신앙은 고려하지 않았을 것입니다. 그래도 여러 해에 걸친 재판은 일부 아메리카 인디언들의 교회를 지지하는 판결을 내리게 되었습니다. 하지만 토지와 종교의 연관성은 지배문화와 법정의 저항을 받아왔습니다. 원주민들의 종교적 숭배가 지닌 고대적 측면은 유럽계 미국인들에게는 사실상 이해할 수 없는 것으로 남아 있습니다. 실로 그럴지 모릅니다. 만일 작은 조각의 땅덩이라도 저들이 신성한 것으로 생각하는 한 그 땅들은 영구히 팔 수 없는 것이며 비과세지역으로 남게 될지도 모릅니다. 이는 끝없이 팽창해가는 이 시대의 물질주의 경제라는 기본 전제에 중대한 위협이 될 것입니다.

물웅덩이

수렵과 채집 생활에 있어 한 집단의 영토 전체는 구성원 모두에 의해 아주 공평하게 경험됩니다. 저 야생적이고 신성한 장소들은 용도가 많습니다. 여자들이 남의 눈에 띄지 않게 가야 할 곳이 있고, 시체를 가져가야 할 장소가 있으며, 젊은 남녀들이 특별한 교육을 받기 위해 소집되는 장소가 있습니다. 그런 장소들은 특별한 의미와 힘이 실려 있는 신령스러운 곳입니다. 그런 장소들에 대한 기억은 아주 오래 갑니다. 나나오 사카키와 존 스톡스, 그리고 나는 1981년 가을 '호주 원주민 예술평의회'의 초청으로 호주에 가 있으면서 교육도 하고 시 낭송회도 하며 호주 원주민 지도자들 및 원주민 아이들과 함께 공동 연구회도 가졌습니다. 우리는 많은 시간을 앨리스스프링스의 남쪽과 서쪽에 있는 중앙 호주의 사막에서 보냈는데, 처음에는 피찬차라 부족의 지역으로 갔다가 그다음엔 북서쪽으로 300마일 떨어져 있는 핀투비 부족의 땅으로 갔습니다. 중앙 사막의 호주 원주민들은 모두 그들의 말을 할 줄 알았습니다. 그들의 종교는 상당 부분 훼손되지 않은 채 남아 있었고, 앨리스스프링스의 고등학교에 다니는 학생들까지 포함해 젊은이들 대부분은 지금도 열네 살이면 성년식을 치릅니다. 그들은 1년 동안 고등학교를 떠나 오지로 들어가 맨발로 오지에서 생활하는 것을 배우고 풍경과 동식물에 대한 지식을 습득한 후 마침내 성년식을 치릅니다.

우리는 핀투비 부족의 어른 지미 충구라이와 함께 앨리스스프링스에서 서쪽으로 난 좁은 흙길을 트럭으로 여행하고 있었습니다. 우리가 그 소형 트럭의 뒤쪽 자리에 앉아 출렁거리면서 흙먼지 피어오르는 길을 따라 가는 동안, 그 어른이 아주 빠른 속도로 내게 말하기 시작했습니다. 그는 저쪽에 보이는 산에 대해 말했고, 모두 다 잠든 시간에 산으로 왔다가 어떤 암컷 도마뱀들과 장난하기 시작했던 작은 캥거루들에 대한 이야기도 들려주었습니다. 그 이야기를 끝내기도 전에 노인은 벌써 이쪽에 있는 또다른 언덕에 대한 이야기를 시작했고, 또 저쪽에 있는 언덕에 대한 이야기를 했습니다. 나는 그분의 이야기를 따라갈 수가 없었습니다. 이렇게 반시간쯤 지났을 때, 나는 비로소 이 이야기들이 원래 걸어가면서 듣던 이야기라는 사실을 깨달았습니다. 이제는 차를 타고 가고 있는 만큼, 그분은 며칠간 도보 여행을 하면서 한가롭게 들려주던 이야기들을 서둘러 내게 들려주고 있었던 것이지요. 충구라이 씨는 단지 내가 그곳에 있다는 이유로 친절하게도 그 일대에 관한 많은 지식을 나와 함께 나누어야 한다고 느꼈던 것이지요.

그러니 빨리 걷기도 하고 때로는 밤새도록 이동하다가 낮에는 아카시아 그늘에서 잠도 자면서 수백 마일을 도보로 여행하던 때를, 그리고 길을 가면서 이런 이야기들을 들려주던 때를 회상해보십시오. 옛날에는 윗사람과 여행할 때 기억할 수 있는 지도를 받았습니다. 민간전승 지식과 노래와 또한 실용적인 정보가 가득한 지도를 말입니다. 홀로 떠나 있을 때는 그 노래를 불러 자신을 되찾을 수 있었습니다. 그리고 한 번도 가보지 않았던 곳이라 해도 이미 전에 배웠던 노래들만 가지고도 방향을 잡아 여행할 수도 있었습니다.

우리는 일필리라고 부르는 물웅덩이에 캠프를 치고, 약속한 대로 주변의 사막지대에서 온 많은 핀투비 부족 사람들을 만났습니다. 일필리 웅덩이는 피리새가 가득한 작은 덤불 저습지 안에 있는 지름 약 1미터에 깊이가 6인치인 물웅덩이입니다. 사람들은 그곳에서 4분의 1마일 떨어진 곳에 캠프를 칩니다. 그곳은 수만 평방마일의 지역 안에 있는 단 하나의 물웅덩이인데, 몇 해 동안 가물어도 물이 그득히 고이는 곳입니다. 관습에 의해 누구에게나 개방되어 있는 장소이지요. 밤늦게까지 지미와 다른 어른들은 가시나무로 만든 작은 화톳불 주위에 둘러앉아, 돌아가며 여행 노래를 부르면서 상상과 음악으로 사막을 돌아다녔습니다. 그들은 두 개의 부메랑을 부딪치면서 계속해서 노래에 일정한 리듬 장단을 맞추었습니다. 노래와 노래 사이 잠시 멈추고 한두 소절은 콧노래로 부르기도 했고, 그런 다음 노랫말에 대해 조금 왈가왈부하다가 다시 시작하곤 했습니다. 한 분이 다른 분에게 양보해 그분으로 하여금 노래를 시작하게 하기도 했습니다. 지미는 그분들이 한 바퀴 돌아가며 부를 수 있는 여행 노래가 너무 많아서 그 노래들을 전부 다는 기억할 수 없고, 그래서 늘 연습을 하지 않으면 안 된다고 내게 설명해주었습니다.

저녁때가 되면 그들은 "무슨 노래를 부를까?"로 말을 시작했고, "〈다윈에 올라가기〉를 부르지" 같은 대답을 받아내곤 했습니다. 그들은 노래를 시작하고 논쟁하고 박수를 치며 그 노래를 끝까지 다 부르곤 했습니다. 마침 보름달이 떠 있을 때였습니다. 구름 몇 조각이 떠가다가 서늘한 달빛과 부드러운 사막의 바람 속에서 걸음을 늦추었습니다. 나는 어른들이 홍차를 좋아한다는 것을 알게 되어 하룻밤에도 몇 번씩 바로 그 화톳불에 주전자를 올려놓고 그분들이 원하는 대로 설탕을 듬뿍 넣은 차를 끓였습니다. 그분들은 노래하다가도 그만두고 싶을 때면 노래를 멈추곤 했습니다. 내가 지미에게 "오늘밤은 어디까지 갔어요?" 하고 물으면 그는 "글쎄, 다윈으로 가는 길의 3분의 2까지 갔어요" 하고 대답했습니다. 이런 돌림노래는 문자 사용 이전의 사회에서 풍경과 신화와 정보가 함께 엮이던 많은 방식 가운데 한 가지 예로 볼 수 있겠습니다.

어느 날 일필리 근방에서 우리는 트럭을 멈추었고 지미와 다른 세 신사분들께서 차에서 내렸습니다. 한 분이 말했습니다. "우리가 당신을 이곳의 한 신성한 장소로 데려갈게요. 나이도 많이 드신 것 같으니." 그분들은 남자아이들에게 몸을 돌리더니 그냥 뒤에 남아 있으라고 말했습니다. 우리가 기반암으로 된 언덕으로 올라갈 때, 보통은 명랑하고 커다란 목소리로 말하는 이들 원주민 남자들이 목소리를 낮추기 시작했습니다. 좀더 높이 올라갈수록 그분들은 거의 속삭이듯 말했고 모든 태도가 일변했습니다. 한 분이 거의 들리지 않게 "이제 거의 다 왔소" 하고 말했습니다. 그러자 모두들 땅바닥에 엎드리더니 기어가기 시작했습니다. 우리는 마지막 200피트를 기어서 올라갔고, 그런 다음 얕은 오르막길을 넘어 부서지고 이상한 형상을 한 작은 바위들로 이루어진 분지로 들어갔습니다. 그들은 경의와 경외감에 찬 목소리로 무엇이 그곳에 있는지를 우리에게 속삭이듯 말해주었습니다. 그러고 나서 우리는 모두 뒤로 물러났습니다. 우리는 언덕 아래로 내려갔고 어느 한 지점에 서 있다가 다시 걸었습니다. 또다른 한 지점에 이르자 목소리들이 높아졌습니다. 트럭으로 돌아오자 모두들 다시 소리 높여 말했고, 그 신성한 장소에 대해서는 더이상 한마디도 말하지 않았습니다.

대단히 강력한 체험이었습니다. 매우 정신적이었습니다. 우리는 나중에야 그곳이 실은 젊은이들이 의식을 치르는 장소라는 걸 알게 되었습니다.

나는 소형 트럭을 타고 수백 마일의 거친 흙길을 여행했고, 길이 끊긴 산악지대를 올라갔습니다. 나는 특별한 장소로 안내되었습니다. 그곳에는 커다랗고 특이하게 생긴 둥근 돌들이 있었는데,

각각의 표면과 옆면은 모두가 하나같이 놀라웠습니다. 그곳에는 또 숨겨져 있는 가파르고 좁은 골짜기로부터 갑자기 나타나는 구멍도 있었는데, 그 골짜기에서 두 절벽이 작은 모래바닥을 사이에 두고 만나고 있었습니다. 푸른 수풀도 얼마간 있었고 소리치는 앵무새들도 있었습니다. 우리는 메사에서 절벽 아래로 떨어져 그 아래 있으리라고는 짐작도 할 수 없는 웅덩이로 빠졌습니다. 그곳에는 30피트의 칼날 같은 바위가 균형을 잡고 꼿꼿이 서 있었습니다. 이 장소들은 각기 평범하지 않았고 환상적이기까지 했으며 더러는 생명이 풍부하게 있는 곳이었습니다. 종종 근처에는 상형문자들이 있었습니다. 그 상형문자들은 그곳이 교육 장소라는 사실을 설명하고 있었고, 그중 몇 곳은 토템 신앙을 가졌던 어떤 선조들의 '꿈꾸는 장소들'이었습니다. 꿈꾸는 장소들은 수십만 평방마일의 지역에 걸쳐 노래와 이야기 속에 잘 자리잡고 있었습니다.

'꿈꾸기' 혹은 '꿈꾸는 시간'은 유동, 형상의 변화, 이종 생물 간의 대화와 이성 간의 성, 과격한 창조적인 움직임들, 바뀌고 있는 풍경 전체의 시간을 말합니다. 사람들은 종종 그것을 '신화적인 과거'로 받아들이지만, 사실 그것은 어떤 시간 속에 있는 것이 아닙니다. 그것은 바로 지금이라고도 말할 수 있습니다. 그것은 창조와 존재함의 영원한 순간의 형태로서, 시간 속에서 이루어지는 원인과 결과의 형태와는 대조를 이룹니다. 시간은 사람들이 주로 살아가는 영역이고, 그 안에서 역사와 진화와 진보가 일어난다고 상상하는 영역입니다. 도겐은 일찍이 1240년 겨울에 이 두 가지 양태의 해소에 대해 난해하고도 장난기 섞인 말을 했습니다. 그것은 "시간/존재"라고 말해집니다.

호주의 민간전승에 나오는 토템의 꿈꾸는 장소는 첫째, 그 토템 신앙을 가진 부족민들에게는 특별한 곳이어서 그들은 이따금 그 곳으로 순례를 떠납니다. 둘째, 그것은 실제로 그곳에서 살고 있는, 가령 꿀개미 같은 생물들에게도 신성한 곳입니다. 그곳에는 수십만 마리의 꿀개미가 있지요. 셋째로 그것은 이상적인 꿀개미적 특성을 가진 작고 정신적인 동굴 같은 곳으로, 아마도 모든 꿀개미들에게는 창조의 장소라 할 수 있겠습니다. 그것은 신비스럽게 꿀개미적 특성의 본질을 인간 정신의 원형과 연결하고 있으며, 인간과 개미와 사막 사이에 다리를 놓아줍니다. 꿀개미의 장소는 이야기와 춤과 노래에도 들어 있는데, 그곳은 또한 우연히 개미들의 세계에서 최적의 서식처가 되는 실재의 장소입니다. 혹은 장소를 꿈꾸는 한 마리 초록빛 앵무새를 예로 들어보지요. 그 이야기들은 풍경을 관통해 그 꿈꾸는 장소에서 걸음을 멈추는 선조들의 발자취를 말해줄 것입니다. 그것은 진정 앵무새들에게는 완벽한 장소입니다. 이 모든 것은 과학이 말하는 것을 근본적으로 다르게 표현하는 방식이며, 또한 화엄華嚴 혹은 화엄경의 가르침에 대한 또다른 은유이기도 합니다.

이 신성함은 그곳에 사는 특정한 친족들인 왈라비, 붉은캥거루, 야생 칠면조, 도마뱀에게 최적의 서식처라는 의미를 함축하고 있습니다. 제프리 블레이니는 이렇게 말합니다.(1976) "땅 자체가 그들의 예배당이었고 언덕과 냇물은 그들의 제단이었으며, 동물과 식물과 새 들은 그들의 종교적 유물이었다. 이렇듯 호주 원주민들의 이주는 경제적 필요의 자극을 받은 것이기는 했어도 또한 언제나 순례였다." 좋고(숱한 생명을 생산하는), 야생적이고(자연적으로), 신성한 것은 하나였습니다.

이런 삶의 방식은 허약하고 숱하게 상처입은 모습으로나마 지금도 존재합니다. 이제 그것이 일본과 다른 나라들의 우라늄 채광 사업계획과 대규모 구리 채광과 유전 탐사로 인해 위협받고 있습니다. 신성함의 문제는 아주 정치적인 것이 되었습니다. 그런 나머지 호주 원주민 사무국은 2개 국어를 말하는 인류학자와 부시족 사람들을 고용하여 여러 부족의 장로들과 함께 성지를 확인하고 그 지도를 만드는 작업을 해오고 있습니다. 호주 정부가 확신을 가지고 대책을 세워, 어떤 탐사단이 가까이 오기도 전에 일정한 출입금지 구역을 선포할 것이라는 희망이 아주 커졌습니다. 이런 노력은 닌쿰바에서 그랬던 것처럼 킴벌리 지역에서도 일어났던 유전 탐사를 둘러싼 대결로 인해 더욱 자극을 받게 된 것이지요. 그 지역 원주민들은 불도저와 굴착장비 앞에서 인간 띠를 이룸으로써 그들의 땅을 지켜냈고, 신문 방송은 이들이 저항하는 모습을 크게 다루어 국내 일부 여론의 호응을 이끌어냈습니다. 호주에서는 토지 소유자의 광산권이 언제나 '군주권'으로 따로 보존되고 있어서, 어떤 사람의 개인 농장까지도 채굴 명령을 받을 수 있습니다. 그러므로 성지를 특별한 범주로 생각하는 것은 이론상으로도 일보 전진한 것입니다. 그러나 그것만으로는 확실하지 않습니다. 예컨대 앨리스스프링스 근처의 '등록된 성지'는 호주 연방정부 토지부 장관의 지시에 따라 불도저로 밀려버렸습니다. 그곳이 비교적 온건한 연방 사법권의 영향권 내에 있었음에도 말입니다!

신사神社

일본의 원주민인 아이누족에게는 전 생태계의 신성함과 특별함을 말하는 방식이 있었습니다. 그들의 이워루iworu라는 단어는 '들'을 의미하는데 거기에는 유역지대, 동식물 공동체, 그리고 정령의 힘, 즉 여러 생명체들이 쓰고 있는 탈이나 입고 있는 갑옷을 말하는 하약페Hayakpe의 뒤에 있는 힘이라는 뜻이 함축되어 있습니다. '큰갈색곰'의 이워루는 곰이 지배하는 산의 서식지와 그와 연결된 저지대의 계곡일 것입니다. 그것은 또한 곰의 신화와 영혼 세계도 의미할 테지요. 연어의 이워루는 저지대의 강 유역과 그 모든 지류(그리고 그와 관련되는 식물 공동체)가 될 것이며, 거기서 바다로 더 나아가 연어가 누비며 헤엄쳐가는 곳으로 짐작될 뿐인 대양의 영토도 아우릅니다. 곰의 들, 사슴의 들, 연어의 들, 범고래의 들.

아이누 부족의 세계에서 몇몇 인간의 집은 작은 강가의 계곡 안에 있습니다. 출입구는 모두 동쪽을 향하고 있습니다. 집집마다 한가운데에는 아궁이가 있습니다. 매일 아침 햇빛이 동쪽 문으로 밀려들어와 불을 만지는데, 그들은 태양 여신이 아궁이에 있는 자매인 불의 여신을 방문하는 거라고 말합니다. 아궁이를 비추는 햇살을 건너가서는 안 됩니다. 그것은 그들이 맺은 계약을 파기하는 것이기 때문이지요. 대개 각자가 사는 지역에서 먹을 것을 구하는 것이 보편적이지만, 어떤 생물들은 깊은 산에서 내려오거나 또는 바다의 심연에서 올라오기도 합니다. 자신을 죽이거나 거두어들이도록 허락하고, 그래서 남의 집으로 들어가 먹히는 동물이나 물고기를—또는 식물을—'손님,' 아이누 말로는 마랍토marapto라고 부릅니다.

바다의 주인은 '살생자 고래'인 범고래입니다. 깊은 산의 주인은 곰입니다. 곰은 친구인 사슴들을 내려보내 인간을 방문하게 합니다. 범고래는 친구인 연어를 강 상류로 보냅니다. 그들이 도착하면 그들의 '갑옷은 부서지고,' 즉 죽임을 당하고, 그렇게 해서 그들은 털이나 비늘외투를 털어버리고 보이지 않는 영적 존재로 육신에서 걸어나올 수 있게 됩니다. 그런 다음 그들은 인간 연회의 술과 음악을 직접 보고 들으면서 기뻐합니다(그들은 음악을 사랑하지요). 사람들은 그들에게 노래를 불러주고, 그들의 살을 먹습니다. 즐거운 방문을 마친 다음 그들은 깊은 바다나 깊은 산으로 돌아가 보고합니다. "인간들과 참 즐거운 시간을 가졌어요." 그러면 다른 친구들도 그 말에 자극을 받아 자기들도 방문하러 가겠다고 나섭니다. 이처럼 인간이 그들이 먹는 사슴이나 연어나 야생식물 마랍토를 대접할 때 제대로 된 환대, 음악과 예절을 갖춘 환대를 소홀히 하지 않는다면, 그들은 몇 번이고 거듭해서 다시 태어나고 또 돌아올 것입니다. 이것은 일종의 영혼을 가진 인간이 사냥 동물을 관리하는 방식입니다.

현대 일본은 성공한 산업국가로서 신성한 풍경에 대한 의식이 아직 손상되지 않은 채 남아 있는 또 하나의 표본입니다. 일본 열도 전역에는 신도神道의 신사神社가 있습니다. 신도는 '영혼의 길'이지요. '카미Kami, 神'는 모든 사물에 다 조금씩은 깃들어 있지만, 커다랗고 이상하게 뒤틀린 둥근 돌이나 고목이나 우뢰와 같은 소리를 내며 물보라를 일으키는 폭포 같은 어떤 두드러진 물체에서 힘과 존재를 강하게 드러내는, 형체 없는 '힘'입니다. 풍경 속에 보이는 비정상적인 형상과 진기한 모습은 모두 '신神', 다시 말하면 영혼의 힘, 존재, 마음의 형상, 에너지의 표시입니다. '신'의 중심지 가운데서도 가장 큰 것이 후지 산입니다. 후지라는 이름은 아이누의 불의 여신에서 유래된 것으로 생각되고 있는데, 그 여신은 '산신山神, kimun kamui'인 곰보다 우위에 있어서 그 곰을 꾸짖고 바로 잡을 수 있는 유일한 신이지요. 후지 산 전체가 이 나라에서 가장 큰 신사로서, 정상으로 오르는 길은 내내 수목한계선보다 훨씬 아래에 있습니다(내쫓긴 아이누족이 남긴 많은 지명이 지금도 일본에서는 통용되고 있습니다).

신사는 1930년대와 제2차 세계대전 때 일본인들이 군국주의와 국가주의에 복무하는 인위적인 '국가 신도'를 만들어내면서 악명을 얻었습니다. 그 신도와 민간전승의 신도는 많은 유럽계 미국인들에게 혼동을 주었습니다. 국가가 형성되기 훨씬 전의 일본 열도에는 신석기시대 촌락 문화의 일부로서 작은 제단들인 신사와 신궁神宮이 점점이 흩어져 있었습니다. 무턱대고 달리는 산업 에너지를 가진 현 국가체제의 와중에서도 신사의 토지는 건드릴 수 없는 것으로 남아 있습니다. 한 일본인 개발자가 노송들이 멋스럽게 서 있는 산비탈에 불도저를 갖다대고 밀어붙여 신도시를 만들려고 하는 것을 본다면, 아마도 머리가 쭈뼛하고 일어설 것입니다. 고베를 로테르담 다음가는 세계 제2의 번화한 항구로 만들기 위해 고베 항에 '새로운 섬(포트 아일랜드)'을 만들었을 때, 그 섬은 그 도시의 10마일 남쪽에 있는 야산지대 전체를 깎아내어 얻은 흙으로 만 바닥으로부터 쌓아올려져 만든 것이었습니다. 흙을 거룻배에 실어 그 터로 운반하는 데 12년이 걸렸지요. 두 겹으로 된 언덕에서 나온 흙을 거대한 벨트컨베이어가 해안에서 완전히 제거했고, 그 흙을 거룻배들이 줄을 이어 바다로 실어날라 인공섬을 만들었던 것입니다. 산이 깎여 평지가 된 지역은 주택 개발지가 되었습니다. 산업국 일본에서 문제는 "신성한 것은 아무것도 없다"가 아니라 신성한 것은 신성한 것이고 그것이 신성한 것의 전부 라는 사실입니다.

일본에서 이렇게 구조되어 남겨진 아주 작은 흔적들에 우리가 감사하는 것은 신사의 규칙이—빌딩과 길은 제외하고—신사의 부지 안에서는 어떤 것도 베지 말며, 어떤 것도 보수하지 말며, 어떤 것도 깨끗이 없애거나 희박하게 하지 말라는 것이기 때문입니다. 사냥하지 말 것, 낚시질하지 말 것, 솎아내지 말 것, 불태우지 말 것, 타오르는 것을 중단시키지 말 것. 이런 규칙들이 우리에게 아주 드문 고대 숲의 일부를 바로 도시 안에 남겨준 것이지요. 작은 신사로 걸어들어가면 800년 된 삼나무가 있는 곳에 서게 됩니다. 그런 신사가 없었다면 우리는 원래의 일본 숲이 어땠는지 그렇게 잘 알지 못했을 테지요. 그러나 그렇게 구획으로 갈라놓는다는 것은 건강한 방법이 아닙니다. 이 특별한 모델에서는 어떤 땅은 처녀 사제처럼 구원받고 어떤 땅은 마치 아내처럼 끝없이 혹사되며 또 어떤 땅은 난잡하다고 알려진 생기 넘치는 처녀처럼 잔인하게 공공연히 교정되고 처벌받습니다. 하지만 선하고 야성적이고 신성한 것은 영원히 서로 갈라놓을 수 없는 것입니다.

유럽과 중동지방에도 한때는 그와 유사한 제단들이 산재해 있었습니다. '신성한 작은 숲'이라고까지 말했습니다. 먼 과거에 전 유럽에서 가장 신성했던 곳은 그 위대한 동굴 벽화들이 있는 피레네 산맥 아래였을 겁니다. 3만 년 전에는 그 산맥이 종교의 한 중심지였으며, 그곳에서 동물들은 지하에서 '상상되지' 않았을까 생각합니다. 아마도 꿈꾸는 장소였을 것입니다. 인간이 알 수 없는 동물들의 심장은 그렇게 해서 지하에 숨겨졌는데, 그것은 동물들이 멸종하지 못하게 하는 한 방법이었을 거라는 게 내 생각입니다. 그러나 많은 생물종들이 멸종했고, 어떤 종들은 동굴 벽화 시대가 끝나기도 전에 절멸되었습니다. 더 많은 생물종들이 지난 2만 년 동안 문명의 제물로 멸종당했습니다. 서양이 팽창하면서 생물들의 서식처의 붕괴가 가속화되고 그 범위도 전 지구로 확대되었습니다만, 흥미롭게도 그 같은 팽창 이전에도 이미 그 같은 정치, 경제적인 움직임이 있었음을 알 수 있습니다. 생물종들을 파멸시키고 시골사람들을 가난뱅이나 노예로 만들고 자연 숭배의 전통을 박해하는 것이 오랫동안 유럽 역사의 한 부분이었으니까요.

그래서 프랑스와 영국의 북미 탐험가였던 초창기 모피상들은 그들이 두고 떠난 사회로부터 야성의 자연을 숭배하며 바라보라고 강조하는 어떤 가르침도 받지 못했습니다. 그들은 경외감을 불러일으키는 많은 것을 실제로 보았고, 어떤 이들은 그것을 훌륭하게 표현하기도 했습니다. 인디언들과 섞여 아메리카인이 된 사람들도 있었습니다. 이 몇 안 되는, 거의 잊힌 예외적 사건들은 장사꾼 사업가들과 그후에 건너온 개척 이민들에 의해 묻혀지고 말았습니다. 하지만 미국 역사 전체를 통해 볼 때 사실상 또는 멋으로 인디언들과 계속 합류한 사람들이 있었고, 또 이미 18세기에 그들이 본 세계가 줄어들 것을 깨달은 사람들도 있었습니다. 극동지방이나 유럽에서는 고대 삼림이나 원시의 초원 그리고 그곳에서 살았을지도 모르는 그 모든 장려한 동식물들에 대한 생각은 이제 신석기시대의 이야기가 되었습니다. 미국 서부에서 보자면 그것은 우리 할머니들의 세계였습니다. 오늘날 살고 있는 많은 사람들에게 이 상실은 슬픔의 원천입니다. 아메리카 원주민들에게는 땅과 전통적인 삶, 그리고 그들의 문화 원천의 상실입니다.

참다운 자연

소로는 월든 연못가에 사는 동안 '토양이 콩을 말하게 하는' 일에 착수했습니다. 우리의 생각대로 땅이 생산할 수 있게 만드는 것은 나쁜 게 아니지요. 그러나 또한 우리의 어머니이신 대지가 오랜 세월 간직해온 전략을 그대로 우리가 따르려 한다면, 그분은 어떻게 하실까 하고 물어야 합니다. 이렇게 함으로써 우리는 한 장소의 충만하고 잠재력이 많은 초목은 어떻게 될까라는 질문에 이르게 됩니다. 모든 땅은 아무리 황폐하고 착취되어도 자연에 맡겨두면 생물학적 생산성과 안정 사이의 한 균형점에 도달하게 됩니다. 세련된 후기 산업사회의 '미래형 원시' 농업은 이렇게 물을 것입니다. 자연의 성향에 맞서는 것이 아니라 그것과 더불어 갈 수 있는 길이 있을까? 가령 뉴잉글랜드에서라면 단단한 낙엽목을 심어볼까 하고 물을 것이고, 또는 내가 사는 곳에서라면 소나무와 떡갈나무를 땅을 뒤덮는 '키트키트디즈kitkitdizze' 풀과 섞어보면 어떨까 하고 물을 것입니다. 원예농업을 하든 농업이나 산림업을 하든 작물에 맞서기보다는 작물과 함께 가는 것이 인간에게는 이익이 될 것입니다. 굳이 먼 훗날을 생각하지 않더라도 말이지요.

웨스 잭슨의 연구 결과는 지방마다 적합한 미래의 공동체를 유지하는 데는 다년생 식물에 토대를 둔 다양한 농업이 진정한 가능성이 있다고 제시하고 있습니다. 이것은 풍요의 원천이 궁극적으로는 '야생적인' 것임을 인정하는 것입니다. 사람들은 "좋은 토양이 좋은 것은 거기에 야성이 있기 때문"이라고 말해왔습니다. 이것이 어떻게 전쟁에서 승리하여 자신의 전리품을 분할하는 왕에 의해 하사받을 수 있는 것일까요? '스페인 왕이 하사하는 토지'와 '부동산'이란 말이 갖는 독선적인 어리석음. 우리에게 좋은 땅을 주는 힘은 대지의 여신 가이아와 생명의 그물 전체일 뿐, 그 어떤 다른 것도 아닙니다. 문명화한 농업은 거의 모두 1년 단위의 단일경작에 의존해왔기 때문에 처음부터 잘못된 길을 걸어왔습니다. 『농업의 새 뿌리』에서 웨스 잭슨은 이런 논의를 발전시키고 있습니다. 그가 내가 다른 곳에서 해왔던 비판, 즉 문명 자체에 대한 좀더 큰 문제들까지 제기하는 것을 알기 때문에 나는 그의 견해에 동의합니다. 우리가 '문명'이라고 말할 때마다 불러대는 그러한 종류의 경제적 사회적 조직을 이제는 더이상 무턱대고 유용한 모델로 받아들일 수 없다는 생각 등등이지요. 하지만 문명을 정밀하게 조사한다고 해서 그것이 경작의 모든 의미를 부정하는 것은 아닙니다.

경작이란 말은 '경작하다till'와 '회전시키다/방향을 바꾸다wheel about'라는 말의 어원에서 살펴보면, 보통 자연의 과정에서 벗어나려는 움직임을 함축하고 있습니다. 농업에서 그것은 '자연천이自然遷移를 막고 단일경작을 확립하는' 문제입니다. 정신적인 면에 적용해볼 때 이것은 엄격함, 종교적 권위에 대한 복종, 오랫동안 책하고만 씨름해온 학문을 의미해왔습니다. 또는 어떤 사회전통에서는 이원론적 경건주의('창조물'과 '창조자'를 뚜렷하게 구분하는)와 '중앙 집중적인' 신적 존재의 지배적인 이미지, 목표로 삼은 멀고도 유일한 완성점을 의미해왔습니다. 이 같은 정신적 실천에 담겨 있는 노력은 때로는 자연에 대한 하나의 전쟁이 됩니다.

인간을 동물보다 우위에 놓고 정신적인 것을 인간적인 것의 우위에 놓음으로써 말이지요. 그것의 가장 정교한 현대적 변용을 보여주는 위계질서적 영성靈性이 테야르 드샤르댕 신부의 작품입니다. 그는 신의 이름 아래, 인간에게는 어떤 특정한 방향으로 진화하는 정신의 운명이 주어져 있다고 주장했습니다. 이들 정신적 진화론자들 중 가장 극단적인 사람들 중에는 생물학을 초월해 지구를 벗어나 있는 영역으로 들어가기 위해서라면 지상에 묶여 있는 다른 모든 동식물들의 생명도 기꺼이 포기하겠다고 하는 사람들이 있습니다. 일부 새 시대 사상가들의 인간 중심주의는 '근본 생태환경' 운동의 격렬한 비판적 반격을 받고 있습니다.

사회적 차원에서의 경작은 언어와 전승지식, 그리고 엘리트 계급의 일원임을 보장하는 예법의 통달을 의미해왔습니다. 이러한 예법은 '제 고장 고유의 몸가짐'과는 대조되는 것이어야 했습니다. 하지만 사실을 말하자면 물론 촌락 사람들과 유목민들도 도시 거주자들처럼 정교하고 복합적이고 또 제멋대로일 수 있는 겁니다(찰스 다우티는 아라비아 사막에서 베두인족 주민들과 블랙커피를 마셨지요).

하지만 훈련이라는 것이 있습니다. 세계는 젊음과 늙음, 어리석음과 지혜로움, 익은 것과 아직 퍼런 것, 날것과 익힌 것의 상호보완작용에 의해 움직입니다. 동물 또한 자기 훈련을 하며 욕망과 사용 가능성 앞에서 주의하도록 배웁니다. 사물의 본성에 대항하는 것과 마찬가지로, 그 본성과 함께 가는 배움과 훈련이 있습니다. 초기 중국의 도교에서는 '훈련'이 자신으로부터 야성을 경작하는 것을 의미하지 않았습니다. 독단적이고 기만적인 조절 없이 사는 것을 의미했습니다. 장자가 말하고 있는 바는 사회적 가치란 모두 거짓이고 자기 잇속만 차리는 자아를 만들어낸다는 것인 듯합니다. 불교는 중도中道를 취합니다. 탐욕과 미움과 무지는 자아의 본래적인 면이지만, 그 자아 자체는 우리가 '참으로' 누구인가 하는 것을 보지 못하는 데서 비롯되는 무지와 미혹의 한 반영이라는 것입니다. 조직사회는 이런 약점에 불을 지르고, 영합하며, 이용할 수도 있고, 또는 관용과 친절한 마음과 믿음을 북돋울 수도 있습니다. 그러므로 미덕의 정치를 펼칠 이유가 있는 것입니다. 그렇더라도 동정과 통찰을 위해 일하겠다고 개인적인 작은 서약을 하느냐, 아니면 이런 가능성을 그냥 지나쳐버리느냐 하는 것은 개개인의 인격의 문제이지요. 그 맹세를 날마다 실현하려면 실천이 필요합니다. 우리 자신의 참다운 본성과 자연을 깨닫는 걸 도와주는 훈련 말입니다.

탐욕은 늘 지켜보고 있는 먹이그물 꼭대기의 매와 생명의 이른 덧없음 앞에 어리석은 닭이나 어리석은 사람을 똑같이 노출시킵니다. 문자 사용 이전의 사냥채집문화는 예리한 관찰과 훌륭한 태도에 의해 드높이 훈련된 것이었고 잘 영위되었습니다. 앞서 말한 바와 같이 인색함은 최고의 악덕이었습니다. 우리는 또한 초기 경제가 종종 흔히 알려져 있는 것보다도 더 환경에 대해 조작적이었다는 것도 알고 있습니다. 중석기시대 영국 사람들은 템스 강 계곡에 개암나무의 성장을 촉진하기 위해 땅을 선별해 개간하거나 불을 놓았습니다. 과테말라의 밀림에서는 견과류 나무와 과실수가 거의 눈에 보이지 않게 성장하는 과정의 체계를 한번 실습한 적이 있습니다. 어떤 훈련과 문화는 야성 세계에 토대를 둘 수도 있습니다.

우리가 모두 동의할 수 있는 것은 자기 이익만 좇는 인간의 자아에 문제가 있다는 것이지요. 그 같은 인간의 자아는 야성과 자연의 거울인가요? 나는 그렇지 않다고 생각합니다. 왜냐하면 문명 자체도 씨가 뿌려진 것이고, 동서양을 막론하고 '국가'의 형태로 제도화된 것이기 때문입니다. 우리를 위협하는 것은 혼돈으로서의 자연이 아니라, 국가가 국가 스스로 질서를 만들었다고 가정하는 것입니다. 또한 유럽과 아메리카의 사업가, 정치인, 종교인 집단들에게 팽배해 있는 거의 자화자찬격인 자연계에 대한 무지도 문제입니다. 자연은 질서정연합니다. 자연에서 혼돈스럽게 보이는 것은 다만 좀더 복잡한 질서일 뿐입니다.

이제 우리는 신성한 땅이란 어떤 것일 수 있는가를 다시 생각해보아야 합니다. 옛 문화권 사람들에게는 그들이 서로 소유하고 있는 영토 전체가 신령스러운 생명과 정신을 담고 있었습니다. 어떤 장소들에는 드높은 정신적 밀도가 있다고 보았는데, 그것은 동식물의 서식환경이 집중해 있거나 전설과 관련되어 있거나 또는 토템 신앙을 가졌던 조상과 연결되어 있거나 지형학적으로 이례적이거나 어떤 특질들이 결합되어 있었기 때문이었습니다. 이 장소들은 문입니다. 그 문을 통해 우리는 인간보다 크고 개인보다 큰 시각과 좀더 쉽게 접촉할 수 있는 것입니다.

환경과 지구의 운명에 대한 관심이 전 세계로 확산되고 있습니다. 아시아에서는 환경주의가 우선은 건강과 관련된 운동으로 인식되고 있습니다. 물과 공기의 상태를 보는 것인데, 이것은 우리가 예상할 수 있는 것입니다. 서반구에서도 문제는 유사합니다. 그러나 서반구에는 아직 약간의 야생지가 남아 있어 축복받고 있는 셈이며, 그것은 세계의 모든 사람들을 위해 보존해야 할 유산입니다. 서반구에는 사원이나 사당이라고 부를 수 있는 건물들의 숫자가 아주 미미합니다. 서반구의 사원들은 지구에 남아 있는 야생지역의 일부분이 될 것입니다. 그런 곳에 맨발로 걸어들어갈 때, 우리는 일본의 '카미'나 마이두족의 '쿠키니Kukini'가 여기에서는 아직도 힘을 발휘하고 있음을 느낄 수 있습니다. 그런 곳들은 퓨마와 산양, 회색곰의 피난처가 되었습니다. 북미의 이 세 가지 동물들은 백인이 들어오기 전에는 낮은 언덕과 평야 어디서나 볼 수 있었습니다. 바위가 많고 얼음으로 이루어진 고산지대의 장대함은, 그리고 잘 알려지지 않은 새와 물고기가 풍부하게 수놓인 남부의 늪지들은 우리 모두를 살찌우고 산업경제를 떠받치는, 매우 중요한 야생계를 상기시켜줍니다. 불모의 아름다움을 가진 산의 눈벌판과 빙하에서 작은 냇물들이 시작됩니다. 그것이 저 거대한 '캘리포니아 중앙 계곡'의 농업 관련 산업용 밭에 물을 대고 있습니다. 그 눈밭으로 모든 짐을 등에 지고 한 걸음 한 걸음, 한 숨 한 숨 내쉬며 오솔길 사이로 올라가는 야생지 순례, 그것은 아주 고대적인 몸짓이어서 우리에게 깊은 심신의 기쁨을 가져옵니다.

물론 등짐 진 사람들만이 아니겠지요. 대양에 돛단배를 띄우고, 에스키모 가죽배로 피오르와 강을 노 저어 건너고, 정원을 돌보고, 마늘을 까며, 심지어 선방의 방석에 앉아 명상하는 사람들에게도 똑같은 일이 일어납니다. 중요한 것은 참다운 세계, 참다운 자아와 가까이 만나는 것입니다. 신성하다는 것은 우리가—인간뿐만 아니라—작은 자아로부터 나와 산과 강의 만다라 우주 전체로 가는 것을 도와주는 것을 말합니다. 영감, 고양, 통찰은 우리가 교회 문을 나설 때 끝나는 것이 아닙니다. 사원으로서의 야생지는 하나의 시작일 뿐입니다. 우리는 특이한 경험의 특별함에 안주해서도 안 되고, 고조된 통찰의 영원한 상태에 들기 위해 정치적 진흙탕을 떠나고자 해서도 안 됩니다. 그 같은 공부를 하고 하이킹을 하는 최선의 목적은 저지대로 다시 돌아와 우리 주변에 있는 모든 땅, 농경지와 교외와 도시 지역을 영토의 한 부분으로 바라볼 수 있기 위해서입니다. 그곳은 결코 완전히 황폐해지지 않으며 결코 완전히 비자연적인 것이 되지도 않습니다. 그 땅은 회복될 수 있으며, 인간은 그 땅의 많은 장소에서 상당히 오래 살 수 있을 것입니다. 우리가 도시의 거리를 돌아다닐 때, '큰갈색곰'이 우리와 함께 걸어다니고 연어가 우리와 함께 상류로 헤엄쳐가고 있습니다.

나 자신의 입장으로 돌아와보지요. 내 가족이 살고 있는 캘리포니아 시에라네바다의 땅은 경제적 관점에서 보자면 '그럭저럭 좋은' 곳입니다. 많은 품을 들여 지목地目을 변경하고 건기乾期에는 물을 담을 못을 파서, 이 땅은 약간의 채소류와 얼마간의 품질 좋은 사과를 생산합니다. 그런데 이곳은 숲으로 더 좋은 곳입니다. 수천 년 동안 이 땅은 무엇보다도 떡갈나무와 소나무를 훌륭하게 키워왔습니다. 생각건대 나는 이 땅을 야생으로 내버려두는 게 더 좋다는 사실을 인정해야 합니다. 이 땅의 대부분은 지금 '야생지로 관리되고' 있습니다. 소나무는 점점 더 커지고 있습니다. 어떤 떡갈나무들은 유럽계 미국인이 캘리포니아의 어딘가에 발을 들여놓기 이전, 이미 이곳에서 자라고 있었습니다. 회색곰과 늑대를 빼고는 사슴이며 그 밖의 다른 모든 동물들이 돌아다닙니다. 회색곰과 늑대는 지금 잠시 캘리포니아에 거주하고 있지 않습니다. 언젠가 그들을 도로 데려올 것입니다.

이곳 산기슭의 작은 언덕들은 특별히 눈에 띄지도 않고 엽서에 나올 만한 경관도 아니지만, 사슴들이 이곳에서는 아주 편안해 해서 나는 여기가 '사슴 들판'일지도 모른다고 생각할 정도이지요. 내 이웃과 나와 우리의 아이들은 모두 이곳 시에라의 산기슭에 자리를 잡고 살아가며 아주 많은 것을 배웠기 때문에, 이 땅은 우리의 스승입니다. 나무가 베어졌던 땅에는 다시 나무가 돌아왔고, 불타버렸던 땅은 회복되었는데, 그런 이곳을 사람들은 지난 수십 년 동안 가치 없는 땅이라고 여겼었지요. 이곳은 우리가 함께 일하고 함께 투쟁하며, 여름과 겨울을 견디며 살고 있는 지상의 터전입니다. 이곳은 우리에게 이제껏 그 아름다움을 어느 정도 보여주었습니다.

그러면 신성한 것은? 조금은 '와와' 하고 좋아하면서 그래, 하고 사람들이 다시 거주한 우리의 자연 풍경에는 새로 찾아낸 신성한 장소들이 있다고 말할 수 있겠습니다. 나는 내 아이들이—어디서나 아이들이 그렇듯이—숲속에 어떤 신성한 장소를 가지고 있는지를 압니다. 가까이에는 많은 사람들이 경치를 구경하거나 넓은 밤하늘과 달을 보러 가는 언덕이 있는데, 그곳은 '보살의 날'이면 동틀 무렵에 소라고둥을 불러 가는 곳이기도 합니다. 채굴로 인해 드러난 돌멩이들이 수 마일에 걸쳐 널브러져 있는 곳이 있는데, 그곳에서 우리는 인간이 나무와 땅을 벌거벗겨낸 것을 사죄하고 식물 천이遷移의 빠른 회복에 조금이나마 보탬이 되고자 제사를 지내왔습니다. 그곳에는 사람들이 결혼식을 올리는, 좀더 깊이 들어가 있는 작은 숲터도 있지요.

장소와 이만큼 관계를 맺고 있다는 사실만으로도, 지역 공동체를 고무시켜 우리의 운동을 계속하도록 하기에 충분합니다. 새로 시작한 금광 채굴과 심화된 벌채가 우리를 압박해오고 있습니다. 사람들은 자원해서 위원회에 나와 채굴계획 제안서를 검토하고, 그것이 환경에 끼치는 영향에 관한 보고서를 비판하며, 회사가 내놓은 엉성한 주장들을 의심하며, 주민들을 팔아넘기고 지역 전체를 휘황찬란한 사업계획이면 무엇이든 거기에 넘겨주려는 일부 군 관리들에 맞섭니다. 그런 일들은 가족을 먹여살리기 위해서 이미 하루종일 생업에 종사해야 하는 사람들에게는 힘들고 보수도 없고 좌절감만 안겨주는 일입니다. 똑같은 일이 삼림 문제에서도 진행되고 있습니다. 우리 동네 근방의 국립 삼림국은 그 관리자들이 사탕발림과 어설픈 통계로 대중을 무마시키려고 하면서 목재 산업에 수치스러운 편애를 드러내고 있습니다. 인구가 적으면서 '자원'이 있는 곳은 어디나 미국 내에서조차 '제3세계'처럼 개발되고 있습니다. 우리는 우리의 공간을 지키고 있습니다. 우리는 공유지를 보호하려고 노력하고 있습니다. 자신의 이익이라는 논리 그 이상의 것이 이 일을 하도록 격려해주고 있습니다. 참답고 이기심을 초월한 땅에 대한 사랑이 내 이웃의 두려움 모르는 정신의 원천이지요.

어떤 것을 신성하다고 부르는 데 서두를 필요는 없습니다. 우리는 인내심을 가져야 하며, 땅이 우리나 우리의 후손들에게 말할 수 있는 시간을 많이 주어야 한다고 생각합니다. '딱따구리' 소리, 회색 다람쥐의 우습고 급한 재잘거림, 헛간 지붕 위에 탁하고 떨어지는 도토리 소리. 이런 것들이 바로 그러한 신호들이겠지요.

변함없이
걷고 있는
푸른 산

부동不動과 관음觀音

눈앞에 보이는 산과 강은 고대 부처들이 말한 진실의 구체적 표현이다.

산은 산, 물은 물로서 그 현상 안에 머무르면서 완전성을 실현한다. 무한한 공空이 있기 이전부터 약동해왔기 때문에, 산과 강은 이 순간에도 살아 있다. 만물의 형상이 일어나기 전부터 자아였기 때문에 산과 강은 자유자재하며 실현되어 있다.

이것은 도겐 선사의 에세이 『산수경』의 첫 구절입니다. 1240년 가을에 쓰여졌으니, 그가 중국의 송나라에서 돌아온 지 13년 후의 일입니다. 열두 살에 그는 교토의 집을 떠나 히에이 산의 어두컴컴한 노송나무와 삼나무 숲속, 사람들의 발길로 다져진 오솔길로 올라갔습니다. 지금은 대도시 교토가 차지하고 있는 넓은 계곡인 카모 강 유역 북동쪽 모퉁이에 있는 이 3000피트의 연봉은 일본 천태종 불교의 총본산이었습니다. 그는 연봉을 따라 있는 붉게 칠한 컴컴한 목조 절집 중 하나에서 행자가 되었습니다.

푸른 산들은 변함없이 걷고 있다.

그 시절 나그네는 걸었습니다. 한 번은 교토에 있는 대덕사 선방에서 지도 스님이 내게 19세기부터 전해내려오는, 직접 손으로 쓴 그 선방의 '연간 행사표'를 보여준 일이 있습니다(그 책은 몇 가지 사소한 것들을 20세기에 맞게 고쳐 다시 손으로 쓴 책으로 대체된 것이었습니다). 여기에 적힌 것들은 지도 스님들이 1년 내내 의식儀式과 명상 기간을 실천하고, 또한 절 음식을 만들어가면서 두루두루 참고하는 기록입니다. 거기에는 이 선방과 관계 있는 절들의 이름이 적혀 있었는데, 걸어서 하루 걸리는 절부터 4주가 걸리는 절에 이르기까지 각각의 절에 도착하기까지 걸리는 시간의 순서에 따라 배열해놓았습니다. 머나먼 절에서 온 학승들이라도 보통은 적어도 1년에 한 번은 그 절들을 모두 한 바퀴 돌고 자신이 거처하는 절로 돌아왔습니다.

사실 일본 전역은 가파른 언덕과 산으로 이루어져 있습니다. 그것을 가르고 분리해놓는 것이 얕고 빠르게 흐르는 물인데, 그 물은 좁고 기다란 계곡을 지나고 몇 개의 넓은 강을 지나 바다로 갑니다. 언덕은 보통 키 작은 침엽수와 관목으로 덮여 있습니다. 한때 그곳은 변종 소나무와 키가 크고 곧은 노송나무와 삼나무뿐만 아니라, 우람하고 단단한 나무들로 덮인 울창한 숲이었습니다. 지금도 숲속 오솔길들을 알려주는 표시가 잘된, 광대한 연락망의 흔적들은 일본의 어디를 가나 볼 수 있습니다. 그곳을 악사, 승려, 상인, 짐꾼, 순례자, 주기적으로 지나가는 군인들이 밟고 갔습니다.

우리는 어렸을 때 직접 걸으면서, 또한 상상력을 발휘해 한 장소를 익히게 되고 공간들 사이의 관계를 마음속에 구체화시키는 법을 배웁니다. 장소와 공간의 규모는 우리의 몸과 그 몸이 가진 능력에 비추어 측정되는 것임에 틀림없습니다. 1'마일'은 원래 로마인이 '천 걸음'을 기준해서 만든 거리의 단위였습니다. 자동차와 비행기 여행은 우리가 쉽게 공간을 지각하지 못하게 만듭니다. '거북섬/북미'를 날마다 하루종일 일정한 속도로, 그러나 편안한 걸음으로 걸어서 횡단하는 데 6개월이 걸린다는 것을 안다면, 어느 정도 거리의 개념을 파악하는 것이지요. 중국인들은 '네 가지 기품'에 대해 말합니다. 서 있는 것, 눕는 것, 앉는 것, 걷는 것이 그것인데, 이 네 가지가 '기품'이 되는 것은 그것이 본질적인 모양에서 우리의 몸이 편안하고 완전히 우리 자신이 되는 방식이기 때문입니다. 만일 우리가 전처럼 다시 걸어서 여행을 떠날 수 있다면, 가령 약 10마일마다 작은 여인숙이나 깨끗한 캠프가 있고 지나다니는 차량의 위협을 받지 않으면서 중국 전체나 유럽 전체와 같은 광대한 풍경을 도보로 횡단하기 위해 여행길에 나설 수 있다면, 많은 이들이 이를 마치 기적 같은 일로 여길 것이라고 나는 생각합니다. 그런데 그것이 바로 세계를 보는 방법입니다. 우리 자신의 육신으로 말이지요.

신성한 산과 그 산으로의 순례는 아시아에서는 깊이 자리잡은 민중종교의 특징입니다. 도겐이 산을 말했을 때, 그는 앞서 있던 이 전통들을 잘 알고 있었던 것입니다. 중국에는 도교나 불교와 관련된 산봉우리들이 수백 개나 있고, 일본에도 그처럼 불교나 신도와 관련된 산들이 있습니다. 아시아의 신성한 산에는 몇 가지 종류가 있습니다. 정령이나 신이 거주하는 '성지'는 가장 단순하고 아마도 가장 오래된 곳이겠지요. 다음으로는 수십 평방마일에 이르는 '성역'이 있는데, 이것은 도교나 불교의 신을 섬기는 한 종파의 신화와 수행을 위해 정해진 특별한 곳입니다. 그곳에는 수 마일에 이르는 길이 있고, 수십, 수백 개의 작은 사원과 사당 들이 있습니다. 순례자들은 수천 피트를 올라가 간소한 판잣집 객실에서 잠을 자고 쌀 미음과 절임 몇 조각을 먹고 나서 정해진 길을 따라 돌며 신성한 터마다 향을 사르고 절을 합니다.

마지막으로 상징적 도해인 만다라•나 성전聖典을 의도적으로 본떠 만들어놓은 아주 형식화된 몇 개의 성역이 있습니다. 이곳들도 꽤 넓을 수 있습니다. 지정된 풍경 안에서 걷는 것은 영적 차원에서 특정한 움직임을 행하는 것이라고 사람들은 생각합니다.(그래패드, 1982) 한번은 몇몇 친구들과 함께 고대에 오미네 산 수행자들이 걸었던 나라 현의 요시노에서 쿠마노까지의 순례길을 걸은 적이 있습니다. 그렇게 하면서 우리는 6000피트에 가까운 오미네 산 정상에 있는 전통적인 '금강계金剛界 만다라'의 중심지를 지나갔고, 나흘 뒤에는 계곡의 오지 '구마노熊野, 곰의 들' 신사에 있는 '태장계胎藏界 만다라'의 중심지로 내려갔습니다. 꽃이 흐드러지게 피어 있고 안개가 자욱한 늦은 6월 장마철이었습니다. 수 마일의 연봉에 이르는 우리의 순례길에는 돌로 지은 작은 신사들이 있었고, 우리는 그런 신사를 만날 때마다 정성껏 절했습니다. 복잡한 가르침의 도해들을 이렇듯 자연경관에 투사하는 전통은 금강승불교金剛乘佛教의 일본적 변형인 진언종眞言宗에서 유래합니다. 진언종은 산악 종교 공동체의 샤먼적 전통과 서로 관련되어 있습니다.

요시노에서 오미네 산으로 오르는 정규 순례 노선은 성황입니

• 모든 부처와 보살의 만덕, 원만한 경계 또는 그러한 경계를 그려낸 그림으로 우주의 진리를 나타낸다.

다. 중세식 등산장비를 갖추고 다채로운 색상의 옷을 입은 수백 명의 산수행자들이 절벽을 기어올라갑니다. 산 정상에 올라 소라 나팔을 부는 사람도 있고, 꼭대기에 있는 연기나는 절간의 흙바닥에 앉아 경을 읊는 사람들도 있습니다. 근래에는 사람들이 장거리 수행을 그만두고 있습니다. 그래서 산속 오솔길에 풀이 우거져 길을 찾기가 거의 불가능할 정도입니다. 이 4000피트 높이의 곧장 뻗은 능선의 산길은 아주 훌륭합니다. 그래서 나는 그 길이 구석기 시대와 신석기 시대에는 해안에서 내지로 여행하는 정규 통로가 아니었을까 하고 추측합니다. 일본에 있을 때, 나는 그곳에서 유일하게 야생사슴과 원숭이를 만난 적이 있지요.

동아시아에서 '산'은 종종 야생지와 같은 뜻을 지닙니다. 농경국가는 오랫동안 배수를 하고 관개를 하고 저지대를 계단식 밭으로 만들어왔습니다. 숲과 야생동물 서식지는 농사터가 끝나는 바로 그곳에서 시작합니다. 마을, 시장, 도시, 궁, 술집이 있는 저지대는 탐욕과 욕망과 경쟁과 장사와 취기가 있는 곳, 즉 '속진俗塵'이라고 생각합니다. 그런 세상에서 도망쳐 순수를 추구하려는 사람들은 산에서 동굴을 찾거나 직접 은둔처를 짓습니다. 그리고 수행을 하는데, 수행은 그들에게 깨달음이나 적어도 건강한 장수의 삶을 줍니다. 이 은둔처가 때가 되면 절간 건물들의 중심이 되고, 결국 종교지역이 되었던 것이지요. 도겐은 말합니다.

> 많은 통치자들이 산으로 와 현자들에게 경의를 표하고, 혹은 위대한 선지식들에게 가르침을 구했다…… 그럴 때면 이들 통치자들은 속세의 의례들을 무시하고 현자들을 스승으로 모셨다. 제국의 권력은 산승들에게는 아무런 권위도 없었다.

그래서 '산'은 정신적으로 깊어졌을 뿐만 아니라—바라는 바— 중앙정부의 통제에서 독립해 있습니다. 감옥이나 세금이나 징집을 피해 도망치는 사람들은 산속의 은자와 승려들에게로 갑니다(중국 남서쪽 깊은 산속에는 아직도 산족山族이 살아가고 있습니다. 그들은 개와 호랑이에게 예배하며 남녀 간에도 상당한 평등을 이루고 있습니다만, 그건 또다른 이야기이겠습니다). 산(또는 야생지)은 어디서나 정신적·정치적 자유의 정박지였습니다.

산은 또한 수직성, 정신, 높이, 초월, 단단함, 저항, 남성성 같은 신화적 연상을 가집니다. 중국인들에게 산은 '양陽', 즉 건조하고 단단하고 남성적이며 밝은 것의 표본들입니다. 물은 여성입니다. 축축하고 부드럽고 어두운 '음陰'은 흐르지만 강하고, 가장 낮은 곳을 찾으며(그리고 갈망하며), 영적이고, 생명을 주며, 형상을 바꾸는 것과 연관됩니다. 민중 불교의—그리고 금강승의—도상은 루파스rupas, 즉 부동명왕不動明王과 관음보살의 '이미지들'로 '산과 물'을 의인화합니다. 부동명왕은 눈이 멀고 커다란 송곳니를 가진, 평평한 바위 위에 앉아 있거나 서서 불길에 싸여 있는, 거의 희극적일 정도로 격렬한 모습입니다. 그는 산 수행자들의 수호신으로 알려져 있습니다. 관음보살은 연꽃과 물병을 들고 우미하게 몸을 앞으로 기울이고 있는 자비의 표상적 불상입니다. 이 두 불상은 불성의 한 짝으로 인식되고 있습니다. 금욕적인 수련과 무자비한 정신성이 연민에 찬 관용과 초연한 용서로 균형을 잡고 있는 것이지요. 산과 물은 함께 전체를 가능하게 하는 이원일위二元一位입니다. 지혜와 자비는 깨달음의 두 요소인 것입니다. 도겐은 말합니다.

> 웬지는 말했다. "물의 길法은 하늘로 솟아오르면 물방울이 되고 땅에 떨어지면 강이 되는 그런 것이다."
>
> ……물이 가는 길은 물이 알지 못하지만, 물에 의해 실현된다.

거기에는 물의 순환이라는 분명한 사실과 산과 물은 실로 서로를 형상짓는다는 사실이 있습니다. 물은 높은 곳에서는 거꾸로 떨어져 흐르며, 낮은 곳으로 흐를 때는 지형을 만들거나 퇴적물을 쌓아 앞바다의 대륙붕을 무겁게 해 마침내 더 융기하게 합니다. 일상적인 쓰임에서 복합어 '산과 강', 중국어 산수山水는 자연 풍경에 대한 직설적인 표현입니다. 풍경화는 '산과 물의 그림山水畵'입니다(산맥은 또한 때때로 맥脈, '맥박'이나 '혈관'이라고 부릅니다. 손등 위의 그물 같은 혈관처럼). 지형은 물의 침식작용과 지면의 습곡운동 같은 작용의 결과이며, 물과 산이 끝없이 갈라지는 율동 속에서 상호 침투한다는 것을 관찰하기 위해 우리가 굳이 전문가가 될 필요는 없습니다. 땅에 대한 중국인의 느낌은 이 같은 바위와 물, 물의 내리흐름과 암반의 융기, 그리고 역동성과 지형의 '느린 흐름'이 변증법적으로 작용하고 있다는 인식과 일체가 되어 왔습니다. 중국에는 근대 이전 시대로부터 전해져오는 커다란 가로형 족자가 몇 개 있는데, 거기에는 '끝없는 산과 강山水無限'과 같은 제목들이 붙어 있습니다. 그중에는 사계절을 따라 이동하며 세계 전체를 그리고 있는 듯한 그림도 있습니다.

'산과 물'은 자연의 진행 전체를 가리키는 한 방식입니다. 그렇게 해서 그것은 순수와 오염, 자연과 인위의 이분법을 멀리 뛰어넘습니다. 강과 계곡을 가진 그 대자연 전체란 말할 것도 없이 농지, 들, 마을, 도시, 그리고 한때는 비교적 작았던 인간사로 가득한 속진의 세계를 포함하고 있습니다.

이것

푸른 산青山은 끊임없이 걷고 있다.

도겐은 중국의 선사 부용芙蓉의 이 말을 인용하고 있습니다. 도겐이 마음에 두고 있었던 것은 아마도 그 자신이 수년 동안 그 오솔길을 따라 걸었던 저 아시아의 산들이었을 것입니다. 아지랑이 같은 푸른빛이거나 청록빛을 띤 나무로 뒤덮이다시피 한 해발 3000피트에서 9000피트에 이르는 그 산맥의 봉우리들은 그가 이 글을 쓰기 13년 전에 살면서 수행했던 송나라 남중국 해안가에 난립해 있는 가파른 산이었을 겁니다(이 위도의 수목 한계선은 9000피트에 가깝습니다. 그러므로 이 산봉우리 중 어느 것도 고산지대의 산은 아닙니다). 그는 그곳에서 수천 마일을 걸었습니다('마음은 맨발로 달리면서 길을 공부한다').

> 산이 걷고 있는 것을 의심하는 자는 자기 자신이 걷고 있다는 것을 모른다.

도겐은 '성산聖山' 또는 순례, 정신의 동류나 어떤 특별한 특질로서의 야생지에는 관심이 없습니다. 그가 말하는 산과 물은 이 지상, 모든 존재, 과정, 본질, 행위, 부재의 진행과정들입니다. 산과 물은 존재와 비존재를 함께 굴립니다. 그것이 바로 우리이고, 우리가 바로 그것인 것입니다. 곧장 자연의 본질을 꿰뚫어보려는 사람들에게 신성함에 대한 생각은 망상이고 장애물입니다. 그것은 우리의 시선을 다른 곳으로 향하게 해 우리로 하여금 바로 우리 눈앞에 있는 것, 즉 평범한 '그러함然'을 보지 못하게 하니까요. 뿌리와 줄기와 가지는 모두 똑같이 긁혀질 수 있습니다. 위계질서라는 것은 없습니다. 평등도 없습니다. 비의적인 것과 공개적인 것이 없으며, 재능아와 지진아가 없습니다. 야성적인 것과 길든 것, 구속과 자유, 자연적인 것과 인위적인 것의 구별도 없습니다. 각각은 전체로서 그 자신의 연약한 자아입니다. 사방으로 다 연결되어 있다 하더라도 말입니다. 사방으로 다 연결되었기 때문이라도 말입니다. 이 그러함이야말로 본성의 본성의 본성입니다. 야성의 야성입니다.

그리하여 푸른 산은 걸어 부엌으로 들어오고 다시 나가 시장으로 가며, 책상 앞으로 가고 난롯가로 갑니다. 우리는 공원의 벤치에 앉아서 비바람이 우리의 몸을 흠씬 적시게 내버려둡니다. 푸른 산은 주차장 미터기에 동전을 넣으러 걸어나가고, 편의점으로 걸어내려갑니다. 푸른 산은 바다에서 행진해나오고, 잠시 하늘을 어깨로 떠받치고 있다가 도로 물속으로 미끄러져들어갑니다.

집 없는 사람

불교도들은 수행승이나 승려를 가리킬 때 '집 없는 사람'이라고 말합니다(한자로는 '出家'인데, 문자 그대로 '집 밖으로 나간다'는 뜻입니다).이 말은 가정생활과 세속의 유혹과 의무를 뒤로 한 채 떠나왔다고 여겨지는 사람을 가리킵니다. 또다른 표현인 '세상을 떠난다'는 불완전한 인간 행위, 특히 도시생활 때문에 심해지는 불완전함으로부터 벗어나는 것을 의미합니다. 그렇다고 자연계로부터 거리를 두는 것을 의미하지는 않습니다. 어떤 사람에게는 그것은 산속의 은둔자나 종교 공동체의 일원으로 사는 것을 의미했습니다. '집'은 '산'이나 '청정'의 반대 개념이었습니다. 중국의 시인 지앙 얀江淹은 집 없는 세계의 범위를 확대하면서, 올바른 은둔자는 "자색 하늘을 그의 오두막으로 삼고, 에워싸는 바다를 그의 연못으로 삼으며, 벌거벗고 커다랗게 너털웃음을 터뜨리며, 머리를 산발한 채 노래하며 길을 걸어간다"고 말했습니다.(왓슨, 1971) 당나라 초기의 시인인 한산寒山은 은둔자의 진정한 전형으로 여겨지고 있지요. 그의 드넓은 집은 우주 끝까지 이릅니다.

> 오래 전 '한산寒山'에 자리잡았네,
> 이미 수많은 세월이 흐른 듯하네.
> 자유롭게 떠돌며 숲과 내를 돌아다니고
> 사물을 지켜보며 머뭇거리기도 하네.
> 사람들은 이처럼 먼 산에는 오지 않고,
> 흰 구름만 모이고 굽이치네.
> 가는 풀잎 잠자리가 되고,
> 푸른 하늘 좋은 이불이 되네.

머리 밑에 돌을 베고 누우니 행복해라.

하늘과 땅은 제멋대로 하라고 내버려두네.

'집 없는'은 여기서는 '우주 전체를 집으로 하는'을 의미하게 됩니다. 그와 비슷하게 자신이 사는 장소의 전체성에 대한 의식을 잃지 않은 자립적인 사람들은 그들의 가정과 그들이 사는 지역에 있는 산과 숲을 한 영역으로 볼 수도 있겠지요.

나는 1년 동안 동중국해 동쪽 스와노세 섬의 사당에서 화산을 위해 지내는 제사에 참석한 일이 있습니다. 밀림 속을 가려면 길을 만들며 헤쳐나가야 했기에, 사람들이 그곳에 가는 일은 드물었습니다. 우리 일행 중 바니안 아슈람에서 온 두 사람은 세 분의 노인을 돕는 사람으로 갔습니다. 우리는 아침시간 내내 웃자란 나무를 베고 마당을 쓸고 칠하지 않은—크기가 비둘기장쯤 되는—목조 제단을 열어 닦아냈으며, 그런 다음에는 고구마와 과일과 소주 등의 제물을 뒤에 아무것도 없는 단 위에 올려놓았습니다. 그 제단 뒤의 빈 공간에는 실제로 산 자체만이 꽉 차 있었습니다. 일을 끝내자 노인 한 분이—그 무렵 잿빛 구름을 쏟아내고 있던—산봉우리를 향하더니, 그 지방 사투리로 직접적이고 형식적으로 자기 개인에 대한 말과 기도를 했습니다. 우리는 땀을 흘리며 땅바닥에 앉아서 작은 낫으로 수박을 잘랐고 독한 소주를 조금 마셨습니다. 그러는 동안 노인들은 지난날 섬에서 있었던 이야기를 했습니다. 키가 크고 굵고 윤기 도는 푸른 나무들이 둥글게 우리 머리 위를 덮고 있었고, 그 일대는 매미 소리로 떠나갈 듯했습니다. 그 제사는 하찮은 것이 아니었습니다. 각 가정에서도 그와 같이 조상의 사진과 쌀과 술로 된 제물과 들에서 자라는 상록수 몇 가지를 꽂은 화병을 놓고 제사를 지냅니다. 임시로 만든 허름하고 아주 작은 부엌과 욕조와 우물과 입구 쪽에 놓인 제단을 가진 집 자체가 작은 사당이 되는 거지요.

그리고 집을 이 세계의 또다른 한 부분으로만 본다면, '집'은 문자 그대로 그 자체가 덧없고 혼합된 것으로서, 당연히 하나의 불쌍한 '집 없는' 사물에 지나지 않습니다. 집은 소나무 판자와 진흙 벽돌과 삼나무 널빤지와 초석으로 쓰는, 강에서 가져온 둥근 돌과 철거되는 땅에서 찾아낸 유리와 K마트에서 사온 손잡이와 코스트 플러스에서 사온 바닥재와 어떤 산등성이에서 가져온 사암으로 만든 부엌 바닥재와 롱스에서 구입한 현관 깔개를 함께 쌓아 이루어놓은 것에 불과합니다. 당신과 나와 생쥐의 세계가 다를 바 없다는 것이지요.

> 푸른 산은 유정有情하지도 무정無情하지도 않다. 우리는 유정하지도 무정하지도 않다. 지금 이 순간, 우리는 푸른 산이 걷고 있는 것을 의심할 수 없다.

자두꽃과 구름, 또는 선에 대한 강의와 노스승만이 아니라, 끌과 구부러진 못과 외바퀴 손수레와 삐걱거리는 문들이 다 사물의 진리를 가르치고 있습니다. 진정한 '집 없음'의 조건은 아무것에도 의존하지 않으며, 집 계단에 나타나는 것이 무엇이든 그 모두에 응답하는 성숙함입니다. 도겐은 "산은 어디서나 늘 수행한다"는 말로 우리를 격려합니다.

늑대보다 크고, 큰뿔사슴보다 작은

나는 평생을 야성의 세계 안에 있거나 그 가까이에 머무르면서 일하고 탐험하고 공부해왔습니다. 도시에 살 때조차도 그랬습니다. 하지만 나는 수년 전에, 나 자신이 존경해마지않는 집을 떠나 사는 그렇게 많은 사람들처럼 훌륭한 식물학자나 동물학자나 조류학자가 되지 못했다는 것을 깨달았습니다. 수년 동안 내가 어디에 내 지적 에너지를 쏟아부었던가를 회상하면서, 나는 내가 내 동료인 인간을 연구의 대상으로 삼았다는 것을, 그러니까 내가 나와 같은 종을 연구한 박물학자였다는 것을 알게 되었습니다. 나 역시 나 자신의 연구 대상이었습니다. 나는 서로 다른 사회가 어떻게 서로 다른 자연의 풍경 속에서 생계를 꾸려나가고 의식을 치르고 있는지 그 자세한 내용에 대해 배우는 것을 좋아합니다.

과학과 기술공학과 자연의 경제적 이용이 의식과 정반대되는 것일 필요는 없습니다. 사용과 남용, 객관화와 의식의 경계선이란 정말 가느다란 것입니다.

경계선이란 세부적 내용 속에 있습니다. 한번은 어떤 일본 절 건물의 완공을 축하하는 의식에 참석한 일이 있습니다. 일본에서 해체된 그 건물은 미국의 서해안에서 다시 복원되기 위해 태평양을 건너 운반되어 왔었습니다. 그 헌당 행사는 신도의식에 따라 행해졌고, 꽃과 식물의 봉헌도 있었습니다. 어려운 점은 그 식물들이 일본의 전통적인 의식에 사용되는 것인 만큼 일본에서 보내졌어야 하는 식물들이었다는 점입니다. 낯선 토양에서 자란 식물이 아니어야 했다는 말입니다. 의식을 주관한 분들은 형식은 제대로 갖추었으나, 분명 본질을 포착하지 못했습니다. 모두 집으로 돌아간 뒤, 나는 혼자 간단한 인사말을 했습니다. "노송나무로 지은 일본 건축물이여, 맨저니타와 폰데로사 소나무를 만나십시오…… 이 건조한 기후에 제발 조심하십시오. 맨저니타, 이 건물은 축축한 공기와 많은 사람들에 익숙해 있습니다. 그대가 있는 흙비탈에 이 건물을 받아주십시오." 인간은 자연과 야생 세계를 그 자신의 접근 방식에 따라 이해합니다.

인간의 다채로운 모양과 의상, 또 대중문화의 끊임없는 변화는 일종의 상징적 종種 형성입니다. 마치 인간이 새들의 빛깔과 무늬를 흉내낸 것처럼 말이지요. 특히 고도로 발달한 문명권에서 사는 사람들은 분리와 차이에 대해 정교한 생각을 가지고 있으며, 스스로가 '자연에서 벗어나 있다'는 것을 수십 가지의 방법으로 선언합니다. 놀이의 하나라면, 이것은 무해할지도 모르지요(우리는 척삭동물•이 이렇게 선언하는 것을 상상할 수도 있을 것입니다. "우리는 생물 진화에서 한 질적인 도약을 이룬 동물로서, 완전히 초월적인 어떤 것을 상징하면서 이제까지 생물에 불과했던 것으로 들어간다"라고 말이지요). 그러나 아주 최소한으로 인간 쪽에서 이 같은 특별한 운명을 외친다면 그것은 불필요하게 증식하는 이론의 한 가지로 보여질 수도 있습니다.(오캄의 면도날) 인간이 다른 자연을 어떻게 취급했는지를 볼 때, 그 결과는 유해한 것이었습니다.

'산수무한山水無限'이라는 제목이 붙은 커다란 풍경화 두루말이가 있습니다(청나라 루 유안陸遠의 것으로 추정되며, 지금은 워싱턴 D.C.의 프리어 미술관에 소장되어 있습니다). 우리는 이 폭넓은 시야로 그린 바위, 나무, 능선, 산, 강 안에서 사람과 사람이 하는 일을 보게 됩니다. 그 그림에는 농부와 초가집, 승려와 절간 건물들, 작은 창 앞에 서 있는 학자들, 배를 탄 어부들, 짐을 지고 있는 도붓장수들, 여인네들, 그리고 아이들이 있습니다. 북부 인도

• 척추동물과 원삭동물로 이루어진 동물계를 분류한 문(門)의 한 가지. 원삭동물은 종생 또는 유생기에 척추의 기초가 되는 연골의 색상물인 척삭을 가지며 중추신경은 대롱 모양을 이루고 척삭의 등 쪽에 있다. 호흡기부는 소화관에서 발생하며 바다에서 산다.

와 티베트의 불교 전통이 만다라—의식의 모양과 인과관계因果關係를 칠하거나 그린 도표—를 그들의 시각교재로 만든 것이라면, 중국의, 특히 남송의 선禪 전통은 풍경화를 가지고—감히 말하자면—그 비슷한 것을 시도했습니다. 만일 하나의 두루마리를 일종의 중국식 만다라로 받아들인다면 그 안에 들어 있는 모든 글자들은 우리의 각기 다른 작은 자아들이며, 절벽과 나무와 폭포와 구름은 우리 자신의 변화와 위치입니다(물가를 따라 조성된 습지대의 갈대 덤불, 그것은 무얼 말합니까?). 생태계의 각 형태는 하나의 다른 만다라, 하나의 다른 상상입니다. 다시 아이누의 말 이워루, 존재들의 들판이 떠오르는군요.

> 모든 존재가 똑같은 방식으로 산과 강을 보는 것은 아니다. 어떤 이는 물을 경이로운 꽃으로 보고, 굶주린 귀신은 물을 이글이글 타오르는 불길이나 고름과 피로 본다. 용은 물을 궁전이나 정자로 본다…… 어떤 존재들은 물을 숲이나 벽으로 본다. 인간은 물을 물로 본다…… 물의 자유는 오직 물에 달려 있다.

어느 해 7월, 알래스카의 브룩스 산맥에 있는 코유쿡 강 상류에서 걸어내려오다가 나는 '달산양山羊'의 서식처를 관찰할 기회를 갖게 되었습니다. 녹색의 구름이 낀 툰드라 여름 고산은 그곳에서 미약한 방문자에 불과한 한 털 없는 영장류 동물인 나에게 할 수 있는 한 가장 큰 환대를 해주었습니다. 하지만 길고 어두운 겨울도 감히 달산양을 위협하지 못합니다. 그들은 산아래로 이동하지도 않습니다. 바람이 불어 얼마 안 되는 푸석푸석한 눈이 날립니다. 북극 여름의 마른 활엽 초본과 풀을 그들은 일 년 내내 조금씩 뜯어먹습니다. 십여 마리의 여름 산양들이 초록색을 배경으로 하얗게 도드라져 보였습니다. '삶과 죽음의 백척간두'에 있는 바위 턱의 반듯하게 다듬어진 높은 침상에서 놀고, 낮잠 자고, 먹고, 뿔로 치고받고, 동그라미를 그리고, 앉아 있고, 꾸벅꾸벅 졸고 있는 것이었습니다. 도겐이라면, 달산양은—아타파스칸에서는 디비dibee라고 부르는데—산을 '궁전이나 정자로' 본다고 말할지 모르겠습니다. 그러나 '궁전이나 정자'라고 임시로 말할 경우 그 말은 너무 상류 계급적이고 도시적이며 인간적이어서, 각 생명 형태가 그 자신의 하나밖에 없는 '불계佛界'에서 얼마나 전체로서 그리고 유일하게 집에 있는가를 진정으로 보여줄 수 없습니다.

바람에 구름 불려가는 초록빛 산 벽
면 산기슭 위 하얀 점들, 별자리들,
조금씩 바뀌어, 별도 아니고 바위도 아니네
"한밤중 미풍이 뿌려져"
구름이 찢어진다. 라벤더빛 북극의 빛이

툰드라의 풀을 뜯는
조용한 산양들을 비춘다. 그들은 울음소리와 냄새로
동족과 친족의 그물 안에 있고
절반은 하늘에서 살며
느릿느릿 회전하는 그들의 '우주의 질서'를
따른다— '북쪽 기슭' 전체에서 올라오는 눅눅한 바람과
북극해에 떠 있는 거대한 얼음 덩어리의 맛
지금 휴대용 가스난로가 활활 타오르는데
자, 차 좀 마시게.

산비탈 아래 작은 북극의 강에는 몸이 무지갯빛인 사루기가—우리가 볼 때는—그들만의 얼음 천국에 있습니다. 다시 도겐의 말로 돌아가지요.

> 용과 물고기가 물을 궁전으로 볼 때 그것은 인간이 궁전을 보는 것과 꼭 같다. 그들은 물이 흐른다고 생각하지 않는다. 만일 이방인이 그들에게 "너희들이 궁전으로 보는 것은 흐르는 물이라네" 하고 말한다면 용과 물고기는 깜짝 놀랄 것이다. "산이 흐른다"는 말을 들을 때 우리 인간이 깜짝 놀라듯이.

우리는 이원적이지 않은 현실 세계에 깃들어 있는 둥지를 가진

생명의 위계질서와 그물을 상상하고 그려보기 시작할 수 있습니다. 만물은 상호 관련성을 가졌다고 주장하는 시스템 이론은 별 은유 없이도 평형상태를 제공해줍니다. 『산수경』은 말합니다.

> 세계에 물이 있는 것만이 아니다. 물속에도 세계가 있다. 물속만이 아니다. 구름 속에도 유정한 존재의 세계가 있다. 허공에도 유정한 존재의 세계가 있다. 불속에도 유정한 존재의 세계가 있다…… 풀잎에도 유정한 존재의 세계가 있다.

통상적 진화 개념은 종들이 이 지상에서 유구한 시간에 걸쳐 일종의 달리기 경주를 하는 것처럼 말합니다. 모두가 하나의 들판에서 달리다가 어떤 종은 낙오되고 어떤 종은 깃발을 흔들고 어떤 종은 맨 앞에서 승리를 거둔다고 말입니다. 만일 후경과 전경이 도치된다면, 그리하여 우리가 그 상황을 '조건'과 그들이 가진 창조적 가능성의 측면에서 바라본다면, 우리는 수백 개의 서로 다른 눈으로 이들이 이루는 수많은 상호작용을 볼 수 있습니다. 어떤 음식물이 한 존재를 가능케 한다고 말할 수 있을 것입니다. 월귤나무와 연어는 곰을 불러내고, 북태평양의 구름떼 같은 플랑크톤은 연어를 불러내고, 연어는 바다표범과 더 나아가 범고래를 불러냅니다. 향유고래는 맥박 뛰고 파동치는 목초지처럼 드넓게 펴진 오징어떼를 빨아들여 존재합니다. 갈라파고스 제도의 절벽 사이사이에 열린 틈새들은 한 줄로 날아가는 피리새에서 새들의 형태와 기능을 흡수했습니다.

자연의 보존을 주장하는 생물학자들은 '지표指標 생물종'이란 말을 사용합니다. 어떤 지역과 그곳의 생태계에 대표적인 동식물이 있어서, 그들의 환경 조건이 전체 환경 조건의 지표가 된다는 것이지요. 오랜 역사를 가진 침엽수림지대는 '얼룩빼기 올빼미'의 존재를 통해 알 수 있으며, '대평원의 상징'은 한때 '들소'라고들 말했습니다(그리고 다시 그렇게 말하게 될 것입니다). 그처럼 지금까지 내가 스스로에게 묻고 있는 것은 '인간'을 말해주는 것은 무엇인가 하는 겁니다. 무엇이 우리의 계보를 존재로 이끌어내는가 하는 것입니다. 그것은 틀림없이 '끝없는 산과 강'입니다. 우리가 그럭저럭 유능하게 편안히 머물고 있는 이 지구 전체 말입니다. 딸기, 도토리, 풀씨, 사과, 고구마는 우리 같은 영리한 생물더러 앞으로 나오라고 요구합니다. 늑대보다 크고 큰뿔사슴보다 작은 인간은 자연 풍경 속에서 그리 거대한 모습은 아닙니다. 하늘에서 보면 인간의 작품이란 긁은 자국들과 격자무늬들과 연못들에 지나지 않으며, 사실상 대부분의 지상은 멀리서 보면 활짝 트인 땅일 뿐입니다(우리는 이제 인간이 끼치는 영향이 눈에 보이는 것보다 훨씬 더 크다는 것을 압니다).

마을과 도시로 말하자면 그것들은—볼 줄 아는 사람에게는—고목의 몸통들, 강바닥의 자갈들, 새어나온 기름들, 산사태가 할퀴고 간 자국들, 강풍에 쓰러진 것들과 불탄 것들, 홍수가 휩쓸고 간 자리에 남은 것들, 산호 군락지들, 나무를 씹어서 보금자리를 지은 장수말벌 집들, 벌집들, 썩어가는 통나무들, 수로들, 암벽 틈새가 만드는 선들, 암봉의 단층들, 조분석鳥糞石 더미들, 음식 먹을 때의 광란상태들(동물행동학의 용어로 수많은 굶주린 동물들 앞에 갑자기 많은 먹이를 놓을 때 보여주는 행동을 나타낸다), 구애하고 으쓱거리는 굴복자들(암컷에게 구애하기 위해 나뭇잎 등으로 집을 지은 다음 꼬리를 세우고 걷거나 노래를 불러 암컷을 매혹시키려고 하는 어떤 새들의 행동을 나타낸다), 망루 바위들, 땅 다람쥐의 아파트들입니다. 그런데 어떤 사람들에게는 그런 곳들이 또한 궁전이기도 하겠지요.

분해되기

"굶주린 귀신은 물을 이글거리는 불이나 고름과 피로 본다."

야생계의 생활은 햇빛을 받으며 딸기를 먹고 있는 것만이 아닙니다. 나는 자연의 어두운 곳으로 가는 '심층 생태'를 상상하기를 좋아합니다. 가령 똥 속에 들어 있는 동그랗게 부서진 뼈, 눈에 떨어진 깃털, 먹어도 먹어도 차지 않는 식욕 이야기 같은 것이지요. 야생의 세계는 비판을 넘어서는 윗단계의 감각작용 안에 있습니다만, 그 세계는 불합리하고 곰팡내나고 잔인하고 기생적인 세계라고도 볼 수 있습니다. 짐 도지는 내게 그가 매혹적인 공포심을 느끼며 목격했던 장면, 즉 추크치 해에서 범고래떼가 회색 고래를 죽을 때까지 일사불란하게 난타하며 공격하던 모습을 말해준 적이 있습니다. 생명이란 그저 크고 흥미로운 척추동물이 낮 동안만 가지고 있는 재산이 아닙니다. 생명은 또한 야행성이고, 무기성無氣性이며, 서로 잡아먹고, 미시적이며, 소화하며, 발효하기도 합니다. 따뜻한 어둠 속에서 조리해 먹어치워버리지요. 생명은 4마일이나 되는 대양의 심연에서도 잘 유지되며, 얼어붙은 암벽 위에서도 기다리고 지탱하며, 화씨 100도나 되는 사막의 고온에서도 어딘가에 들러붙어 양분을 섭취합니다. 그리고 부패하는 자연의 세계가 있고, 그늘에서도 썩거나 부식하지 않는 존재들의 세계가 있습니다. 인간은 청결을 중요하게 여겨왔습니다만, 피와 오염과 부패가 그것을 물리치고 있습니다. '신성한' 것의 다른 한편에는 땅속에 묻혀 구더기를 뚝뚝 떨어뜨리고 있는 당신의 연인의 모습이 있습니다. 코요테와 오르페우스와 이자나기는 그냥 바라보기만 할 뿐, 어찌할 도리가 없습니다. 그리고 그들은 그녀를 잃고 맙니다. 부끄러움과 슬픔과 당황, 그리고 두려움이 어두운 상상의 무기성 연료입니다. 야생 세계에 있는 우리와 덜 친숙한 에너지와 우리의 상상 속에 있는 그와 유사한 것들이 우리에게 정신의 생태환경을 주어왔습니다.

여기에서 우리는 신들의 고유한 거처의 필요성을 만나게 됩니다. 그 신들은—올림푸스 산에서처럼—산꼭대기에 자리잡거나 지하 깊숙한 곳에 방을 갖고 있으며, 혹은 우리 눈에 보이지 않는 가운데 우리 주위 어느 곳에나 존재합니다(어느 한 중요한 신은 이 지구에서 완전히 떠나 거주하고 있다는 말이 있습니다). 북캘리포니아의 래슨 산은 이시족 말로는 '와가누파'라고 합니다. 1만 피트에 이르는 화산이라는 뜻인데, 그 안의 불길이 계속해서 타오르게 하는 무수히 많은 쿠키니들이 사는 집이라고 야나족의 민담은 전합니다(연기는 연기 구멍으로 빠져나가고요). 그들은 인간이 스스로 개심해서 정령들이 다시 한번 관계를 맺고 싶어할 '진정한 사람'이 될 때까지 기다리며, 그들이 즐겨하는 마법의 막대기 게임을 즐기고 있을 것입니다.

영의 세계는 종種들을 질러가고, 또 종들 사이로 지나갑니다. 영혼은 스스로 번식을 걱정할 필요가 없고, 죽음을 두려워하지 않으며, 실제적이지 않습니다. 그러나 영들은 다른 세계와의 교류에는 서로 상반된 감정을 가지고 있고, 선별적인 관심을 가지고 있는 듯이 보입니다. 진홍색과 흰색의 옷을 입은 젊은 여인들이 춤을 추는 것은 신들을 불러내기 위해서이고, 신들리기 위해서이며, 신들의 목소리로 말하기 위해서입니다. 그들을 고용한 사제들이 할 수 있는 것은 신의 말씀을 기다리는 것밖에 없지요("바쿠스 신과 진탕 술을 마시거나 예수와 마른 빵을 먹어라. 그러나 어느 신이든 신과 함께가 아니면 앉지 말라" 하고 말했던 사람은 D. H. 로런스였다고 생각합니다).

(산에서 꾸는 꿈에는 개인의 특성이 나타납니다. 나는 시에라 타워 호숫가의 울퉁불퉁한 바위에 누워 반쯤 잠들어 있었습니다. 크림색 바위에 있는 네 개의 가로 줄무늬가 절벽 얼굴 사이로 손을 흔들었습니다. 꿈이 말했습니다. "저 바위에 있는 줄무늬들은 네 딸들이다.")

도겐과 선의 전통이 걸어가고 경을 읊으며 좌선을 하는 곳에서, 영혼과 정신을 가진 연로한 지방 장인들은 플루트를 불고 북을 치며 춤추고 꿈꾸며, 노랫소리에 귀를 기울이고, 금식하며, 새와 동물과 바위와 서로 이야기를 나눌 준비가 되어 있을 것입니다. 단풍 든 가을 사시나무 잎새들이 허공에 날리다가 가볍게 소용돌이치며 땅으로 내려오는 것을 지켜보는 코요테에 관한 이야기가 있지요. 바라보기에 너무 아름다워서, 그는 사시나무 잎새들에게 자기도 그렇게 할 수 있을까 하고 물었습니다. 그러자 잎새들이 경고했습니다. "코요테, 너는 너무 무겁고, 뼈와 내장과 근육으로 된 몸을 가지고 있어. 우리는 가벼워 바람 따라 날리지만, 너는 떨어져 다칠 거야." 코요테는 그런 말은 들으려고도 하지 않고, 고집을 부리며 사시나무로 올라가 나뭇가지 끝까지 나아가 뛰어내렸습니다. 그는 떨어져 죽었습니다. 이 이야기에는 경고가 들어 있습니다. 누구와 '하나가 되려'는 일에 너무 서두르지 말라는 것이지요. 그러나 우리가 들은 바로는, 코요테는 몸을 굴려 갈비뼈를 다시 모으고 앞발을 찾아내고 잃어버린 한쪽 눈 대신 사용할 송진 묻은 돌멩이를 찾아낸 다음 다시 종종걸음으로 달아날 것이라고 합니다.

이야기는 우리가 이 세상에 남기는 일종의 흔적입니다. 우리의 모든 문학은 남겨진 것들로서, 이야기와 몇 개의 돌연장만을 남기는 야생지 부족들의 신화와 같은 질서를 가지고 있습니다. 인간 아닌 다른 존재들에게도 그들만의 문학이 있습니다. 사슴 세계의 이야기는 냄새의 자취입니다. 그것은 본능적인 해석기술로서, 사슴에서 사슴에게로 계속 전해집니다. 핏자국을 가진 문학, 약간의 소변과 확 풍기는 발정 냄새와 암내의 유혹이 서려 있는 문학, 어린 나무의 긁힌 자국이 들어 있는 문학, 그리고 이미 사라진 지 오래된 문학. 그리고 이들 인간 아닌 다른 존재들 사이에서는 '이야기 이론'이 있을 수 있습니다. 그들은 '간성間性'• 이나 '분해 비평'을 곰곰이 생각할지도 모릅니다.

원시 부족민들은 모두 그들의 신화가 아무래도 '만들어진' 것이

• 일정한 시기까지는 수컷/암컷으로서 발생한 개체에, 그후 성의 전환이 일어나 암컷/수컷으로서 기관을 형성한 결과 암수의 형질이 시간적으로 혼성된 것이며, 가축에서 흔히 볼 수 있고 생식능력은 없다.

라는 걸 알지 않았을까 하는 게 내 추측입니다. 그들은 그 신화들을 문자 그대로 받아들이지 않으면서도, 동시에 그 이야기들을 아주 귀중하게 여깁니다. 역사에 침범당하고 외부에서 온 가치에 휩쓸려버리게 되자, 비로소 사람들은 그들의 신화가 '문자 그대로 사실'이라고 선언하기 시작합니다. 이 문자 그대로의 신화가 이번에는 회의적인 물음을 일으키고 전체적인 비평 훈련을 촉구합니다. 비록 그 신화들이 믿을 수 없는 것이라 하더라도 그것은 변함없이 미학적이며 심리적인 구성물들입니다. 혼돈스러웠을 세계에 질서를 부여하고 그것에 우리가 기꺼이 관계해야 한다는 선언은 신화의 역할에 대한 혼란을 그 얼마나 궁극적으로 세련되게 정리한 것인지요. "만물이 자유로워져 그 어떤 것에도 묶이지 않는다 해도, 만물은 그 자신의 현상 속에 머물러 있다는 것을 알아야 한다"라는 도겐의 말은 이러한 경우에 맞는 처방입니다. 『산수경』은 "이 순간의 산과 강"이 하나의 텍스트이고 하나의 상징체계이며 거울의 지시 세계라는 것을 주장하는 것이 아니라, 실존하는 이 세계는 하나의 완전한 표상이며 하나의 법규라는 것을, 그리고 그것은 아무것도 상징하지 않는다는 것을 단언하는 경전이라고 합니다.

물 위에서 걷기

걷기에는 똑바로 사막을 가로질러 떠나는 것에서부터 덤불 사이를 구불구불 헤집고 나가는 것에 이르기까지 온갖 종류가 다 있지요. 바위가 많은 산등성이와 비탈을 내려가는 것은 그 자체가 전문적 기술입니다. 널빤지나 잔돌 부스러기 위를 걸을 때는 불규칙하게 춤추게 되고, 언제나 흔들리는 걸음이 됩니다. 우리의 숨결과 눈은 언제나 이 고르지 않은 리듬을 따라갑니다. 결코 고르게 보조를 맞추거나 시계처럼 정확하게 되는 법이 없이 유연해집니다. 조금씩 뛰어오르기도 하고, 옆걸음질을 치기도 하며, 잘 보이는 곳을 찾아 바위에 발 하나를 올려놓고 평평한 곳을 디디고 계속 앞으로 나아갑니다. 갈지자로 따라가며 온통 신중해지기도 합니다. 바짝 정신을 차리고 있는 눈은 정면을 주시하며 앞에 있는 발판을 고르는 한편, 그 순간의 걸음을 놓치지 않습니다. 우리의 심신은 이렇듯 이 험한 세상과 아주 하나가 되어 일단 조금만 연습하면 이런 동작들이 전혀 힘들지 않게 됩니다. 산은 산을 따라가지요.

1225년, 도겐은 남중국에서의 2년째를 맞이하고 있었습니다. 그해 그는 산을 내려와 남송의 수도 항저우를 지나 북쪽에 있는 경산의 만수사萬壽寺로 갔습니다. 중국에 대해 도겐이 유일하게 남긴 기술은 루징天童如淨 선사의 말에 대한 주석뿐입니다.(고

데라, 1982) 도겐이 도시를 걸으며 뭐라고 말했을지 궁금합니다. 항주는 길이 평평하고 넓으며 곧게 뻗어 있으면서 운하와 평행을 이루고 있습니다. 도겐은 분명 여러 층을 가진 집들, 조약돌을 깐 깨끗한 길, 극장과 시장, 수많은 식당을 보았을 것입니다. 당시 그곳에는 3000여 개의 공중목욕탕이 있었습니다. 마르코 폴로가—그는 그곳을 퀸사이라고 불렀습니다만—25년 후에 그곳을 방문했을 때, 그는 그곳이 당시 적어도 백만 명이 사는 세계 최대의 도시이며 가장 풍부한 도시일 것이라고 추정했습니다.(거넷, 1962) 오늘날에도 항저우 사람들은 그 고결한 11세기의 시인 소동파를 기억합니다. 그는 그곳의 지사로 부임해 다스리던 시절, 서호를 지나는 방죽길을 만든 사람입니다. 도겐이 걸어다니던 시절, 북중국은 몽고의 통치를 받고 있었고, 항저우는 그로부터 55년 후에 몽고에 함락되었습니다.

그 시대의 남중국은 일본에 풍경화와 붓글씨, 조동선曹洞禪과 임제선臨濟禪을 전파시켰고, 또한 그 거대한 남부 수도의 비전이었습니다. 항저우의 기억은 도쿠가와 시대 오사카와 도쿄의 형성에 영향을 주었습니다. 이들 두 입장을 보면 하나는 질박하고 청결한 도량을 가진 엄격한 선 수행이고, 다른 하나는 축제와 극장과 식당이 풍부한 떠들썩한 도시생활의 가능성인데, 이들은 동아시아가 세계에 남긴 두 개의 강력한 유산이지요. 선이 극동지방의 자연 사랑을 상징한다면, 항저우는 도시의 이상을 상징합니다. 둘

다 에너지와 생명으로 넘치고 있습니다. 오늘날 세계 대부분의 도시들이 빈곤과 인구 과밀과 오염으로 수렁에 빠져 있기에, 우리에게는 더더욱 그 꿈을 회복해야 할 이유가 있습니다. 도시를 소홀히 하는 것은—이것은 우리의 마음과 정신에서 시작합니다—제임스 힐만이 말했던 것처럼 치명적입니다.(1989)

『산수경』은 계속 말합니다.

> 모든 물은 동쪽 산기슭에 나타난다. 모든 물 위에 모든 산이 있다. 산 너머로 걷거나 산 안에서 걷거나, 다 물 위에서 이루어진다. 모든 산은 발끝으로 물 위를 걸으며, 그 자리에 물을 튀긴다.

도겐은 산과 물에 대한 명상을 다음과 같은 말로 끝냅니다. "산을 철저히 조사하면 그것은 산의 일이다. 그런 산과 물은 저절로 현자가 되고 성인이 된다." 길가 행상인과 국수장수가 되며, 설치류, 갈까마귀, 사루기, 잉어, 방울뱀, 모기가 됩니다. 모든 존재들은 산과 물에 의해 '말해'집니다. 무한궤도 트랙터가 덜거덕대는 소리와 클라리넷 키가 반짝거리는 것까지도 그렇습니다.

극서지방의
고대의 숲

그러니 너희는 그들의 제단을 헐고
석상을 깨뜨리고 목상을 찍어버려라.
—출애굽기 34:13

벌채 뒤

퓨젓사운드와 워싱턴 호수의 북단 사이 벌목이 끝난 들판에 우리는 아주 작은 낙농장을 가지고 있었습니다. 생태지역 학자들은 그 워싱턴 주 서북부지역을 '이시'라고 부르는데, 이는 샐리시 말로 강을 의미하는 어미語尾에서 따온 것이지요. 퓨젓사운드로 흘러드는 강들은 스노호미시 강, 스카이코미시 강, 사마미시 강, 두와미시 강, 스틸라과미시 강입니다.

나는 아버지가 사람들과 함께 나무 그루터기를 다이너마이트로 폭파하고 그릇 깨진 조각들을 집어내던 일을 기억합니다. 아버지는 2에이커의 땅을 개간하고 그곳에 건지산 젖소 세 마리를 넣어 기르려고 울을 쳤습니다. 아버지는 2층짜리 외양간을 지어 아래에는 외양간 우리와 창고를 만들었고, 위칸에서는 닭을 쳤습니다. 아버지와 어머니는 과실수를 심었고 거위를 길렀고 우유를 팔았습니다. 뒤편 울 뒤에는 숲이 있었습니다. 그곳은 오리나무와 털갈매나무가 나무등걸 위로 뻗어나가는 토종 검은딸기나무 덩굴과 함께 자라는 2차림 정글이었습니다. 베어내고 남은 그루터기 중 어떤 것은 높이가 10피트나 되고 땅 위의 직경이 10피트나 되는 것도 있었습니다. 그 그루터기들은 양쪽 끝에 강철을 단 두꺼운 널빤지인 작업판을 받쳐놓으려고 벌목꾼들이 도끼를 이용하여 V자형으로 파놓은 홈이 나 있었는데, 다른 나무를 베어 쓰러뜨릴 때에도 그 그루터기들은 여전히 버티고 서 있었습니다. 그로 인해 그루터기들의 바닥 쪽의 둘레에는 아주 거대하게 위로 팽창한 나무 덩어리가 생기게 되었던 것입니다. 비교적 작은 고목 두세 그루가 남아 있어서, 나는 그 위로 기어올라가곤 했습니다. 특히 나의 상담자라고 여겼던 서양붉은삼나무(스노호미시 말로는 젤파이츠xel-pai'its)에 많이 올라갔습니다. 여러 해 동안 나는 젖소들이 풀을 먹는 초지 너머 늪을 지나 긴 산비탈 위로 해서 건조한 소나무지대로 들어가 2차림인 더글러스 전나무, 서양솔송나무와 삼나무 숲을 돌아다녔습니다. 숲은 나에게 집 이상의 집이었습니다. 나는 붙박이로 캠프자리를 잡아놓고 이따금 거기서 음식을 해먹고 밤을 지내기도 했습니다.

나이가 더 들면서는 노성림老成林이 있는 캐스케이드 산과 올림픽 산 기슭에 있는 작은 언덕의 계곡으로 하이킹을 갔습니다. 그곳에서 자라는 그늘에 강한 앉은부채와 데블스클럽 덤불은 키가 우리 키보다도 더 컸고, 이끼로 덮인 바닥은 두께가 1피트나 되는 카펫이었습니다. 그곳에서는 축축한 버섯의 부스러기와 붉게 썩은 통나무와 몇몇 새콤하고 붉은 나무딸기 덤불이 만들어내는 향긋한 냄새가 언제나 진하게 피어올랐습니다. 숲가에는 연한 씨가 박힌 딸기, 노란 새먼베리, 뒤엉킨 덩굴단풍나무들이 자라는 새럴 관목숲이 있었습니다. 그늘에 서서 보면 안쪽으로 불탄 자리와 나무를 베어낸 땅이 보이고, 불탄 자리에서 자라는 잡초들이 꽃을 피우고 있는 것이 보였습니다.

조금 더 나이가 들면서 나는 높은 산으로 올라갔습니다. 우리 집에서는 눈 덮인 산봉우리들이 보였습니다. 특히 북쪽으로는 베이커 산과 글레이셔 피크가 보였고, 남으로는 레이니어 산이 보였습니다. 서쪽으로는 퓨젓사운드 건너 올림픽 산이 보였습니다. 이 세상의 것 같지 않은, 그 붉게 타오르며 둥실 떠 있는 눈 덮인 산꼭대기들은 영혼에 바치는 약속이었습니다. 나는 열다섯 살에 처음으로 그 먼 산봉우리 중 하나를 가까이에서 경험했습니다. 세인트헬렌스 산을 등반했던 것이지요. 여섯시에 빙하지대에 닿기 위해 수목한계선에서 새벽 세시에 일어나 캠프를 걷고, 구두 바닥의 스파이크 창이 언 땅을 찍는 소리를 들으며 장밋빛으로 물든

해가 떠오를 무렵 얼어붙은 산비탈 위 해발 9000피트의 얼음 위에 서 있는 것, 이런 것이야말로 등반이 주는 심오한 기쁨 중의 한 부분이지요. 얼음과 바위와 추위와 꼭대기 공간에 온몸이 잠기는 것은 바로 무시무시하고 혹독한 입문식과 변신을 겪어내는 일입니다. 다른 몇 개의 산봉우리만이 역시 햇빛을 받고 있을 뿐 인간의 세계는 아직 잿빛의 새벽 구름 담요 아래 잠들어 있을 때, 모든 구름 위에 서 있는다는 것은 알도 레오폴드의 말 "산처럼 생각하라!"를 향한 최초의 작은 걸음 중 하나입니다. 나는 그후 계속해서 매년 북서쪽에 있는 산들인 후드 산, 베이커 산, 레이니어 산, 애덤스 산, 스튜어트 산, 그리고 그 밖의 더 많은 산들을 대부분 정상까지 올라갔습니다.

동시에 나는 저지대에도 좀더 관심을 갖게 되었습니다. 큰 통나무들을 잔뜩 실은 트럭들이 캐스케이드 산맥에서 끊임없이 강 계곡으로 내려왔습니다. 레이크 시티 근방의 우리집 주위에 있는 낮은 구릉지대를 걸어다니면서, 나는 내가 그곳을 깨끗이 벌목해낸 이후의 시기에 성장했다는 것과 또 그곳의 모든 언덕에서 나무를 베어낸 지 35년이나 40년 정도 되었다는 것을 알게 되었습니다. 이제 나는 그 지역이 일찍이 이 세상에 있었던 가장 크고 좋은 나무들의 일부가 살던 집이었다는 것을, 그곳은 고대로부터 내려온 솔송나무와 더글러스 전나무 숲이었으며 빙하기가 오기 전부터 온대 우림이었다는 걸 압니다. 나는 베어진 고목들의 그루터기 근처에서 떠돌던 그 고목들의 유령으로부터 그런 걸 배우지 않았나 하고 생각합니다. 나는 열일곱 살 때 '야생지협회'에 가입했고 『살아 있는 야생지』를 구독했으며, 올림픽 산의 삼림 문제에 대해 국회에 편지를 보내기도 했습니다.

그러나 나는 또한 삼촌들 및 이웃들과 전 북서태평양 연안의 근로자들이 했던 작업에서도 가르침을 받았습니다. 내가 열 살이 되자 아버지는 두 사람이 마주잡고 하는 동가리톱의 한쪽에 나를 세워놓고 '톱을 타지 마라', 즉 밀지 말고 잡아당기기만 해라와 같은 고전적인 가르침을 주었습니다. 나는 톱날이 내는 그 깨끗한 쉿쉿거리는 소리와 울림 소리, 그 리듬, 두 사람의 협동정신, 톱질할 때 하얗게 말려나오는 톱밥, 손잡이를 고정하는 일정한 형식, 톱니와 톱니 사이에 끼이는 것을 흐트러뜨리기 위해 톱날 위와 톱자국 안으로 등유를 뿌리던 일을 사랑했습니다. 우리는 장작으로 쓰기 위해 쓰러져 있는 통나무를 원통형으로 잘랐습니다(공황기 때 일 없는 남자들은 1차 벌목을 하고 남은 키 큰 삼나무 그루터기를 베어 빈자리로 가져가 흔들어 쓰러뜨리고는 끌로 쪼개내 '손으로 쪼갠' 삼나무 나뭇조각 장사를 했지요). 우리는 목초지를 개간하기 위해 나무들을 베어냈고, 산더미처럼 쌓여 있는 잡목 더미를 불태웠습니다.

사람들은 힘든 일을 함께 하면서 그 일이 진정한 것이라는 걸,

다시 말해 그 일이 제일 중요하고 생산적이며 꼭 해야 할 일이라고 느끼는 걸 좋아하지요. 우리의 손과 우리의 잘 만들어진 연장이 일하는 솜씨를 알고 즐기는 것은 기본적인 것입니다. 사람이 함께하는 최고의 작업 대부분이 이제는 더이상 그리 높은 가치를 갖고 있지 못하다는 것은 비극적 딜레마입니다. 멜빌의 소설 『모비딕』에서 묘사된, 손으로 직접 고래를 잡는 기술과 고래의 지방을 떼어내고 그 지방을 정제하는 전 과정에 대한 훌륭한 지식은 이제 고래의 멸종이라는 끔찍한 망령에 대항해 평가되어야 한다는 것을 우리는 압니다. 농부나 목수조차도 마음이 편치 못합니다. 살충제, 제초제, 지지부진한 보조금, 정부 보조금으로 만든 댐 같은 복지 차원의 용수用水, 싸구려 재료들, 보기 흉한 토지 재분할, 오래 가지 않는 담. 그 누가 자부심을 가질 수 있겠습니까? 그리고 우리 시대의 자연보호주의자, 환경보호주의자 같은 사람들의 도덕적 격분은 종종—좌절감 때문에—벌목하는 사람이나 목장 노동자를 겨냥하곤 합니다. 하지만 그 일을 결정하는 진짜 세력은 상상을 초월하는 거금을 벌어들이는 사람들, 나무랄 데 없이 말쑥하고, 가장 우수한 대학에서 뛰어난 교육을 받은 남녀들로서 좋은 음식을 먹고 고전문학을 읽으면서 한편으로는 세계를 망칠 투자와 법률을 획책하는 사람들의 손아귀에 들어 있습니다. 북서태평양 연안에서 삼나무의 충고를 받아들여 내 지역의 역사를 배우고 산을 오르며 원주민 문화를 공부하고 내 정신을 온전하게 지켜준 작은 의식들을 만들어가면서 청년으로 자랐을 때, 나는 대공황기 당시 그루터기 농장에서 배운 벌목 기술로 종종 밥을 먹고 살았습니다.

숲속 일터에서

1952년과 1953년, 나는 삼림관리국에 고용되어 캐스케이드 산맥의 북쪽 지역 감시인으로 일했습니다. 그 다음해 여름, 나는 다른 산들이 보고 싶어 레이니어 산 지역에 있는 국유림 직원으로 지원했습니다. 관할지구였던 워싱턴 D.C.에서 내가 해고될 거라는 말이 전해졌을 때, 나는 이미 팩우드 삼림감독소로 가서 여름 동안 삼림 감시인으로 지내는 데 필요한 식료품을 구입해두고 있었습니다. 그때는 매카시 선풍이 불던 시대였고, 포틀랜드에서는 벨디 위원회 청문회가 열리고 있었습니다. 내가 알고 있는 많은 사람들의 이름이 텔레비전에 나왔습니다. 그것이 내가 정부를 위해 한 철식 숲에서 일했던 경력의 마지막이었지요.

나는 그때 완전히 무일푼이었습니다. 그래서 벌목장으로 돌아가기로 했습니다. 나는 오리건 캐스케이드 산맥의 동쪽에서 차를 얻어 타고 웜스프링스 인디언 보호지구로 가 웜스프링스 목재회사에 근로자로 등록했습니다. 그전인 1951년 여름에는 그곳에서 목재의 중량을 측량하는 일을 했었는데, 이번에는 초커[•] 기사로 고용되었습니다. 그곳은 컬럼비아 강 남쪽에 있는 용암으로 된 고원지대로서, 웜스프링스 강 상류로 거슬러 올라가는 데슈트 산맥의 배수구역이었습니다. 우리는 산맥 동쪽의 비탈 중간에서 오래된 폰데로사 소나무를 벌목했습니다. 화산 토양에서 자라는 육중하고 몸통이 곧은 나무들이 우거져 향긋한 냄새가 풍겨나오는 드넓은 숲이었습니다. 위쪽 경계는 고산 생물지대와 접해 있었고, 아래쪽 경계는 멀리 사막으로 뻗어나가면서 점차 쑥밭으로 이어졌습니다. 삼림 벌채는 그곳 원주민 부족회의와의 계약에 따른 것이었습니다. 수익은 부족민 전체에게 이득이 돌아가도록 되어 있었습니다.

1954년 8월 11일

오늘 초커 작업을 했다. 저녁에는 맥주를 마시러 마드라스로 갔다. 제퍼슨 산의 그림자 아래로. 계피색의 기다란 통나무들. 이것은 '소나무'이고 '인디언'의 소유다. 얼마나 기묘한 인연인가. 이들 인디언과 나무는 수백 년 동안 공존해왔는데, 돌연 하나는 소유주가 되고 또하나는 피소유물이 되어야 한

• 길이가 보통 16피트에서 24피트가 되는 굵은 밧줄. 한쪽 끝에는 둥글거나 D자형의 쇠고리가 달려 있고, 다른 쪽 끝에는 통나무를 옭아매는 둥근 끈고리가 달려 있다.

다. 틀림없이 우리들만의 생각이리라.

내가 그 일을 하는 데는 큰 문제가 없었습니다. 벌목하는 데 논란이 있던 캐스케이드 산맥 서쪽의 울창한 더글라스 전나무 우림과는 달리, 더 건조한 소나무 숲은 선별적으로 베어내기에 이상적인 나무들이었습니다. 그곳은 경사가 완만했고 전체 삼림의 40퍼센트 이상은 벌목하지 않았습니다. 건강하게 중키로 자란 수많은 종자나무는 그대로 두었습니다. D8 캐터필러 트랙터들은 서 있는 나무의 껍질을 벗겨내지 않고도 나무 사이를 잘 빠져나갈 수 있었습니다.

초커 작업은 비탈길에서 물건을 반출하는 운반작업의 한 부분입니다. 처음 숲으로 들어오는 것은 목재 탐사차로, 그것은 서 있는 나무의 가치를 견적내고 나무에다 표시를 합니다. 그런 다음 도로작업을 하는 캐터필러와 땅 고르는 기계가 들어옵니다. 바로 그 뒤를 이어 일용 인부들이 오는데, 이 삯일꾼들은 고정임금이 아니라 일한 분량에 따라 돈을 받습니다. 그다음으로 운반작업반이 옵니다. 산맥 서쪽의 운반작업은 통나무를 쌓아놓은 곳에서 키 큰 원재圓材를 쓴 지주목에 줄을 매는 밧줄작업을 거치는, 전형적인 고가 전선 설치나 스카이라인 밧줄작업입니다. 산맥 동쪽 소나무 숲에서의 운반작업은 가장 큰 캐터필러 트랙터가 합니다. 캐트는 뒤에 있는 불도저의 '아치형' 트레일러를 후미에 붙어 있는 밧줄로 잡아당깁니다. 그 밧줄은 밧줄을 감아놓은 윈치에서 풀려나오며 아치의 꼭대기에 있는 도르레 바퀴 위로 넘어가 밧줄이 크게 세 가닥의 사슬로 갈라지는 곳으로 내려가는데, 사슬 끝에는 무거운 철로 만든 갈고리가 달려 있지요. 나는 한 대의 캐트 뒤에서 일하는 두 사람 중 한 사람이었습니다. 그 작업은 두 대의 캐트가 벌이는 쇼였습니다.

각각의 캐트는 베어지고 흔들어 넘어뜨려진 통나무들을 전용 목재운반로를 통해 트럭에 싣는 하치장까지 끌고 갑니다. 캐트가 통나무 짐을 끌고 가는 동안 초커 기사들은 목재운반로 위에 서서 그다음의 운반은 어떻게 할 것인가를 궁리합니다. 통나무를 골라주어 캐트를 다시 떠나게 하고 일의 순서를 정합니다. 통나무가 서로 얽히거나, 갑자기 움직이거나, 비틀리거나, 살아 있는 나무들을 쳐서 부러뜨리게 하거나, 그루터기 위에 걸리거나, 또는 다른 위험하고 복잡한 움직임이 없도록 갈고리로 고정시켜야 합니다. 초커 기사들은 몸이 날렵하고 강단이 있어야 합니다. 나는 밑창에 아주 작은 족제비 어금니 같은 강철 바늘이 달리고 코킹이 된 화이트 사 제품인 벌목용 부츠를 신고 있었습니다. 그렇게 해서 거대한 통나무 바깥쪽으로 달리거나 통나무를 따라 달리고, 또는 기우뚱한 통나무 위에 완벽하게 두 발을 올려놓고 서 있는 한편, 통나무를 쌓을 곳의 위치를 바라보면서 이동중인 목재 덩어리의 물리값을 계량할 수 있었지요. 캐트는 빈 초커 밧줄을 끌고 운반로 위로 돌아와, 내가 신호를 보내는 곳까지 가서 안쪽으로 방향을 돌리곤 했습니다. 나는 끄트머리 갈고리에서 두세 개의 초커를 잡아떼고 16피트나 되는 밧줄을 질질 끌며 통나무와 잔 나뭇가지가 있는 곳으로 가곤 했습니다. 캐트는 계속해서 저처럼 밧줄을 들어올리며 일하는 다른 초커 기사에게로 가곤 했습니다.

캐트가 밖으로 돌며 방향을 바꾸면 초커 기사들은 흙먼지와 썩은 낙엽 더미 속으로 내려가 통나무 밑으로 초커 끝에 달린 둥근 손잡이를 밀어넣고, 그것을 위로 끌어올려 통나무에 돌린 다음 '벨'이라고 불리는, 미끄러지며 이동하는 강철 고리에 겁니다. 초커가 팽팽히 잡아당길 때 이 강철 고리가 통나무에 올가미를 걸지요. 캐트는 내가 초커를 잡고 서 있는 곳으로 아치를 다시 가져옵니다. 나는 아무것도 달리지 않은 초커의 끝 부분에 있는 고리인 첫번째 'D'형을 버트 고리에 걸고 다음 통나무를 실어오게 차를 보냅니다. 그 차가 앞에서 방향을 바꾸며 잡아당기면 그동안 나는 다른 짐 위로 뛰어올라가 다음 초커를 버트 고리에 걸 수 있기도 했습니다. 그런 다음 캐트의 후미에 붙어 있는 윈치가 밧줄을 안으로 말아들이면, 통나무 끝은 땅에서 완전히 들어올려지면서 두 개의 무한궤도 바퀴 사이에 있는 아치에 높이 매달려 있게 되는 거지요.

똑바로 서 있었다

초커 밧줄의 한끝을 높이 쳐들고

캐트가 아치를 뒤로 돌릴 때

작은 백전나무가 떨어진다,

양철 안전모 위로 철썩 떨어지는 굵은 나뭇가지들

내가 잡고 있던 똑똑한 D자형 철고리가 붙잡았다

흔들거리는 버트 고리들

차가운 강철 고리에 부딪치며 울린다

—『신화와 텍스트』 중에서

그다음 문제는 통나무들이 부채꼴로 펼쳐지는 것이었습니다. 내 캐트 운전사는 열아홉 살의 갓 결혼한 리틀 조였는데, 씹는담배를 질겅질겅 씹으며 언제나 농담을 하는 젊은이였습니다. 나는 그에게 발차 신호를 보내면서 동시에 뒤쪽 끄트머리에서 뛰어내리기 위해, 그가 잡아당기기 시작할 때도 통나무의 뒤편으로 달려나갔습니다. 바닥에 부채꼴로 펼쳐진 통나무 사이에는 서 있지 말라고들 얘기합니다. 트랙터가 밖으로 잡아끌 때 통나무가 안으로 선회하면서 함께 낚아챌 수도 있기 때문이지요. '초커 기사는 그렇게 다리를 잃는다'는 말이 있습니다. 그리고 통나무를 실은 짐이 나갈 때는 부러지고 죽은 채 서 있는 나무의 가지 근처에는 서 있지 말아야 합니다. 짐이 그 가지를 가볍게 스치기만 해도 가지

끝이 떨어지거나 그 나무 전부가 쓰러질 수 있기 때문이지요. 나는 위로부터 3분의 1 되는 지점에서 갈라진 나무가 낚아채여 그처럼 쓰러지면서 스터비라는 초커 기사의 양철 모자가 벗겨지는 것을 본 적이 있습니다. 그는 그때 운이 좋았습니다.

D8은 피스 전나무 사이로 가며
종자 소나무를 할퀸다
　　　얼룩다람쥐들이 도망친다,
검은 개미 한 마리가 알을 끌고 간다
거덜난 땅에서 아무 목적도 없이.
말벌이 떼지어 모여들며 원을 그린다
그들의 집, 짓이겨진 채 죽어버린 통나무 위에서.
아직 서 있는 껍질 벗겨진
　　　나무에서 송진이 스며나온다,
이겨진 덤불숲에서는 이상한 냄새가 난다.
로지폴 소나무는 부서지기 쉽다.
재색 어치새들이 퍼드덕거리며 지켜본다.

나는 노련한 초커 기사들로부터 여러 가지 작업 요령과 통나무를 배치하는 방법과 캐트가 여러 개의 통나무를 한꺼번에 당기게 하는 방법을 배웠습니다. 초커 밧줄을 통나무 위로 던지거나 땅바닥에서 위로 튀어오르게 하는 방법들, 초커에 고리를 거는 방법과 순서들, 가령 처음에 놓으면 뒤엉킨 거미줄처럼 보이지만, 막상 캐트가 끌어내면 엉긴 통나무들은 스스로 제자리를 잡고 밧줄은 이해할 수 없을 정도로 확 벌어지면서 서로 겹쳐지지 않고 완벽하게 잡아당겨지지요. 우리는 직경이 8피트인 나무와 직경이 5~6피트 정도인 나무들을 자주 다루었습니다. 이 나무들은 내가 이제껏 보았던 나무들 중 가장 완벽한 폰데로사 소나무였습니다. 우리는 또한 백전나무와 더글러스 전나무, 그리고 낙엽송도 가끔씩 다루었습니다.

기계가 갈리면서 끽끽거리는 굉음, 캐트가 덜커덩거리는 소리, 먼지, 상처입고 휘저어져 올라오는 흙과 식물에 나는 곧 익숙해졌습니다. 기계가 멈춰 조용해지는 점심시간에 우리는 사슴이 찢겨진 숲 사이로 길을 고르며 올라가는 것을 보았습니다. '흑곰'이 점심을 얻어볼 생각으로 볼품없는 트럭을 향해 계속 돌진하는 바람에 마침내 누군가가 총을 쏘았고, 캠프장 사람 모두가 그날 곰고기를 저녁으로 먹었습니다. 그곳에서 일하던 사람들은 곰에 대해 깊은 원한이 없었으며 벌목작업에서도 정복하겠다는 의식 같은 것은 없었습니다. 일꾼들은 금욕적이었고 솜씨가 뛰어났으며 다소 과로했고 끔찍한—그러나 재미있는!—농담과 경험담이 풍부한 사람들이었습니다. 많은 일꾼들이 인디언 보호지역에서 살고 있었는데, 그곳에는 와스코족과 위시람족과 쇼쇼니족 부족민들이 함께 살고 있었습니다. 목재 회사는 일꾼을 고용할 때 현지 아메리카 원주민들에게 우선권을 주었습니다.

몸집이 큰 니스퀄리족 사람 래이 웰스와 나는
산사나무 덤불과 습지에서
커다란 두 그루 낙엽송의 버트 통나무에
　　　제각기 초커를 설치한다.
　　　캐트가 돌아오기를 기다리며
"어제 우리는 노새 몇 놈을 거세했어요."
"장인께서 불알 껍질을 자르셨어요."
"그 어른은 와스코족이신데 영어를 못하세요."
"그분은 한 움큼 되는 그 부분을 움켜쥐고 어찌어찌
　　　오른쪽을 자르셨어요."
"불알이 풀썩 튀어나오고, 노새는 비명을 질렀지요."
"하지만 노새는 꼼짝 못하게 묶여 있었어요."
무한궤도차가 덜커덩거리며 돌아내려왔다.
그 디젤과 쇠 접지면이 내는
　　　그 소음의 그늘 속에서
나는 세이지 풀 벌판에 있는 래이 웰스의 오두막집과
죽은 듯 하얀 더위 속에서 상처가 나아가며 풀을 뜯는
거세당한 노새들을 생각했다.

그곳에는 또한 평생을 목재산업에서 일한 늙은 백인들도 있었습니다. 그들 가운데 한 사람은 '세계의 노동자들', 즉 '세계산업노동조합 조합원들'이라는 단체에서 활동하고 있었는데, 더 나중에 생긴 노동자연맹에는 소용없는 사람이었습니다. 나는 그에게 우리 할아버지 얘기를 해주었습니다. 우리 할아버지는 시애틀의 예슬러 스퀘어에서 세계산업노동조합 조합원들에게 가두연설을 했었습니다. 우리 삼촌 로이의 아내 애너 역시 제1차 세계대전 무렵 그레이 항의 대규모 벌목장에서 주방장 일을 했었습니다. 나는 그에게 포틀랜드의 일부 노동단체에서 다시금 노동조합주의에 대한 관심이 일고 있다고 말해주었습니다. 그는 지난 20년 동안 그에게 세계산업노동조합에 대해 말해준 사람은 아무도 없었다고 말했습니다. 노트범퍼로서 일을 해야 하기 때문에 그는 운반전용 캐트가 통나무들을 떨어뜨려놓는 하치장에 있었습니다. 통나무 켜는 사람들이 목재를 베어내는데, 때로는 그루터기를 남겨놓는 바람에 통나무를 싣거나 쌓아두기가 어려웠습니다. 그는 양날 도끼로 그런 그루터기들을 뽀개 없애는 일을 했습니다. 바지 아랫단을 10센티미터 정도 잘라서 입고 있는 에드의 청바지 뒷주머니에는 둥글게 닳은 자국이 나 있었는데, 그것은 도끼날을 가는 둥근 돌이 만든 자국이었지요. 수하물과 수하물 사이에서 그는 끊임없이 도끼날을 갈았습니다. 그 도끼날로 그는 그가 씹고 있던 담배를 종잇장처럼 얇게 베어낼 수도 있었습니다.

35년 벌목꾼으로 일한 에드 매킬로는
줄톱이 출현하는 바람에
하치장에서 옹이 따위나 쪼개버리는 사람으로 좌천되었다.
"앞으로 또 20년을
이런 망할 놈의 일은 하지 말아야지.
저 사람들에게 던져버리라고 말해야지."
(그는 그때 65세였다)
1934년 그들은 설리번스 협곡의 후버빌에 있는
판잣집에서 살았다.
포틀랜드로 가는 기차가 개통되자
열차 화부는 지나가는 마을에 사는 사람들에게 석탄을 던져주었다.

"수천 명의 남자아이들이 총 맞고 매질 당했지
숲에서 좋은 잠자리, 좋은 봉급,
먹을 만한 음식을 원한다고 해서 말이야—"
"불만의 병사들."
아무도 이 말의 의미를 몰랐다.

한번은 캐트가 단 한 개의 통나무를 끌고 하치장으로 갔는데, 그 통나무의 길이는 흔히 다루는 32피트가 아니라 16피트였습니다. 보통 통나무 길이의 절반밖에 안 되었지만, 캐트는 그걸 간신히 끌었습니다. 우리는 그 통나무에 두르기 위해 두 개의 초커를 붙여야 했는데, 그럼에도 불구하고 캐트에 접속할 여분이 거의 남아 있지 않다시피 했습니다. 나는 이제 그 나무의 둘레가 세계 기록에 가까운 것이었다는 것을 압니다. 먼지 피어오르는 흙길을 몇 마일이나 걸어서 찾아갔던 애덤스 산 근방에 있는 가장 큰 폰데로사 소나무의 둘레도 그 나무보다 그리 많이 크지는 않았으니까요.

그런 거대한 나무가 목재소로 실려 나가는 것을 보고, 어찌 슬프지 않을 수 있을까요. 그 나무는 양딱총나무였는데, 위엄 넘치는 실존의 존재였으며 수백 년 세월의 증인이었습니다. 나는 그 나무의 껍질에서 햇빛에 그을린 형체 없는 아린芽鱗을 몇 개 구해내서 벌목 캠프장의 내 잠자리 옆 상자 위에 만들어놓은 작은 제단에 놓았습니다. 그것과 다른 공물들(하늘하늘 나부끼는 깃털 하나, 부서진 새 알 조금, 흑요석 약간, 초월적 지혜를 가진 문수보살의 엽서 그림)은 숲에 바치는 '나의' 공물이 아니라, 숲이 우리 모두에게 바치는 공물이었습니다. 생각건대 나는 다만 숲에서 일어났던 그 모든 일들을 말해주는 어떤 작은 표시를 가지고 있었던 것 같습니다.

웜스프링스에 있는 나무들은 모두 노성림이었습니다. 대부분 썩지 않는 나무여서 목재로서도 완전했습니다. 많은 종자 나무와 내버려둔 작은 나무들은 이제껏 잘 자랐을 것이고, 그 삼림은 지금쯤 다시 본래의 훌륭한 모습으로 돌아왔으리라고 믿습니다. 그 숲의 벌목을 계획했던 사람은 인디언 문제 사무국과 부족회의를 대표해 일하는 한 삼림 담당자였다고 합니다.

하지만 정말로 그 숲은 본래의 훌륭한 모습을 다시금 회복했을까요? 웜스프링스의 목재터가 이미 다시 벌채되었을지도 모르겠습니다. 그러지 않았기를 바라지만……

1930년대 중반에서 1950년대 후반까지 삼림 목재 세계에 희망을 주는 삼림보호주의자의 웅변이 있었습니다. 지금 컨 강에서 알래스카의 싯카에 이르는 전 태평양 연안의 산비탈을 유린해온 엄청난 벌채는 당시에는 아직 시작되지도 않고 있었습니다. 그 당시만 해도 삼림 전문가들은 선별적으로 벌목하는 것은 좋다고 생각했고, 실제로도 수확량 유지(수확하여 감소한 삼림, 물고기 등의 생물자원이 다음 수확 이전에 불어나도록 관리하는 것)를 실천하고 있었습니다. 지난 일을 돌이켜보니, 그때가 미국이 삼림을 올바르게 관리했던 마지막 기간이었습니다.

상록수

미국 서부의 개발되지 않은 메마른 땅은 미국 정치에 기이한 영향을 끼쳤습니다. 그 땅은 어떤 사람들을 변화시키면서 급진적으로 만들기까지 하였지요. 한때 서부는 그 땅으로 이주할 길이 막혀 있었습니다. 주인 없는 토지가 공유지가 되었을 때, 극소수의 사람들은 이 토지가 미래에는 공적인 논의의 대상이 될 것임을 알았습니다. 어떤 사람들은 야생지의 탐험과 올바른 이해의 차원에서 더 나아가 정치적 행동에 투신하기도 했습니다.

도교 사상가들은 놀라움과 오묘한 가르침이란 '무용無用한 것'에서 나오는 것일지도 모른다고 말합니다. 미국 서부의 황무지가 바로 그렇습니다. 초창기 유럽에서 미국으로 이주했던 사람들 대부분의 눈에 비친 그 땅은 접근할 수 없고, 거주할 수 없으며(비바람을 피할 데가 없으며), 건조하며, 금지된 땅이었습니다. 그 '쓸모없는 땅들'은 19세기와 20세기 초에 이르러 몇몇 사람들에게는 꿈꾸는 장소가 되었습니다(물과 공유지 문제에서는 존 웨슬리 파웰이 있고 아메리카 원주민 및 사막과 여성 문제에서는 메리 오스틴의 경우가 있지요). 그들은 그 드넓고 쓸쓸한 땅으로 들어갔습니다. 그리고 그들이 탐구하던 것으로부터 다시 돌아왔는데, 그것은 영토를 확장해나가던 미합중국의 정책과 잘못된 생각을 비판하기 위해서만이 아니라 야생지와 공유지의 이름으로 닻을 올리기 위해서였습니다. 그 닻은 오늘날 바람을 가득 싣고 있지요. 새로 확정된 몇몇 공유지들은 실로 목재와 목초지와 탄광으로 이용될 수 있는 잠재력을 가지고 있었습니다. 그러나 목재와 풀밭의 경우 최상의 땅은 이미 개인의 손에 들어가 있었습니다. 공유지로 들어간 것은—또는 이따금씩 인디언 보호지구라는 신분으로 들어간 것은—그 시절의 기준에서 볼 때는 변두리 땅이었습니다. '대분지'의 폭탄 투하 실험지와 핵 실험지대인 금지구역 역시 국유지를 관리하는 토지 관리국으로부터 군이 빌린 공유지 땅이었습니다.

그래서 처음에 '삼림 보호지'로 제쳐놓았던 삼림은 당시에는 일급의 목재용 땅으로 생각되지 않았습니다. 북서태평양 연안에서 초기에 목재 수확의 관심의 대상이었던 땅은, 내가 자란 집 주위의 숲이나 해안가 바로 위나 강 근처의 숲처럼 나무가 밀생하고 저지대에 있는 침엽수림 쪽에 있었습니다. 한차례 벌채되어 접근하기가 쉬운 이 땅은 부동산이 되었지만, 더 멀리 있어 사람이 가까이 갈 수 없던 땅은 상업용 삼림으로 대기업이 소유하게 되었지요. 올림픽 반도에 있는 삼림지의 많은 부분이 개인의 소유지입니다. 운과 기회가 따라야 올림픽 국립공원의 호 강 삼림이나 캘리포니아 소재 제드다이어 스미스의 미국삼나무 숲처럼, 어쩌다 남아 있는 저지대의 수림이 마지막에 공유지가 되는 것이지요. 이들 살아남은 숲의 섬들을 통해서, 우리는 나무가 가장 빽빽하게 들어차 있고 가장 집중적으로 숲을 이룬 모습을 가진 서태평양 연안의 원시림을 지금도 볼 수 있는 것입니다. 한때는 그 숲을 '처녀림'이라고 불렀는데, 이는 그 실체를 잘 보여주는 말입니다. 그 다음은 그 숲을 '성림成林', 또는 어떤 경우엔 '극상極相'이라고 불렀습니다. 우리는 이제 그 숲을 '고대의 숲'이라고 부르기 시작합니다.

비가 많이 오는 태평양 연안의 구릉지대에는 수천 년 내지 어쩌면 100만 년 이상 공진화共進化해왔을 수백만 에이커의 수림이 있었습니다. 그런 숲은 생태과정을 가장 충실하게 보여주는 표본으로서, 거기에는 신생 초목뿐만 아니라 엄청난 양의 죽음과 부식의 문제가 담겨 있으며 암설岩屑과 성장 양쪽으로 가는 에너지 통로가 보존되고 있지요. 고대의 숲에는 정말로 큰 고목이 많을 것입니다. 어떤 고목은 울퉁불퉁하고 꼭대기가 부서져나가고 이끼로 '더러운' 왕관을 쓰고 있을 텐데, 그런 고목에는 유기물이 두껍게 축적되어 있고 대부분 그 안은 구멍이 나 있거나 썩어 있지요. 죽은 채 서 있는 나무들도 있고 바닥에 쓰러져 있는 통나무도 수 톤에 달합니다. 숲의 이런 특징들은 비록 벌목꾼에게는 유쾌하지 않겠지만('쇠해서'), 그것이 바로 고대의 숲을 목재 성림 이상의 것으로 만들어주고 있는 것이지요. 그런 숲은 유기체의 장소이고 수많은 생명체의 천국이며, 생명이 그 자신의 수수께끼를 깊이 탐구하는 사원입니다. 생명활동은 바로 '땅'과 그 아래로, 그러니까 찌꺼기와 썩은 더미로 내려갑니다. 그곳에는 흰개미, 유충, 노래기, 진드기, 지렁이, 뛰는 곤충, 쥐며느리, 짜놓은 것 같은 가느다란 실버섯이 있습니다. "깊이 13인치, 넓이 1평방피트의 땅에는

5500개나 되는 생명체가—지렁이와 선충線蟲은 제외하고도—있다. 넓이 1평방피트도 안 되는 비옥한 숲의 토양에서 70개나 되는 생물종이 수집되었다. 그 땅과 부엽토를 합한 곳에 살고 있는 전체 동물 수는 아마도 넓이 1평방피트 당 만 마리가 될 것이다."(로빈슨, 1988)

이 숲의 주된 침엽수들인 더글러스 전나무, 서양붉은삼나무, 서양솔송나무, 노블 전나무, 싯카 가문비나무, 코스탈 레드우드는 모두 수명이 길며 거목으로 성장합니다. 같은 속屬에서는 종종 최장수인 경우가 있지요. 서쪽 구릉지대의 고대의 숲은 지금까지 이 세상에 있었던 숲 중 에이커 당 밀도가 가장 높은 생물량(서식하는 생물의 총량)을 부양하는데, 호주에 있는 몇몇 유칼리 숲만이 그에 비교될 수 있을 정도입니다. 온대의 활엽수—참나무, 벗나무, 마호가니 같은 나무로 단단한 나무라고도 부르며 목재로 쓰인다—성림과 열대림은 에이커 당 평균 153톤입니다. 오리건 캐스케이드의 서쪽 구릉지대 숲은 에이커 당 평균 433톤입니다. 그리고 지표상 가장 꼭대기에 있는 해안가의 미국 삼나무 숲은 에이커 당 1831톤이나 됩니다.(워링과 프랭클린, 1979)

삼림 생태학자들과 고생물학자들은 어떻게 그런 거대한 숲이 존재하게 되었는지를 추론합니다. 2000만 년 전, 미국 서부의 숲은 대체로 활엽수인 서양물푸레나무, 단풍나무, 너도밤나무, 떡갈나무, 밤나무, 느릅나무, 은행나무들로 이루어져 있었고, 가장 높은 지대에만 침엽수가 있었던 듯합니다. 1200만 년에서 1800만 년 전, 이 침엽수는 지역을 좀더 넓혀나가기 시작한 다음, 고지대를 따라 있는 다른 나무들과 지속적인 상호관계를 형성해나갔습니다. 150만 년 전인 초기 홍적세까지 침엽수는 그 지역을 완전히 점령했고, 삼림은 본질적으로 지금의 모양이 되었지요. 그에 앞서 숲을 지배하고 있던 활엽수 삼림은 오늘날에도 미합중국의 동부에 남아 있습니다. 그 숲은 또한 중국과 일본의—농업 초기의 삼림 벌목이 있기 전에—원시 초목이기도 했습니다. 오늘날 그레이트 스모키 마운틴 국립공원을 가보면 그전에는 장안으로 알려진 옛 중국의 수도 시안의 교외 산의 숲이 9세기에는 어땠을 지를 짐작할 수 있을 것입니다.

침엽수는 세계의 다른 온대림에서는 어쩌다 보이는 제2의 수목입니다. 서태평양 연안에서 침엽수가 번성한 것은 여러 환경조건이 결합해서 그런 것 같습니다. 그곳은 상대적으로 여름이 냉하고 아주 건조하며(낙엽목에게는 아주 이롭지 않지요), 겨울은 온화하고 습하고(겨울에도 침엽수는 계속 광합성을 합니다), 그리고 태풍이 거의 전혀 없다는 환경조건을 갖고 있지요. 침엽수는 나무 몸통이 아주 커서 가문 해에도 잘 견딜 수 있도록 습기와 영양분을 저장하기에 좋습니다. 침엽수 수림은 일정한 속도로 자라며 젊은 나무일 때가 생산적입니다(목재라는 상업적 관점에서 보면). 그리고 이 특별한 종류의 나무는 대부분의 다른 온대 나무들이 성장을 멈추는 평형상태에 도달한 이후에도 오랫동안 계속해서 자라며 생물량을 비축합니다.

이 숲에서 우리는 송로버섯을 먹고 사는 비행다람쥐와 그 다람쥐의 천적인 점박이올빼미를 발견합니다. 더글러스 다람쥐(또는 붉은 다람쥐)도 이곳에서 삽니다. 점박이올빼미의 천적으로 나무 꼭대기에서 돌진해 다람쥐를 나무 아래로 도망치게 할 수 있는 솔담비도 이곳에서 삽니다. 흑곰은 서두르지 않고 느릿느릿 돌아다니며 죽은 지 오래된 통나무에서 유충을 찾습니다. 이들 동물과 수많은 다른 동물이 거목들로 이루어진 숲의 오지에 있는 그늘진 안정지대, 즉 바람도 약하고 기온의 변화도 적으며 일정하게 습기를 유지하고 있는 곳을 차지하고 있습니다. 나무 꼭대기에서 사는 등이 빨간 들쥐도 있는데, 수백 세대에 걸쳐 200피트 높이의 나무집에서 살아왔으며 한 번도 바닥에 내려온 적이 없는 녀석들도 있습니다.(메이저, 1989) 어떤 점에서 볼 때 그 모든 것을 유지하고 있는 그물은 식물의 뿌리의 끝과 토양의 화학작용을 매개하는 팡이실로서, 그것이 숲에 양분을 들여옵니다. 이런 연관은 뿌리식물이 발생한 이래의 역사만큼이나 오래된 것입니다. 숲 전체는 이런 땅 속에 묻혀 있는 그물망에 의해 지탱되지요.

북서태평양 해안 삼림은 어떤 크기이든 온대에 남아 있는 마지막 숲입니다. 플라톤의 『크리티아스』의 한 구절은 이렇게 말하고 있습니다. "원시시대의 지방국가 아타카에서 그 산은 토양으로 덮인 높은 구릉이었다…… 그리고 산에는 나무가 풍부했다. 이 삼림 중 마지막 삼림의 흔적들이 아직도 남아 있다. 왜냐하면 지금 어떤 산들은 벌에게만 자양분을 대주지만, 불과 얼마 전만 해도 그 산에서 자라던 나무를 잘라 만든 목재 지붕을 아직도 볼 수 있었기 때문이다…… 그 밖에도 다른 키 큰 나무들이 많았다…… 더욱이 그 땅은 해마다 내리는 강수량에서 이익을 얻었다. 지금처럼 물을 잃지 않았다. 지금은 물이 흘러가며 맨땅을 바다로 쓸어가고 있다."

지중해 삼림의 역사가 우리에게 경고해주는 바는 잘 알려져 있습니다. 이런 숱한 파괴는 최근 몇백 년 동안에도 있었지만, 고대 그리스 시대에도 특히 저지대에서는 이미 상당한 정도로 진행되고 있었습니다. 신석기시대에는 지중해 분지 전체에 아마도 5억 에이커쯤 되는 삼림이 있었습니다. 고지대 삼림은 지금 남아 있는 것이 전부로서, 그 삼림들조차 산악지대의 겨우 30퍼센트, 약 4500만 에이커를 차지하고 있을 뿐이었습니다. 약 1억 에이커의 땅이 한때는 소나무, 참나무, 물푸레나무, 월계수나무로 빈틈없이 뒤덮여 있었습니다. 도금양桃金孃은 지금은 그 흔적만 남아 있습니다. 지중해에서는 삼림 쇠퇴 이후의 식물지대라든지 또는 비삼림 식물지대에 대한 어휘가 우리가 캘리포니아에서 쓰고 있는 것보다 좀더 정교합니다(여기서는 왜소한 나무는 모두 덤불이라고 부르지요). 'Maquis'는 떡갈나무, 올리브나무, 도금양, 그리고 노간주나무 숲을 가리키는 말입니다. 가뭄에 잘 견디는 키가 작고 유연한 관목이 모여 있는 것은 'garrigue'라고 합니다. 'Batha'는 키 작은 관목과 일년생 식물이 여기저기 흩어져 자라는 바위가 드러나 있고 침식작용을 하는 땅을 말합니다.

오늘날 지중해에서 사는 사람들은 그들의 잿빛 암산이 한때는 작은 숲과 야생동물이 풍부한 곳이었다는 것조차 모릅니다. 집중적인 파괴는 농업 유형의 한 기능이었습니다. 자급자족하는 농부들의 작은 농장과 그 공동체는 농노가 경영하는 거대한 라티푼디아latifundia(고대 로마의 대토지 소유제)로 바뀌기 시작했습니다. 그 토지는 부재지주가 소유하고 중앙시장에 따라 계획되었습니다. 그러자 공유지에 남은 야생동물은 새 주인들이 사냥해 없애버렸을 것이고, 숲은 현금을 받고 팔렸을 터이며, 단일작물의 큰 경작지는 그 경제적 가치 때문에 확장되었을 것입니다. "지중해 연안 도시들은 싸구려 제품과 강화된 시장과 공장 같은 산업 생산으로 집중적인 지역 넓이의 무역에 깊이 관련되었다…… 계획된 식민지 건설과 경제 계획과 세계적인 교환 통화와 매체의 발전은 스페인에서 인도에 이르기까지 자연 식물에 매우 심각한 결과를 초래하였다."(서굿, 1981)

중국 저지대의 활엽수 삼림은 농업이 확산되면서 점차 줄어들었다가 3500년 전쯤에는 대부분이 없어졌습니다(중국의 철학자

맹자는 이미 기원 전 4세기에 벌채의 위험성에 대해 말한 적이 있습니다). 일본의 삼림 구성은 수 세기에 걸쳐 계속된 벌목으로 인해 바뀌어버렸습니다. 일본의 제재소는 지금 사용할 수 있는 통나무의 두께를 약 8인치로 낮추고 있습니다. 낙엽성 활엽수 원시림은 가장 깊은 산에서만 볼 수 있습니다. 일본인들이 소중히 여기는 향기로운 노송나무는 신사와 절을 지을 때 꼭 사용해야 하는 나무인데, 지금은 아주 귀해서 전통적 건물을 수리하는 데 쓰일 만한 큰 통나무는 서태평양에서 수입해야만 합니다. 미주지역에서는 포트 오포드 삼나무라고 알려진 그 나무는 오리건 남쪽과 북캘리포니아의 시스키유 산맥에서만 발견할 수 있습니다. 그 나무는 과거에는 오랫동안 화살대를 만드는 데 사용되었지요. 이 노송나무만큼 일본인 구입자가 선뜻 고액을 지불하려고 하는 침엽수는 없습니다. 하지만 이제는 미국인들도 그 나무를 공급할 수 없습니다.

서태평양 연안의 벌목이 상업적으로 시작된 것은 1870년경이었습니다. 수십 년 동안은 모두 해발 4000피트 이하에서만 했습니다. 그때는 두 사람이 톱질하고, 이중 날이 달린 도끼로 밑둥을 치고, 작업판이 있고, 나무껍질에 박힌 고리가 등잔에 철사로 고정되어 있던 시대였습니다. 손으로 통나무를 베는 작업을 하던 날품팔이들이 퓨젓사운드의 바닷물에 나무를 베어 넘어뜨린 다음 그 통나무를 뗏목에 실어 제재소로 보내던 시절이었습니다. 그다음에 온 것이 소형 보조 증기기관을 끄는 화물꾼과 소를 끄는 일꾼들이었는데, 이들은 거대한 통나무를 그 역시 통나무를 깔아 만든 운반로로 끌어내리거나 통나무를 끌고 갈 때 나무 밑동을 높이 들어주는 대단히 큰 목재 벌목 반출용 바퀴를 사용하거나 했지요. 목재를 끌던 소는 협궤열차로, 소형 보조 증기기관은 디젤로 대체되었습니다. 미국 태평양 연안의 저지대는 효율적으로 완전히 벌채되어버렸습니다.

크리스 메이저는 이렇게 말합니다.(1989) "벌채 기술이 향상되고 목질 섬유의 이용이 증가할 때마다 삼림 착취는 가속화되었다. 이렇게 해서 1935년에서 1980년까지 잘려나간 목재의 연간 벌채량은 기하급수적으로 4.7퍼센트씩 증가해왔다…… 1970년대까지는 벌채된 목재의 65퍼센트가 고도 4000피트 이상의 산에서 이루어졌다. 벌채된 나무는 평균적으로 점차 더 어려지고 작아졌기 때문에, 매년 벌채되는 면적의 증가율은 지난 40년 동안 벌채된 면적보다 다섯 배나 증가했다."

이 시기에 열차는 트럭으로 대체되었고, 무거운 장비들은 많은 경우 우리가 캐트라고 부르는 좀더 기동성 있는 무한궤도 트랙터로 대체되었습니다. 40년대 후반 이후, 우아하고 음악적으로 두 사람이 하던 '로열 치누크' 내리닫이 톱은 헛간 담벼락에 걸려 있게 되었고, 가솔린 줄톱은 벌목 인부가 쓰는 연장 중의 하나가 되었습니다. 제2차 세계대전이 끝났을 때는 이미 대형 목재회사들은—주목할 만한 몇 개의 예외적인 경우를 제외하고는—그들이 소유한 벌목지를 과도하게 착취하고 관리를 엉망으로 해버린 상태였습니다. 그 땅은 이제 연방 토지, 즉 국민의 숲으로 바뀌어 응급 원조를 바라고 있는 처지입니다. 숲을 개인 재산으로 가진 소유자들의 미덕이란 게 이런 정도입니다. 개인이 소유한 숲의 역사는 참담합니다. 더구나 아직도 잘못된 지식을 가지고 국유지의 민영화라는 공상을 품고 있는 사람들이 있는데, 이들은 공유지를 최고가를 부르는 입찰자에게 팔아야 한다고 주장하고 있는 형편입니다.

샌프란시스코의 주택용 표준 널빤지는
　전에는 시애틀 주변의 숲이었다.
어떤 사람은 죽였고 어떤 사람은 지었다, 한 채의 집,
　결단났거나 육성된 숲
자화자찬하는 사람들에 의해
　미국 전체가 고리에 매달려 불태워졌다.

제2차 세계대전 이전에는 미국의 삼림관리국이 삼림보호의 진실한 대행자 역할을 했고, 그전 시대의 벌채에 대해 비판하는 소리도 냈습니다. 통상 벌채 계약자가 수준 높은 선별적 벌목을 하도

록 의무적으로 규정했습니다. 벌목할 수 있는 목재의 허용치는 훨씬 더 적었습니다. 1950년에는 35억 보드피트board feet였던 것이 1970년이 되자 135억 보드피트로 상향 조정되었습니다. 1961년 이후 삼림관리국의 새 지도부는 업계와 영합했고, 삼림보호를 지향하던 나이 든 직원들은 60년대와 70년대의 물결 속에 휩쓸려 가버렸습니다. 80년대에 미국 삼림관리국은 대규모 도로건설 프로그램을 가지고 있었습니다. 삼림육성가들은 '섬유질'에 대해 말했고 또 그렇게 생각했는데, 그것은 그들 자신은 '전문가가 되고' 숲의 현실은 주변적인 것으로 만들기 위해서였지요. 같은 수령대 묘목의 단일재배 농장과 야생림 사이에 다를 게 없다고 주장하는 사람들도 있었습니다. 홍보 담당자들은 삼림관리국이 재정적 손실을 입으면서 문제될 만한 벌채를 허가한 적이 한 번도 없었던 것처럼 30년대식 삼림보호용 미사여구를 되풀이하곤 했습니다. 몇 년 동안 그것은 통했고 대중의 접근은 막혀 있었습니다.

법률은 삼림관리국이 삼림지역을 삼림으로 관리할 책임을 분명히 밝히고 있습니다. 이것은 목재가 우리가 고려해야 할 여러 가치 중의 하나일 뿐이라는 것을 의미합니다. 분명 숲은 숲을 영구히 유지시키는 방식으로 관리해야 합니다. 그러나 의회, 농무성, 기업이 결탁해서 이들 규제를 벗어나는 방법을 궁리해냅니다. 재생시킬 수 있는이란 말을 유지할 수 있는이란 말과 혼동하고(어떤 유기체들이 자기재생을 계속한다고 해서 그것이 영구적으로 지속되리라는 것을 의미하는 것은 아니지요. 특히 악용될 경우에는 더욱 그렇습니다), 영구적으로—숲의 생명이 계속적으로 번성하는 기간—라는 말은 '한 150년'을 의미하는 것으로 바뀌어 버립니다. 환경보호 단체들이 삼림관리국의 관료체제에 대항해 제시한 수많은 관리 미비에 관한 엄연한 증거가 있음에도 불구하고, 삼림관리국은 정책변경을 명백히 요구하는 일반의 요구에 거만하고 고집스럽게 대항하고 있습니다. 더딘 벌목 주기에 반하여, 현대의 경제적 쾌속 여행을 무비판적으로 받아들이는—숲에서 좀더 빨리빨리 벌채 교대를 만들어내는—'행정'의 모습은 이제 그만 보여주었으면 좋겠습니다.

우리는 벌채의 윤번제 실시 기간을 좀더 오랜 시간 간격을 두고 하고, 강가를 순수한 마음으로 보호하며, 도로 개발을 축소하고, 가파른 산비탈의 벌채를 금지하고, 오직 특별한 경우에만 보안림을 벌채하며, 적절하고 좀더 규모가 작은 벌채를 가장 신중하게 허용할 것을 촉구합니다. 우리는 선별적인 벌목, 어린 나무에서 노목에 이르기까지 수령이 다양한 나무들의 공존, 위기에 처한 종을 보호하려는 진지한 마음과 정신으로 다시 돌아가야 하겠습니다(점박이올빼미, 담비, 솔담비는 절멸의 위기에 놓인 야생종의 일부일 뿐입니다). 남아 있는 고대의 숲에서는 절대적으로 더 이상의 벌채는 없어야 합니다. 그에 덧붙여 노성림 숲이 불모지화한 생물학적 섬이 되지 않도록 서식지에 통로를 확립할 필요가 있습니다.

미합중국 삼림관리국에서 일하는 많은 사람들은 이상의 실천 사항들이야말로 숲의 순수한 유지능력에 필수적이라는 데 동의할 것입니다. 그들은 의회와 업계가 강요하는 빈틈없는 자원 착취 정책의 그물망으로부터 압박을 받고 있습니다. 실천을 잘하면 북미는 목재산업을 지속할 수 있고, 앞으로도 1만 년 동안은 절반쯤 괜찮은 분량의 야생림을 보호할 수 있습니다. 그 기간은 중국 황하 강 계곡에 촌락 문화를 지속적으로 확립하는 데 걸린 기간과 같은 세월로서, 그 시간의 길이는 인간이 고려하고 계획을 세우기에 그리 과도하지 않은 시간입니다. 지금 미국은 연간 90만 에이커에 달하는 삼림의 순손실을 입고 있습니다.(『뉴스위크』, 1989. 10. 2) 그 손실 가운데 약 6만 에이커로 추정되는 숲이 바로 고대의 숲입니다.(윌슨, 1989)

울창한 숲은 돌아오고, 돌아오고, 다시 돌아옵니다. 미 서부의 고대 숲들은 아직도 우리 주변에 남아 있습니다. 샌프란시스코, 유레카, 코밸리스, 포틀랜드, 시애틀, 롱뷰에 있는 집들은 모두 그 오래된 나무의 몸으로 지어졌습니다. 주택용 표준 목재와 건물 외벽에 대는 널빤지는 1910년대와 1920년대에 벌채한 목재로 만들어진 것입니다. 샌프란시스코의 낡은 아파트의 칠을 벗겨보면, 그것이 태평양 연안에서 나온 1급의 미국삼나무 널판이라는 사실을 발견하게 됩니다. 우리의 일상을 고대 수목이 보호해주는 가운데 우리들은 살아가고 있는 것이지요. 우리의 증손자들은 강바닥에서 채취한 돌과 모래 등의 혼합재로 지은 집에서 살 가능성이 더 많습니다. 그때가 되면 과거의 숲은 정말 완전히 사라져버릴 것이기 때문입니다.

숲에서 쓰러진 나무가 완전히 흙으로 돌아가는 데는 그 나무가 살아 있었던 시간과 대충 같은 세월이 걸립니다. 만일 인간의 사회가 그런 걸음으로 사는 걸 배울 수만 있다면 물자 부족도 자원 소멸도 없을 것입니다. 맑은 물이 흐를 것이고, 연어는 언제라도 알을 낳으러 상류로 돌아올 것입니다.

처녀
림은
고대의 숲이다. 많이—
젖을 물렸고
안정되어 있다. 그
절정에서.

여담 : 세일러메도우, 시에라네바다

10월 중순, 우리는 세일러메도우(약 5800피트)로 걸어내려가고 있었습니다. 시에라네바다의 북쪽에 있는 아메리칸 강의 북쪽 갈래 위의 드넓은 단구段丘에 서 있는 오래된 수목지대를 보기 위해서였습니다. 처음에는 북미밤나무와 맨저니타를 지나 능선을 내려가면서 북쪽으로 스노우 산의 폭이 넓은 둥근 지붕과 로열 조지 위의 절벽을 보았습니다. 아련한 오솔길은 파내어져 평평하게 되어 있었는데, 우리는 그곳을 떠나 여전히 높은 같은 수평면 위의 분지의 북쪽 끝에 있는 돌산으로 갔습니다. 바위 꼭대기에서 자라는 삼나무 아래에 앉아서 우리는 점심을 먹었습니다.

그런 다음, 숲을 이루고 있는 기복이 심한 암반층 위로 남서쪽을 향해 가다가 급기야 한층 완만해진 비탈로 해서 점점 더 우람한 나무들의 세계로 들어갔습니다. 몇 시간을 우리는 양딱총나무들과 함께 있었습니다.

그곳의 주된 나무는 사탕소나무였습니다. 적절하게 대칭을 이루는 다 자란 나무들의 키는 150피트였습니다. 나무들은 수직으로 서 있었고 가지들을 깔끔하게 정리한 모습이었습니다. 그런데 그때 그 나무들 너머로, 그 나무들 위로, 고대의 나무들이 어렴풋이 보였습니다. 거대하고, 구불구불하고, 잡동사니 같고, 가지런하지 않았습니다. 나무껍질은 더 붉고, 껍질에 달린 조각판 모양은 더 넓었으며, 나뭇가지의 수는 더 적었습니다. 살아남은 가지들은 그 둘레가 굉장했으며 사납게 구부러져 있었습니다. 그 하나하나가 독특했고 엉망으로 보였습니다. 머추어 향삼나무. 몇 그루의 거대한 붉은전나무. 괴상한 더글러스 전나무 한 그루. 몇 그루 안 되는 제프리 소나무(삼나무 중에는 훨씬 이전에 난 산불로 벌레 먹은 듯한 화상 흔적을 가진 나무가 있었는데, 모두 북서쪽을 따라 있었습니다. 다른 나무 중 이런 화상 흔적을 보여주는 나무는 전혀 없었습니다).

부러진 나무들의 상태는 제각각이었습니다. 죽은 바늘잎이 붉은 색이나 갈색으로 아직도 매달려 있는 채 최근에 죽은 나무도 있었고, 말라죽은 지 어느 정도 지나 줄기에 나무껍질의 판이 매달려 있는 나무—박쥐는 그런 곳에도 집을 짓지요—도 있었습니다. 큰 가지가 거의 남아 있지 않은 순수하고 하얗고 부드러운 고목에는 더러 딱따구리가 깨끗하게 구멍을 파놓은 것도 있었습니다. 그리고 마침내는 고대의 죽은 나무들. 아직 서 있으면서도 모두가 부드럽게 썩어 있었습니다.

많은 나무들이 쓰러져 있었습니다. 쓰러진 지 얼마 안 되는 부러진 나무들과—그런 나무들이 쓰러질 때는 종종 다른 나무 몇 그루를 함께 데려가지요—그보다 쓰러진 지 더 오래된 그루터기 나무들. 쓰러진 단단한 통나무들은 그 위로 기어올라 넘어보아야 합니다. 아니면, 어떤 때는 통나무의 길이만큼 에둘러 걸어가야 합니다. 나무 위로 기어오르면 부서지는 통나무도 있습니다. 아직 다른 시대에 속하는 통나무들은 부드러워지고 새까만 심재心材의 속과 몇몇 새까맣고 썩지 않은 가지들을 표시로 남겨놓고 사라져가기 시작합니다. 그리고 길고 미묘한 작은 언덕 같은 것이 있지요. 그것은 오래전에 소멸된 통나무의 마지막 흔적입니다. 반듯한 땅 표면을 따라 똑바르게 한 줄로 늘어선 버섯은 수백 년 전에 '죽었던' 나무의 최후의 흔적, 마지막 망령입니다.

카펫 같은 어린 나무들이 이곳 숲바닥에서 키가 6인치에서 20피트에 이르는 갖가지 크기로 자라나오면서, 부러진 채 서 있는 큰 나무들이 죽어 옆으로 눕혀지면서 더 많은 나무 차양 공간을 만들어주기를 기다리고 있습니다. 이곳은 햇빛이 비치고 부드러운 바람이 불며 따뜻하고 시원하게 열려 있어 밝습니다. 그러나 거목들이 우리 주위를 온통 둘러싸고 있습니다. 그 가지가 하늘을 덮고 따뜻한 황금빛 빛을 반사시킵니다. 하늘을 덮고 있는 나무 차양 전체는 고대 수목에서나 볼 수 있는 힘줄 모양으로 엮인 모양을 이루고 있습니다. 그 바늘 같은 이파리는 하늘을 배경으로 또렷하면서도 작은 일정한 무늬를 그립니다. 붉은 전나무의 잎이 가장 엄밀하고 섬세하지요.

시에라네바다의 숲의 기원은 더 멀리 위쪽에 있는 태평양 연안의 숲처럼, 침엽수가 성공적으로 퍼지면서 초기의 낙엽성 활엽수 숲이 사라져가기 시작했던 시대로 거슬러올라갑니다. 그 숲은 이 지역에서도 100만 년의 역사를 지닌 '가문'입니다. 이 숲은 빙하시대 기온의 변화로 고도가 오르락내리락하고 남북의 산비탈의 위치가 앞으로 나오거나 뒤로 물러나기도 하는 가운데에서도 그 수림의 분포경계선이 수백 년 동안 위 아래로 바뀔 때조차 몇 가지 식물군과 공생하고 있는 한 지역 숲의 특별한 구성을 보여주고 있습니다. 산불을 흡수하고 여름 가뭄에 적응하고 딱정벌레를 죽이는 세월에도 지속해오고 있습니다. 언제나 그물을 새로 짜면서 전체로 돌아가지요. 도토리는 사슴을 먹여주고, 맨저니타 열매는 로빈 새와 너구리를 먹여주며, 마드론은 띠꼬리비둘기에게 먹이를 주었습니다. 호저는 어린 삼나무의 나무껍질을 갉고, 숫사슴은 버드나무에 뿔을 받았습니다.

중간 높이의 시에라 숲에는 사탕소나무, 폰데로사 소나무, 향삼나무, 더글러스 전나무가 있고, 그보다 약간 높은 곳에는 제프리 소나무, 백전나무와 적전나무가 있습니다. 이 나무들은 모두 장수합니다. 사탕소나무와 폰데로사 소나무는 모든 소나무 중 가장 거목이지요. 흑떡갈나무, 상록떡갈나무, 타니껍질떡갈나무, 마드론은 흔히 볼 수 있는 활엽수 수목이고요.

시에라의 숲은 햇빛이 비치거나 또한 그늘이 지는 곳이 많이 섞여 있으며, 1년의 꼭 절반은 건조합니다. 제멋대로 흩어져 있고, 딱딱 나무 부러지는 소리도 나며, 썩은 낙엽 더미가 부스러져 있습니다. 땅 위에 떨어져 바삭거리는 꼬부라진 마드론 낙엽과 쓰러져 있는 맨저니타 소나무의 작은 동전 같은 이파리들. 바늘 같은 솔잎이 떨어진 바닥은 서걱거리는 소리를 내고, 대기는 약간의 송

진을 함유하여 향긋합니다. 어디를 가나 거미줄이 곱게 솔질을 하고 있습니다. 여름 숲은 태양이 강렬하게 작용하고 있고, 초목은 고요하고 흔들림 없이 삶을 영위하고 있습니다. 수분을 내지 않고, 시들지 않으며, 힘을 쓰지 않고, 그저 조용히 시간을 보내고 있습니다. 작고, 향기롭고, 윤이 나며, 강인한 관목들. 관목의 빛깔은 청회색일 때가 많습니다.

숲은 수백만 년에 걸쳐 산불에 적응해왔고, 좀더 큰 관목들이 한번 불타거나 죽어버리면 들불에 저항력이 극히 강해집니다. 서부의 초기 이주민들은 그들이 이 산맥의 서쪽 비탈로 내려갔을 때 공원 같은 숲을 이룬 거대한 나무들 사이로 마차를 몰고 갔다고 묘사하고 있습니다. 초창기 벌채에 이어 산불이 나서 숲을 황폐하게 만들었습니다. 그러자 삼림관리원이 산불을 진화하게 되었고, 그것 때문에 지금 시에라에는 덤불이 무성한 키 작은 나무층이 그토록 흔하게 된 것이지요. 세일러메도우 숲은 광대하고 광활하며 옛날부터 내화성耐火性이 강한 숲입니다.

그 지역의 이름이 유래하는 작은 목초지의 남쪽 끝, 사시나무 포플러 숲 너머 우거진 전나무 숲 안에는 유독 두드러지게 뻗어 나온 잘린 그루터기 하나가 서 있습니다. 그 나무는 한때 키가 200피트도 넘는 소나무였습니다. 이제는 밑동 둘레에 있는 백목질白木質이 모두 벗겨져 나갔고, 그 거대한 몸통을 지탱하고 있는 것은 그 자체가 온통 부드럽게 썩어 있고 허물을 줄줄 벗고 있으며 너덜너덜해지고 있는 심재의 가느다란 기둥뿐입니다. 그 썩은 거대한 몸통은 또한 기울어져 있습니다. 아무 때라도 갈 모양입니다.

죽은 다음에도 또 100년, 200년을 더 서 있는다는 것은 얼마나 진기한 일인가요. '수직의 죽음'을 누린다는 것은. 인간도 그렇게 할 수 있다면, 우리는 "헨리 데이비드 소로가 비틀거리다가 마침내 쓰러졌대!"와 같은 뉴스를 듣게 되겠지요. 인간사회도 건강할 때는 고대의 숲과 같습니다. 작은 나무들은 큰 나무들의 그늘 속에 있으며 보호를 받지요. 이제는 죽어버린 늙은 몸속에 뿌리를 박으면서까지 말입니다. 모든 세대가, 그리고 모두가 함께 자라고 죽어갑니다. 일부 임학자들이 요구하는 '같은 수령의 수목 관리', 즉 크기가 같은 나무를 함께 자라게 하자는 식목 방식은 마치 합리주의적인 이상사회적 전체주의 같습니다. 우리는 우리 아이들이 부모의 방문도 허락되지 않고, 그저 공식적인 입문서—아이들을 키워보지 않은 사람들이 쓴—만을 추종하는 교육전문가 집단에 의해 아이들의 모든 사고가 형성되고 획일적으로 관리되는 공공기관에서 우리의 아이들을 살게 할 생각을 할 수 없습니다. 그런데 그런 일을 어째서 우리의 숲에다 강요하려는 걸까요?

'연령에 상관없이, 관리되지 않는'—인간이든 다른 것이든, 바로 이것이 자연스러운 공동체입니다. 목재산업은 반듯한 대칭을 이루며 나뭇가지의 길이와 각도가 고른 좀더 청년층인 나무와 중년층인 나무를 높이 평가합니다. 그러나 실제로는 늙은 나무도 있도록 해야 합니다. 노목이 되면 모든 소유의식을 내버리고, 엉뚱한 몸짓과 춤추는 것 같은 정지상태로 사지를 활짝 내던지기 시작할 수 있지요. 죽음의 운명이라는 것 앞에서도 태평하고, 세상이나 날씨가 무엇을 내놓든 스스로 거기에 유연하게 맞춥니다. 나는 그런 노목을 우러러봅니다. 그 나무들은 불멸의 이름을 가진 중국 사람들 같고, 그 나무들은 한산과 습득 같은 인물들입니다. 그렇게 오래 살아왔다면 괴벽스럽고, 나무들 가운데 시인이고 화가가 되어 웃고, 누더기를 걸치고 겁이 없어도 될 허락을 받고 있는 것이지요. 그 나무들을 바라보노라면, 나는 나 자신의 노년이 기다려지기까지 합니다.

전나무 숲에서는 버섯 냄새를 맡을 수 있습니다. 냄새를 맡고 난 다음에야 우리는 썩은 통나무 밑에 있는 버섯을 발견합니다. 집단을 이루고 있는 엘리간트 폴리포어, 코티나리우스, 그리고 수림이 없는 빈 터에서 마른 바늘을 밑에서 밀어올리고 있는 숱한 러슐라와 볼레투스, 떠낸 것처럼 우묵한 곳은 사슴이 파낸 곳이지요. 사슴은 버섯을 사랑하거든요.

우리는 목초지의 남쪽 끄트머리를 지나 곧장 횡단하려고 했습니다. 하지만 말라 있는 것처럼 보이는 무너진 죽은 식물과 풀 아래가 철썩철썩할 정도로 젖어 있었기 때문에 남쪽 끝을 전부 에돌며 더 많은 사시나무 포플러 사이를 지나갔고, 거기서 더 많은 버섯을 발견했습니다(그리고 구해냈습니다). 남쪽에서 구름이 몰려오기 시작했고, 산들바람이 불자 마른 솔가루가 비처럼 쏟아지며 하늘을 뒤덮었습니다. 늦은 오후여서 우리는 산길로 해서 한 시간 동안 사슴 길을 따라 가파른 산비탈을 올라갔고, 거기서 폐광으로 이어지는 풀이 우거진 오솔길을 발견했습니다. 그렇게 우리는 다시 트럭으로 돌아왔습니다.

우리는 시골뜨기

태평양 연안의 거대한 숲에 대한 이 작은 이야기는 이 지구의 다른 곳에서 지금까지도 일어나고 있는 일의 한 본보기로 받아들일 수 있겠습니다. 세계의 모든 자연 공동체는 그 나름대로 '고대적'이었습니다. 그리고 모든 자연 공동체에는 가족처럼 어린이와 청소년과 어른과 노인이 있습니다. 최근에 산불이 나 그 자리에 잡초와 검은딸기가 자라나 있는 숲의 한 구석에서부터 양딱총나무의 축축하고 검은 숲까지, 이것이 숲 전체의 완전무결한 모습입니다. 허옇게 늙은 나무들이 서 있는 오래된 수림지는—혹은 소노란 사막의 반쯤 썩은 키 큰 선인장이나 시에라의 산기슭 작은 언덕에 있는 줄기가 굵고 잘 자리잡은 늙은 맨저니타는—저들 사회의 할아버지이자 지식의 보유자입니다. 한 사회에는 그 사회의 노인들이 계속 자리를 지켜야 할 필요가 있습니다. 유치원에 다니는 아동 인구가 문화를 성장시킬 수 없는 것처럼, 숲 역시 종자 저장소, 뿌리 균사, 새 울음소리, 그리고 늙은 세대가 젊은 세대에게 주는 선물인 마법과도 같은 작은 배설물의 퇴적 없이는 그 자신이 가진 자연적 가능성을 실현시킬 수 없습니다. 크리스 메이저는 "우리에게는 고색창연한 숲의 생존을 위해 고색창연한 숲이 필요하다"고 말합니다.

초기 미국 중서부 지방에서 농부들의 쟁기보습이 "풀 뿌리를 잘랐을 때—그때 나는 소리는 지퍼가 열리고 닫히는 것을 연상시키는데—새로운 방식의 삶이 열렸으며, 그것은 동시에 3000만 년 전 과거로 뻗어 있는 긴 생태계의 흐름을 어쩌면 영원히 닫아버렸습니다".(잭슨, 1987) 그러나 지상에서 가장 오래 지속되고 있는 생태계는 축축한 열대림으로서, 동남아시아의 열대림은 1억 년 전으로 거슬러 올라가는 것으로 추정되고 있습니다.

> 껍질이 흰 키 크고 곧은 나무들의 가늘게 반원형을 그리는
> 부벽扶壁 같은 줄기들, 사슴뿔 고사리가 굵은 나뭇가지와
> 높은 나무 갈래에서 몸을 밖으로 내밀고 있다. 브러시박스,
> 코치우드, 능금나무, 호주산 붉은삼나무(유럽에서 가져온
> 이름들)라 불리는 나무들—그리고 붉은 카라빈, 노란 카라빈,
> 침 가진 나무들, 앞으로 뻗어나가는
> 나무 사이 군청색 하늘들.

저 멀리 높은 곳에 초록빛 나뭇잎새들의 반원형 빛
숲속 나무뿌리 사이로 흐르는
물을 마신다. 판게아에서 흘러나와
곤드와나랜드에서 아래로 흐르는 티레이니아 샛강,
그곳은 돌 많은 땅, 하늘 바닥의 그늘

깊은 돌로 박힌 뿌리
하늘에서 온 지 오래되었다
그늘 속에서 높이 뻗은 나무들의
뿌리 사이로 흘러내리는 맑은 물
새 울음소리 와서 우리의 잠 깨운다
채찍새 웃음소리 우리를 눈뜨게 한다—

부용, 카라빈, 브러시박스, 블랙 버트, 잠시 기다려라
(유칼리 나무는 마른 땅 불모의 토양의 상속자
700만 년 동안 쑤석거리며 땅을 뒤진다—)

하지만 이 오래된 나무 부족들은
언제나 단체로 여행한다
나는 나무 꼭대기보다 높은 산마루

절벽에서 바라본다

우리 나무와 인간의 그 모든 삶을 살았던

흙 바위 턱의 대피소에 앉아서.

—퀸즐랜드(1981)

수많은 기업이 열대 산림의 남벌濫伐에 뛰어들고 있습니다. 어떤 기업들은 미시건이나 북서태평양 연안에서 첫 벌채를 시작했습니다. 조지아 퍼시픽과 스콧 페이퍼는 지금 필리핀과 동남아시아 또는 라틴아메리카에도 있습니다. 똑같은 밝은 색의 트랙터와 윙윙거리는 노란색 줄톱을 가지고 말이지요. 1987년 여름 브라질의 론도니아 서부지역에서는 아마존 강의 유역지대를 다른 용도로 무질서하게 '용도 변경' 하는 작업의 일환으로, 오리건 주만한 크기의 광대한 삼림지대가 불길에 휩싸였습니다. 우리는 간혹, 이제는 모든 사람이 도시 거주자라고 말하는 순진한 견해를 듣습니다. 그때가 오고 있을지도 모릅니다. 하지만 지금 이 순간, 세계에서 가장 큰 단일 인구는 보다 온화한 지역에서 살고 있는 유색인종입니다. 최근까지도 그 지역의 대부분에 나무가 있었고, 그 오지의 삼림에 존재하던 문화는 다양하고 성공적인 방식으로 그곳에서 영위되고 있었습니다. 인구가 적었던 시절 수렵, 채집과 함께 행해졌던 장기 교대식 화전火田 농사는 경제적으로 전혀 위협이 되지 않았습니다. 하지만 오늘날 대규모 벌채와 농업 관련 산업의 발달과 거대한 댐공사 계획은 두메산골 구석구석을 위협하고 있습니다.

브라질에는 복잡한 구조의 대립이 있습니다. 한쪽에서는 개발계획을 추진하는 정부가 다국적의 부유한 축산업계와 결탁하여 주류를 이루는 소작농들을 빈곤으로 몰아가고 있고, 다른 한쪽에서는 삼림 황폐화에 저항하는 공공 및 사유 산림 관련자들과 과학자들이 작은 지방 목재회사와 밀림 주변에 자리잡은 소작농들과 환경보호 단체들과 숲속에 거주하는 부족들이 함께 투쟁하고 있습니다. 제3세계의 정부들은 보통 정교하고 다차원적 형태의 공유지인 사라와크의 페난 부족의 아다트 제도와 같은 '토착민 토지 권리'와 산림의 공동 소유 역사의 정당성을 부정합니다. 페난 부족민은 그들의 조국에 들어온 목재 운반 트럭에 항거하여 도로에 누웠다가 범죄자로 감옥에 가야 했습니다.

야생지에 관한 제3세계의 정책은 1938년 인도가 정한 방향으로만 거의 운영되고 있습니다. 그때 인도 정부는 아쌈의 부족 산림지를 외부인이 정착하게끔 개방하면서 "이주민의 도움 없이 토착민들만의 힘으로는 그 지방의 엄청난 황무지 자원을 적당한 기간 안에 개발할 수 없다"고 말했습니다.(리처즈와 터커, 1988) 세계의 여러 정부와 대학에서 실세를 가진 너무 많은 사람들이 자연의 세계에 대해, 또 과거에 대해, 역사에 대해 편견을 가지고 있는 것 같습니다. 그리고 미국인들은 '상공회의소 창조설'에 의지해 살고 있는 듯합니다. 그것은 너무나 멋지게 만들어진 '쇼핑몰'에 만족한다고 스스로 선언하고 있는 것이지요. 우리 조상의 성실성과 품성은 도대체 어떻게 살아야 하는지를 모르는 사람들에 의해, "나는 그렇게 살 수는 없을 거야" 하고 말하는 것으로 간단히 배척됩니다. 그들은 고색창연한 숲을, 우리를 거북살스럽게 만드는 노인들과 마찬가지로 일종의 때가 지난 쓰레기로 치부합니다.

> 삼림 관리. "얼마나
> 많은 인간들을
> 베트남에서
> 수확했는가?"
>
> 벌목. "어떤 것은
> 어린이들이었고
> 어떤 것은 때가 지난 노인들이었다네."

유구한 방식에 따라 사는 사회에는 어떤 비범한 기술이 있습니다.(스나이더, 1977) 수렵과 채집으로 사는 사람들에게 그들이야말로 최초의 삼림 식물학자들과 동물학자들이지요. 밀림은 섬유, 독, 약, 술과 마약, 해독제, 그릇, 방수제, 음식, 염료, 아교, 향료, 오락, 교제, 영감, 그리고 또한 찔리고 타박상을 입고 물리고 다치는 등 그 모든 것의 풍부한 공급원입니다. 이들 밀림의 원시사회는 우리 인간 역사의 고색창연한 숲과 같으며, 그와 비슷한 깊이와 다양성을 가지고 있습니다(그리고 '고대성'과 '처녀성'을 동시에 가지고 있습니다). 야성적 자연의 전승지식은 인간의 문화와 함께 소멸되어 가고 있습니다. 각각의 인간의 문화는 그 고유한 관습과 신화와 전승지식의 부엽토를 가지고 있습니다. 그 부엽토가 지금 빠른 속도로 상실되고 있습니다. 우리 모두의 비극입니다.

브라질은 이 같은 파괴적인 개발을 장려하고 있습니다. 어떤 완화조치를 약속할 때조차라도 대기업을 적극적으로 선호하고 원주민을 강제 퇴거시키며 그와 동시에 주류를 이루는 빈민층에게는 아무것도 해주지 않는 정책을 실시하고 있는 것입니다. 미국은 제 나라에서 과잉생산을 하도록 보조금을 주어 제3세계의 농부들이 곡류시장에서 힘을 못 쓰게 하고 있습니다. 자본주의와 정부의 결합은 국민에게 재정적 손실을 안겨주며 삼림벌채기업에 우대 조치를 해주어, 부자들만을 위한 복지인 것처럼 보일 때가 많습니다. 열대 경목硬木의 최대 수입국은 일본(마쓰다, 미쓰비시)이고 두번째가 미국입니다.

적어도 우리의 공유지로부터 목재를 싹쓸이로 사들이는 기업들이 반드시 그 적정 시장가격을 지불하는지 감시할 정도의 자본주의자가 되기 위해서는, 우리는 자본주의 경제를 망치로 두드려 패야 합니다. 우리는 이 세계에 있는 나무들이 서 있어야 할 가치가 실제로 목재로서의 가치보다 더 높다는 것을 분명히 강조해야 합니다. 산림 황폐화로 인해 방글라데시와 태국에서는 인명을 앗아가는 홍수가 발생하고, 수백만의 동식물종이 멸종되고, 지구 온난화 현상이 나타나는 등 여러 가지 결과를 초래하기 때문이지요. 그리고 마지막으로 말하고자 하는 것은, 우리가 자연적인 생물종의 다양성을 구비한 생태계의 완전성과 유지 가능성을 말한다고 해서 산림 거주 문화나 들쥐나 여우원숭이 같은 멸종 위기에 놓인 종들만을 이야기하는 것이 아니라는 사실입니다. 우리는 우리 시대의 도시산업사회의 미래를 바라보고 있기도 합니다. 불과 얼마 전만 해도 숲은 인간 존재의 깊이, 햇빛으로 얼룩덜룩한 세상, 소진되지 않는 무한한 원천이었습니다. 이제 그 숲들이 사라져 가고 있습니다. 우리는 모두 멸종 위기에 놓인 촌놈들yokels입니다('Yokel'은 영어 사투리인데, 원래는 초록색 딱따구리 또는 멧새인 옐로 해머yellow hammer를 의미하지요).

길 위에서,
오솔길을
벗어나서

장소를 대신하는 일

장소는 장소의 일종입니다. 하나의 들은 우리가 하는 일이고, 우리의 천직이며, 생애에 놓인 우리의 길입니다. 한 장소의 일원이라는 것은 한 공동체의 일원임을 내포합니다. 직장조합의 일원은 그것이 길드이든 노동연맹이든 또는 상인 집단이든 한 그물조직의 일원인 것입니다. 그물망조직은 그 자체만의 영토성을 가지고 여러 지역 공동체를 관통합니다. 기러기나 매의 장거리 이동과 유사하지요.

작은 길과 숲길에 대한 은유는 우리가 짐보따리를 가지고 걷거나 말을 타고 여행하던 시절, 우리의 인간 세계 전체가 작은 길의 그물망이었던 시절에서 유래합니다. 편리한 길, 못 쓰게 된 길, 또렷한 길, 때로는 리里나 베르스타versta•나 요자나yojaha••를 표시하기 위해 거리를 표시하는 말뚝이나 돌을 세워놓기도 한 길 등, 어디에나 작은 길이 있었습니다. 교토 북부 숲이 우거진 산길에서 나는 우연히 거리를 표시해주는 이끼 낀 돌푯말을 보았는데, 빽빽한 대나무 풀이 땅을 덮어 거의 파묻혀 있다시피 했습니다. 그 푯말들은—훨씬 뒤에 안 일인데요—말린 청어 등짐을 진 행상인이 한국의 동해에서 옛 수도로 다니던 장삿길을 표시하는 것이었습니다. 하이 시에라 정상에 있는 존 뮤어 숲길, 나체즈 길, 실크로드 등 유명한 오솔길들이 있지요.

작은 길은 우리가 따라갈 수 있는 어떤 것이고, 그 길은 우리를 어디론가 데려다줍니다. "선線." 작은 길은 무엇에 맞서 있을까요? "길 없음." 작은 길을 떠나고 오솔길을 떠나기. 그래, 작은 길을 벗어나면 무엇이 있을까요? 어떤 점에서 그 밖의 모든 것이 작은 길을 벗어나 있습니다. 세상의 사정없는 복잡성은 숲길 옆으로 벗어나 있습니다. 사냥꾼들과 목부牧夫들에게 오솔길이 언제나 유용했던 것만은 아닙니다. 수렵과 채집을 하던 민족에게 작은 길은 오래 걷는 곳이 아닙니다. 야생 풀, 카마시아 구근, 메추라기, 염료식

• 러시아의 옛 이정(里程)으로 약 1067m.

•• 산스크리크어. 인도의 거리 단위로서 짐 실은 소를 도중에 갈지 않고 한 번에 데려갈 수 있는 거리로 4.5~9마일 정도.

물은 언제나 길에서 벗어나 있습니다. 우리의 필요를 충족시켜주는 모든 종목들도 밖에 있습니다. 우리는 그곳을 떠돌며 마음속의 지도를 가지고 들을 배우고 기억해야 합니다. 들은 기복이 있고, 굴곡이 있고, 침식되고, 수로를 만들고, 이랑지어져—뇌처럼 주름잡혀—있습니다. 이것은 바로 오늘날 알래스카의 이누피아크 부족과 아타파스칸 부족이 하고 있는 경제적 시각적 명상 수행법입니다. 사람이 많이 밟고 간 작은 길은 사냥과 채집꾼에게 새로운 수확물을 보여주지 않습니다. 빈손으로 집에 돌아올 수도 있습니다.

가장 오래된 농경문명을 가진 중국의 심상心像에는 작은 길이나 도로는 특별히 강한 자리를 차지하고 있었습니다. 중국에서 최초의 문명이 일어나던 시절, 자연과 현실의 과정은 작은 길이나 길의 언어로 묘사되었습니다. 그런 연결은 신비스러운 중국의 고전 『도덕경』에도 분명하게 나타나고 있습니다. 그 책은 전 시대의 모든 전승지식을 집대성해 후대 역사를 위해 다시 쓴 것으로 보입니다. 도道라는 말 자체는 길, 도로, 오솔길, 혹은 '이끈다/따른다'를 의미합니다. 철학적으로는 자연과 진리의 길을 의미합니다(도교에 나오는 용어는 고대 중국의 불교인 번역자들이 사용한 것이지요. 불교도이거나 도교도라 함은 '그 길의 사람'을 의미하는 것이었습니다). 도의 의미를 또 달리 확장하면, 그것은 예술이나 공예의 수업修業을 의미합니다. 일본에서는 도가 '꽃들의 길華道' '전사의 길武士道' 또는 '다도茶道'처럼 쓰입니다.

모든 전통 예술과 공예의 세계에는 도제 제도의 관습이 있었습니다. 14세쯤 된 소년 소녀들은 도공, 목공, 직공, 염색공, 고장 고유의 약사, 야금가, 조리사 등등이 되기 위해 도제생활을 했습니다. 젊은이들은 집을 떠나 작업장 뒤채에서 숙박하면서 3년 동안 진흙을 개거나, 또는 가령 목수가 되기 위해 3년 동안 끌을 가는 한 가지 일만 했습니다. 도제는 스승의 특이한 개성과 노골적인 야박함에 복종해야 했고 불평해서는 안 되었습니다. 그것은 스승이 제자의 인내심과 불굴의 의지를 끝없이 시험하는 것이었지요. 집으로 다시 돌아간다는 것은 생각도 할 수 없었고, 그냥 받아들이고 스스로 깊이 탐구하며 다른 관심은 일체 가지지 않았습니다. 그런 다음 도제는 점차 어떤 그리 분명하지 않은 동작, 표준이 되는 기능, 가내작업의 비밀을 전수받았습니다. 그들은 또한 바로 입문하던 초기에 '일과 하나'가 되는 것이 무엇인지 체험하기 시작했습니다. 제자는 수공의 기술을 배우는 것만이 아니라, 스승의 힘의 일부(마나mana, 비인격적 초자연의 힘), 즉 보통 수준의 이해나 기술을 초월해 있는 어떤 힘의 일부를 흡수 동화하기를 희망했습니다.

『도덕경』이 나온 지 1세기 후인 기원전 3세기에 나온 기지 넘치는 급진적 도교서인 장자의 책에는 공예와 '비결'에 대한 구절이 많이 나옵니다.

요리사 팅은 웬후이님을 위해 칼을 들고 마치 춤추는 것처럼 우아하고 쉽게 소를 잘랐다. "소인은 자연의 이치에 따라 껍질과 살, 살과 뼈 사이에 크게 비어 있는 곳을 후려치고 크게 열려 있는 공간으로 칼을 가져갑니다. 그리고 소의 신체 구조를 그대로 따르지요. 그러므로 아무리 작은 인대나 힘줄이라도 건드리는 법이 없습니다. 더군다나 중요한 관절은 손도 대지 않습니다…… 이 칼을 가지고 일을 한 지 19년이 되고 이 칼로 수천 마리의 소를 잘랐습니다만, 칼날은 숫돌에서 막 갈아낸 것처럼 잘 듭니다. 관절 사이에는 공간이 있고 칼날은 실상 두께가 전혀 없습니다. 두께가 없는 것을 그런 공간에 넣는다면, 거기에는 여분의 자리가 많이 있게 되지요…… 바로 그런 이유로 소인의 칼날은 처음 숫돌에서 갈았을 때처럼 아직도 예리한 것입니다."

"훌륭하구나!" 하고 웬후이는 말했다. "요리사 팅의 말을 듣고 나는 인생을 어떻게 사랑해야 하는지를 배웠도다!"

—왓슨(1968)

이 이야기는 정신적인 것과 실용적인 것을 연결해줄 뿐만 아니라, 사람이 평생을 한 가지 일에 바칠 경우 그것을 얼마나 총체적으로 완성할 수 있는가 하는 것의 심상으로 우리를 끈질기게 괴롭힙니다.

기술에 대한 서양의 접근방법은, 가령 부르주아가 태동한 이래, 성취의 측면을 중시하지 않고 모든 사람이 끊임없이 새로운 일을 하고 있도록 몰아붙이고 있습니다. 이것은 모든 세대의 일꾼들에게는 상당한 부담이 됩니다. 앞세대가 이룩한 일을 버리고 그보다 더 낫고 또다른 것이라고 생각되는 어떤 일을 해야 한다고 생각하기 때문에, 그것은 그들에게 이중의 짐이 되지요. 도구의 사용방법에 대한 완전한 습득과 반복적인 연습과 훈련을 강조하는 일은 아주 하찮것없는 것이 되어버렸습니다. 전통을 따르는 사회에서는 창의성이란 거의 우연히 찾아오는 것이고 예측할 수 없는 것이며, 하늘이 특정한 사람들에게만 주는 선물이라고 알고 있습니다. 그것은 프로그램으로 만들어 교과과목에 넣을 수 없는 것입니다. 분량이 적으면 더 좋습니다. 그것이 우리에게 오면 감사하겠지만 중요한 것으로 여기지는 않습니다. 그것이 정말 우리에게 나타나면 그것은 진짜로 있는 것이 됩니다. 전통 도기 제작에서처럼 8년 또는 10년간 '언제나 이전에 이룩한 것을 하라'는 말을 들어온 생도, 제자가 그것을 새롭게 변화시키기 위해서는 강력한 충동이 필요합니다. 그러면 무슨 일이 일어날까요? 이런 전통을 지키는 노인들은 그걸 바라보다가 "하! 새로운 걸 만들었구나! 잘했구나!"라고 말할 것입니다.

장인 기술공이 나이 40대 중반에 이르게 되면 그들은 도제를 받아들여 기술을 전수하기 시작합니다. 그들은 또한 몇 가지 다른 관심(별도로 하는 약간의 서예 같은 것)을 갖거나 순례의 길을 떠나면서 스스로를 확장하기도 합니다. 그다음 단계가 있다면—그런데 엄밀히 말해서 그런 것이 있을 필요는 없습니다. 완성의 경지에 이른 장인의 솜씨와 가장 우수한 전통을 반영해주는 나무랄 데 없는 작품 제작은 분명 한 사람의 일생에서 충분한 것이니까요—그것은 '훈련을 초월해' 궁극의 꽃을 구하는 것입니다. 그 꽃의 획득은 노력만으로는 보장되지 않는 것이지요. 훈련과 공부가 데려갈 수 없는 너머의 지점이란 것이 있습니다. 14세기 최고의 노能 극작가이자 연출가이며 또한 선승이기도 했던 제아미는 이런 순간을 '경악'이라고 표현했습니다. 이것은 어떤 자아도 필요하지 않으며 일과 하나가 되어 단련된 편안함과 우미함으로 들어가는 자신을 발견하는 놀라움입니다. 진흙 덩어리의 회전, 끌 끝에서 떨어지며 말려나오는 순결한 하얀 나무의 대팻밥, 또는 자비의 보살 천수보살이 가진 수많은 손의 하나가 되는 것이 무엇인지 압니다. 이 순간 사람은 일과 함께 자유로우며, 또한 일로부터 자유로울 수 있습니다.

직공은 아무리 사회적 신분이 초라해도 기품과 자긍심을 가집니다. 또 그가 가진 기술은 필요한 것이고 존경받는 것입니다. 그렇다고 해서 이를 어떤 식으로든 봉건주의를 정당화시키는 근거로 받아들일 수는 없겠습니다. 그것은 다만 과거에 일이 이루어지던 방식의 한 면을 설명할 뿐입니다. 이 극동지방의 공예와 훈련이 가진 비기는 결국 국수 제조(영화 〈담뽀뽀〉)에서 대기업과 고급 문화예술에 이르기까지 일본문화의 구석구석에 파고들어가 있습니다. 이 같은 확산에 방향을 주는 것 중의 하나가 선불교입니다.

선禪은 대승불교의 한 날개인 '자력종自力宗'의 가장 명쾌한 예가 되겠습니다. 그 공동체적 삶과 규율은 전통 수공업의 도제 제도 내용과 상당히 유사합니다. 예도와 공예에서는 선 수행이야말로 고생스럽고 청결하고 가치 있는 공부라고 오랫동안 찬미해왔습니다. 1960년대에 내가 교토의 임제종의 대덕사大德寺에서 거사로 살면서 겪은 경험을 말씀드리겠습니다. 우리는 하루 최소한 다섯 시간 동안 좌선을 했습니다. 쉬는 시간에는 모두 신체노동을 했는데, 정원 손질, 무나 오이를 소금에 절이는 일, 장작 패기, 목간통 청소, 당번제 부엌일 등이었지요. 스승이셨던 오다 세소小田雪窓와는 하루에 적어도 두 번 문답시간을 가졌습니다. 그때가 되면 우리는 우리가 받은 공안을 어떻게 이해했는지 말해야 했습니다.

우리는 경전을 외우고 많은 작은 의식을 거행해야 했습니다. 일상생활은 실로 고풍스러운 예절과 용어로 진행되었습니다. 선과 노동으로 꽉 짜인 규칙적인 일정이 포개지면서 한 주, 한 달, 1년 주기로 오는 절간의 의식과 행사를 치렀습니다. 이 의식과 행사의 기원은 중국 송나라와 일부는 분명 석가모니 시절의 인도로까지 거슬러올라가지요. 수면시간은 짧았고 음식은 변변찮았으며 방은

검박하고 난방이 되지 않았는데, 이것은 바로—60년대에는—절간과 마찬가지로 노동자나 농부의 세계이기도 했습니다.

(선원의 초심자들은 그들의 과거를 버리고 의식을 공안에 집중하는 이 좁은 문으로 들어가려는 일념 말고는 모든 면에서 하나에만 집중하고 예외를 일체 인정하지 말라는 가르침을 받았습니다. 흔히 말하는 '뼈를 부러뜨려라'는—일본에서는—일반 노동자들도, 무도장武道場에서도, 오늘날의 스포츠와 등산에서도 사용되는 구절입니다.)

우리는 농부이기 십상인 평신도 후원자들과도 완전히 잔치 기분으로 일했습니다. 채마밭 뒤에 나가 서서 그 지역 사람들과 신품종 씨앗에서 야구, 장례식에 이르기까지 별별 이야기를 다 나누었습니다. 우리는 일주일에 한 번씩 저잣거리와 시골길로 나가 탁발을 했습니다. 방수가 되는, 감 즙을 짠 물로 갈색 염색을 한 커다란 바구니 모자 밑으로 얼굴을 가리고 염불을 하며 천천히 일정한 보조로 걸어갔습니다. 가을이면 절간 식구들이 총출동해서 특별 탁발 여행을 떠났는데, 산을 서너 개나 넘어야 나오는 마을로 가서 무나 쌀을 얻어왔습니다.

그러나 이 모든 규칙적인 생활에도 절간 생활의 일정은 특별한 행사가 있는 경우 흐트러지기도 했지요. 한번은 규모는 작지만 정묘하게 아름다운 한 시골 절이 창건 500주년을 맞이하게 되어, 수백 명의 승려들이 모이는 그 기념식에 참석하고자 모두 기차를 타고 여행을 떠났습니다. 우리 일행은 부엌일을 맡았습니다. 우리는 그 동네 농부 아낙들과 함께 푸성귀를 잘게 썰고 음식을 만들고 설거지를 하고 정리정돈을 하면서 닷새를 힘들게 일했습니다. 큰 축제 공양이 있게 되었을 때 우리가 공양주였습니다. 그날 밤 수백 명의 손님이 떠난 후 부엌에서 일한 사람과 일반 노동을 한 사람들이 그들만의 축제와 잔치를 가졌습니다. 늙은 농부들과 그들의 아내들은 수행승들과 서로 주거니 받거니 하며 미친듯이 유쾌한 춤도 추고 노래도 했지요.

일하면서 얻는 자유

한번은 긴 결제 기간에 세소 선사가 '완전한 길에는 어려움이 없다(至道無難). 힘껏 정진하라!'라는 구절을 놓고 강의했습니다. 이 말은 길에 대한 근본적인 역설입니다. 전심전력함에 노고를 아끼지 말라는 말을 들으면서, 동시에 길 자체는 어떠한 장애도 되지 않는다는 것을 상기해야만 하니까요. 그리고 그 말에는 정진 자체가 우리로 하여금 길을 잃게 할 수도 있다는 암시도 들어 있습니다. 노력만 해도, 우리는 배움이나 힘 또는 외형적인 성취를 쌓을 수 있습니다. 타고난 능력은 단련해서 살지게 할 수 있습니다. 하지만 단련 하나만으로 우리를 장자가 말했던 '자유롭고 편안한 산보逍遙'의 경지로 데려갈 수는 없는 일이지요. 우리는 자기 수련과 힘든 정진에 치우친 나머지 거기에 희생되지 않도록 조심해야 합니다. 기능이나 사업에서는 재능이 좀 모자라도 성공할 수 있지만, 그렇게 되면 자신이 가지고 있는 좀더 유희적인 본래의 능력이 무엇이었는지 결코 발견하지 못할 수도 있습니다. "우리가 자아를 탐구하는 것은 자아를 잊기 위해서이다. 자아를 잊어버릴 때 우리는 삼라만상과 하나가 된다" 하고 도겐은 말했습니다. 삼라만상은 현상계에 존재하는 모든 것을 말하지요. 우리가 열려 있으면, 그 만법의 세계는 우리를 채울 수 있는 것입니다.

하지만 우리는 여전히 복잡한 인간의 자아에 깃들여 있는 흥미로운 현상들과 씨름하라는 말을 듣습니다. 우리의 자아는 우리에게 필요한 것이지만 과도한 것으로, 세계가 들어오지 못하게 저항합니다. 선 수행은 그 자아를 긁어내고 부드럽게 하고 무두질하는 하나의 방법을 우리에게 가르쳐줍니다. 공안 과제를 주는 의도는 수행자에게 문을 두드릴 벽돌을 주고 그 첫번째 장벽을 지나 그 너머로 가게 하자는 것이지요. 비이원론적인 바라봄과 존재함 속으로 더 깊숙이 들어가는 공안들이 많이 있습니다. 그것은 학생들—전통적으로는 이렇게 부르는 것을 좋아할 테지요—로 하여금 궁극적으로 일상생활에 전념하며, 우아하고, 감사하며, 능숙하게 할 수 있는 능력을 줍니다. 자연적인 것과 '노력한 것' 사이의 이분법을 초월할 수 있게 해주는 것이지요. 어떤 의미에서 그것은

'삶의 기술'의 실천이라고 할 수 있습니다.

『도덕경』 자체는 길이 의미할 수 있는 것에 대해 우리에게 가장 미묘한 해석을 내려줍니다. 『도덕경』은 이렇게 시작합니다. "따라갈 수 있는 길(길이 만들어진 것)은 변함없는 길이 아니다(道可道非常道)." 제1장 제1행에 나오는 말입니다. 그것이 말하고 있는 것은 '따라갈 수 있는 길은 정신적인 길이 아니'라는 것입니다. 사물의 실재는 길처럼 직선으로 그려지는 상像 안에만 한정시킬 수 없는 것입니다. 수행의 목적은 '길 가는 사람'이 잊혀질 때만 성취될 수 있는 것입니다. 길에는 어려움이 없습니다. 길 자체는 우리에게 장애를 주지 않습니다. 길은 사방으로 열려 있습니다. 하지만 우리는 우리 자신의 길만을 따르지요. 그래서 옛 스승은 "용맹정진하라" 하고 말했던 것입니다.

이렇게 말한 스승들도 있습니다. "어려운 것을 스스로에게 입증하려고 하지 마라. 시간 낭비이니라. 네 자아와 네 지성이 너를 방해할 것이다. 그 같은 모든 환상적 소망들은 다 떠나보내라." 그들이 말하는 것은 바로 이 순간 이 말을 읽고 쉽사리 그것을 아는 그 마음 자체가 되라는 것, 그러면 일대사一大事를 얻을 것이라는 것이지요. 그런 것이 라마나 마하르시, 크리슈나무르티, 선승 반케이盤珪의 가르침이었습니다. 이것은 앨런 왓츠의 '선'에 대한 해석입니다. 불교의 한 종파 전체가 이 입장을 취합니다. 단아한 노선사 모리모토森本正念의 말에 따르면(그는 오사카 방언으로 말했습니다), '정토진종淨土眞宗' 또는 '순수한 땅의 불교'는 "선을 꾸짖을 수 있는 유일한 불교 종파"입니다. 그 종파는 그 종파가 지나치게 정진하는 것을, 스스로를 지나치게 특별하게 여기는 것을, 자존심을 갖는 것을 스스로 꾸짖을 수 있다고 그는 말했습니다. 우리는 이런 가르침의 솔직성과 그 궁극적인 진실을 존경해야 합니다. 정토진종은 순수한 종교입니다. 그것은 자아 향상을 위한 그 어떤 일정이나 모든 일정표에 단호하게 저항하고, '다른 이의 도움'을 의미하는 타력他力만을 지지합니다. 도움을 줄 수 있는 '타자'를 신화적으로는 '아미타불'로 표현하고 있습니다. 아미타는 '공空,' 즉 개념이나 의도가 없는 마음, 부처의 마음佛心 외에 아무것도 아닙니다. 다른 말로 하면 "자신을 향상시키려는 노력을 포기하고 참된 자아가 네 자아가 되게 하라"이지요. 이런 가르침들은 불운한 구도자에게 현실적인 가르침을 주지 않는다는 점에서 구도의 마음을 일으킨 사람들에게는 좌절감을 안겨줍니다.

그리고 언제나 알려지지 않은 보살들이 수없이 많이 있는데, 그들은 어떤 형식적인 정신의 수련이나 철학적 추구를 거치지 않았습니다. 그들은 혼란, 고통, 불의, 약속, 그리고 삶의 모순 속에서 성숙하고 인격을 형성해왔습니다. 그들은 이기적이지 않고, 마음이 넓으며, 용감하고, 애정이 풍부하고, 자기를 내세우지 않는 보통 사람들입니다. 실제로 언제나 인간이라는 가족을 지켜온 사람들은 그들입니다.

따라갈 수 있는 길들이 있지만, 따라갈 수 없는 길이 하나 있습니다. 그것은 길이 아닙니다. 그것은 야생지입니다. '가는' 행위는 있으되, 가는 사람도 목적지도 없으며, 벌판 전체가 있을 뿐입니다. 나는 노스 캐스케이드에서 산불지기로 일하던 스물두 살 때, 북서태평양 연안의 산속에서 숲길을 조금 벗어나 처음으로 실족했습니다. 그런 다음 나는 일본에 가서 선을 공부하겠다고 결심했습니다. 서른 살에 한 절간의 서고 복도를 내려다보며 나는 다시 그것을 얼핏 보았고, 그것이 내가 중으로 살지 않으리라는 것을 깨닫는 데 도움을 주었습니다. 나는 절 근처로 옮겨가 재가불자로 살며 선과 의식과 농사일에 참여했습니다.

1969년, 나는 당시의 아내와 첫째 아들과 함께 북미로 돌아왔고, 곧 시에라네바다로 이사했습니다. 농사일을 하고 숲을 돌보고 정치적인 일과 관계하는 외에, 나는 이웃사람들과 함께 어떤 형식적인 불교수행을 지속하려고 노력해왔습니다. 우리는 일부러 그 일을 재가수행자로서 비전문가적인 방식으로 해왔습니다. 지난 수백 년 동안 일본 선불교의 세계는 엄격한 수행의 문제에서 너무나 전문적이고 직업적으로 변함으로써 스스로를 놀라게 할 능력을 상당 부분 상실했습니다. 전적으로 헌신적이고 선량한 일본의 승려들은, 보통 사람들은 불교 공부에 충분한 시간을 바칠 수 없기 때문에 가르침의 좀더 깊은 부분으로 들어갈 수 없다고 말하면서 자신들이 맡은 전문가로서의 역할을 옹호할 것입니다. 재가수행자의 경우, 그럴 필요가 없습니다. 노동자와 기능공과 예술가가 자신의 일에 전념하듯이 재가수행자도 자신의 불교수행에 전념할 수 있으니까요.

최초의 불교 교단의 조직은 투표라는 민주적인 법을 가졌던 샤카('참나무')족의 부족적 통치제도에서 착상을 얻은 것이었습니다. 이 부족은 조금은 '이로쿼이 연맹'• 같은 아주 작은 공화국이었습니다.(가드, 1949, 1956) 깨달은 이 고타마는 샤카족의 한 사람으로 태어났습니다. 그래서 그의 이름은 '샤카무니', 즉 '샤카들의 현자'가 된 것이지요. 불교 교단은 이렇듯 신석기시대에 기원을 둔 공동체사회의 정치체제를 모형으로 하고 있습니다.

그래서 우리가 가지고 있는 수행, 수련, 의식의 모형들을 수도원이나 직업적 훈련에만 한정시킬 필요가 없습니다. 또한 일과 나눔의 전통을 가지고 있던 최초의 공동체들 쪽으로 눈을 돌릴 수도 있습니다. 거기에는 일, 가족, 상실, 사랑, 실패라는 비수도원적인 경험에서만 얻을 수 있는 부가적인 통찰이 있습니다. 그리고 거기에는 인간과 다른 생물 사이에 있는 모든 생태적, 경제적 관계가 있습니다. 그것은 우리가 오랫동안 무시할 수 없는 것으로서, 우리로 하여금 식목, 수확, 번식, 도살에 대해 심각하게 고려할 것을 요구합니다. 우리는 모두 종교 제도가 원래 연구대

• 북아메리카 원주민의 정치동맹.

상으로 삼았던 현실이라는 바로 그 스승에게 도제로 보내진 사람들입니다.

현실에 대한 통찰은 당장의 정치와 역사에 대한 감각을 가지라고, 자신의 시간을 통제하라고, 스물네 시간을 지배하라고 말합니다. 그것을 잘하되 자기연민 없이 하라고 말합니다. 아이들을 모아서 자가용 승용차에 합승시켜 버스가 있는 길 아래로 데려다주는 일은 추운 아침 절간 법당에서 경전을 염불하는 것만큼이나 어려운 일입니다. 한쪽의 활동이 다른 쪽의 활동보다 더 나은 것이 아니며, 각각의 활동은 따분한 것일 수 있지만 둘 다 반복이라는 미덕을 가지고 있습니다. 반복과 종교의식, 그리고 이 두 가지가 만들어내는 좋은 결과는 수많은 형태로 나타납니다. 필터 교환, 코 닦기, 회의 참석, 집 주변 청소, 설거지, 계량봉 검사. 이런 일들이 우리가 좀더 심각하게 하는 일들을 방해한다고 생각하지 마십시오. 그런 일련의 허드렛일들은 우리가 '도'를 닦는 '수행'을 하기 위해서 좀 벗어났으면 하고 원할 수도 있는 그런 어려운 일들이 결코 아닙니다. 그 일들 자체가 바로 우리의 길입니다. 그런 잡다한 일은 깨달음과 깨닫지 못함을 대립되는 것으로 놓고자 하는 사람에게는 또한 그 자체로도 완성이 될 수 있습니다. 깨달음이거나 깨달음이 아니거나 각각이 그 자체로서 완전한 현실이고 그 나름의 완전한 망상일 때 말이지요. 도겐은 "수행이 길이다"라는 말을 즐겨 했습니다. '완벽한 길'은 쉽게 정의할 수 있는 어떤 곳이 아니며 행로의 끝에 있는 어떤 목적지로 이어지는 길이 아니라는 걸 우리가 안다면, 이 말을 이해하기가 더 쉬울 것입니다. 등산하는 사람은 뛰어난 전망, 함께 가는 사람 사이의 협동과 우정, 실감나는 고생을 위해 정상에 오릅니다. 그러나 그보다는 대개 등산을 하면 예기치 못했던 일이 일어나고 놀라움을 만나는 그곳으로 데려가기 때문에 우리는 산에 오르는 것이지요.

참답게 세상을 경험한 사람, 세련된 사람은 일상 속에서 기쁨을 발견합니다. 그런 사람은 집이나 사무실 주변에서 하는 지루한 일을 등산의 비유가 암시하는 것처럼 도전과 놀이가 충만한 것으로 생각할 것입니다. 진짜 '놀이'는 오솔길에서 완전히 벗어나는 행동, 인간이나 동물이 어떤 현실적이거나 정신적인 목적을 겨냥한 규칙성의 어떤 흔적으로부터 벗어나는 행동 속에 있습니다. 우리는 '따라갈 수 없는 오솔길'로 나갑니다. 그 숲길은 사방으로 이어지지만 아무 곳으로도 가지 않습니다. 그 길은 숱한 가능성들로 이루어진 끝없는 직물이며, 같은 주제에 대해 무수히 많은 우미한 변화가 있으면서도 각각 독자적인 특징을 갖고 있습니다. 테일러스talus 비탈의 돌은 하나하나가 다 다릅니다. 전나무의 바늘잎은 어떤 것도 똑같지 않습니다. 어떻게 한 부분이 다른 부분보다 더 중심적이고 더 중요할 수 있겠습니까? 맨저니타 덤불에 빠지지 않는다면 우리는 잔 나뭇가지와 돌더미와 나뭇잎을 가지고 3피트 높이로 쌓아놓은 털북숭이꼬리숲쥐의 집을 결코 만날 수 없을 것입니다. 용맹정진하라!

우리는 우리의 집과 난롯가에서, 그리고 집 근방의 길 위에서 안락과 위로를 발견합니다. 거기에는 또한 해야 할 이런저런 허드렛일의 지루함과 사소한 일들이 되풀이되는 진부함이 있습니다. 그러나 제행무상諸行無常의 법칙은 오랫동안 반복되는 것은 아무것도 없다는 것을 의미합니다. 우리가 하는 모든 행위의 일시성은 우리로 하여금 일종의 시간의 야생지로 가게 합니다. 우리는 무생물과 생물이 진행하는 과정의 그물 안에서 살아갑니다. 그 과정은 지하로 흐르는 강에 부딪치고 창공에 쳐진 거미줄처럼 반짝이면서 만물을 기릅니다. 활동하고 있는 생명과 물체는 쌀쌀맞고 거칠며, 털북숭이이고 육감적입니다. 여기에는 우리가 길이라고 말하는, 일시적인 질서정연함이라는 작고 고립된 장소보다 더 큰 질서가 있습니다. 그것이 진정한 큰 길입니다.

우리의 솜씨와 일은 내적으로 엉성하게 질서 잡힌 야생 세계의 아주 작은 반영에 지나지 않습니다. 길에서 비켜나 분수령의 새로운 장소로 향하는 일 같은 것은 없습니다. 그것은 새로움을 위해서가 아닙니다. 우리의 영역 전체로의 귀향을 위해서입니다. '오솔길을 벗어난다'는 것은 '길'의 또다른 이름입니다. 오솔길을 벗어나 소요하는 것이야말로 야생의 실천입니다. 그것은 또한 역설적으로 우리가 스스로 할 수 있는 최선의 일을 하는 곳이기도 합니다. 그러나 우리에게는 작은 길과 오솔길이 필요하고, 앞으로도 언제나 그 길들을 유지하고 있을 것입니다. 우리는 먼저 작은 길 위에 있어야 합니다. 몸을 돌려 야생의 세계로 걸어들어갈 수 있기 전에 말이지요.

곰과
결혼한
여자

이야기

옛날에 열 살쯤 된 여자아이가 있었습니다. 그 아이는 여름이면 딸기를 따러 가곤 했지요. 여름마다 가족과 함께 갔고, 식구들이 모두 딸기를 따서 말렸습니다. 가끔씩 숲길에서 곰의 똥을 보았습니다. 여자아이들은 곰의 똥을 조심해야 했어요. 곰의 똥 위로 걸어가서는 안 되었지요. 남자들은 곰의 똥 위로 걸어가도 되었지만, 어린 여자아이들은 똥을 돌아서 가야 했어요. 그러나 그 여자아이는 곰의 똥 위를 뛰어넘어가며 그 똥을 차기를 좋아했습니다. 어머니의 말을 듣지 않았어요. 언제나 똥을 보면 발로 차고 그 위로 건너뛰었어요. 그 여자아이는 언제나 주위에서 똥을 보았어요.

어릴 때부터 그랬습니다.

그 아이가 성장했습니다. 어느 해 여름, 식구들이 모두 딸기를 따고 물고기를 말리려고 캠프를 나갔습니다. 그 여자는 어머니와 이모들과 언니들과 함께 하루종일 딸기를 땄습니다. 저녁이 될 무렵 그녀는 곰의 똥을 보았어요. 그 똥에게 별말을 다 하고 똥을 차고 그 위를 건너뛰었지요. 여인들은 집에 갈 채비를 하고 블루베리를 가득 채운 무거운 바구니를 들었습니다. 그런데 그녀는 특별히 좋은 딸기를 발견하게 되어서, 다른 사람들이 앞서가는 동안에도 계속해서 그 딸기를 따고 있었어요. 그녀가 따라가려고 할 때, 미끄러지는 바람에 딸기를 조금 땅바닥에 엎질렀습니다. 그래서 몸을 굽혀 바닥에 떨어진 딸기를 줍고 있었습니다. 다른 사람들은 계속 아래로 내려갔습니다.

한 남자가 그곳에 서 있었습니다. 멋지게 옷을 차려입고 있었고, 얼굴은 붉게 칠해져 있었습니다. 그녀는 그늘 속에 있는 그 남자를 보았습니다. 전에 본 적이 없는 사람이었지요. 남자가 말했어요. "그 딸기보다 더 좋은 큰 딸기가 많이 있는 곳을 알고 있어요. 우리 그리로 가서 바구니를 채우지요. 집에는 내가 데려다줄게요." 그래서 둘은 한동안 딸기를 땄습니다. 어두워지고 있었습니다. 그러나 남자는 "좋은 곳이 또 있는데" 하고 말했고, 곧 캄캄해졌습니다. 남자가 말했어요. "집에 가기에는 너무 늦었군요. 저녁밥을 준비합시다." 그리고 남자는 불을 피워 음식을 만들었어요. 그것은 불처럼 보였습니다. 두 사람은 땅다람쥐를 먹었어요. 그러고 나서 그들은 나뭇잎 속에 잠자리를 만들었습니다. 잠자리에 들었을 때, 남자가 "아침이 되면 머리를 들어 나를 쳐다보지 말아요. 나보다 먼저 잠을 깨더라도 말예요" 하고 말했습니다.

다음날 아침 그들이 잠에서 깨어났을 때, 그 젊은 남자가 여자에게 말했어요. "우리는 계속 이렇게 살아갈 수 있어요. 차가운 땅다람쥐를 먹게 될 거예요. 불은 만들지 않을 거예요. 우리 딸기를 많이 땁시다." 젊은 여자는 집에 갈 일과 아버지와 어머니 얘기를 했습니다. 그러자 남자가 말했어요. "겁먹지 말아요. 내가 집에 함께 갈 테니까." 그러면서 남자는 손으로 여자의 정수리 바로 위를 찰싹 치고 손가락으로 여자의 머리 둘레에다 해가 도는 방향으로 동그라미를 그렸습니다. 그러자 여자는 모든 걸 다 잊어버렸고 더 이상 집 얘기는 하지 않게 되었어요.

그렇게 해서 여자는 집에 가는 걸 모두 잊어버렸지요. 여자는 그냥 남자와 함께 돌아다니며 딸기를 땄어요. 캠프를 칠 때마다 그것이 그녀에게는 한 달 같았는데 실제로는 하루였습니다. 그들은 계속 이 산 저 산 돌아다녔어요. 마침내 여자가 한 장소를 알아보았어요. 그녀가 가족과 함께 가서 고기를 말리던 곳 같았어요. 남자는 수목한계선인 그곳에서 걸음을 멈추더니 그녀의 머리를 찰싹 하고 때리고 해가 도는 방향으로 동그라미를 그리고 그녀가 앉아 있는 땅 위에도 또하나의 동그라미를 그렸습니다. 남자가 말했어요. "여기서 기다려요. 나는 땅다람쥐를 잡으러 갈게요. 고기가 떨어졌거든요. 내가 돌아올 때까지 기다려요." 그러더니 그는 땅다람쥐를 가지고 돌아왔어요. 저녁이 되어 그들은 캠프를 치고 음식을 만들었습니다.

다음날 아침, 그들은 일어나 계속 여행을 했습니다. 마침내 여자는 알았어요. 가을이 가까워지고 있었고 날씨는 추웠습니다. 여자는 남자가 곰이라는 걸 알았어요. 남자가 "집을 만들 때예요" 하고 말하며 굴을 파기 시작했거든요. 그때 그가 곰이라는 걸 여자는 정말로 알게 된 것이지요. 남자는 굴을 파는 데 상당한 솜씨가 있었습니다. 남자가 "가서 전나무 가지와 잡목 좀 구해다줘요" 하고 말했습니다. 여자는 높은 나무에 올라가서 나뭇가지를 부러뜨려 그에게 한 다발을 가져다주었습니다. 남자는 그것을 보더니 말했어요. "그런 굵은 가지는 소용이 없어요. 흔적을 남겼으니 사람들이 그걸 보고 우리가 여기 있는 걸 알 거예요. 여기서는 지낼 수가 없군요." 그래서 그들은 그곳을 떠났습니다.

그들은 계곡 위로 올라갔어요. 여자는 이 계곡을 알아보았어요. 오빠들이 사냥 가서 곰을 먹었던 곳이었거든요. 오빠들은 4월이면 개들을 그리로 데리고 가 곰사냥을 하곤 했었어요. 오빠들이 곰의 굴 안으로 개들을 들여보내면 곰이 나오곤 했지요. 그곳은 바로 오빠들이 다녔던 곳이었어요. 그녀는 그것을 알았어요.

그녀의 남편은 다시 굴을 팠고 잡목을 구해오라고 그녀를 보냈습니다. 그가 말했습니다. "땅 위에 있는 나뭇가지들을 가져와요. 높은 나무의 것은 안돼요. 땅 위의 나뭇가지들을 가져오면 당신이 어디에서 그것들을 가져왔는지 아무도 모를 거예요. 또 눈으로 덮일 거고요." 여자는 땅에서 낮은 곳에 있는 나뭇가지를 잘랐습니다. 하지만, 어느 정도 높은 곳의 나뭇가지도 꺾었어요. 그녀는 오빠들이 알아볼 수 있게 그 나뭇가지들을 꺾은 채 두었어요. 그녀는 또 자기 몸에 모래를 비벼댔습니다. 온몸과 팔다리에. 그런 다음 개들이 그녀의 냄새를 맡도록 나무들 둘레에 몸을 비벼댔어요. 그러고 나서 나뭇단을 들고 굴로 들어갔어요.

남자가 땅을 파고 있을 때, 그는 곰처럼 보였습니다. 그때가 단 한 번이었어요. 그러나 보통 때는 인간처럼 보였어요. 여자는 달리 어떻게 살아갈 방법을 몰라, 남자가 잘해주는 한 함께 지냈습니다.

"이 나뭇가지들이 더 좋군요" 하고 남자가 말하면서 나뭇단을 안으로 가져가 굴을 만들었습니다. 굴을 다 만든 뒤 그들은 떠났습니다. 그 회색곰은 가장 늦게 동굴로 들어가는 곰이었습니다. 둘은 눈 속에서 돌아다니는 걸 좋아했습니다. 그런 후에도 남자는 겨울에 먹을 땅다람쥐 사냥으로 좀더 많은 나날을 보냈습니다. 여자는 그가 그 일을 하는 걸 본 일이 없었어요. 그녀는 늦가을 햇빛을 받고 앉아서 계곡 아래를 내려다보았어요. 남자는 자기가 회색곰처럼 땅다람쥐를 파내는 것을 여자가 보지 않기를 바랐어요. 거의 날마다 남자는 땅다람쥐를 사냥했고, 두 사람은 딸기를 땄어요. 그녀에게 그는 영락없는 인간이었어요.

정말로 늦은 가을이 되었습니다. 남자가 말했어요. "이제는 집으로 가야 할 것 같군요. 음식과 딸기는 넉넉해요. 굴로 내려갑시다." 그래서 그들은 굴로 들어갔고 거기서 지내면서 잠을 잤습니다. 한 달에 한 번 일어나 먹고 다시 잠을 잤어요. 매번 그 한 달이라는 시간은 다음날 아침인 듯, 바로 다음날인 듯이만 여겨졌어요. 그들은 정말 한 번도 밖으로 나가지 않았어요. 그냥 그래야만 할 것처럼 느껴졌어요.

곧 여자는 아기를 가진 것을 알게 되었어요. 그리고 한겨울이 되자 동굴에서 두 아기를 낳았습니다. 하나는 여자아기였고 하나는 남자아기였습니다. 곰들이 새끼를 가질 때, 여자도 그 아기들을 가진 것이었지요.

그녀의 남편은 밤이면 노래를 부르곤 했고 여자는 잠에서 깨어 그 노래를 들었습니다. 그 곰은 여자와 살기 시작하면서 무당처럼 되었습니다. 그 노래는 그가 무당이 된 것처럼, 그냥 그에게서 나왔습니다. 그는 그 노래를 두 번 불렀습니다. 여자는 그때, 그 노래를 처음으로 들었어요. 두번째 부를 때 남자가 "우프! 우프!" 하는 소리를 냈고, 여자는 그 소리에 잠을 깼던 것이지요.

"당신은 내 아내인데, 나는 곧 떠날 거예요. 눈이 녹기 전에 당신의 오빠들이 곧 이리로 올 것 같아요. 내가 무슨 나쁜 짓을 할 거라는 걸 당신이 알았으면 해요. 나는 반격할 거예요!"

"그러지 말아요! 그들은 당신의 처남들이에요! 당신이 진정 나를 사랑한다면 내 오빠들도 사랑할 거예요. 오빠들을 죽이지 말아요. 오빠들이 당신을 죽이도록 해요! 나를 정말로 사랑한다면 싸우지 말아요! 당신은 나에게 잘해주었어요. 오빠들을 죽일 거면 왜 나와 함께 살았어요?" 그가 말했습니다. "알았어요. 싸우지 않을 게요. 하지만 그러면 무슨 일이 일어날지 당신이 알았으면 해요!" 남자의 송곳니들은 칼처럼 보였습니다. "나는 이걸로 싸워요" 하고 그가 말했습니다. 여자는 계속 빌었습니다. "아무 짓도 하지 말아요. 오빠들이 당신을 죽인다 해도 내가 아이들을 키울 거예요!" 여자는 그때서야 그가 곰인 것을 정말로 깨달았습니다.

그들은 다시 잠을 잤습니다. 여자가 다시 잠에서 깨어났을 때, 그는 노래를 부르고 있었습니다. 그가 말했어요. "사실이군요. 그들이 가까이 오고 있어요. 저들이 나를 죽이면 당신은 그들한테서 내 머리와 꼬리를 얻어내도록 해요. 오빠들이 어디서 나를 죽이든 불을 크게 지펴 내 머리와 꼬리를 태우고, 머리가 타는 동안 이 노래를 부르도록 해요. 완전히 다 타 없어질 때까지 노래를 불러요!" 그러면서 그는 다시 그 노래를 불렀습니다.

그러고 나서 그들은 음식을 먹고 다시 잠들었습니다. 또 한 달이 지나갔습니다. 그달에는 둘 다 잠을 잘 이루지 못했습니다. 그는 계속 깨어 있었습니다. 그가 말했어요. "가까워지고 있어요. 나는 편히 잠을 이룰 수가 없어요. 바깥은 맨땅이 되어가고 있을 거예요. 밖을 내다보고 굴 앞의 눈이 녹았는지 봐줘요." 그녀는 내다보았습니다. 진흙과 모래가 있었습니다. 여자는 그것을 조금 쥐어 공처럼 만들고 그것을 자기 몸 위에 문질렀어요. 공에 그녀의 냄새가 가득 배게 되었어요. 그녀는 그것을 언덕 아래로 굴렸습니다. 그러면 개들이 그 냄새를 맡을 수 있을 테니까요. 그녀는 안으로 들어와 "어떤 곳은 완전히 맨땅이에요" 하고 말했습니다. 그는 여자에게 왜 그런 자취를 남겼느냐고 물었습니다. "왜? 왜? 왜? 당신 형제들이 우리를 쉽게 찾을 텐데!"

그들은 반달 동안 잠을 잔 후 깨었습니다. 그는 다시 노래를 불렀어요. "이게 마지막 노래예요." 그가 말했습니다. "당신은 내 노래를 다시는 듣지 못할 거예요. 이제 언제라도 개들이 문 앞으로 들이닥칠 거예요. 가까이 와 있어요. 나는 싸울 거예요! 나는 나쁜 짓을 하게 될 거예요!" 그의 아내가 말했습니다. "당신은 그 사람들이 내 오빠라는 걸 알잖아요! 그러지 말아요! 당신이 오빠들을 죽이면 누가 내 아이들을 보살펴주겠어요? 아이들을 생각해야 해요. 오빠들이 나를 도와줄 거예요. 오빠들이 당신을 사냥하면, 그렇게 하도록 내버려두어요!" 그들은 잠깐 동안 다시 잠들었습니다. 다음날 아침 그가 말했어요. "아, 가까이 왔어요! 가까이 왔어요! 일어나요!"

그들이 막 일어나려고 할 무렵 시끄러운 소리가 들렸습니다. "개들이 짖고 있어요. 나는 이제 떠날래요. 내 칼들은 어디 있어요? 칼이 필요해요!" 그는 칼들을 높은 곳에서 내렸습니다. 여자는 그가 이빨을 내미는 것을 보았습니다. 그는 커다란 회색곰이었습니다.

"제발 싸우지 말아요. 당신이 나를 원한다면 왜 이렇게까지 해야 해요? 아이들 생각 좀 해요. 내 오빠들을 다치게 하지 말아요!" 그는 "다시는 나를 보지 못할 거예요!" 하고 말하고는 밖으로 나갔습니다. 굴 입구에서 그는 으르렁거렸고 무엇인가를 후려쳐 굴 안으로 던졌습니다. 집에서 기르던 개, 작은 곰 같은 개였습니다. 그가 개를 안으로 던질 때 여자는 개를 붙잡아 잠자리 아래 덤불 쪽으로 밀어넣었습니다. 그녀는 그 개를 데리고 있으려고 그곳에 두었지요. 그녀는 개 위에 앉아 개가 빠져나가지 못하도록 지켰습니다. 그녀가 그 개를 데리고 있고 싶어한 데에는 이유가 있었습니다.

밖에서는 오랫동안 아무 소리도 나지 않았습니다. 그녀는 굴 밖으로 나가보았어요. 아래에서 오빠들의 말소리가 들렸어요. 오빠들은 이미 곰을 죽이고 난 뒤였어요. 그녀는 마음이 안 좋아 주저앉았습니다. 화살 하나를 보자 그녀는 그것을 집어들었어요. 그리고 그 작은 개의 등에 끈으로 묶었어요. 화살을 개에 묶자 개는 주인들에게 달려갔습니다. 오빠들은 아래에서 곰의 가죽을 벗기고 있었습니다. 오빠들은 개를 알아보았어요. 오빠들은 화살을 빼냈습니다.

"이상하군. 굴 안에는 이걸 묶을 사람이 없을 텐데!" 하고 오빠들은 말했습니다. 그들은 그 얘기를 하고 막내를 굴 안으로 들여보내기로 했습니다. 남동생이라면 누이에게 말할 수 있겠지만, 오빠들은 그럴 수가 없었습니다. 오빠들은 막내에게 말했습니다. "1년 전에 누이를 잃어버렸잖아. 무슨 일이 있었을 거야. 곰이 데려갔을지도 모르지. 네가 제일 어리니 무서워하지 마. 굴 안에는 누이 말고는 아무도 없을 거야. 가서 누이가 있는지 알아봐. 찾아보라고!"

남동생이 떠났습니다. 여자는 그곳에 앉아 울고 있었습니다. 남자아이가 올라왔습니다. 남동생을 보자 그녀는 더욱 서럽게 울었습니다. 그리고 말했습니다. "너희들은 매형을 죽였어! 지난여름 나는 그이와 함께 갔던 거야. 오빠들이 그이를 죽였어. 그렇지만 오빠들에게 그이의 머리와 꼬리는 내게 달라고 해줘. 나를 위해 그걸 거기에 놓아둬. 집에 가서 엄마에게 내가 집으로 돌아갈 수 있게 내 옷을 지어달라고 말씀드려. 여자아이의 치마 옷과 남자아이의 바지와 셔츠도 만들라고 말씀드려. 그리고 모카신도. 그리고 엄마에게 이리로 오셔서 날 만나라고 말씀드려줘." 동생은 다시 내려가서 형들에게 말했습니다. "우리 누나야. 곰의 머리와 꼬리를 남겨달래."

그들은 들은 대로 한 후 집으로 돌아갔습니다. 어머니에게도 말씀드렸어요. 어머니는 바삐 옷을 지었습니다. 어머니는 아이들의 치마와 모카신과 다른 옷가지들을 가지고 다음날 산으로 올라갔습니다. 어머니는 딸이 있는 곳으로 찾아가 어린아이들에게 옷을 입혔습니다. 그런 다음 곰이 죽은 곳으로 내려갔습니다. 그녀의 남자형제들은 이미 큰불을 놓고 떠난 뒤였습니다. 여자는 머리와 꼬리를 태우고 나서 모두 재가 될 때까지 남편이 불렀던 노래를 불렀습니다.

그런 다음 그들은 집으로 돌아갔습니다. 그러나 여자는 바로 집으로 들어가지 않았어요. 그녀에게는 이제 인간의 냄새가 익숙하지 않았거든요. "오빠들에게 캠프를 치라고 하세요. 바로 집으로 들어갈 수가 없어요. 집으로 들어갈 수 있을 때까지는 꽤 오래 걸릴 거예요" 하고 그녀는 말했습니다. 그녀는 캠프에서 오랫동안 지냈습니다. 가을이 올 무렵 여자는 마침내 집으로 들어가서 엄마와 함께 지냈습니다. 겨우내 아이들은 무럭무럭 자랐습니다.

다음해 봄, 오빠들은 누이가 곰처럼 행동하기를 원했어요. 그들은 암수 두 마리의 새끼를 가진 암곰을 죽인 다음, 누이가 그 껍질을 쓰고 곰을 흉내내기를 원했습니다. 그들은 작은 화살도 손질해놓았습니다. 오빠들은 누이에게 함께 놀자고 졸라댔고, 누이의 두 아이들도 함께 놀기를 원했습니다. 하지만 그녀는 그러기를 원치 않았어요. 그래서 어머니에게 말했어요. "나는 그렇게 할 수가 없어요. 일단 그렇게 하면 나는 곰이 될 거예요. 나는 이미 절반은 곰이 된 사람이에요. 팔과 다리에 벌써 털이 보이고 있어요. 꽤 길어요." 만일 그녀가 곰 남편과 또 한 여름을 함께 지냈다면 그녀는 곰이 되었을 것입니다. "곰의 가죽을 입으면 나는 곰이 될 거예요" 하고 그녀는 말했습니다.

그러나 오빠들은 계속 함께 놀자고 졸라댔어요. 그러고는 어느 날 몰래 들어가 누이와 누이의 아이들에게 곰 가죽을 덮어씌웠어요. 그녀는 네 발로 걸어나갔습니다! 그리고 영락없이 곰처럼 몸을 흔들었어요. 저절로 그렇게 된 것이지요! 그녀는 회색곰이었습니다. 달리 아무것도 할 수 없었습니다. 그녀는 화살에 맞서 싸워야 했습니다. 그녀는 어머니까지도 포함해 가족을 죽여버렸습니다. 막내 남동생만은 죽이지 않았습니다. 일부러 그랬던 것은 아닙니다. 얼굴에는 눈물이 흘러내리고 있었어요.

그런 후 그녀는 혼자 길을 떠났습니다. 아이들은 데리고 갔지요. 그들은 산비탈을 타고 산으로 돌아갔습니다.

그렇게 해서 회색곰은 얼마간 인간이기도 한 것입니다. 그래서 사람들은 흑곰의 고기는 먹지만, 회색곰의 고기는 지금도 먹지 않습니다. 회색곰은 절반이 인간이기 때문이지요.

'곰과 결혼한 여자'에 대하여

새먼베리, 크로우베리, 내군베리, 클라우드베리, 하이부시 크랜베리, 로부시 크랜베리, 심블베리, 라즈베리, 소프베리, 블랙베리, 서비스베리, 맨저니타베리, 레드허클베리, 블루베리……

새먼베리는 일찍 익고, 다른 베리들은 대부분 늦여름 무렵 익습니다. 그 딸기들의 윤기, 향, 약간 찌르는 듯한 맛, 달콤함은 모두 오랜 옛날부터 내려온 것입니다. 딸기는 누구를 위한 것일까요? 딸기는 새와 곰을 유혹해서 기꺼이 먹힙니다. 그것은 선물입니다만 또한 답례이기도 합니다. 열매의 씨앗이 그들에게 실려 멀리 갈 것이기 때문이지요. 달콤하고 동그란 딸기에 박힌 작은 씨앗들은 새의 모이주머니와 너구리의 창자 속에 들어가 바위를 건너고 강을 건너고 대기 속을 지나 다른 숲의 땅에 떨어져 새싹을 틔우게 될 것입니다.

딸기를 따는 데는 인내가 필요하지요. 곰들은 어린 나뭇가지를 잡아당겨서 발톱으로 섬세하게 딸기 송이를 긁어냅니다. 사람들은 곰의 발톱처럼 생긴 나무갈퀴를 만들어 딸기를 바구니에 담거나, 한 손에 들고 있는 까부르는 바구니에다 나무수저로 딸기나무를 쳐서 딸기를 떨어뜨립니다. 어떤 여자들은 손놀림이 빠릅니다! 열 손가락으로 따면서도 딸기를 뭉그러뜨리는 법이 없지요. 딸기가 익으면 사람들은 날마다 딸기를 따러 나가고, 겨울에 먹으려고 말리거나 수영풀로 절입니다. 딸기를 따먹어도 나무나 씨앗에는 해가 없습니다. 이 이야기는 딸기로 시작해야 할 것 같습니다.

오래전부터 갈색곰과 회색곰은—그러나 우리는 그 곰들을 그런 통명스러운 이름으로 직접 불러서는 안 되겠지요—딸기밭으로 왔습니다. 그 곰들은 봄부터 돌아다니고 먹이를 찾으며 혼자서 수십 마일, 수백 마일을 돌아다니는 경우도 많습니다. 그 곰들이 딸기가 있는 가장 좋은 산비탈에 모이면 많은 곰들이 함께 가까이서 딸기를 따먹습니다. 그래서인지 그럭저럭 서로 다투지 않고 나누어 먹지요.

곰들은 겨울에 대비해 몸을 불리면서 여름 내내 먹습니다. 만일 어떤 이유로 인해 늦가을까지 몸무게를 충분히 늘리지 못하면, 어미 곰들의 몸은 어린 태아를 낙태하게 됩니다. 한겨울에 새끼를 양육하다보면 어미의 힘이 소진될 수도 있기 때문이지요. 산에 있는 소프베리와 블루베리를 다 먹고 나면 그들은 가을에 바다에서 갓 거슬러 돌아온 연어를 찾아 시냇물과 강으로 갑니다.

(치누크 또는 킹, 소크아이 또는 레드나 너카, 핑크 또는 곱사등이, 도그 또는 케타, 체리 또는 마수. 이 많은 종류의 연어들은 새크라멘토처럼 먼 남쪽에서 강으로 와 멀리 북태평양을 돌아 한국까지 갑니다. 그래서 북태평양 연안의 모든 강에는 곰들이 있습니다.)

오랫동안 곰과 새들만이 딸기 덤불과 강에 있었습니다. 인간은 훨씬 뒤에 그곳에 왔지요. 처음에 그들은 모두 사이좋게 지냈습니다. 언제나 얼마 안 되는 먹이를 함께 나누어 먹었습니다. 작은 동물들도 큰 동물만큼 힘이 있었을 것입니다. 일부 동물들과 소수의 인간들은 피부를 바꾸고 얼굴을 바꾸며 다른 존재로 변신할 수 있었습니다. 때때로 그들은 각기 정신세계로 건너가 대규모 집회를 열어 '축제'를 갖거나 시합을 가졌습니다. 원래 인간은 그리 나쁘지 않았습니다. 시간이 흐르면서 인간은 함께 사는 삶에서 벗어나 떠나버렸던 것 같습니다. 인간은 서로의 일로 바빠졌고 모든 시간을 저희들끼리만 보냈습니다. 그들은 동물들의 집회에 오는 걸 그만두었고, 점점 더 인색해져 갔습니다. 그들은 사소한 것들을 수없이 많이 익히면서 그들의 근본을 망각하게 되었습니다.

일부 동물들이 인간을 피하기 시작했습니다. 어떤 동물들은 걱정했지요. 왜냐하면 그들은 인간을 좋아했고, 그들 나름의 우스운 방식대로 인간과 가까이 있는 걸 즐거워했기 때문이지요. 곰들은 그러니까 걱정했습니다. 곰은 여전히 인간의 눈에 뜨이기를 원했고, 가끔씩 인간을 놀려주고 심지어는 인간에게 잡히거나 죽임을 당하는 것도 원했습니다. 그렇게 해야 인간의 집에 들어가서 그들의 음악을 들을 수도 있었으니까요. 아마도 그래서 곰은 숲길에다 똥을 떨구는 것일 겁니다. 사람들에게 곰이 가까이 있으니 곰을 무섭게 하는 일을 피하라는 경고의 한 방식이지요. 곰이나 사람이나 놀라면 누군가가 다칠 수 있으니까요. 사람이 짐승의 똥을 보면 그 똥을 잘 살펴 배설한 지 얼마나 되었는지를 알아내고 무얼 먹었는지도 검사할 수 있지요. 이번 주의 똥에 딸기가 섞여 있으면 그것을 통해 우리는 여러 가지를 알 수 있지요. 똥은 곰의 생활을 들여다보는 창문입니다. 그동안 곰이 어디에 있었는지를 말해주지요. 그래서 사람들은 산으로 갔을 때 그들이 온 것을 알리고 인간이 공격하려 한다거나 적대적이지 않다는 것을 곰이 들을 수 있도록 휘파람을 불 수도 있고 곰들의 마음을 배려할 수 있습니다. 동물의 세계에서는 어떤 동물이든 인간이 무엇을 생각하고 있는지를 알기 때문이지요.

어린 여자아이들은 달리고 뛰고 노래부르기를 좋아합니다. 어떤 아이들은 놀려대기를 좋아하는데, 그것은 보통은 심술궂은 짓이 아닙니다. 줄넘기 줄을 갖고 뛰고 노래합니다. 돌차기 놀이를 하며 그들은 뛰고 노래합니다. 그렇더라도 소녀나 여인은 곰의 똥이든 무슨 똥이든 실제로 그 위를 뛰어넘어서는 안 되고, 남자도 마찬가지이지요. 곰의 똥을 들여다보고 그렇게 표시해놓은 것에 대해 생각해보는 건 좋지만, 거기에 대해 뭐라고 의견을 갖는 것은 어리석은 일입니다. 그러나 이 소녀는 언제나 곰의 똥 위를 건너뛰었고 계속해서 그것에 대해 말했습니다. 어쩌면 그녀는 개구쟁이 짓을 하고 있었는지도 모르지요. 하지만 우리는 또한 그 아이가 예외적인 소녀로서, 어떻든 야생의 장소에 이끌린 소녀였다고 말하지 않을 수 없군요.

야생의 세계에 이끌리는 일. 곰은 아주 힘이 세고 또 조용합니다. 동시에 모든 동물 가운데 인간에게 가장 가깝습니다. 모두들 "곰의 가죽을 벗겨놓으면 영락없이 인간처럼 보여" 하고 말하지요. 실제로 곰은 인간처럼 행동합니다. 곰은 바보 같은 짓을 하고, 새끼들을—새끼들은 툭하면 싸우고 호기심이 많지요—가르치고, 그리고 기억을 합니다. 곰은 자신만만합니다. 곰은 보잘것없는 작은 것들을 먹기도 하고 큰 사슴을 때려눕히기도 하는데, 그 두 가지를 다 똑같이 우아하게 하지요. 곰의 발톱은 섬세하고 정밀합니다. 두 개의 발톱 끝으로 밤알을 집을 수도 있을 정도이지요. 곰은 사랑을 할 때면 몇 시간이고 합니다. 또 곰은 낮잠을 자고 나면 뚱해집니다. 곰은 밤새 수백 마일을 달릴 수 있습니다. 곰은 무너뜨릴 수 없을 것처럼 보입니다. 곰은 무슨 일이 일어나고 있는지, 어디로 가야 할지, 그리고 어떻게 그곳에 가는지를 알고 있습니다. 곰은 관대합니다. 곰은 크게 화를 내기도 하며, 싸우게 되면 마치 아픔을 전혀 느끼지 못하는 것처럼 싸웁니다. 곰에게는 적이 없고 두려움이 없습니다. 곰은 어리석을 수도 있습니다. 곰은 마음이 넓습니다. 곰은 이 세계에서 완벽하게 편안합니다. 곰은 인간을 좋아합니다. 곰은 이미 오래전에 연어가 바다에서 거슬러오는 강과 딸기밭에 인간이 그들과 함께 있도록 하겠다고 마음을 정했습니다.

이 소녀는 이상의 사실을 어느 정도 알고 있었음에 틀림없습니다. 그리고 어떤 점에서 그녀는 곰을 부르고 있었습니다. 사람들은 대부분 규칙을 어기는 것은 나쁘다고 알고 있습니다. 몰래 규칙을 어길 때 사람들은 자신이 잘못하고 있다고 느낍니다. 어떤 사람들은 흐린 마음과 탐욕 때문에 규칙을 범합니다. 어떤 사람들은 마음은 맑은데 알고 싶어서 규칙을 깨뜨립니다. 그들은 또한 그 대가를 지불해야 한다는 것을 이해하기 때문에 불평하지 않습니다.

규칙은 예의의 문제로서 지식과 힘, 생명과 죽음과 관계되지 않으면 안 됩니다. 규칙은 다른 생명을 빼앗는 일과 자기 자신이 먹고 죽는 일을 다루기 때문이지요. 인간은 그 어리석음으로 인해 규칙을 범하기가 쉽습니다. 우리가 보는 세계 뒤에는 또하나의 세계가 있습니다. 똑같은 세계이지만 그 세계는 더 열려 있고 더 투명하며 장애물이 없습니다. 커다란 정신의 내부에 있는 것처럼 동물과 인간은 모두 말할 수 있지요. 그리고 이곳을 통과한 자는 남을 치유하고 도와줄 힘을 갖게 됩니다. 그들은 올바르게 처신하고 성내지 않는 것을 배웁니다. 아무리 짧은 순간이라도 이런 세계와 접촉하는 것은 삶에 도움을 줍니다. 사람들은 그것을 찾지만 찾는 일이 쉽지는 않지요. 이 세상의 모든 형상은 변합니다. 곰에게는 모든 존재가 곰처럼 보입니다. 인간에게는 모든 존재가 인간처럼 보입니다. 모든 생명체에게는 그 자신의 이야기가 있고 기이함이 있습니다. 모든 동물은 우스운 성품을 가지고 있고, 각기 다른 역할을 수행합니다. "용과 물고기가 물을 궁전으로 볼 때, 그것은 인간이 궁전을 보고 있는 것과 같다. 그들은 물이 흐른다고 생각하지 않는다. 만일 외부 사람이 '그대가 궁전으로 보고 있는 것은 흐르는 물이오' 하고 말한다면 용과 물고기는 깜짝 놀랄 것이다. '산이 흐른다' 하고 말할 때 우리가 놀라는 것처럼." 이것은 도겐의 말입니다. 이따금 힘 또는 이성을 가진 사람 혹은 그냥 호기심이 많은 사람들은 경계선을 넘어가지요.

이 젊은 여자도 이제 다 자라서 가족과 함께 딸기를 따고 있었습니다. 곰들은 그녀가 그곳에 있는 것을 알았겠지요. 바구니에서 쏟아진 딸기를 줍느라고 그녀가 뒤처지게 되었을 때, 한 젊은 남자가 어둠 속에서 나와 자신을 소개하고 그녀를 도와주었습니다. 그는 가장 멋진 옷을 입고 있었고, 어디를 방문하러 가는 사람처럼 정장을 하고 있었습니다. 그 여자에게 그는 한 인간이었습니다. 그래서 그녀는 정확히 인간의 세계도 아니고 정확히 동물의 세계도 아닌 중간 세계로 들어갔던 것이지요. 그곳에서는 비가 불처럼 보일 수도 있고 불이 비처럼 보일 수도 있습니다. 그리고 그는 그녀를 좀더 민첩하고 좀더 충실하게 그 세계로 데려갔고, 그녀의 머리를 다독거려 잊어버리게 했습니다. 그들은 바람에 쓰러져 뒤엉킨 나무 아래로 갔습니다. 그들이 다시 나왔을 때 그들은 이미 산 밑을 통과하고 난 뒤였습니다. 하루는 한 달이거나 몇 년이었습니다.

그러나 그녀가 완전히 잊은 것은 아니었습니다. 우리는 언제나 두 세계에 속해 있는데, 그것은 두 세계가 실은 두 개가 아니기 때문이지요. 그러나 그녀가 가족과 집이 있다는 것을 잊지는 않았더라도 그것은 그리 강력하게 그녀를 잡아당기는 힘이 되지는 못했습니다. 사랑에 빠져 있었기 때문이지요. 남자는 힘차고 잘생겼으며, 그 역시 그녀를 사랑하고 있었습니다. 그들은 가장 아름다운 산에 있었고, 때는 마침 장대한 황금빛 늦가을이었고, 산비탈마다 익은 딸기가 지천이었습니다. 여자의 젊고 처녀다운 꿈은 성취된 것입니다. 그녀가 곰을 사랑할 수 있다면, 남자 역시 약하고 가볍고 예측할 수 없고 냄새나는 인간에 대한 편견을 넘어서야 하겠지요. 그래서 둘은 함께 사랑에 빠지고 대화를 나눕니다. 그들은 수목경계선에서 삽니다.

겨울이 되었습니다. 곰들은 몸무게를 불리고 두꺼운 외투를 입습니다. 그들이 새로이 굴을 만들 때면 산비탈의 한곳을 골라 굵은 거적 같은 고산 소나무 밑이나 커다랗고 넓은 바위 아래를 위아래로 파서 방을 만들지요. 입구 통로는 길이가 3피트에서 10피트가 될 것이며 방의 넓이는 8피트에서 19피트가 될 것입니다. 그런 다음 곰들은 굵은 나뭇가지들을 부러뜨립니다. 한 팔로 굵은 나뭇가지들을 구부리고, 다른 팔로는 그걸 꺾지요. 그렇게 해서 깔 짚을 모으고 그것을 굴 안으로 올려갑니다. 굴이 다 만들어지면 회색곰은 날씨가 좋은 시기 동안 여기저기 돌아다니며 여전히 사냥을 합니다. 눈이 본격적으로 내리게 되면, 그러니까 바로 눈이 심하게 쏟아지고 있을 때 곰은 굴로 들어갑니다. 내리는 눈은 곰의 발자국을 덮어버릴 것입니다.

굴에서 살면서 곰들은 네다섯 달 동안 마시거나 먹는 일을 멈추고 대소변을 보지 않습니다. 곰들은 방심하는 법이 없으며 상당히 빨리 잠을 깹니다. 곰의 몸은 어떤 식으로든 그들 자신의 배설물을 신진대사시킵니다. 지방질을 잃기는 하지만 곰의 야윈 몸은 근육을 증대시키며, 마치 깨어 있고 활동하는 것처럼 뼈의 분량을 보존합니다. 곰들은 꿈을 꿉니다. 아마도 곰들이 꾸는 꿈은 곰이 '산의 주인'으로서 다른 모든 동물들을 위해 향연을 베푸는, 내지의 깊고 깊은 산속에서 음식을 모으는 것에 대한 것일지도 모릅니다.

젊은 여자에게는 이때가 자신의 두 자아 사이에서 과거와 미래를 반추해보는 시간입니다. 풍경이 그녀의 이야기 속으로 다시 들어옵니다. 그녀는 계곡을 알아봅니다. 그녀는 연인인 남편을 처음에는 굴을 파는 곰으로 보고, 그런 다음 그녀와 앉아서 이야기를 나누는 한 인간으로 봅니다. 그녀는 남편이 굴에 쓸 발삼전나무 가지를 모으는 일을 도우면서, 그녀를 찾고 있을 오빠들을 위해 흔적과 표시를 남겨놓지 않을 수 없습니다. 남편은 짜증과 슬픔과 어떤 숙명을 느끼며 여자가 그렇게 하는 것을 보지만, 그녀에게 화를 내지는 않습니다. 그냥 계속 자리를 옮겨 새 굴을 팔 뿐입니다. 하지만 그곳에서도 여자는 냄새를 남깁니다.

그래서 그들은 굴속으로 내려갑니다. 그녀는 아직 곰이 아니어서, 그들은 여자가 먹을 수 있도록 음식을 저장해둡니다. 그녀는 곰이 그렇게 하듯 겨울에 아기를 낳습니다. 그러자 그들은 그들의 운명과 그들의 임무와 싸우지 않으면 안 됩니다. 그는 "여자와 살기 시작하면서 무당이 되었습니다". 그는 형태를 바꾸고 인간을 받아들일 수 있는 평범한 곰이 아닙니다. 하지만 아직도 그에게서는 힘이 나오고 있습니다. 나이든 곰들이 멀리서 그를 지켜보고 있었을까요? 힘이 필요할 것이란 점을 알고 있었을까요? 무당은 힘을 달라는 노래를 부르지요. 남자도 그런 노래를 불렀습니다. 전에는 앞으로 무슨 일이 일어날지 알지 못했다면, 이제 그는 그것을 압니다. 여자의 오빠들이 찾아올 것이라는 것과, 그리고 그들과 싸워야 한다는 것을 느낍니다. 그는 분명코 그들을 죽여 아내와 아이들을 지키고, 더 깊은 산속으로 옮겨서 안전하게 살 수도 있을 것입니다. 그것은 유혹입니다. 그는 여자의 눈에 칼/이빨/칼/이빨로 보이는 거대한 회색곰의 송곳니를 드러내며, 두 세계 사이에서 번득입니다.

그러나 이만큼 인간의 영역으로 들어온 그는 역시 인간의 관습을 따르지 않을 수 없습니다. 처남 매부 사이는 절대 싸워서는 안 된다고 하는 확고한 규칙이 있지요. 아이들의 이름은 어머니 쪽에서 계승됩니다. 그리고 아이들은 아버지보다는 어머니의 남자형제들이 더 많이 기르게 될 것입니다. 그들이 그를 매부로 받아들일 수만 있다면! 반은 곰이고 반은 인간이라는 점에서만 이상하지, 그렇게만 된다면 이상적인 가족 공동체가 될 것입니다. 그렇게 된다면 그것은 그에게는 틀림없이 유토피아적 꿈의 순간이 될 것입니다.

그 여자는 현실적입니다. 오빠들이 결코 그를 받아들이지 않을 것을 알고 있었지요. 그리고 아이들은 인간으로 길러야 한다고 생각했습니다. 그러나 그녀는 남편을 잘생긴 인간으로서가 아니라 곰의 몸으로서 사랑했습니다. 그녀 자신의 몸에도 털이 나기 시작했습니다. 여러 주일 동안 그들은 다가오고 있는 선택과 운명의 문제를 안고 살아야 합니다. 그는 밤이면 다시 노래를 부릅니다. 그것은 곰이 사냥을 당하고 죽어갈 때 불러야 하는 노래입니다. 그는 여자에게 알아두어야 할 것을 몇 가지 가르쳐주었습니다. "저들이 나를 어디에서 죽이든 큰불을 놓고 내 머리와 꼬리를 태우며, 머리가 타고 있는 동안 이 노래를 불러요. 완전히 다 타서 없어질 때까지 노래해요."

그래서 그것이 바로 그들이 함께 지냈던 이유가 됩니다. 그가 그녀를 통해 이 가르침을 곰의 세계에서 인간의 세계로 전하는 것이 바로 그 이유인 것이지요. 그들은 둘 다 이제야 그것을 압니다. 그러나 그는 묵묵히 그렇게 할 수는 없습니다. 그래서 그는 "왜? 왜?" 하고 묻는 것입니다. 그리고 마지막날까지 맞붙어 싸울 생각을 다시 한번 하게 됩니다. 그녀는 언제나 오빠와 남동생을 강조하는데, 그는 그것을 거역할 수 없습니다. 문 밖으로 나가 그는 앞발을 한 번 세게 휘둘러 작은 탈탄 곰개를 뒤로 던져버리고, 죽음으로 가는 길을 선택합니다. 그 애완용 개는 야생동물과 인간 사이에 존재하고, 그녀가 사람에게 다시 돌아올 준비를 하도록 도와줍니다. 남편은 그녀의 시야에서 벗어나 죽지만, 그녀는 개들이 짖는 소리를 듣고 알 수 있지요. 그녀는 주저앉아 울면서 억제하고 있던 상실과 슬픔이 쏟아지도록 내버려둡니다. 그녀는 그것을 남동생에게 퍼붓습니다. "너희들은 바로 매부를 죽였어!" 그 일은 그들에게도 비통한 일이지요.

(곰은 봄이면 야위고 굶주린 채 굴에서 나와 겨울에 죽은 엘크나 무스 같은 큰 사슴이나 순록의 시체를 찾고, 그런 걸 찾을 수 없으면 클레이토니아라는 식물로 배를 채웁니다.)

그녀는 머리와 꼬리를 불태우고 남편이 부르던 그 노래를 부릅니다.

그녀는 어머니의 집으로 돌아갈 수 없습니다. 인간의 냄새에 익숙해지는 일과 남편에 대한 애도로 그해 여름을 보냅니다. 가을과 겨울을 마을에서 보내면서 그녀는 친지들에게 그녀가 배운 것, 즉 곰을 죽이고 나면 그 머리와 꼬리를 불태우라는 것을 가르치고 노래도 가르칩니다. 올바른 사냥과 곰의 의식에 대해 남편으로부터 배운 것이 더 많이 있는데, 가령 바로 하지 말고 넌지시 할 것, 뽐내지 말 것, 곰에게 손가락질하지 말 것, 말을 천천히 할 것 등을 그들에게 가르칩니다.

편안한 겨울이 아닙니다. 아이들은 제대로 적응을 하지 못하고 그녀도 마찬가지이지요. 사람들은 그녀에게 편안하게 말하지 않습니다. 오빠들과 남동생은 곰에 대해서 아주 많이 알고 있는 누이에 대해서 엉큼하고 곤란한 생각을 하고 있습니다. 그들은 다음 해 봄, 매년 하는 곰 사냥을 나갔다가 암곰과 두 마리 새끼의 생가죽을 가지고 돌아왔습니다. 그들은 누이에게 곰 노릇을 해보라고 거듭 괴롭혔습니다. 그녀가 가지고 있는 말해서는 안 되는 비밀들이 그들의 마음을 성가시게 했던 거지요. 그들의 누이인 한 마리의 곰. 그들은 무얼 먹었을까? 그들은 무엇에 대해 말했을까? 누이는 꿈을 꾸었을까? 그 꿈은 어떤 것이었을까? 누이는 지금 힘이 얼마나 셀까, 그걸 믿어도 될까? 누이의 아이들은 무엇이 될까? 지금 그녀를 둘러싸고 있는 그녀의 힘과 알 수 없는 부분은 인간들에게 결코 편안한 것이 아니었지요.

그녀는 장차 무슨 일이 일어날지를 알고 있었고, 그녀의 몸에 털이 이미 길게 자라고 있었기 때문에 어머니에게 오빠들이 그렇게 하지 못하도록 해달라고 부탁해봅니다. 그러나 결국 일은 벌어지고 맙니다. 남자형제들은 이 애매모호함을 견딜 수 없는 거지요. 그들은 누이를 인내의 한계 너머로 밀어붙였습니다. 그녀는 다시 곰으로 변해 남동생을 제외하고는 모두 죽였습니다. 이제 그들은 매부를 죽인 대가를, 놀리고 괴롭힌 대가를 지불한 것입니다. 어머니도 죽었습니다. 젊은 여자와 그녀의 아이들은 이제 돌이킬 수 없는 곰이 되고 말았습니다. 인간 세계는 그들을 받아들이려고 하지 않을 것입니다. 할 일을 다 수행했기 때문에 이제 그들은 야생지로 돌아가야 합니다. 그들의 임무란 인간이 곰을 대할 때는 어떻게 해야 하는지 그 정확한 예법을 인간에게 가르치는 것이었지요. 어쩌면 이 모든 것은 곰의 조상들이 이미 계획해놓았던 것인지도 모릅니다. 그들은 두려움을 모르는 젊은 여자를 그들의 가르침의 전달자로 선택했을지도 모르지요. 이들은 각각 대가를 치렀습니다. 곰과 여자의 가족은 목숨을 잃었습니다. 우리는 값비싼 대가를 치르지 않고는 두 세계 사이를 건널 수 없습니다. 난폭한 두 마리의 새끼곰들과 쓸쓸하게 야생 세계를 떠도는 곰이 되기 위해 그녀는 사랑하는 곰 연인과 자신의 인간성을 잃었던 것입니다.

이것은 아주 오래전의 일이었습니다. 그후 인간은 곰과 좋은 관계를 맺었습니다. 세계의 고산지대에서는 매년 한겨울이 되면 많은 종족들이 눈이 쌓인 바깥에서 곰을 사냥하고 축하의식을 갖고 잔치를 벌여왔습니다. 곰과 인간은 매년 여름 큰 탈 없이 딸기밭과 연어가 돌아오는 강을 함께 나누어 씁니다. 곰은 인간을 먹이로 사냥하거나 죽이는 일이 없도록 조심합니다. 물론 공격을 받으면 싸우지만 말이지요.

이 이야기의 결과는 거기에서 끝나지 않고 더 나아가는데, 그것은 곰의 아내가 인간에 의해 여러 가지 이름을 가진 여신으로 기억되었다는 것이지요. 그녀의 아이들에 대해서, 그리고 그 아이들이 세상에서 무엇을 했는지에 대해서도 많은 이야기들이 있었습니다.

그러나 그 시대는 이제 끝났습니다. 곰들은 죽임을 당하고 있고 인간은 도처에 살고 있습니다. 끝이 없어 보이는 잿빛 세계가 펴져나가면서 녹색의 세계는 해체되고 있고, 조각조각나고 불태워지고 있습니다. 전 시대로부터 내려온 몇몇 연로한 분들이 아니었다면 우리는 이 이야기를 알지도 못했을 것입니다.

마리아 존스와 이 이야기의 구전

'곰과 결혼한 여자'라는 이 이야기는 마리아 존스가 인류학자이며 민족역사학자인 캐서린 매클렐런에게 해준 이야기에 기초한 것입니다. 이 이야기에는 수많은 종류의 변형이 있는데, 그 가운데 열한 개가 매클렐런의 연구서인 『곰과 결혼한 여자—인디언의 구전 전통』(1970)에서 논의되고 있습니다. 마리아 존스에 대해서 매클렐런은 다음과 같이 적고 있습니다.

"마리아 존스는 1880년대에 태어났을 것이다. 그녀가 백인 남자를 처음 본 것은 그녀의 가족이 어렵게 칠쿠트 해안을 통해 칠쿠트 산길을 넘어 다이에에 있는 윌슨의 가게에 거래를 하러 갈 때였다. 이것은 1880년대의 일이었고, 당시 마리아는 어렸다. 마리아는 자신은 투퀘디tuq'wedi 씨족이나 데시탄Decitan 씨족이며, 그녀의 최초의 조상은 안군의 바닷가 마을 틀링기트에 살고 있었다고 더듬어 올라가고 있다. 그녀의 제1국어는 아타파스칸의 태기시 방언이지만, 틀링기트 말도 상당히 많이 쓰고 있었다. 그 말은 사실상 태기시 부족의 가장 중요한 원주민어가 되었다. 그녀는 영어는 별로 잘하지 못했다.

꽤 유복하고 충만한 삶을 보낸 것처럼 보이기는 하지만 그녀의 건강은 좋지 않았고, 성인이 되고 나서는 대부분을 반 장님으로 보냈다. 내가 1948년에 그녀를 만났을 때 그녀는 눈이 완전히 멀어 있었고, 대부분의 시간을 땅다람쥐 털가죽으로 만든 옷이 덮여 있는 침대에서 지내고 있었다. 마리아는 적어도 세 곡의 노래를 작곡했고, 그녀의 다 자란 두 명의 손녀가 알고 있는 이야기의 양으로 미루어보건대 자신의 아이들에게 수많은 이야기를 들려준 게 분명했다.

마리아는 1948년 7월 16일 아침, 자진해서 내게 곰 이야기를 들려주었다. 나는 그전에도 그녀의 딸인 도라의 집으로 그녀를 방문해, 그녀에게 곰을 위해 올리는 의식이 있었는지 물은 적이 있었다.

마리아는 분명 훌륭한 이야기꾼이었다. 그녀는 빈번히 무언의 몸짓 손짓으로 이야기를 했고, 목소리를 바꿔 등장인물들을 구별해주었으며, 개와 곰의 소리를 흉내내기도 했다. 내가 타기로 되어 있었던 카크로스에서 오는 기차를 놓칠까봐 걱정이 된 그녀는 끝 부분에 가서는 이야기를 조금 서둘렀다.

통역을 맡았던 도라 오스틴 웨지는 학교 교육을 받은 터여서 영어를 유창하게 구사했다. 그 자리에 있었던 다른 사람은 도라의 딸 애니뿐이었다. 그녀는 그 이야기를 무척 흥미롭게 들었는데, 그 점으로 미루어보건대 그 이야기를 전에 들어본 적이 없는 게 확실했다."

아르카디아

갈색곰, 우르수스 아르크토스Ursus Arctos

곰은 그리스어로는 '아르크토스arktos'이고 라틴어로는 '우르스urs', 산스크리트어로는 '륵샤rksha', 웨일즈어로는 '아르트arth, 아서왕'입니다. 산스크리트어는 아마도 밤에 떠돌며 포효하고 짖어대며 시체를 먹는 악마들이라는 말인 '락샤사스Rakshasas'에서 나왔을 것입니다. 가장 근원적인 뿌리는 '르르르르르르'가 아니겠는가 하고 파드와는 말하고 있습니다.

'북극arctic'은 곰이 사는 곳입니다.

아르카스는 그리스 신화에 나오는 최고의 신 제우스와 곰의 여신인 칼리스토의 아들이었습니다. 그는 아르카디아의 사람들, 즉 '곰 민족'인 아르카데스의 조상이었을 것으로 추정됩니다. 그들은 판과 헤르메스와 아르테미스를 숭배했는데, 아르테미스는 야생동물들의 여신으로서 또한 곰과도 관련되어 있지요.

아르카디아arkadia. 이곳은 중앙 펠로폰네소스의 내륙에 있는 산악지대 고원과 연봉들로서, 북쪽 끝을 따라 있는 7000피트의 산봉우리들을 거느리고 있습니다. 원래 이곳은 소나무와 참나무 숲이었고 초원이었지요. 다른 그리스 사람들은 아르카디아인들을 전부터 늘 그곳에서 살고 있는 원주민이라고 생각했습니다. 실제로 그들은 그리스의 전 역사를 통해 늘 강인하고 독립심이 강한 민족이었습니다. 그들은 도리아족의 침략에도 영향을 받지 않았습니다. 그들은 정원을 가꾸고 목축을 했으며 사냥을 했습니다. 도시에 살던 그리스인과 로마인들은 그들을 자연과의 관계를 잃지 않은 채 활기차게 살아가며 고장의 특성을 지키고 자급자족을 이루는 문화의 표본으로 여겼습니다. 기원후 수백 년 동안 산림벌채와 토양의 고갈로 인구가 감소되었습니다. 8세기에는 슬라브족이 이주하면서 이 옛 문화를 종식시키게 되었습니다. 원래의 아르카디아인들 가운데는 '곰과 결혼한 여자'와 같은 이야기들을 알고 있는 사람들이 틀림없이 있었을 것입니다.

곰의 춤

무늬 있는 원피스를 입은 어떤 할머니 같은 분이 벌목꾼들이 입는 청바지를 입고 바지 멜빵을 한 머리가 희끗희끗하고 고생으로 찌든 한 노인에게 말하고 있습니다. "세상의 모든 것에는 영靈이 깃들어 있어요. 그렇지 않은가요?" 남자는 말없이 머리를 끄덕입니다. 여자는 미소를 지으며 "당신은 꼭 그렇게 생각하는 것 같지는 않군요" 하고 말합니다.

그 노인은 등은 좀 구부정했지만, 키가 크고 강한 인상을 줍니다. 곱슬곱슬하고 강철빛이 감도는 회색 머리는 길게 어깨까지 내려왔고, 바지 길이는 목장에서 신는 길이 10인치짜리 구두를 반쯤 덮고 있으며, 엄지손가락이 부러져 있는 손은 크고 억세어 보입니다. 그가 말합니다. "옛날 사람들에게는 오늘날 우리가 과학에서 배워서 쓰고 있는 그 모든 정확한 말들이 없었소. 그래서 그냥 햇빛을 '영靈'이라고 말했던 거지. 그분들은 많은 것을 '영靈'이라고 불렀단 말이오. 그분들이 멍청해서 그랬던 것은 아니고, 힘을 가진 것과 에너지가 있는 그런 것을 그분들은 '영靈'이라고 불렀던 거야."

한 아메리카 백인 젊은이가 옆에서 그들의 말을 귀담아듣고 있습니다. 그 여인은 열심이고 눈이 맑고 상냥합니다. 그녀는 자신의 설명을 계속합니다. "잊혀진 게 참 많아요. 나는 그런 걸 많이 찾아냈어요. 세상 사람 모두를 위한 것은 아니에요. 우리 종족을 위해서지요. 우리는 젊은 사람들에게 그런 걸 가르쳐주어야 해요."

먼지가 피어오르는 춤판에는 한 무리의 어린이들이 대열을 이루고 있습니다. 낡은 펠트 모자를 쓰고 데님 작업복 윗도리와 청바지를 입고 꾀죄죄한 작업화를 신고 있는 마빈 포츠는 친절하게 설명해주면서 아이들을 데리고 일정한 모양을 만들어가고 있습니다. 춤판에는 8피트짜리 막대기가 세워져 있고, 거기에 곰 가죽이 매달려 있습니다. 막대기 밑에는 방금 뜯어서 헹궈내 아직도 축축한 항쑥 줄기와 잎이 수북이 쌓여 있습니다. 모두들 조금씩 가져다가 보태고 있습니다. 산비탈로 올라가는 길 중간에는 그늘집이 있는데, 그 안에서는 손 게임이 진행되고 있어서, 끊임없이 통나무를 두들겨내는 리듬과 높아졌다 낮아졌다 하는 노랫소리가 들립니다.

여자와 두 남자는 뜨거운 햇빛 아래 계속 서 있습니다. 군중이 그들 주위로 밀려오기 시작합니다. 노인의 목소리는 아주 낮아서 거의 들리지 않습니다. 젊은 남자가 듣고 있다가 가끔씩 질문을 던집니다.

늙은 남자는 말합니다. "과학이 그동안 아주 높이 올라갔기 때문에, 이제는 다시 내려오기 시작하고 있소. 우리는 지금 우리의 오랜 지식을 가지고 올라가고 있으므로 머지않아 내려오는 과학과 만나게 될 것이오." 한 젊은 원주민 여자가 그들 가운데로 끼어들었습니다. 나이든 여자가 말합니다. "나를 마이두족이나 콘카우족이라고 부르지 말아요. 나는 타이족 사람이에요. 그게 바로 우리의 이름이에요." 나이든 남자가 그녀에게 몸을 돌리고 말합니다. "타이가 뭐요?" 나이든 여자가 대답합니다. "그게 바로 나예요. 하지만 당신은 몰라요."

"글쎄, 나도 당신처럼 마이두 사람이라오." 하고 남자가 말합니다. 여자는 금방 웃으며 말합니다. "당신은 정말……" 그러고는 원주민어를 많이 섞어 말합니다. "그건 '중간 산'을 의미해요." 남자는 쉽사리 그 말을 따라 똑같이 말합니다. 남자는 그 말을 알고 있는 게 분명합니다. "그래요. '중간 산'이오. 그래, 그것이 옛날의 우리들이었소?" "그래요. 당신들 부족이었죠. 백인 인류학자들이 우리에게 마이두란 이름을 주었던 거예요." "알았소" 하고 남자가 말하면서 젊은 남자에게로 돌아섭니다. "나는 이제 춤추러 가겠소. 언제고 우리에게 좀 오시우. 사람들이 우리 묘지에서 훔쳐가는 걸 막느라고 무척 힘이 들어요." "무슨 일을 하세요?" 하고 백인 남자가 묻습니다. "나는 제재소에서 시간제로 일하오." 그리고 그는 자리를 떠납니다. 그는 꼬마 손주 셋을 불러 곰 춤판의 아이들이 둥글게 앉아 있는 곳의 안쪽으로 데려갑니다.

메리 포츠는 세워놓은 장대 옆에 휠체어를 타고 앉아 있습니다. 장대 둘레에는 단풍나무 껍질 조각을 매달아 치장해놓았습니다. 휴대용 확성기가 작동하면서 프랭크가 노래를 부르기 시작합니다. "웨다…… 웨다…… 웨다……" 원이 두 겹으로 있는데, 안쪽은 아이들의 원이고 바깥쪽은 어른들의 것입니다. 두 원이 다 돌기 시작합니다. 사람들은 천천히 시계 방향으로 리듬에 맞춰 돌면서 조그만 다북쑥 뭉치를 흔듭니다. 젊은이들과 노인들, 많은 백인들, 많은 원주민들, 그 사이에 보이는 많은 혼혈의 피부 색깔들.

곧 곰이 앞으로 나옵니다. 커다란 머리를 앞으로 쑥 내밀고 있고, 두껍고 검은 털가죽이 등을 덮고 있습니다. 두 앞발은 지팡이를 든 두 팔로 만든 것이지요. 곰의 몸 아래 부분의 솔기가 반쯤 열려 있는데, 그 안에 잘라낸 흰색 바지를 입고 있는 두 다리가 보입니다. 그는 진짜 곰처럼 잘 움직이고, 춤꾼들 사이를 들락날락하고, 사람들이 만든 원으로 들어가고, 원을 가르고, 뒤로 갑니다. 곰은 한 아이를 들어 곰 가죽 밑으로 넣어 데려가고, 그런 다음 아이를 풀어줍니다. 곰이 가까이 오자 한 어린이는 울음을 터뜨리고 한 소년은 향쑥으로 곰의 등을 찰싹찰싹 때립니다. 곰이 여자들에게 달려가 귀찮게 굴자 여자들은 비명을 지르며 향쑥을 곰에게 던집니다. 가끔씩 노래가 잠시 멈추고 가수는 숨을 몇 차례 들이쉽니다. 곰은 휠체어를 타고 있는 마리에게 다가가 앞발로 그녀의 어깨를 껴안고 코를 들이밉니다. 그녀의 눈이 빛납니다. 그녀의 미소는 강렬해지며 기쁨에 차오릅니다.

그러는 동안 마빈은 단풍나무 껍질이 휘날리는 장대를 높이 들고 둥그런 원을 그리고 있는 춤꾼들을 인도하며 돕니다(그는 전에 비비 꼬인 껍질은 방울뱀이 우는 소리라고 하면서, 우리가 방울뱀과 곰과 함께 놀면서 그들의 기분을 돋우고 즐겁게 해주면 여름 내내 탈없이 함께 잘 지낼 수 있다고 말한 적이 있지요).

둥그런 춤은 그 위풍당당한 회전을 계속합니다. 마침내 마빈은 원을 끌고 밖으로 나가면서 춤판을 떠납니다. 춤꾼들, 남녀 원주민, 아이들, 블루진 작업복을 입고 카우보이모자를 쓴 중년의 백인 목장주들이 줄을 지어 빈틈없이 주차된 자동차와 픽업트럭 사이를 빠져나갑니다. 그 줄은 그늘을 드리우는 제프리 소나무의 황갈색 나뭇가지 사이로 해서 손 게임을 하고 있는 그늘집의 동쪽 칸을 돌아—곰춤 음악에 맞춰 노래를 여전히 큰 소리로 부르는 가운데—내려갑니다. 그런 다음 풀로 덮인 산비탈 위를 지나 물살이 빠른 개울로 내려갑니다. 그곳에 이르자 모두 냇둑에 흩어져서 찬물로 손과 얼굴을 닦습니다. 쑥향 다발은 냇물에 마음대로 흘러가게 내버려둡니다. 쑥향 다발들은 소나무 숲 사이를 흘러가다가 쑥밭으로 다시 돌아내려가 서부의 대분지로 사라질 것입니다.

이것이 곰 춤의 끝입니다. 곰 가죽은 다시 장대에 걸리고 사람들은 수송아지를 통째로 굽고 있는 넓고 우묵하게 파인 곳으로, 그리고 해안가 사람들이 선물한 연어가 있는 곳으로 떠나갑니다. 손 게임 하는 사람들이 목청껏 부르는 노래들은 끊이지 않고 계속됩니다.

40077년 6월, 섀스타, 노토코요, 웹팜쿤에서

생존과
성찬

한번은 대사가 밥주발을 닦고 있다가
새 두 마리가 개구리 한 마리를 놓고 다투고 있는 것을 보았다.
이 장면을 본 한 스님이 물었다. "왜 저렇게 됩니까?"
대사가 대답했다. "오직 너를 위해서이니라."
—동산(洞山, 조동종의 창시자인 9세기 중국의 선승)

탄생의 끝

안녹산의 반란이 일어나 수도 장안이 한창 파괴되고 있을 때 두보는 「춘망春望」이란 시를 지었습니다. 그 시는 장안과 중국 전체를 탄식하고 있는데, 이렇게 시작됩니다.

> 나라는 멸망해도 산과 강은 살아남는다.

이 시는 가장 유명한 중국시 가운데 하나로, 일본에도 널리 알려져 있지요. 일본의 시인 나나오 사카키는 최근 이 구절을 뒤집어 현대의 상황에 맞게 해석합니다.

산과 강은 파괴되어도 나라는 살아남는다.

이 시를 제대로 이해하기 위해서는 북미 밖으로 여행을 떠나야 합니다. 1984년, 나는 북경의 중국 작가와 지식인 모임에서 강연할 기회가 있었습니다. 그때 나는 강둑과 숲 비탈 문제를 노동자 농민회의의 의제에 포함시켜야 할 필요성에 대해서 말하면서, 나나오가 번안한 이 위대한 시 구절을 인용했습니다. 그들은 씁쓸한 웃음으로 내 말에 반응을 보였습니다.

대략 150만 종의 동식물이 과학적으로 설명되고 있고, 지상에는 어느 장소를 막론하고 1000만에서 3000만에 이르는 생물종이 있다고 합니다. 지구상의 모든 생물종 가운데 절반 이상이 습한 열대림에 살고 있다고 합니다.(윌슨, 1989) 아시아, 아프리카, 남미에 있는 이들 숲의 약 절반이 이미 사라졌습니다(동시에 브라질의 길거리에는 집 없는 아이들이 700만 명이나 있습니다. 사라져가는 나무들이 태어나기를 원치 않았던 아이들로 다시 태어나고 있는 것일까요?). 개간지나 심지어 노천 채굴 현장의 넓이가 1마일이나 되는 갱구조차 지질학적 시간이 흐르면 회복될 수 있습니다. 하지만 각기 40억 년 동안 이 지상에서 진화의 순례길을 걸어온 종들의 절멸은 다시는 돌이킬 수 없는 상실입니다. 우리 인간과 함께 지금까지 이 지상을 여행해왔던 그토록 많은 생물 계보들의 종말은 우리에게 깊은 비탄과 비애를 일으킵니다. 죽음은 받아들여질 수 있고 또 어느 정도는 변형될 수 있습니다. 그러나 생물 계보들 자체와 그 미래의 후손의 상실은 받아들일 수 있는 것이 아닙니다. 우리는 그러한 현실에 엄혹하고 현명하게 대처하지 않으면 안 됩니다.

이 모든 식물과 벌레와 동물을 동등하게 보호하라고? 동물원이나 야생동물 잡지에서도 본 적이 없는 작은 무척추동물까지도? 서로 떨어져 있는 거리가 겨우 머리카락 한 개 정도밖에 안 되는 종들도? 지금 위기에 처해 있는 것은 어느 특정한 생물 계보들의 경우가 아니라 전반적인 생태계의—좀더 큰 종류의 유기체에 가까운 생물들의—생명입니다. 생물종이든 공동체이든, 멸종은 언제나 피할 수 없는 운명이었다고 짓궂게 주장하는 사람들이 있습니다. 어떤 이들은 불교의 가르침인 '모든 것은 덧없다(諸行無常)'는 말을 우리에게 인용하기도 합니다. 실로 그렇습니다. 그럴수록 우리는 다른 생물종을 섬세하게 잘 대하고 해를 덜 입히는 행동을 해야 할 이유가 더 있는 것이지요. 환경에 잘 적응하고 있는 대형 척추동물은 한번 멸종되면 다시는 우리가 알고 있는 그 모습으로 돌아오지 않을 것입니다. 수억 년의 세월이 흘러야 고래나 코끼리 같은 동물을 다시 볼 수 있습니다. 그나마 그게 가능한 일이라면 말이지요. 근래 다른 생물종들의 멸종의 규모는 지금까지 일어났던 멸종의 수치를 뛰어넘고 있습니다. "죽음과 '탄생'의 종말이란 서로 다른 것이다."(소울과 윌콕스, 1980)

그러나 인간에 관한 한, 지금으로서는 탄생의 끝이 보이지 않습니다. 세계의 인구는 20세기 중반 이래 두 배가 넘어 50억을 넘어섰습니다. 2025년이 되면 85억이 될 것입니다. 어림잡아 15억의 제3세계 국민들이 머지않아 연료 부족에 직면할 텐데, 그에 반해 선진국 국민들은 5억 대의 자동차를 굴리고 있습니다.(키피츠, 1989) 20세기 후반의 인구 증가는 이미 제3세계의 경제 성장을 앞질렀습니다. 제3세계의 출산율을 안정시킬 '인구 통계의 변화'는 아무런 징후도 보이지 않고 있습니다.

지구가 수용할 수 있는 인구의 수를 논의하는 데는 기준들이 있습니다. 생태론적으로 쾌적한 인구의 수가 얼마라고 제안하는 것은 일부에서 생각하고 있는 것처럼 어떤 사람들을 죽여야 한다거나 낙태를 강요해야 한다는 것 같은 기계적 요구가 아닙니다. 그것은 토론을 하기 위해 내놓는 제안이지요. 만일 지속적으로 실행된다면 수십 년이나 수백 년에 걸친 낮은 출산율을 통해 인구의 감소를 실현시킬 수 있을 것입니다. 나는 한때 현재(2000년 기준) 50억이 넘는 세계 인구의 10퍼센트를 적정 수치로서의 목표로 삼을 수도 있지 않을까, 그렇게 되면 야생동물을 포함한 모든 생물종에게 공간과 거주지를 보장할 수 있지 않을까 하고 생각한 적이 있습니다. 내가 생각했던 숫자는 어떤 의구심을 가지고 인용되었습니다. 나의 '야생지 강박증'을 인용하면서 말이지요.(구하, 1989) 1650년의 인구는 지금의 10퍼센트였습니다. 당시 지상에는 5억 5000만 정도의 인구가 위대한 건축물, 예술, 문학 속에서 살면서 오랜 전통을 가진 철학과 종교를 논의하고 있었습니다. 그것은 우리가 지금도 맞붙들고 씨름하고 있는 문제들이지요.

당장 우리가 할 일은, 그리고 우리의 싸움은, 우리 자신과의 일이며 싸움입니다. 대지의 여신에게 우리 인간이 가진 기도나 치유하려는 정신이 많이 필요하다고 생각하는 것은 주제넘은 일일 것입니다. 인간 자신이 지금 위험에 처해 있는 것입니다. 어떤 문명 생존의 차원에서가 아니라, 좀더 기본적으로 마음과 영혼의 차원에서 말입니다. 우리는 지금 영혼을 상실할 위험에 처해 있습니다. 우리는 자신의 본성에 대해 무지하며 인간이라는 것이 무엇을 의미하는지 혼란에 빠져 있습니다. 이 책의 대부분은 인간이 지금까지 존재해온 모습과 행해온 것, 그리고 고대 인류의 삶의 방식 속에 있었던 강건한 지혜를 다시 상상해보는 것이었습니다. 어슐러 르 귄의 순수한 교육적 저서인 『언제나 귀향』처럼, 이 책도 인간이라는 것의 의미에 대한 명상이었습니다.

빙하시대 이래 1만 2000년 정도가 지나갔고 앞으로 1만 2000년 정도가 다가올 이 현재의 시간이 바로 우리 인간이 살고 있는 작은 영토입니다. 우리는 이 두 1만 년 사이에서 인간이 저희들끼리 그리고 세계와 더불어 어떻게 살아왔는지에 의해 심판받을 것이고, 또 우리 스스로도 심판할 것입니다. 우리가 이 지상에 존재하고 있는 것이 어떤 훌륭한 목적을 위한 것이라면(원전에서 빠진

책장을 대조해보고, 수로水路를 만들게 하고, 별자리를 연구하는 것 말고), 그것은 자연의 다른 모든 생명체를 즐겁게 해주는 것이라고 나는 생각합니다. 인간은 성적性的인 한 패거리의 영장류 어릿광대들입니다. 그 인간이 기분이 좋아 기쁘게 음악 몇 곡을 연주할 때면 온갖 작은 생물들이 기어나오고 가까이 와서 귀를 기울이겠지요.

재배된 혹은 떫은

우리는 여전히 경험을 통해 우리가 아는 것만 알고 있을 뿐입니다. "복숭아와 살구의 맛은 세대가 바뀐다고 해서 잃어버릴 수 있는 것이 아니다. 그 두 가지의 맛은 학문으로는 전수되지 않는다."(에즈라 파운드) 우리가 알고 있는 나머지는 다 전해 들어서 아는 것입니다. 자신이 아는 것을 알면서 자신의 환경 안에 능숙한 거주자로 존재할 때 거기에 힘, 자유, 인내심, 긍지가 있게 됩니다. 앎에는 두 가지가 있습니다.

하나는 우리의 현실 상황 속에 우리를 내려놓고 위치를 잡아주는 앎입니다. 우리는 북쪽과 남쪽을, 소나무와 전나무를 구분합니다. 또한 우리는 어느 방향에서 초승달을 발견할 수 있는지, 물이 어디에서 오는지, 쓰레기가 어디로 가는지, 악수는 어떻게 하는지, 칼을 어떻게 가는지, 이율은 어떻게 바뀌는지를 압니다. 이런 종류의 지식은 그 자체가 우리의 공적인 삶을 강화해줌으로써 위기에 처한 생물종을 구할 수 있습니다. 우리는 문화에 새 생명을 불어넣음으로써 그것을 배우지요. 그것은 마치 다시 거주하는 것과 같습니다. 못쓰게 되고 반쯤 잊혀진 땅으로 다시 돌아가 다시 나무를 심고, 강바닥에 만들어진 인공 수로를 제거해 물의 자연스러운 흐름을 살려내고, 아스팔트 포장을 해체해 원래의 흙길로 돌려놓는 것과 같습니다. 어떤 '문화'도 남지 않으면 어떻게 하나? 이렇게 말할 사람도 있겠습니다. 문화는 언제나 있습니다. 언제나, 어느 곳이든 상관없이 장소와 언어가 존재하는 그 정도만큼의 문화는 있습니다. 우리의 문화는 가족과 공동체 안에 있습니다. 우리의 문화가 불을 밝히는 것은 우리가 어떤 현실의 일을 함께하고, 혹은 놀고, 이야기를 들려주고, 문제를 일으킬 때, 또는 누군가가 아프거나 죽거나 태어날 때, 혹은 추수감사절 같은 모임에서입니다. 문화는 땅에 뿌리내리고 보살핌을 받아온 이웃이나 공동체를 연결해주는 네트워크이지요. 거기에는 한계가 있으며 그것은 평상적인 것입니다. "그 여자는 매우 교양이 있다"라는 말은 엘리트를 말하기보다는 "아주 풍부하다"를 의미해야 합니다.

('culture'란 말은 멀리 라틴어의 'colere'를 거쳐 '경배하다, 주의하다, 재배하다, 존중하다, 경작하다, 돌보다'와 같은 의미들을 갖습니다. 어근 'kwel'은 원래 한 중심의 둘레를 도는 것을 의미해

서, 그리스어 'telos', '원圓의 완성', 그러므로 '목적론teleology'과 어원이 같지요. 산스크리트어로 이것은 'chakra', '수레바퀴' 또는 '우주의 큰 수레바퀴'입니다. 현대 힌두어는 'charkha', '회전하는 수레바퀴'입니다. 바로 이 말을 가지고 간디는 감옥에 있을 때 인도의 자유에 대해 명상했지요.)

또다른 지식은 옆길로 벗어나 밖으로 나가는 데서 얻어집니다. 소로는 능금에 대해서 "우리의 야생사과는 내가 야생적인 것만큼만 야생적이다. 아마도 나는 이곳의 토착종에 속하지 않고 재배종으로서 숲으로 흘러들어 왔을지 모른다"라고 쓰고 있습니다. 존 뮤어가 가지고 있는 생각들도 이런 것입니다. 『야성의 털』에서 그는 "문화가 과수원의 사과라면 자연은 심기가 고약한 나무이지" 하고 말해준 농부 친구의 말을 인용합니다(야생지로 돌아가는 것은 시고, 떫고, 까다롭게 되는 것입니다. 그것은 비옥하게 만들어지지 않고, 전지되지 않고, 억세고, 탄력적입니다. 그리고 매년 봄꽃이 피면 충격적으로 아름다운 것이지요). 사실 모든 현대인들은 재배종입니다. 그러나 우리는 거기서 벗어나 다시 숲으로 돌아갈 수 있습니다.

사람은 집을 떠나 위험하고 공포스럽고 야수와 적이 가득한 원형의 야생지를 탐구하는 여정에 오릅니다. 타자와의 이런 만남은 내적이며 또한 외적인 것으로서, 안락과 안전을 포기하고 추위와 굶주림을 받아들이며 아무것이나 기꺼이 먹을 것을 요구합니다.

다시는 집을 보지 못할지도 모릅니다. 외로움이 우리의 빵입니다. 우리의 뼈는 언젠가 어떤 강둑의 진흙에 묻혀 있다가 나타날 수도 있습니다. 그런 탐험은 우리에게 자유와 자아의 확대, 그리고 해방을 줍니다. 묶이지 않습니다. 구속당하지 않습니다. 당분간은 미칩니다. 그것은 금기를 깹니다. 그것은 범죄에 가까이 데려갑니다. 그것은 겸손을 가르칩니다. 밖으로 나가기, 금식하기, 홀로 노래부르기, 종간種間 경계를 넘어 이야기하기, 기도하기, 감사하기, 돌아오기.

신화적 차원에서 볼 때 이것은 세계에 보편적인 영웅담의 원천이지요. 정신적 차원에서 보면 이것은 타자를 자신처럼 껴안고 경계를 넘을 것을 요구합니다. 다시 말하면 '하나가 되'거나 사물을 뒤섞는 것이 아니라, 동일성과 차이를 섬세하게 마음에 간직할 것을 요구하는 것이지요. 그것은 전에 살던 곳에 있던 집과 길과 사람들을 비로소 처음으로 보는 것을 의미할 수도 있습니다. 그것은 우리가 듣는 모든 말을 가장 깊은 메아리까지 듣는 것을 의미할 수도 있습니다. 그것은 감사함에서 나오는 알 수 없는 눈물을 의미할 수도 있습니다. 우리의 '영혼'은 타자에 대한 우리의 꿈입니다.

현대문명의 내부로부터 '야생지문화'를 창출하려는 운동이 있습니다. '근본생태론' 철학자들, 그들과 녹색운동 사이에서 벌어진 갈등과 논쟁, 사회생태론자들, 그리고 생태여권론자들은 모두 이 운동을 시도해볼 수 있다는 인식이 발현한 것의 일부입니다. 근본생태론 사상가들은 자연계는 그 자체의 가치를 가지며 자연체계의 건강은 우리가 제일 먼저 관심을 가져야 할 부분이며, 이렇게 해야 마찬가지로 그것이 인간의 이익에도 최상의 이바지를 한다고 주장합니다. 세계의 곳곳에 있는 원시 민족은 이런 가치를 일깨워주는 우리의 스승이라는 것을 그들은 잘 알고 있습니다.(세션스와 드볼, 1985) '지구 먼저!' 운동의 출현은 새로운 차원의 절박감, 대담성, 유머를 환경보호운동에 가져다주었습니다. 시민권과 노동운동 시절로 거슬러 올라가는 직접 행동의 수법들이 생태학적 문제에 사용되고 있습니다. '지구 먼저!' 운동과 함께 미국 서부의 '대분지'는 마침내 세계 정치의 무대로 올라가게 되었지요. 기존의 환경단체들은 이들 독자노선 운동가들부터 좀더 적극적인 행동주의자가 되라는 압력을 받고 있습니다. 동시에 풀뿌리 운동이 아시아, 보르네오, 브라질, 시베리아에서 급속히 성장하고 있습니다. 체코 지식인에서 사라왁의 열대우림 거주지의 어머니들에 이르기까지 전 세계적으로 그토록 많은 사람들이 깨어나 힘을 행사할 수 있다는 것이야말로 우리의 희망의 근거입니다.

원래의 미국 환경 전통은 공유지와 야생동물이—거위, 물고기, 오리, 그리하여 '오듀본 협회' '아이작 월턴 연맹' '무제한의 오리' 같은 단체들이 생겼습니다—정치화되면서 비롯되었지요. 수십 년 동안 야생지 보존이라는, 폭은 좁지만 본질적인 문제에 많은 사람들이 자발적으로 시간을 바쳤습니다. 1970년대의 '보존'이 '환경주의'가 되었던 것은, 우리의 관심이 야생지지역에서 삼림 관리, 농업, 수질 및 공기 오염, 원자력, 그 밖에도 우리가 잘 알고 있는 기타 문제들처럼 좀더 폭넓은 문제로 확장되었기 때문입니다.

환경 문제에 대한 관심과 정치화는 전 세계적으로 확산되어 왔습니다. 어떤 나라에서는 인간의 건강과 복지의 문제에만 거의 초점을 국한시키고 있습니다. 운동의 범위가 야생동물 보호에서 도시의 건강 문제로 흘러야 하는 것은 온당합니다. 그러나 인간 이외의 자연계를 고려하지 않는 인간과 도시의 건강이란 있을 수 없지요. 근본적으로 올바른 환경론자의 입장은 결코 반인간적인 것이 아닙니다. 우리는 인간 조건의 고통을 생태계의 전체적인 복잡성 안에서 파악하고, 거기에 어떤 중요한 종들과 그들의 서식지가 얼마나 극심하게 위태로워졌는지에 대한 인식을 보태야 합니다. 우리는 수많은 정보를 역설적이게도 오지의 문명에서, 그 문명의 생물학과 사회학에서 얻고 있는 형편입니다. 환경단체들 내부에서는 지금 중요한 논의가 인간 중심적 자원관리라는 정신구조를 가지고 움직이는 사람들과 자연 전체의 완전성에 대한 인식을 반영하는 가치를 가진 사람들 사이에서 이루어지고 있습니다. 후자의 입장이 '근본생태론'의 입장인데, 전자의 경우보다 정치적으로 더 활발하고 더 용기 있으며 좀더 축제성을 띠고, 더 모험적이고, 더 과학적입니다.

문제는 다시금 자연과 야생이란 용어 사이의 미묘하지만 중요한 의미의 차이를 어떻게 이해하느냐 하는 문제로 귀착됩니다. 자연은 과학의 주체라고 말합니다. 자연은 미생물학이 그렇게 하고 있듯이 깊이 탐사할 수 있지요. 하지만 야생은 그런 식으로 주체나 객체로 나뉠 수 없는 것입니다. 야생에 접근하기 위해서는 야성을 내부로부터, 그러니까 우리는 무엇인가 하는 문제의 한 내재적 특질로 인정해야만 합니다. 자연은 궁극적으로 전혀 위험하지 않습니다만, 야생은 위험합니다. 야생은 파괴할 수 없는 것입니다. 하지만 우리는 야생을 보지 못할 수도 있습니다.

야생지의 문화는 이 같은 이해의 영역 어딘가에서 시작합니다. 문명은 자연의 한 부분입니다. 우리의 자아는 무의식의 들판에서 놀고 있습니다. 인간의 역사는 충적세에 시작되었습니다. 인간의 문화는 원시시대와 구석기시대에 그 기원을 두고 있습니다. 우리의 육신은 척추가 있는 포유류입니다. 그리고 우리의 영혼은 야생지에 나가 있습니다.

어딘가 다른 곳에서 모두 함께, 거대한
순록떼들이 몇 마일이고
연이은 황금빛 이끼지대를 횡단해 이동한다
묵묵히 그리고 아주 빠르게.

—W. H. 오든, 『로마의 함락』 중에서

기도

선불교 승려들이 염불하는 '4홍 서원誓願'이라는 게송이 있습니다. 그 첫 행은 이렇습니다. "유정有情한 것은 그 수가 무한하고, 나는 그들을 제도하리라 맹세합니다(衆生無邊誓願度)." 이런 뜻을 날마다 우주에 대고 큰소리로 알린다는 것은 좀 머뭇거려지는 일이지요. 이 맹세는 여러 해 동안 나를 몰래 따라다니다가 마침내 어느 날 내게 갑자기 덤벼들었습니다. 나는 내가 맹세한 것은 반대로 유정한 것이 나를 구하도록 내버려두겠다는 것이었음을 깨달았지요. 그와 비슷하게 생명을 빼앗는 것을 금하고 해를 가하는 것을 금하는 가르침은 부정문에서 멈추지 않습니다. 그것은 생명을 주라고, 해 입힌 것을 원상으로 돌려라 하고 우리를 다그칩니다.

이런 것들을 어느 정도 궁극적으로 이해한 사람들을 '부처'라고 부르는데 '깨어난 사람들覺者'이라는 뜻이지요. 이 말은 영어의 동사 '싹트다, 봉오리지다to bud'와 연관됩니다. 나는 언제인가 짧은 우화 한 편을 쓴 적이 있습니다.

부처는 누구인가

어떤 사람이 우주의 모든 존재들을 이미 깨달았다. 다시 말하면 한두 존재의 예외를 빼고는. 그런 드문 일이 있는 경우 그 모든 새와 꽃과 동물과 강과 나무를 가진 도시와 마을과 초원과 숲과 그 사람을 둘러싸고 있는 인간들이 모두 함께 협동해서 그 사람을 교육하고, 그 사람에게 봉사하고, 요구하고 지도해준다. 그리하여 마침내 그 사람 역시 "새롭게 깨닫기 시작한 자"가 된다. 깨달은 지 얼마 안 되는 사람들은 열심히 가르치고 단련시키며 학교와 수행을 시작한다. 이렇게 할 수 있게 되면 자신감과 통찰력은 발전하고 그들은 상호 의존적인 빈틈없는 세계와 결합할 준비가 완전히 갖춰지는 지점까지 올라간다. 새로 깨달은 그런 초심자들을 '부처'라고 부른다. 그들은 즐겨 "나는 우주 전체와 함께 깨달았다"라고 말한다.

—『폭풍우를 만난 작은 배』(1987) 중에서

운이 좋았군! 이렇게 말할 사람이 있을지 모릅니다. 푸딩의 맛을 알기 위해서는 먹어보아야 합니다. 먹으면서 점점 초점을 음식과 엉켜 있는 행위에 맞추고 바라봅니다. 마룻바닥에 줄지어 앉아서 밥을 먹을 때 선승들은 이렇게 염불하지요.

묽은 죽은 열 가지로 몸에 좋습니다
선 수행자를 이롭게 합니다
좋은 결과는 무한합니다.
영원한 행복을 마침내 완성합니다

粥有十利 饒益行人

果報無邊 究竟常樂

그리고

오, 그대 모든 귀신들이여

지금 이 음식을 그대들에게 바치니

사방에 있는 그대들 모두

이것을 우리와 함께 나누기를 바라나이다

汝等鬼神衆 我今施汝供

此食偏十方 一切鬼神供

그리고

우리는 이 물로 우리의 밥주발을 닦나이다

물에서는 감로수 맛이 납니다

그것을 모든 귀신들에게 바치나이다

모두 배불리 흠향하소서

Om makula sai svaha

我此洗鉢水 如天甘露味

施與鬼神衆 悉令得飽滿

唵摩休羅細娑婆訶

그 밖에도 다른 경經이 몇 개 더 있습니다. 미신적으로 들리는 이런 옛 의식의 구절들은 선을 강의할 때는 언급되는 법이 없습니다만, 그것은 선의 가르침의 핵심에 있습니다. 그 진리는 불교나 다른 세계의 어떤 종교가 있기 전부터 있었던 것이지요. 이 경들은 야생의 최초이자 최후의 실천의 한 부분인 기도입니다.

일찍이 이 지상에서 살았던 사람이라면 다른 동물의 목숨을 빼앗고 식물을 잡아당겨 뽑았으며 과일을 따먹어보지 않은 사람이 없습니다. 원초적 삶을 영위하는 사람들은 해하지 않음의 가르침을 그들 나름의 방식으로 이해하려고 해왔습니다. 그들은 목숨을 앗을 때는 감사하고 조심해야 한다는 것을 알고 있었지요. 누군가의 음식이 되지 않은 죽음이란 없고, 누군가의 죽음이 아닌 생명은 없습니다. 어떤 이들은 이런 일이 우주에 근본적으로 결함이 있다는 표시라고 생각합니다. 이런 일 때문에 우리는 자신과 인간과 그리고 자연에 대해 역겨움을 갖게 됩니다. 다른 세계를 더 듬는 철학은 그것이 초월하고자 하는 실존의 조건에 있는 아픔과 고통보다 더 큰 피해를 이 지구에—그리고 인간의 정신에—입히는 것으로 끝납니다.

고대 종교는 신을 죽이고 남신이든 여신이든 그 신을 먹었습니다. 희미한 먹이사슬, 먹이그물은 생물권의 두렵고도 아름다운 조건입니다. 자급자족하는 사람들은 변명하지 않고 삽니다. 쓸개에서 간을 떼어내는 순간, 우리 자신의 손에는 피가 적셔집니다. 우리는 반짝거리는 송어가 죽어갈 때 생명의 빛깔이 희미해지는 것을 지켜보았습니다. 자급자족 경제는 신성한 경제입니다. 생명과 죽음이라는 중요한 문제의 하나인 먹이를 위해 다른 생명을 빼앗는 일에 감연히 맞서 있기 때문입니다. 현대인은 사냥할 필요가 없으며 많은 사람들이 고기를 먹을 여유조차 없습니다. 그리고 선진국에서는 먹을 수 있는 음식이 다양해서 고기를 피하기가 쉽습니다. 미국 시장에 공급할 쇠고기를 늘리기 위해 목장을 만들려고 열대림이 잘려나갑니다. 우리가 먹는 음식이 만들어지고 있는 현장과 멀리 떨어져 있어서 우리는 겉으로는 더 편안할 수 있고 분명히 더 무지할 수도 있습니다.

먹는 일은 하나의 성스러운 일이지요. 우리가 말하는 기도는 우리의 가슴을 맑게 합니다. 기도는 아이들에게 가르침을 주며 손님을 기쁘게 합니다. 모든 것을 동시에 하지요. 우리는 계란과 사과와 스튜를 바라봅니다. 그 음식들은 풍부함과 지나침과 굉장한 재생산의 증거들입니다. 쌀이나 밀가루가 될 수백만의 풀씨 낟알들, 결코 다 자라지 못할, 결코 다 자라서는 안 되는 수백만 마리의 대구로 만든 튀김. 무수히 많은 작은 씨앗들은 먹이사슬의 제물입니다. 땅에 돋은 방풍나물은 살아 있는 화학의 기적으로 땅과 공기와 물에서 설탕과 맛을 만듭니다. 그리고 만일 우리가 고기를 먹는다면, 그것은 예민한 귀와 사랑스러운 눈, 단단한 발과 고동치는 아주 커다란 심장을 가진 굉장히 기민한 존재의 생명과 뛰어오름과 그렇게 도약할 때 만들어내는 소리를 먹는 것입니다. 우리 자신을 기만하지 않기로 합시다.

우리 또한 공물이 될 것입니다. 우리의 몸은 모두 먹을 수 있는 것입니다. 만일 우리가 빨리 잡아먹히지 않는다 하더라도 우리는 쓰러져 누운 늙은 나무처럼 몸이 아주 커서 좀더 작은 동물들에게는 아주 오랜 식사를 제공하게 될 것입니다. 바다 아래 수 마일 되는 깊은 곳에 가라앉은 고래의 시체는 15년 동안 어둠 속에서 다른 생명체를 먹여살립니다(고도의 문명사회에서는 그 문명을 구성하고 있는 양분들이 다 분해되는 데에 약 2000년이 걸린다고 합니다).

우리집에서는 불교식으로 식사기도를 합니다.

> 삼보(三寶, 선생님들, 야생, 그리고 친구들)에 귀의하며
> 이 식사에 감사합니다.
> 많은 분들의 노고와
> 다른 생명을 나누어 가짐에 감사합니다.

누구라도 그들의 전통에 따른 기도문을 사용하고 실제로 그것에 의미를 줄 수 있으며, 또한 그들만의 기도문을 만들 수 있지요.

어떤 기도문을 말해도 그것은 결코 부적절하지 않습니다. 연설과 선언을 거기에 덧붙일 수도 있겠습니다. 기도를 올리는 것은 소박하고 평범한, 구식을 따르는 작은 행위이며, 또한 우리를 우리의 조상 전체와 연결시켜줍니다.

한 스님이 동산 선사에게 물었다.
"무슨 좋은 수행법이 있습니까?"
동산이 대답했다.
"그대가 진정한 사람이 되면 거기에 있느니라."

Sarvamangalam, 모두 복 받으시기를!

지은이 소개

야성의 현자, 게리 스나이더

강옥구(시인)

"현존하는 자연시인들 중에서 가장 위대한 시인이다"라고 로스앤젤레스 타임스가 격찬한 게리 스나이더는 1930년 5월 8일에 샌프란시스코에서 태어났다. 얼마 후 북서태평양 연안으로 이주한 그는 워싱턴 주의 부모님 농장에서 유년 시절을 보내며, 철 따라 삼림에서 일을 하기도 했다. 13세 때, 북서태평양 연안의 눈 덮인 산봉우리에 사로잡힌 그는 홀로 그 산꼭대기를 등반했으며, 15세가 되면서는 세인트헬렌스 산에 오르기도 했다. 이후 가입하기가 까다롭기로 소문난 마자마스 산악회와 야생지협회의 회원이 되어, 험한 산과 바위를 타는 힘든 수련으로 심신을 단련하였다. 어린 시절 그가 시애틀 박물관에서 보았던 동양의 산수화, 그리고 그가 등반했던 북서태평양 연안 여러 높은 설산의 바위들과 하늘은 그에게 지울 수 없는 깊은 인상을 남겼다.

1951년, 스나이더는 오리건 주에 있는 리드 대학에서 문학과 인류학을 전공했다. 그후 인디애나 대학에 잠시 머물다 버클리 대학교의 동양언어학과 대학원에서 중국과 일본의 고전문학을 공부하던 중, 한산의 시를 영어로 번역했다. 그는 또한 지우라 오바타 선생이 지도하는 동양미술과에 다니며, 먹물을 갈아 힘차고 빠르게 백지 위에 솔잎과 대나무 줄기와 유칼립투스의 잎들을 그리는 법을 배우기도 했다. 그때 그는 동양화에 대한 기본적인 안목을 갖추었고, 그로 인해 안개가 지닌 에너지, 흰 물거품, 기괴한 바위의 모양들, 그리고 공기의 소용돌이 등 일견 혼란스러워 보이는 이 우주의 모든 것들이 동양화의 세계에서는 모두 제자리에 있음을 알게 되었다. 그러한 안목은 40여 년 동안 성숙되었고, 결국 시 분야에서 가장 권위 있는 볼링겐상을 수상한 시집 『무한한 산과 강』의 토대가 되었다.

버클리에 머무는 동안, 스나이더는 여름마다 요세미티 국립공원에서 길을 닦는 노동자나 파이우트 시내의 배수시설 공사장 노동자 내지 산림관리인으로 일을 했다. 이를 계기로 그는 광대한 자연의 풍경이 지니는 분위기의 변화, 해가 떠 있는 동안의 빛의 움직임, 그 모양들이 무한히 바뀌는 높이 솟은 적운이나 번개를 동반하는 시꺼먼 뇌우들을 주의깊게 관찰할 수 있었다. 또한 산속의 초막에서 오랫동안 홀로 머물러야 했던 당시의 생활을 통해, 그에게는 자연스레 전통적인 불교의 명상수행법인 좌선을 행할 기회가 주어지기도 했다. "일을 마치고 밤에는 명상을 하기 시작하였다. 그리고 나를 놀라게 만드는 시를 내가 쓰고 있음을 발견하였다"라고 그는 그 당시를 기록하고 있다.

일본과 중국의 고전 시와 문화에 특별한 관심을 가졌던 스나이더는, 당시 샌프란시스코의 시단詩壇에서 중요한 위치를 차지하고 있던 케네스 렉스로스와 만나게 되었다. 특히 동양의 시에 관심을 가진 젊은 시인들의 대부 역할을 하면서 중국과 일본의 시를 영어로 번역해 서양에 소개하는 데 앞장섰던 그와의 만남을 계기로, 스나이더는 1950년대에 있었던 샌프란시스코의 비트 운동에 참여하게 되었다. 1955년 샌프란시스코 시 르네상스의 탄생 시발점이 되었던 식스 갤러리Six Gallery, 앨런 긴즈버그가 「울부짖음」을 낭독했던 유명한 시 낭송회 등에 참여한 스나이더는 그의 걸작으로 손꼽히는 신비적인 시 「야생 딸기 축제」를 낭송하였고, 그로부터 그 당시 선불교에 사로잡혀 있던 비트족들의 선망의 대상이 되었다. 일체 만물이 모두 불성을 지니고 있다는 대승불교의 진리를 바탕으로 쓴 그의 시들은 평정과 평화, 그리고 관조적인 문학의 내면세계에 대한 상징으로서, 50년대 이후 현재까지 수많은 독자들에게 꾸준히 사랑받고 있다.

한편, 이제는 비트문학의 고전이 된 책 케루악의 소설 『달마의 후예들』의 주인공인 재피 라이더가 바로 게리 스나이더를 모델로 삼고 있다는 사실은 너무도 유명하다. 스나이더와 함께 시에라네바다 북쪽의 마터호른 봉을 등반한 후, 험한 산을 오르면서 단련된 그의 용기와 선 수행에서 비롯된 흔들리지 않는 내면의 평정에 완전히 사로잡힌 캐루악은 스나이더를 모델로 그 소설을 쓰게 되었던 것이다.

버클리로 돌아온 뒤, 스나이더는 칸모 이마무라와 그의 부인 제인이 주도하던 일본의 정토진종 소속 버클리 불교 사찰에 나가게 되었다. 그곳의 따뜻하고 편안하며 헌신적인 전통적 아시아 불교의 분위기를 접하면서 그는 대승경전, 경전의 소疏, 중국과 일본의 선어록들, 그리고 금강승에 속하는 글들을 모두 대할 수 있었다. 또한 정기적으로 모임을 갖던 불교 연구 서클에서 스즈키 다이세쓰 박사를 비롯한 세계적인 불교 석학들의 강의를 들을 수 있었다. 그 당시 버클리에는 이미 대승불교와 선불교가 들어와 있었고, 원하는 사람은 누구나 손쉽게 불교와 접할 수 있었다.

버클리에서 공부하는 동안 스나이더는 그 당시 '브런디지The Brundage'로 불렸던 아시아 박물관을 자주 찾아가 전시된 동양화를 연구했으며, 중국과 일본에서 온 불상에 매료되어 석존불 앞에 합장을 하며 경전을 외곤 했다.

1956년 5월, 스나이더는 일본으로 떠났다. 그는 교토의 한 임제종 사찰에 머무르며 선어록들을 연구하고 영어로 번역하는 한편, 12년간 참선을 공부했다. 틈이 나면 근방에 있는 언덕진 숲속을 산책하면서 사당에 모신 지방의 신에게 경의를 표하기도 했다. 또한 틈틈이 지질학과 지형학을 공부하면서 '산'들과 '강'들이 품고 있는 요가적인 얽힘을 보았다. 즉, 그들이 의지력으로 생긴 자기수련을 내포하는 강인한 정신과 만물을 향한 배려가 담긴 자애의 정신과의 놀이임을 깨닫고는, 그들을 초월된 지혜의 칼을 휘두르는 문수보살과 그의 동반자인 연꽃이나 병을 들고 있는 자비의 화신 타라로 여기게 되었던 것이다. 그는 이들 한 쌍이 융기하고 침체하며 부식하는 산의 원동력과 지상의 물의 순환과 평행을 이루고 있다고 생각했다.

그의 참선 수련과정에 대해서 스나이더는 다음과 같이 기술하고 있다. "나는 삭발하고 승복을 입었다. 얼마 동안 그렇게 살면서 그것이 내 인생이 될 것이라고 여겼다. 그러나 선 수행에 깊이 들어갈수록 선의 외적인 형식이 내적인 수행보다 중요하지 않다고 생각하게 되었다. 중요한 것은 어떠한 내적인 형식이 자신에게 적합한가를 찾는 일인 것 같았다. 결국, 삭발과 장삼이 그 당시 미국에서 일어나고 있던 현실에 맞지 않는다고 생각한 나는 승려가 되는 것을 포기하고 귀국했다."

"누구나 한번은 자신의 영적인 존재에 대해서 심각한 의문을 품었을 것이다. 좌익의 성향을 띠고 무신론적인 동시에 아주 강한 사회성과 자비를 중요시하던 가정에서 성장한 것이 내게는 많은 도움이 되었다. 그래서 아주 어릴 적부터 나는 아메리칸 인디언의 영적인 수행에 지대한 관심을 갖게 되었고, 아울러 자연과 친해지게 되었다."

이 모든 배경들이 결국 스나이더를 자연스레 불교의 자비로운 세계, 즉 일체만물에 적용되는 비폭력과 비착취의 윤리관으로 이끌어주었던 것이다.

1960년대를 일본에서 지내면서 그는 일본의 지식층과도 긴밀한 유대를 가졌으며, 불교 서클에 참여하여 적극적인 활동을 벌였다. 앨런 긴즈버그와 함께 아시아의 여러 나라를 방문했고, 6개월간 인도를 둘러본 후에 1962년 달라이 라마를 친견하기도 했다. 그 밖에도 스나이더는 앨런 긴즈버그 및 로런스 펠링게티와 함께 평화를 위한 투쟁, 환경보호 캠페인, 그리고 핵무기로부터의 해방을 위한 투쟁을 지금까지도 쉬지 않고 계속해오고 있다.

일본에서 10여 년을 거주하는 동안에도 스나이더는 결코 그 자신이 북미에 속한다는 사실을 잊지 않았다. 오히려 그는 그 자신이 성스러운 거북섬의 고대적인 풍광과 연결될 수 있도록 노력했다. 1969년 그는 거북섬에 살기 위해 북미로 귀환했다. 그러고는 소나무와 참나무 숲이 우거진 시에라네바다의 구릉지에 손수 집을 짓고 가족들과 함께 정착했다.

아메리칸 인디언은 시에라네바다 지역의 3000피트 이상 고산 지대에서만 자라는 식물인 '마운틴 미저리Mountain Misery'를 '키트키트디즈Kitkitdizze'라고 불렀다. 스나이더는 자신이 사는 곳을 '키트키트디즈'라고 명명하고는, 지나가는 바람에 소나무와 참나무 잎들이 수런거리고 가끔 청색 큰어치가 지저귀는 이외에는 너무도 고요한 곳, 안내지도가 없이는 찾을 수 없는 그곳에서 살고 있다. 하지만 그는 『달마의 후예들』에서 "산속의 동굴에서 살 수밖에 없는 사람"으로 묘사된 은둔자 재피 라이더로서뿐만 아니라, 또한 사회의 한가운데 들어와 역동적으로 살아가고 있기도 하다. 1970년대에서 1980년대에 이르기까지 미국 전역의 대학에서 시 낭독과 강의를 계속하였으며, 동시에 그가 살고 있는 지역의 환경보호 문제와 그 지역의 생태학과 삼림과 생태계의 유지와 관리에 대해 관여하고 있으며, 1985년부터는 데이비스 대학의 영문학 교수로서 강의를 하고 있다. 요즈음은 참선 대신 공안 공부에 몰두하며 매일 아침 반야심경을 독송하는 스나이더에게 있어 키트키트디즈는 결국 은둔자의 동굴이 아닌 사회로 들어가는 근거지인 것이다.

게리 스나이더는 16권의 시집과 산문집을 출판했다. 시집 『거북섬』으로 퓰리처상을, 그리고 『무한한 산과 강』으로 볼링겐상을 받았다. 그 밖에도 미국예술문학아카데미상 등을 수상했으며, 또한 구겐하임 펠로십을 받았다. 그의 시집과 산문집은 현재 그리스, 프랑스, 일본, 스페인 등 각국의 언어로 번역되어 전 세계 독자들의 사랑을 받고 있다.

'야생'과 '자유'의 의미를 찾아 평생을 진지하게 수행하며, 하나의 커다란 흐름에 자신을 맡겨 '야생인'으로 살아온 스나이더. "오랜 세월 이 세상에서의 내가 한 행동들, 그리고 내 미치광이의 말들과 기발한 언어들로 일어난 문제들 모두가 세월이 흘러가면서 불법을 밝히는 것이 되고 부처님의 가르침을 펼쳐 보이는 하나의 길이 될 수 있었으면 하는 바람을 지녔다"라는 당나라 시인 백거이의 글을 인용하며, 스나이더는 자신의 소신을 피력한다. "그렇게 되게 하소서!"

분명, 게리 스나이더는 어떠한 묘사의 그물에도 걸리지 않는 야성의 현자이다.

2000년 8월 5일

알바니에서

참고 문헌

Berg, Peter, and others. *A Green City Program for San Francisco Bay Area Cities and Towns*. San Francisco: Planet Drum, 1989.

Blainey, Geoffrey. *The Triumph of the Namads*. Melbourne: Sun Books, 1976.

Cafard, Max. "The Surre(gion)alist Manifesto." *Mesechabe*, Autumn 1989.

Cook, Francis. *How to Raise an Ox*. Los Angeles: Center, 1979.

Cox, Susan Jane Buck. "No Tragedy in the Commons." *Environmental Ethics*, Spring 1985.

Davidson, Florence Edenshaw. *During My Time*. Recorded by Margaret B. Blackman. Seattle: University of Washington Press, 1982.

Dodge, Jim. "Living by Life." *CoEvolution Quarterly*, Winter 1981.

Dogen. *Moon in a Dewdrop*: Writings of Zen Master Dogen. Tanahashi, Kazuaki(trans.). San Francisco: North Point, 1985.

Dong-shan. *The Record of Tung-shan*. William F. Powell, trans. Honolulu: University of Hawaii Press, 1986.

Ferguson, Denzel, and Nancy Ferguson. *Sacred Cows at the Public Trough*. Bend, Ore.: Maverick, 1983.

Friedrich, Paul. *Proto-Indo-European Trees*. Chicago: University of Chicago Press, 1970.

Gard, Richard. *Buddhist Influences on the Political Thought and Institutions of India and Japan*. Phoenix Papers, no. 1. Claremont, 1949.

——. *Buddhist Political Thought*. Bangkok: Mahamukta University, 1956.

Gernet, Jacques. *Daily Life in China: On the Eve of the Mongol Invasion*. Stanford: Stanford University Press, 1962.

Grapard, Allan. "Flying Mountains and Walkers of Emptiness: Toward a Definition of Sacred Space in Japanese Religions." *History of Religions*, February 1982.

Guha, Ramachandra. "Radical Environmentalism and Wilderness Preservation: A Third World Critique." *Environmental Ethics*, Spring 1989.

Gumperz, John J. "Speech Variation and the Study of Indian Civilization." In Dell Hymes(ed.), *Language in Culture and Society*. New York: Harper & Row, 1964.

Hardin, Garrett, and John Baden. *Managing the Commons*. San Francisco: W. H. Freeman, 1977.

Hillman, James. *Blue Fire*. New York: Harper & Row, 1989.

Illich, Ivan. *Shadow Work*. London: Marion Boyars, 1981.

Jackon, Wes. *New Roots for Agriculture*. San Francisco: Friends of the Earth, 1980.

——. *Altars of Unhewn Stone: Science and the Earth*. San Francisco: North Point, 1987.

Kari, James. *Dena'ina Elnena, Tanaina Country*. Fairbanks: University of Alaska Native Languages Center, 1982.

——. *Native Place Names in Alaska: Trends in Policy and Research*. Montreal: McGill University Symposium on Indigenous Names in the North, 1985.

Keyfitz, Nathan. "The Growing Human Population." *Scientific American*, September 1989.

Kodera, Takashi James. *Dogen's Formative Years in China*. Boulder: Prajna Press, 1980.

Kroeber, A. L. *Cultural and Natural Areas of Native North America*. Berkeley : University of California Press, 1947.

Le Guin, Ursula K. *Always Coming Home*. New York: Harper & Row, 1985.

Maser, Chris. *The Redesigned Forest*. San Pedro, Calif.: R. & J. Miles, 1988.

——. Primeval Forest. San Francisco: Sierra Club, 1989.

McCay, Bonnie M., and James M. Acheson(eds.). *The Question of the Commons: The Culture and Ecology of Communal Resources*. Tucson: University of Arizona Press, 1987.

McClellan, Catherine. *The Girl Who Married the Bear: A Masterpiece of Indian Oral Tradition*. Publications on Ethnology, no. 2. Ottawa: Museum of Man, 1970.

——. *My Old People Say: An Ethnographic Survey of Southern Yukon Territory*. Pts. 1 and 2. Ottawa: Museum of Man, 1975.

Mitchell, John H. *Ceremonial Time*. New York: Doubleday, 1984.

Moyle, Peter, and F. Ranil Senanayake. "Wildlife Conservation in Sri Lanka: A Buddhist Dilemma." *Tigerpaper* 9, 1983.

Muir, John. "Wild Wool." In *Wilderness Essays*. Salt Lake City: Peregrine Smith, 1984.

Myers, Norman. *The Primary Source*. New York: Norton, 1984.

Netting, R. "What Alpine Peasants Have in Common: Observations on Communal Tenure in a Swiss Village." *Human Ecology*, 1976.

Nunez, Alvar(Cabeza de Vaca). *Adventures in the Unknown Interior of*

America. Trans. Cyclone Covey. New York: Macmillan, 1961, 1972.

——. *Adventures in the Unknown Interior of America*. "Interlinear" version by Haniel Long. Frontier Press, 1939.

Polanyi, Karl. *The Great Transformation*. New York: Octagon Books, 1975.

Raise the Stakes. Journal of the Planet Drum Foundation. P.O. Box 31251, San Francisco, Calif. 94131.

Richards, John F., and Richard P.Tucker. *World Deforestation in the Twentieth Century*. Durham, N.C.: Duke University Press, 1988.

Robinson, Gordon. *The Forest and the Trees: A Guide to Excellent Forestry*. Covelo, Calif.: Island Press, 1988.

Sessions, George, and Bill Devall. *Deep Ecology*. Salt Lake City: Peregrine Smith, 1985.

Snyder, Gary. *Myths and Texts*. New York: New Directions, 1960.

——. *Turtle Island*. New York: New Directions, 1974.

——. *The Old Ways*. San Francisco: City Lights, 1977.

——. "'Wild' in China." *CoEvolution Quarterly*, Fall 1978.

——. *He Who Hunted Birds in His Father's Village*. San Francisco: Gray Fox, 1979.

——. "Ink and Charcoal." *CoEvolution Quarterly*, Winter 1981.

Soule, Michael, and Bruce A. Wilcox(eds.). *Conservation Biology*. Sunderland, Mass.: Sinauer, 1980.

Thirgood, J.V. *Man and the Mediterranean Forest: A History of Resource Depletion*. New York: Academic Press, 1981.

Thoreau, Henry David. "Wild Apples." In *The Natural History Essays*. Salt Lake City: Peregrine Smith, 1984.

Todorov, Tzvetan. *The Conquest of America*. New York: Harper & Row,

1985.

Waring, R.H., and Jerry Fanklin. "Evergreen Coniferous Forests of the Pacific Northwest." *Science*, 29 June 1979.

Watson, Burton(trans.). *The Complete Works of Chuang Tzu*. New York: Columbia University Press, 1968.

——. *Chinese Lyricism: Shih Poetry from the Socond to the Twelfth Century*. New York: Columbia University Press, 1971.

Wilson, E.O. "Threats to Biodiversity." *Scientific American*, September 1989.

Zeami. *Kadensho*. Sakurai and others, trans. Kyoto: Doshisha University, 1968.

찾아보기

야생의 실천

초판 인쇄 2015년 12월 11일
초판 발행 2015년 12월 18일

지은이 게리 스나이더 | 옮긴이 이상화 | 펴낸이 염현숙
책임편집 이경록 | 디자인 강혜림 이주영
마케팅 정민호 이연실 정현민 양서연 지문희
홍보 김희숙 김상만 한수진 이천희
제작 강신은 김동욱 임현식 | 제작처 한영문화사

펴낸곳 (주)문학동네
출판등록 1993년 10월 22일 제406-2003-000045호
주소 10881 경기도 파주시 회동길 210
전자우편 editor@munhak.com | 대표전화 031) 955-8888 | 팩스 031) 955-8855
문의전화 031)955-3576(마케팅) 031)955-3572(편집)
문학동네카페 http://cafe.naver.com/mhdn | 트위터 @munhakdongne

ISBN 978-89-546-3903-3 03840

www.munhak.com